少年侠心

周伟逸 著

北方文艺出版社

·哈尔滨·

图书在版编目 (CIP) 数据

少年侠心 / 周伟逸著. -- 哈尔滨 ： 北方文艺出版
社 ， 2024. 9. -- ISBN 978-7-5317-6387-1

Ⅰ. I247.5

中国国家版本馆 CIP 数据核字第 2024SB6769 号

少年侠心
SHAONIAN XIAXIN

作　　者 / 周伟逸
责任编辑 / 宋雪微　　　　　　　　封面设计 / 周伟逸

出版发行 / 北方文艺出版社　　　　邮　　编 / 150008
发行电话 / (0451)86825533　　　　经　　销 / 新华书店
地　　址 / 哈尔滨市南岗区宣庆小区 1 号楼　网　　址 / www.bfwy.com

印　　刷 / 北京一鑫印务有限责任公司　开　　本 / 880mm×1230mm 1/32
字　　数 / 240 千　　　　　　　　　印　　张 / 11.5
版　　次 / 2024 年 9 月第 1 版　　　印　　次 / 2024 年 9 月第 1 次印刷

书　　号 / ISBN 978-7-5317-6387-1　定　　价 / 60.00 元

目　录

第一回　树下讲古

碧叶亭亭，鱼翔浅底，正是南国水乡的仲夏时节。时值中午，烈日当头，直晒得田间地头暑气蒸腾。村口那株上百年的大榕树，如同撑起一把绿色巨伞，挡住火辣的阳光。微风时而吹过，树叶簌簌作响，伴以蝉虫欢快的叫声，奏起一首夏日序曲。树下绿影斑驳，围坐着一群纳凉休息的村民，有已在田野劳作一朝的农夫、有在河边采莲归来的少妇，还有十几个稚气未脱的孩童，正聚精会神地听着一个满头银发的老者讲评书。

评书又称说书、讲书，广东粤语等地区俗称讲古，是一种传统的口头讲说表演形式，在宋代开始流行。各地的说书人用各自的语言对人说着不同的故事，因此也是方言文化的一部分。这说书老者姓史，听说年轻时曾走南闯北，阅历丰富，村民们都叫他"史老伯"。史老伯身穿青布长衫，手持一把山水画折扇，端坐在一张小桌前。桌上放有一杯绿茶，一块止语木，另点有一炷香。只见他呷了一口茶，清清嗓子，朗声唱道：

赤日炎炎似火烧，野田禾稻半枯焦。

农夫心内如汤煮，公子王孙把扇摇。

史老伯道："前文再续，书接上一回。这首七言绝句，说的是大旱之年，酷热难耐，把庄稼都烤焦了。农民眼看收成无望，无钱赋税，心急得像汤煮油煎一般。那些公子王孙不下地劳作，居然还摇着扇子喊热。老夫昨日提到，先帝为营建北京、修治运河、北征沙漠，徭役征敛不息，山东民众首当其冲。加之连年天灾，百姓生活困苦。唐赛儿父亲被抓到卸石棚上去做苦力，丈夫林三又在讨要粮食时被官府打死，委实闻者伤心，听者落泪。"

"话说这林三死后，唐赛儿前去扫墓，在归途中偶得一个石匣，内藏有一把宝剑、一本兵书。唐赛儿日夜学习，竟通晓诸术，遂削发为尼，自称佛母，宣称能知生前死后成败事；又能剪纸人纸马，使其互相争斗；如需衣食财货等物，用法术即可得。唐赛儿传教于山东蒲台、益都、诸城、安丘、莒州、即墨、寿光等州县之间，贫苦农民争先信奉。正是：

瓶中甘露常遍洒，手里杨枝不计秋。

千处祈求千处应，苦海常作渡人舟。"

这时，一个十五六岁、身材壮实的少年叹道："施法术就可得到衣食财货，世上竟有如此神奇之事？怎么我就没能撞见这个石匣呢？"另一个年纪略小、黑黑瘦瘦的少年眉头一蹙，道："不劳动就想有收成，那是不行的。别人有的东西，不必去羡慕。"壮实少年嚷道："那是你也没有，才这么说话。若是你也有法术，难道你不施法来玩吗？"黑瘦少年一时语塞，道："那……那也得看场合，不能乱用。"

史老伯一拍止语木，提醒听众安静，续道："永乐十七年，唐赛儿率众两千余人，以红白旗为号发动起义，占据卸石棚寨，利用益都山区有利地形，击杀前来镇压的官兵千余人，由此声威大震。附近等数十支队伍纷起响应，烧毁官衙、开仓济贫，打击官府和豪富地主，竟发展至数万人众。地方官慌忙写告急文书，上奏朝廷。为控制局面，先帝派出莒州千户孙恭前往卸石棚寨招安诱降，却被唐赛儿怒斩了来使。"

"招安不成之下，先帝任命安远侯柳升为总兵官，都指挥使刘忠为副总兵，精选五千精锐人马前去镇压。临行之前，先帝面授机宜：'贼凭高无水，且乏资粮，当坐困之，勿图近攻。'可惜这柳升刚愎自用，认为'小小贼寇，不日即可平定'，率兵再次包围卸石棚寨。唐赛儿利用官兵骄横轻敌的弱点，派人以'寨中食尽，并且无水'为由诈降，将官兵主力调往警戒城东有水的地方，自己却集中兵力，在深夜向防御薄弱的敌营发起突袭。夜二更时，起义军攻破官兵军营，杀死副总兵刘忠。当官兵主力赶到时，唐赛儿已指挥起义军从容转移。正是：

谁说女子执针线，看我巾帼破敌阵。

身陷重围何所惧，刀光闪处取首级。"

树下的男女老幼听得出神，仿佛眼前出现了千军万马，马蹄生风，尘土飞扬，刀枪相击，砰砰作响，正自斗得激烈；自己则身处军营，调兵遣将，远观战事，运筹帷幄之中，决胜千里之外。壮实少年惊叫道："聚众造反，那可是要杀头的事儿！既然施法就可得到衣食财货，怎么不用法术解决？"黑瘦少年摸摸脑袋，沉默不语。

史老伯打开折扇，轻摇几下，续道："与此同时，各地起义军也与官兵展开搏斗，其中以安丘城的战斗最为激烈。当时，安丘、莒州、即墨三地起义军一万余人围攻安丘城，眼看就要攻下时，在山东沿海负责防备倭寇的都指挥卫青率兵赶到，使起义军腹背受敌，最后失败。地方首领赵琬被俘就义，起义军死伤两千多人，被俘者四千余人，皆被官兵所杀，妻小被官府没收为奴。"

"柳升则指挥军队追击从卸石棚寨突围的起义军，把俘获的将领全部处死。然而，起义军首领唐赛儿却趁乱逃走。先帝震怒，以'追剿不力'罪逮捕柳升入狱，以'纵盗'罪处死参议、按察使、布政使等十二人。为防唐赛儿出家，先帝又下令将一万多名尼姑、道姑带往京师诘问，但唐赛儿还是不知所终。至此仅两个多月，唐赛儿起义便被官府镇压下去。呜呼！正是：

峰峦如聚，波涛如怒，山河表里潼关路。望西都，意踌躇。伤心秦汉经行处，宫阙万间都做了土。兴，百姓苦；亡，百姓苦！"

这说书老者说一段、吟一段，时而嬉笑怒骂，时而浅唱低吟，直听得众人托腮沉思，摇头叹息。史老伯笑道："各位乡亲隐居在这桃花村，当真是世外桃源一般。正所谓：宁为太平犬，莫作离乱人。外间诸多乱事，听着新奇就好，又多忧心作甚？承蒙诸位厚爱，话本'唐赛儿起义记'到此结束。明日老夫将开讲长篇话本《水浒传》，还望各位继续捧场！"说罢取出一只木盘，走向人群。桌上那炷香此时也正好烧完。

众村民便有人取出两三文钱，放入盘中，转眼间便得了几十文钱。史老伯作揖道谢，人群陆续散去。那两个少年仍坐在地上，呆呆地回味着刚才的故事。

"木头，你还愣在这里做什么？"一阵银铃般清脆的声音传来，从后走来一个眉清目秀、身姿轻盈的豆蔻少女，娇嗔道，"今日申时镇里在杏花村举办蹴鞠比赛，你该不会忘了吧？咱们桃花村可就指望你这个'球头'啦！"

那黑瘦少年应道："哎呀！听评书入了迷，真是忘了。多亏陶家姑娘提醒！"说罢便起身跟着少女，大步往杏花村去了。壮实少年也站起身，道："嘿！木头、晴儿，别走那么快，等等我呀！"说着也匆匆跟去了。

第二回　蹴鞠小子

六月天，孩儿脸，说变就变。三个少年男女正行进间，天上突然响起几声闷雷，随即下起瓢泼大雨，只好躲进路旁凉亭暂避。眼看这连绵雨势，黑瘦少年心里焦急，说道："不知这雨何时能停，但愿不要影响下午比赛！"壮实少年笑道："夏天的雨下不长久，很快就停了，正好败败暑气。"少女则不住望向黑瘦少年，眼波流转，满是笑意。

这少女姓陶，单名一个晴字，年方十四，是桃花村村长陶景的闺女。相传在几百年前，陶氏族人的一支，为躲避中原战乱，南迁至岭南乡野地区定居。这支陶氏族人的先祖在修撰家谱时，因向往东晋诗人、陶氏名人陶渊明笔下"采菊东篱下，悠然见南山"的隐逸生活，又有感于自身的命运，与五柳先生所写的《桃花源记》诗文十分相似，遂把定居生息的村落命名为"桃花村"，又在山上种下大片桃花林，自诩为陶渊明后人。然则世事多有巧合，真伪已不可考。随着年月流逝，不少中原人士也先后来到此地避难，繁衍生息。有道是"天高皇帝远"，众人在这远离纷争的乡野之处耕作纺织，安居乐业，小村不断发展壮大，后又衍生出"杏花村""梅花村""荷花村"等几条村落，在山野中自成一片天地。

黑瘦少年随母亲姓杨，名乐康，自幼便没了父亲，与母亲杨珍相依为命。杨乐康和陶晴差不多大，因皮肤晒得黝黑，有时又呆头呆脑，倔得像块木头，认准之事就定要去做，便被陶晴叫作"木头"，却是村中玩蹴鞠的一把好手。壮实少年也姓陶，是陶晴的堂兄，因体健如牛，又在家中排行老大，便得名叫"大牛"。三人自小相识，青梅竹马，是从小玩到大的伙伴。

过了不久，大雨果然停歇，暑气稍有收敛。一道彩虹挂在蓝天白云之间，地上青草沾满水珠，散发出清新的气息，更是怡人。三人继续前行，一盏茶的工夫便到了杏花村。只见村内晒谷场中央已放置一个朱红色方形球门，高约三丈，宽约一丈，上方有两尺多的椭圆形孔，暗合"天圆地方"之意。场地外早已围着不少看热闹的村民，正翘首以待蹴鞠比赛开始。

看到此景，杨乐康登时精神大振，与陶大牛及十位同村的小伙伴，换上整齐的红色布衣，来到场地一侧，分前中后阵型站好。杨乐康坐镇中军，陶大牛位居前部，迎战身穿青色布衣的梅花村队。陶晴站在人群之中，一双秋水明眸，始终不离"木头"。

桃花、梅花两村各克强敌，会师决赛，实力不相伯仲。与桃花村依仗个人相比，梅花村更注重团队配合。梅花村的"球头"名叫王小虎，战术灵活多变，更是杨乐康亦敌亦友的对手。看来今日有一番龙争虎斗了。

咚！只听裁判击响牛皮鼓，比赛随即开始。"球头"王小虎率先开球，传给"跷球"，然后按规则在"正挟""头挟""左竿网"右竿网""散立"之间传球，传球过程中，手不准触球，球不得落地，最后又传回给王小虎，由"球头"射门，把球踢向"风流眼"。皮球划出一道弧线，从圆孔中穿过，径直向杨乐康飞来。

杨乐康微微一笑，轻举双臂，使出一招"燕归巢"，用胸口稳稳把球卸下，皮球滑向脚边，然后用左脚一垫，把球传了出去。未几，皮球传了一圈，重新回到杨乐康脚上，只见他脚尖轻轻一挑，皮球划出一道高抛物线，刚好吊过风流眼，旋即从高而下，落向地面。梅花村的"左竿网"见情势不妙，忙急跨几步，伸长右脚去勾，然而皮球贴门太近，还是反应不及，皮球应声落地。一筹结束，桃花村先拔头筹。

话说蹴鞠又名"蹋鞠""蹴球""蹴圆""筑球""踢圆"等，"蹴"即用脚踢，"鞠"系皮制的球，"蹴鞠"就是用脚踢球。蹴鞠相传起源于春秋战国时期的齐国故都临淄，在汉代获得较大发展，唐宋时期最为繁荣。诗人陆游曾写下"蹴鞠场边万人看，秋千旗下一春忙"诗句，正是描述当时咸阳城内热闹的蹴鞠竞赛场面。

蹴鞠有直接对抗、间接对抗和白打三种形式。进行直接对抗比赛时，设鞠城即球场，周围有短墙，两边有像小房子似的球门。场上队员各十二名，双方进行身体直接接触的对抗，就像打仗一样，踢球入对方球门多者胜。汉代时军队曾以此作为训练士兵的手段。

到了唐宋时期，文治之风日盛，蹴鞠玩法更趋多样，发展出间接对抗和白打的形式，女子也可参与其中。进行间接对抗比赛时，场地中间隔着一道球门，上有两尺多宽的"风流眼"，双方各在一侧，在球不落地的情况下，能使之穿过风流眼多者胜。当下桃花、梅花两村对踢的，便是间接对抗比赛。

白打则主要是比赛花样和技巧，亦称比赛"解数"，每一套解数都有多种踢球动作，如拐、蹑、搭、蹬、捻等，时人还给一些动作取了名堂，如"转乾坤""燕归巢""斜插花""风摆荷""佛顶珠""旱地捞鱼""金佛推磨""观音坐莲""双肩背月""拐子流星"等。

"太妙了！"陶晴拊掌赞叹，脸上充满欣喜。人群中也传出阵阵喝彩之声，杨乐康只是呆呆傻笑，露出洁白的牙齿。王小虎则苦笑摇头，不住打量四周，寻思制胜良策。

比赛重新开始。双方你来我往，互有攻防，皮球上下翻飞，动若流星，观众凝神关注，喝彩连连，斗得好不热闹！正所谓"棋逢敌手，将遇良才"，杨乐康球技虽高，梅花村也颇具实力，一直紧咬比分。"十比十平！"裁判高声报分，比赛已来到决胜一筹。

轮到桃花村发球。三传两导之下，皮球已回到杨乐康脚上，只见他轻颠几下，稍作调整，使右脚外脚背凌空抽击皮球下方。皮球穿过风流眼后，带有强烈旋转，轨迹飘忽不定，落点极难判断，正是出奇制胜的"风摆荷"脚法。

梅花村众少年齐上，在落点下方围成一个圆阵，各自伸出右脚，脚底相触，单足立地，扩大接球范围，好一招团队协作的"观音坐莲"！皮球落在圆阵之内，滚动到王小虎腿上。王小虎右腿一抬，皮球高高跃起，众少年抓紧时机，退回原位，防住了这次进攻。

王小虎深吸一口气，脚弓端出皮球，策动反击攻势。皮球传了一圈，回到王小虎脚上。只见他瞄了一眼，使出一招"拐子流星"，出右脚将球斜向上扫出。皮球斜飞而出，击中了风流眼的楣底，轨迹产生折射，飞向桃花村场地的一个水坑。

这下变故猝不及防，除去杨、王二人，众人都看得呆了。杨乐康无暇思索，向前急跨几步，要去伸脚救球。没想到大雨过后，地上尚有积水，难免踩中水坑，拖慢脚步。眼看皮球就要在半丈前落地，杨乐康顺势倒下，以手撑地，右腿成风车状转动，使出一招"旱地捞鱼"，堪堪在离地一尺处够到皮球，随即向上一踢，皮球再次飞起。杨乐康轻舒一口气，紧接一招"鲤鱼打挺"，从地上腾跃而起，溅起不少泥水。皮球此时正好落回脚边，杨乐康左脚一勾，把球传出，也防住了这次反击。

"妙哉妙哉！"一个声音洪亮如钟的老者叫道。这个回合双方均使出浑身解数，解开对手出的难题，直看得场下观众无不喝彩声雷动，大呼过瘾。王小虎眼见利用地利的战术被破，登时泄了气。杨乐康把握时机，使出一招"转乾坤"，终于取得这决胜一筹，赢下蹴鞠比赛。

"我们赢了！"陶大牛大声欢呼，与几位同村队友抱在一起庆祝。陶晴在场下也喜笑颜开，心道："亏你这个'木头'，竟想出这种办法救球，真一点也不爱惜我织的这件球衣！"尽管输了比赛，王小虎却心悦诚服，上前拍拍杨乐康的肩膀，笑道："玩蹴鞠，我真服了你啦！"杨乐康连忙摆手道："不不不，你也踢得很棒嘛！"众少年笑作一团，欢声笑语响彻小村。

"好俊的脚法！"人群中突然走出一个松形鹤骨、神采飞扬的老道士，一个酒葫芦别在腰间，正是先前在人群中喝彩的老者。但见他一手捋着花白的长须，一手搭在杨乐康的肩上，颇有道骨仙风。

第三回　古怪老道

杨乐康见这老者面生，却无恶意，问道："老伯伯，你方才一直在看我们蹴鞠吗？以前可从没见过你。"陶晴、陶大牛也围了上来，好奇地打量着这个陌生老者。南海镇地处偏僻，只有一条水道通往外界，除了往来买卖的行商，素来少有访客。几条村落加起来，也不过数百户人家，真可谓"阡陌交通，鸡犬相闻"。三个少年自幼在此长大，对小镇的一草一物，早已烂熟于心。

老者抱了抱拳，道："贫道远离江湖，不问俗事，云游四方。今日兴之所至，逆流而上，赏玩山水。未曾想在这山林之间，竟觅得一处世外桃源，看见几个娃娃蹴鞠竞技。当真是'英雄出少年'，妙哉妙哉！"陶大牛道："你这人说话怎么像话本里的人一样，文绉绉的，真是奇怪！"杨乐康又惊又喜，念叨道："江湖？"眼中放出光彩。

老者朗声大笑，道："乡野娃娃无拘无束，有一说一。倒是我拘于礼节，一时转不过弯来，叫各位见笑了。哈哈！"陶晴见老者谈吐不凡，瞪了瞪陶大牛，学着父亲陶景待客时说话，道："远来是客，不如到寒舍小酌几杯。家父是小村村长，常教诲我们要以礼待客。未请教道长高姓大名？"桃花村与世隔绝，民风淳朴，邀行商旅人到家做客，请他们讲讲新鲜事，倒是常有之事。

老者道："贫道早已金盆洗手，隐姓埋名，不足为外人道。小娃娃若想知我姓名，不妨叫贫道道号'无为子'，以示贫道此生碌碌无为。呵呵呵！"说罢又放声长笑，笑声中却颇有悲怆之意。陶晴等人见无为子说话愈发古怪，不明其意，也不好再说什么，便指引他一同往桃花村走去。

四人回到桃花村，正是太阳落山之际，天边云彩一片通红，像被火烧过一般，煞是好看。各家各户炊烟袅袅，传来阵阵柴火饭香气。无为子闻得香气，食指大动，连称"妙哉妙哉"。

陶景见陶晴几人领回一个老道士，不禁诧异，待问清楚缘由后，果真热情地说了一番"远来是客"云云，又叮嘱夫人多做饭菜，拿出一壶米酒，准备招呼无为子。陶景嘿嘿笑道："小孩不能喝酒。你们玩蹴鞠晒了半天，就喝我家刚熬好的凉茶吧，保准清热消暑，生津解渴！"

无为子沉思道："相传东晋时期，道学医药家葛洪号抱朴子，两度隐居岭南罗浮山，追寻炼丹修道之术。因当时岭南瘴疠流行，抱朴子葛洪济世为怀，潜心研究各种温病医药，留下众多医学著作。后世岭南温派医家根据抱朴子著作，总结防治疾病的经验，形成了饮凉茶的习惯，其配方、术语世代相传。今日路经贵地，得闻祖师爷遗风，实在惊喜。酒是喝得多了，如若村长不介意，贫道也想尝尝凉茶。"陶景喜道："道长果然识货。想当年，小村遭受瘟疫侵袭，病倒无数。后来有一位精于医术、菩萨心肠的仙姑路经小村，出手救治病人，又教导医药之理，方使村民们痊愈。我们无不感念她的恩德，可惜之后再未相见。"说罢又看了看杨乐康，满是慈爱之意。

众人畅饮凉茶，相谈甚欢。陶大牛绘声绘色地复述下午蹴鞠比赛的情景，直听得众人津津有味。陶夫人笑道："依我看，日后大牛如若去摆摊讲故事，史老伯也得让贤。"陶大牛得到夸赞，眉开眼笑。陶景则道："只可惜我忙于农务，无暇到杏花村看蹴鞠。不过我早知康儿技艺高超，果真没让人失望！"杨乐康脸上一红，呆呆微笑。陶景又问了几句无为子的身份来历，无为子仍是那番"碌碌无为"说辞，只分享一路上风光见闻，大赞桃花村景美人善，其余只字不提。陶景心道是遇上行事神秘的世外高人，更是以礼相待，热情有加。

坐得一阵，杨乐康起身告别："天色不早，娘亲定然煮好饭菜，等我回家。我要早点回去，告诉娘赢得比赛的消息。"陶晴急道："木头，不留下来吃完饭再走？"杨乐康道："下次再吃。"

杨乐康出门走了数十步，突感身后刮来一阵疾风，正欲回头张望，一只大手已搭在肩膀上，正是无为子。杨乐康奇道："老伯伯，你不是要在村长家吃饭吗？怎么出来了？"无为子神秘兮兮道："凉茶喝多了，出来上个茅厕。小娃娃，我有话想单独和你说。"

杨乐康问道："请问有什么事吗？"无为子把杨乐康全身上下打量一番，道："贫道想问，你叫什么名字？你蹴鞠的脚法师承何处？村内可否还有高人？"杨乐康道："我叫杨乐康。师承？我没有师父啊。我喜欢蹴鞠，平日自己踢着玩。这哪有什么师父？难道玩儿也要拜师父吗？"

无为子抚着白须，打趣道："小小年纪，便有如此技艺，实在难得。若是生对时代，懂得权谋之术，只怕能当上大官，权倾朝野。"又道："你我今日有缘相会，贫道想传你一套轻身步法。日后若再遇水坑，也可轻松救球，不必倾倒在地，显得狼狈。哈哈！"说罢朗声大笑。

杨乐康先是一头雾水，但听得有武功可学时，霎时喜形于色："老伯伯，此话当真？我早已听闻江湖武林的生活，长大后定要闯上一闯！"无为子正色道："江湖中人，最重言诺，岂有哄骗小孩之理？不过在学武功之前，你要先答应我一个条件：不可向任何人透露你向贫道学习武功的事情，即使是你身边最亲近的人也不可以。此事可否办到？"

杨乐康虽心中不解，但感无为子既然这么说，自有他的考虑，于是也正色道："一定可以！我可不是小孩啦！江湖中人，最重言诺。"无为子喜道："妙哉妙哉！小娃娃学得倒快。那么今夜子时，我们在村口榕树处见面。切记不可向任何人提起。"杨乐康正欲再问，却感一阵疾风吹过，无为子早已走远。

杨乐康回到家中，轻呼一句"娘，我回来了"，便默默坐下。一个三十四五岁的妇人，拿着饭菜从厨房走出，眉角虽有皱纹，颇有风霜之色，却气质优雅，风姿绰约，正是杨珍。杨乐康心中念记与无为子的约定，是以不发一言，埋头吃饭。杨珍察觉儿子似有心事，温言道："康儿，慢点吃。今日下午蹴鞠比赛结果如何呀？"

杨乐康方才想起，道："啊！我们赢了。"又不再说话。杨珍见一向最爱蹴鞠的儿子竟心不在焉，若是以前有比赛的日子，只怕早就谈上了，更感疑惑："是哪里不舒服吗？"杨乐康笑道："没事，我高兴着呢！"

夜幕降临，天空繁星闪烁，月色皎洁如水。众村民吃过晚饭，纷纷来到榕树下乘凉歇息，诉说家事。十几个小孩在池塘边追逐萤虫，嬉戏打闹。远处传来一首略带沧桑的歌谣：

南国多胜景，桃花满山岗。

水乡鱼虾肥，田园瓜果香。

老人说水浒，少儿蹴鞠忙。

人心犹古道，待客茶不凉。

逍遥莫过此，何苦争霸王？

又过得一个时辰，月亮高挂天边，四下万籁俱寂。在田野劳作一天的村民，此时已然进入梦乡。杨乐康见杨珍睡熟，蹑手蹑脚从床上爬起，钻出门外，应约来到大榕树下。无为子早已背手伫立在此，出神地望着夜幕景色，听得身后传来脚步声，转身说道："你果然来了。"

第四回　白鹤翱翔

杨乐康道："史老伯常说：大丈夫言而有信。应允别人之事，便是刮风下雨，也得办到。"无为子微微一笑，道："若人人都是大丈夫，天下间又岂会有背信弃义、陷害朋友之事？"杨乐康怒道："什么？老伯伯，你被人陷害过吗？我跟你一起去讨回公道！"无为子道："如果你打不过陷害你的人，讨不回公道，那又如何？"杨乐康想了想，道："打不过他，那我就继续练，直到打得过他为止！"

无为子叹道："少年人有志气，自是好事。唉！但若凡事都

14

太过较真，不懂放下，只怕会囿于其中，难得自由。"杨乐康似懂非懂："如果道理在我们这边，那为何要退让害怕，让坏人得逞？"

无为子一时语塞，心中却颇欢喜，道："诚然，天下之事，离不开一个'理'字，只是这世上总有恃强凌弱、欺善怕恶之徒。今日贫道传你一套'鹤翔步'身法，日后若你遇到蛮不讲理、又打不过的坏人时，也可走为上计，再谋对策。"

杨乐康喜不自胜，道："学得这鹤翔步，是否就能像鸟儿一般，可以在天上飞呢？"无为子见杨乐康如此懵懂，不禁哑然失笑，随即正经道："冯虚御风，羽化飞升，那是传说中的最高境界。我也不知是否曾有先辈达到如此修为，更别说你这小娃娃了。但如学得这鹤翔功，飞檐走壁、攀缘险峰，倒非难办之事。然则时移世易，人多奇智，日后倘若有人借助外物，翱翔天际，犹未可知。"

杨乐康又问："我听史老伯说，这世上有种功夫叫点穴，只要在穴道上轻轻一点，纵是七尺大汉，也能轻松制服，使其动弹不得。我和大牛都是半信半疑。请问可有此事？"无为子道："习武之人，讲求内息畅通，气血运行，以内力为根底，方可最大限度发挥拳脚招式威力。若在交手之际，防备稍有不慎，被人点中要穴，阻塞内息，除非内功修为极高，能冲破所封穴道，否则便纵有千般蛮力，也使不出来。这正是武术斗争诡变之道，既可苦练内功，以本事制敌，也可攻其不备，以奇巧取胜。"

杨乐康初闻武道，心中大喜，又问："那么，高手过招之时……"无为子不想多答，打断道："怎么这么多问题？还学不学功夫了！"杨乐康方才打住，道："学学学！老伯伯，我们这就开始吧！"

无为子微微一笑，心道："倒是你这小子命令我起来了。"但既知杨乐康学艺心切，心中也不计较。只见无为子向前跨出，一边走起步法，一边念起口诀："散幽经以验物，伟胎化之仙禽。钟浮旷之藻质，抱清迥之明心。指蓬壶而翻翰，望昆阆而扬音。匪日域以回鹜，穷天步而高寻。践神区其既远，积灵祉而方多。精含丹而星曜，顶凝紫而烟华。引员吭之纤婉，顿修趾之洪姱。叠霜毛而弄影，振玉羽而临霞。朝戏于芝田，夕饮乎瑶池。厌江海而游泽，掩云罗而见羁。去帝乡之岑寂，归人寰之喧卑。岁峥嵘而愁暮，心惆怅而哀离。"每句口诀皆对应一个步法，每个步法可任意接续，生出繁复变化。口诀念完之时，无为子也堪堪回到原点，走了一个大圈。

杨乐康瞪大眼睛，看得呆了，一时回不过神。无为子道："这套步法要点，在于随心所欲、灵活多变，切不可拘泥顺序，不识变通。"杨乐康点头称是，当即在无为子指导下，背诵口诀，练习步法。杨乐康在蹴鞠上颇有天赋，却没怎么念过书，是以步法记得虽准，也懂变通之理，却总记错口诀。无为子也不恼怒，适时指正纠错，不断亲身示范。一个教得起劲，一个学得起劲。

一老一少在夜色之下，迈开轻盈的鹤翔步，宛如两只白鹤，时而单足伫立，时而昂首阔步，身姿优雅，步法潇洒。不知过了多久，远处传来公鸡啼叫，天边已出现启明星，一宿将过，东方既白。

无为子赞道："小娃娃，你学得很快，身法之间已颇有白鹤形意。日后多加练习，自会有所精进。相传东汉神医华佗曾依据阴阳五行、脏象、经络、气血运行规律，观察禽兽活动姿态，用虎、鹿、熊、猿、鸟等形象，创编健身功法'五禽戏'。其后，历代多位武学名家均师法自然，创立武功，在江湖上打出赫赫威名。"杨乐康练功一宿，本已显疲态，但听得无为子提及江湖旧事，登时精神一振，侧耳细听。

无为子瞧了瞧杨乐康，见他听得认真，又道："像少林派的鹰爪功，手法刚劲迅猛，灵感便源自雄鹰以爪觅食的姿势；丐帮的打狗棒法，将敌人类比为恶犬，以棍棒击打制服；传闻西域另有高手独创蛤蟆功，发功时蹲在地上，形如蛤蟆，虽状甚不雅，却威力无比。妙哉妙哉，有趣得很！"

杨乐康兴致盎然，问道："当少林派遭遇丐帮时，究竟是鹰爪功厉害，还是打狗棒法更占上风？"无为子朗声大笑，道："这些问题，只怕你要亲身到江湖上游历闯荡，方知答案了。"又道："小娃娃，鹤翔步已然传你，你我缘尽至此，咱们就此别过。"说罢提步欲行。

杨乐康见他要走，慌忙道："老伯伯，你先前问我有没有师父。其实我不仅没有师父，连爹爹也没有。今天我从你这学到了这套轻功，可否叫你一声师父？"

无为子眼眶一湿，心想："没想到这娃娃如此有心。"其实无为子隐去身份来历，又要人保守学艺秘密，一是他看过太多江湖仇杀，师门相残，不想再收徒弟，多生羁绊。二是言传"侠"的处事原则，考验杨乐康人品。其实他见杨乐康憨直善良，言行见识虽然幼稚，却颇显学武天赋，眉目也与一位后辈有几分相似，心中已甚喜爱，否则也不会兴之所至，传授一套不可伤人的轻功。口中却道："你想叫就叫吧。日后你若惹出祸来，别把为师名字说出来就行了！"

杨乐康想了一想，方才明白无为子在提醒他要谨守诺言，大喜道："谢谢师父，我知道了！"无为子嘿嘿一笑，迈起大步。杨乐康又叫道："师父，我日后要到哪里找您啊？"无为子一边解下酒葫芦，饮了两口，一边道："何必来找我？有缘千里能相会，无缘对面不相逢！"大笑着头也不回地走了。

　　天已破晓，杨乐康返回家中。杨珍已然起床干活，见儿子大汗淋漓回来，关心道："天才刚亮，你跑到哪里去了？"杨乐康脸上一红，避开母亲注视，道："我睡不着，到外边逛逛。"说罢躲进屋内，蒙头大睡，很快便进入梦乡。

　　恍惚之间，杨乐康梦见自己成为大侠，要去救人。只见一道黑影闪过，自己已飞身潜入大宅，不料却误触机关，被侍卫团团包围。但自己毫无惧色，施展绝艺鹤翔步，左闪右避，逃脱追杀。正奔到一处转角，突然杀出侍卫埋伏，举起斧头大力劈将下来……

　　"喂！太阳都晒到屁股上了，怎么还不起床！"门外传来一个少女的声音，正是陶晴。杨乐康"啊"了一声，蓦然从床上惊醒。陶晴也吓了一跳，嗔道："动静这么大，想吓死人嘛！"杨乐康见陶晴来了，揉揉眼睛，不好意思道："对不起。我有点累，睡过头了。"陶晴眼珠一转，攥紧手中物事，笑道："都要午时了，快洗漱吃饭，出来玩吧！"

第五回　青梅竹马

这日午后阳光明媚，天空湛蓝如洗。清风徐来，杨柳随风摆动，颇有《诗经》中"昔我往矣，杨柳依依"的意境。陶晴和杨乐康漫步河堤，任由清水不时漫过，浸湿两只脚丫，说不出的清凉畅快。这是附近几条村连接河网的唯一水道，叫作"善人渡"。若想出得村外，必须划小船经此而行。村内生活经济自给自足，又有行商定期划船进村买卖，是以水道平日并不繁忙。

陶晴身穿浅绿衣裙，走路蹦蹦跳跳，活泼得像花间精灵，笑道："嘿！木头，我有话和你说。"杨乐康一怔，道："真巧！我也有话想和你说。"陶晴道："那你先说吧。"

杨乐康问道："等你长大后，你想做些什么？"陶晴道："我想找个爱我的郎君，和他开开心心地生活在一起。"随即嫣然一笑，露出两个梨涡，道："怎么突然问起这个了？"

杨乐康嗯了一声，又问："你说这条河，能通向什么地方呢？"陶晴道："我不知道呢。不过爹爹总说，河外面的世界不过如此，还没有村里这么好玩。"其实两个少年从没出过村外，根本不知道外面长什么样，好不好玩。

杨乐康道："我曾听评书的史老伯说，这世上有个很大的大湖，叫作江湖；有个很大的树林，唤作武林。在这江湖武林里，有一群来去无踪的侠客，专门行侠仗义，打抱不平；也有一群贼眉鼠眼的坏人，平日欺善怕恶，恃强凌弱。我想到这江湖武林里闯荡，成为做好事的大侠！"杨乐康一直向往江湖生活，昨日忽遇无为子，领略到奇人风采，更坚定了出外闯荡的信心。

陶晴大惊，颤声道："木头，你想离开桃花村吗？"杨乐康道："是啊！我已不是小孩了，总得出去看看嘛。"陶晴问道："但你也不知道这江湖武林在什么地方，那要怎么去呢？"杨乐康想了想，沉吟道："史老伯还说，有人的地方就有江湖。我想当我去到了一个有很多陌生人的热闹地方，就算去到了江湖吧。"

陶晴冷冷说道："这么说来，你对咱们村是一点也不留恋了。常言道：父母在，不远游。你的娘亲怎么办？她要一个人孤苦伶仃地生活在这里。"杨乐康道："这正是我担心的事。我想托你和陶叔叔、陶伯母，在我离开以后，多多关照我娘亲。"其实陶景作为村长，见杨珍两母子孤儿寡妇，又知闺女陶晴情意，平日对杨家多有关照，不时送上多做的食物。过年时更是广邀邻里，大伙一起动手做年糕、吃年夜饭。

陶晴小嘴一扁，嗔道："那是你自己的娘亲，要关照你自己关照去。我可帮不了你！"说罢扭头就走，越走越快。杨乐康呆呆愣在原地，以为陶晴有事要走，又被她一语惊醒，寻思孝顺娘亲确是自己分之事，无法假手于人，然则梦想、孝道两难全，一时不知如何是好。

陶晴回头一看，见杨乐康也不追来，直像块木头一般愣在原地，更是蛾眉倒竖，快步走回家中，"砰"一声关上门，把自己锁进房中，脑海不禁浮现那些青梅竹马的嬉戏情景：

春天百花齐放，小孩们采摘花草，斗草取乐。有一次，陶大牛悄悄把竹篮里的青草编成蚂蚱来吓人。陶晴蒙在鼓里，拿起来放在手上，吓得哇哇大叫，扔在地上乱踩，逗得大家笑弯了腰。炎炎的夏日，男孩们下河捞鱼摸虾，女孩们坐在岸边看衣服，捉到的鱼虾又鲜又肥，用来做汤一流。调皮的男孩还把水泼到岸上，弄得大家像落汤鸡，回家总得挨骂。刮起秋风时，小孩们便到空地放纸鸢。有次大风把线索吹断，纸鸢挂在树上。陶晴急得快哭了，杨乐康便自告奋勇，爬到树上去取，却不小心掏到蜂窝，被蜇了十几个包，三天三夜才消肿。到得冬至那天，大伙在祠堂里围在一起揉米粉、包汤圆。杨乐康包的汤圆有的扁，有的方，反正就是不圆。陶晴别出心裁地把桂花包进汤圆，大伙吃过都竖大拇指称赞，连夸晴儿心灵手巧。后来杨乐康迷上蹴鞠，一天到晚只顾练球，陶晴也到了学习针线女红时候，便给杨乐康编织球衣。大家渐渐长大，开始有男女之别，聚在一起玩的时间却少了。

陶晴越想越气，情知杨乐康若出外闯荡，往昔嬉戏场景，不知何日再现，便拿出怀中一块黄色小布，扔在地上踩了几脚，却不禁流下眼泪，心道："臭木头，烂木头！难道你就全然不知我对你的心意吗？你就不能问问我，咱们一起到这江湖武林里闯荡吗？可是爹爹定然不同意，杨伯母也会孤苦伶仃。唉！我想和你一起照顾杨伯母，而不是只有我自己一个！"

陶夫人听得房间有异，把头贴在房门上，温言道："晴儿，发生什么事吗？"陶晴忙擦拭眼泪，吸了一口气，道："娘亲，我没事！"仍语带哽咽。陶夫人摇了摇头，默默走开。陶夫人眼见陶晴近日迷上求神，今早又专门跑到隔壁荷花村的道观，请道长为信物开光祈福，便知女儿已然长大，正为姻缘之事烦恼。

杨乐康若有所思，在河边逛了一阵，也独自回到家中。杨珍正在自家院子采摘荔枝，但见两棵荔枝树枝繁叶茂，果红叶绿，正是荔枝飘香的时节。她见儿子与陶家姑娘约会归来，笑道："康儿，进去屋来，我有事要和你说。"杨乐康心神不定，嗯了一声。两人步进屋里。

杨珍道："不知不觉，你也长这么大了。男大当婚，女大当嫁。我想请村里的媒人，找个良辰吉日，到陶村长家提亲。"古时农村结婚早，到十四五岁，便可张罗婚事。杨乐康大惊道："娘！我……我还没有这番心思。再说我们家身无长物，怎么配得起陶家姑娘呢？"

杨珍道："傻孩子！感情之事，讲求真心，有没有钱，只是其次。只要你肯动动心思，干活勤快一点，定能打动芳心。再说你和陶姑娘青梅竹马，我看她也挺喜欢你啊！"杨乐康脸上一红，鼓足勇气道："娘亲，其实我想到外面闯荡一番，拜师学艺，学习武功，成为行侠仗义的大侠。只是我担心要离开您一段时间，无法陪伴尽孝，一直不敢和您说……"

杨珍叹了口气，心想："我早料到会有此一天。这孩子的脾性，当真跟他爹一模一样。不过若非如此，当年我也不会与他相识，喜欢上他吧……"想起往事，不禁凄然落寞。杨乐康见杨珍神色有异，以为母亲不舍自己，道："娘亲，你放心，我到时学艺有成，闯出名堂，一定会回来看您。"

杨珍道："康儿，你可知道我为何把你取名叫'乐康'？"杨乐康摇摇头，道："我不知道。"杨珍面色凝重，道："我不希望你成为什么大侠，只希望你这一生无灾无难，喜乐安康。不要再像你爹那样被人陷害，命途坎坷。我想你早日成家立室，平凡度日，也正是为此。"

杨乐康大奇道："我爹？"杨乐康从没见过父亲模样，更不知他是何性格，生平如何。幼时见小伙伴都有爹娘，便问自己爹爹在哪，那时杨珍支吾以对，只说他去了远方，不再回来。后来他年岁渐长，逐渐懂事，便猜自己爹爹已遇不测，从此不再问及，怕勾起娘亲伤心往事。是以言不提父亲，一直是两母子多年心照不宣的默契。如今听杨珍突然提起，不禁问道："他是个怎样的人？"

第六回　文君夜奔

杨珍凝望窗外，自顾自说道："想要说他，只怕要先说我。我和他都是一般苦命，可谓同是天涯沦落人。我出生在江南一个大户人家，祖父当年科举高中，曾在地方当官，任知府一职。我自幼喜读诗书，尤爱读唐人传奇，可惜作为女儿之身，纵然向往书中所写光怪陆离之事，也只能待字闺中，摆弄女红，无法像男孩闯荡游历一番。"杨乐康既从没见过父亲，其实也没听过娘亲提及身世，只因自己从小便生活在桃花村，便道娘亲也是一般，与旁人无异，此刻忽闻家世，不禁认真细听。

杨珍叹了口气，道："俗话说：富不过三代。我想人的福缘命运，冥冥中自有注定，只怕强求不得。我大伯也是位饱读圣贤书的秀才，可惜往上考却屡试不中。到我十二岁那年，朝廷又开科取士，祖父得知浙江主考官正是与自己同年中第的旧相识，便准备了黄金百两，意欲打通关系，好让大伯高中，功名利禄便可传之后代，永葆荣华富贵。没想到跑腿的下人酒后失言，不慎走漏风声，被祖父的政敌知悉告发，科场行贿败露，天子得知此事，龙颜大怒，为祖父知法犯法，罪加一等，判了'斩监候'，意即秋后问斩。"

"我们全家大惊，连忙典当器物，散尽家财，上下打点，又拖得祖父在狱中几年不死。可知造化弄人，到我十五岁那年，天子下诏迁都，大赦天下，祖父终于被放出来，捡回一条性命。但散出去的家财，又如何追得回来？自此之后，祖父贬为庶民，家道日益中落。正所谓'树倒猢狲散'，几位叔伯分得剩余财产，各自分居安家，也好逃避外人闲言闲语。我和兄弟姐妹也跟随爹娘远迁，以务农卖枣为生。这些事我也是后来听我娘提起，方才知晓。但从有丫鬟服侍的小姐，变为要下地劳动的村姑，初时实在不惯。"

听到此处，杨乐康不禁想起史老伯说的话本故事，既觉太姥爷行贿买官固然可耻，又觉普天之下，上至官宦士族，下至黎民百姓，其身家性命财产，全系于皇帝一念之间，委实让人胆寒。

杨珍喝了口茶，又说起另一段往事："到我十七岁那年，有一天，我跟着我爹，在市集上摆摊卖枣。天色渐晚，市集上的人走得差不多了。那天生意不好，我爹正摇头咒骂。这时走来一对男女，女子身穿白衣，娇小弱质，笑意盈盈；汉子一身玄黑，人高马大，脸色阴沉。两人站在一起，有种说不出的诡异。但见那男子一言不发，就拿起几个枣子，放嘴里大嚼起来。女子却拿出一串念珠，故作关切道：'施主，我看你印堂发黑，恐有血光之灾。我俩是黑月教信徒，今日有缘相见，又吃过你的甜枣，实不忍看你遭受无妄之灾。这是我黑月圣教的独门法器，若佩戴在身上，可保一方平安。'张口便索要十两银子。"

"我爹知他们是装神弄鬼的江湖骗子，没好气地打发他们走，站起身张罗收摊。那汉子也不知避让，挡在木轮车前不挪步。我爹收拾枣箩时，也许是箩筐太沉，他一时立足不稳，不小心撞到这汉子，却感到一股劲力袭来，竟把他弹出一丈开外，重重摔在地上，直跌得他四脚朝天，不住呻吟。枣子咕溜溜滚出，撒得遍地都是。我一时惊呆了，待回过神来，慌忙跑去扶起我爹。"

听到此节，杨乐康不禁面露愠色，道："这一男一女不是好人，在故意挑事！"

杨珍点了点头，续道："那女子此时也装模作样过来，一边帮忙扶起我爹，一边假惺惺道：'施主你看：不听高人言，吃亏在眼前。没想到这现眼报来得这么快！还是听我一句劝，花些银子买下法器，权当破财挡灾，否则祸患无穷啊！'我爹一把推开女子的手，正要发作。没想到这女子佯装向后跌倒，跌向那汉子怀中，娇滴滴道：'我不忍你遭灾，本想良言相劝，怎料你竟出手打人，当真好心不得好报！'"

"那贼汉迎前一步，抱腰接住女子，终于发难道：'何必跟这种人多费唇舌？死老头！别敬酒不喝喝罚酒。今天这十两银子，你给也得给，不给也得给！'说罢伸手去抢我们装钱的木盒。那里装着我们连日来卖枣的血汗钱，我爹如何肯让贼人得手？便拼着命扑上去，想用身体护着钱盒。那贼汉却举起大手，像老鹰抓小鸡一般，抓住我爹的后背衣衫，又把他甩了出去。我自小养尊处优，不出闺门，到得十三四岁才初尝生活艰苦。此刻突遭歹人，始知世间险恶，人心难测，不禁啼哭起来。"

杨乐康咬牙切齿，狠狠拍了拍桌子，道："岂有此理！娘亲，我一定要拜访名师，学得武功，将来好保护桃花村，保护你和晴儿。"

杨珍微微一笑，续道："就在此时，一个背负宝剑的青年义士出现了，只听他大喝一声'贼人休得猖狂'，便从远处奔来。那贼汉放下钱盒，从怀里抽出一柄匕首，恶狠狠道：'你想学人强出头？得问问它答不答应！'说着又晃了晃匕首，但见寒光逼人，锋利异常。义士也不说话，也没拔剑，只用一双拳掌，便和贼汉过起招来。只见贼汉手持匕首，猛力往前一刺。他侧身闪过，疾跨两步上前，一把扣住贼汉手腕，发力往上一扭，但听'咔嚓'一声，似是关节撕裂之声。那贼汉顿时哇哇大叫，右手一松，匕首往地上跌落。他顺势一踢，正好踢中匕柄，匕首直飞出去，'砰'的一声插进路旁一棵大树中，白刃直插到底，只露出一截木柄。后来我才知道，这便是武林中的'空手夺白刃'功夫。"杨乐康听得痴了，喝彩叫道："好脚法！"

"那贼汉疼得龇牙咧嘴，伸出左手要掰开他的手，两人一时僵持不下。那娇小女贼却悄悄闪到他身后，手中不知何时多出一把铁扇，想要从后偷袭，神态凶悍泼辣，与先前判若两人。我眼看不妙，不禁惊呼一声'小心'！他却像背后长眼一般，未等我的'心'字叫完，已抢先往后一踹，正好踢中女贼小腹，那女贼应声倒下，不住呻吟打滚。原来高手过招之时，讲求眼观六路、耳听八方，往往需要听声辨位，以防敌人偷袭暗算。他松开铁掌，朗声道：'还不快滚？'那贼汉如蒙大赦，慌忙扶起女贼，作个揖道：'多谢留情！'就此落荒而逃。"

杨乐康再闻武道，茅塞顿开，又听得一段邪不胜正的往事，心头只觉一阵欢喜，正色道："路见不平，出手相助，正是大侠所为。"

杨珍续道："他救了我和我爹，我心中十分感激。为防贼人跟踪报复，他还一路护送我们回家。尽管受他如此恩情，但我爹中年失势，屡受豪强劣绅欺压，性情变得孤僻冷漠，以为他不过也是好勇斗狠、沽恩市义的匹夫，言语间总是冷冰冰，说什么'我家历遭劫难，还有几个孩子要养，可没什么东西报答您这尊大神'的话，便躲进房间休息。其他家人也不管不顾。他却只是微笑，并不着怒。"

"我却被他的侠义心肠深深折服，邀他进房小坐，取出女儿红酒，与他小酌几杯。女儿红是江南一带人氏，嫁女必备之物。这酒本为我而酿，埋藏在桂花树下。可惜家族遭逢变故，四散迁移，原来说好的姻亲不了了之，我便掘取出来自藏，只待有朝一日能用上。又趁左右无人之际，悄悄塞给他一块手绢，上面用脂粉写有文字，与他约定当夜三更在村口的'文君亭'相见。这亭子本来也没名字，我把它唤作'文君亭'，只盼他知晓心意。"忆及此节，杨珍不禁红云飞上，娇羞忸怩之情，直与少女无异。

杨乐康自幼好动，不爱读书，自然不知卓文君夜奔司马相如的故事，只觉朝夕相对的慈母，今日竟变得十分陌生，心内更有满腹疑团，只待娘亲娓娓道来。

杨珍续道："还记得那夜明月高照，万里无云。他果然如约前来相见，未等我开口，便抱拳谢道：'在下今日遭遇恶战，幸得姑娘出言提醒，才没让贼人偷袭得手。谢谢！'我受宠若惊，道：'公子武功高强，仗义出手，救了奴家和爹爹，是奴家该感谢你才对！请受奴家一拜。'说着便拜了下去。他伸手把我扶起，开门见山道：'姑娘不必多礼。你想跟着在下，一起闯荡江湖，是吗？'我又惊喜又害怕，惊喜的是他已猜出了我的心意，害怕的是他也许已然娶妻，又或嫌我累赘不想答应，一时羞得不知如何是好，只好呆呆点头，不敢抬头看他。"

"又听他道：'承蒙姑娘厚爱，在下愧不敢当。我见姑娘容貌清秀，知书识礼，绝非粗鄙村姑。何以沦落至此，以卖枣为生？'我如获知音，道：'公子好眼力。'当下不敢欺瞒，把身世经历和盘托出。他见我如此坦诚，不惜自曝家丑，也十分感慨，叹道：'世事无常，但求心安。现在你们过着自食其力的日子，虽然辛苦一些，倒也问心无愧。'随后，他也敞开心扉，向我诉说他的师承来历。"

杨乐康越听越惊，寻思："莫非这个救过娘亲的义士，便是我爹？他原本就是武林中人？"

杨珍完全沉浸在往事中，忆道："原来他时年二十，师从金石派。金石派奉铸剑大师欧冶子为祖师爷，门下人人都会打铁，能铸造坚如金石、削铁如泥的利器。创派数百年间，如逢乱世，金石派受官府所雇，为军队打造兵器，助力抵御外敌、镇压叛乱；如逢盛世，金石派便游侠民间，钻研铸剑之道、使剑之理，以替天行道、匡扶正义为己任，手中宝剑号称'上清君侧，下斩妖人'。江湖同道如有耳闻，无不竖起大拇指称赞。"

"数月前，他拳剑双修，艺成下山，一来是为游历见识，施行侠义，在江湖上闯出一番名堂；二来是遵循师命，为师门寻找从天而降、极为稀有的玄铁石，准备打造一把凝聚各派、号令武林的神剑。没想到今日路经市集，正好遇上黑月教妖人作恶，便出手教训他们，也由此认识了我。"

"只听他歉然道：'在下平日隐居深山，尚未成家立室。今日得见姑娘，心中……心中也欢喜得很。但我为寻找玄铁，务须翻山越岭，栉风沐雨。只怕你跟着我这浪子，日后要吃不少苦头，你不会后悔吗？'我怕他拒绝，急道：'昔日卓文君甘愿抛弃富贵生活，跟随未成名的夫君经营酒馆，亲自洗涤忙活，却也毫无怨言。奴家早已是一介布衣，不是什么富贵小姐。如蒙公子不嫌弃，纵是奔到天涯海角，我也绝不后悔。'我俩一见钟情，私订终身，只觉有千般情话诉说不尽，竟一直聊到东方破晓。后来，他便成了你爹爹。"

杨乐康听闻自己父亲原是这样一位武艺高强、英雄救美的豪杰，当下心生向往，但转念又觉不对，问道："那爹爹后来怎样？为何没跟我们生活在一起？"

杨珍续道："其时我见天色渐明，悄声道若再不动身，只怕要被家人发现，不好交代。他微微一笑，取出纸笔，让我修书一封，简单道别家人。又取出背后宝剑，只见宝剑装饰华美、剑穗飘扬，剑柄上刻'金石派'三字、剑鞘镶有宝石，一看便是名贵之物。他执起我的手，悄悄潜回我家，放下书信宝剑，就此远走高飞。我看他心思细密，安排妥当，便欣然答允。他说自己身无长物，只有这把宝剑最值钱，但既已骗得良家女儿私奔，便把他最珍视之物赠予我家；又说什么'易求无价宝，难得有情人'的话，听得我又羞又喜，直嗔他油嘴滑舌。没料到这之后的种种祸事，竟源自这把宝剑——这次率性慷慨之举。"说到此节，杨珍露出极为复杂的神情，既有郎情妾意的欢喜，也有追悔莫及的懊恼。

第七回　金石亮剑

杨珍定了定神，续道："后来我与他乘船骑马，东渡琉球，西至大漠，北到极地，南下海岛，游历名山大川，寻找玄铁矿石。路上若遇恃强凌弱之事，他便仗义出手，教训那些土豪劣绅；若盘缠花光殆尽，他便潜入豪强之家，劫富济贫，官府也拿他没办法；更多时候是路途遥远，荒无人烟，他便跟我谈及各门各派的武学造诣和江湖往事，我虽全然不懂武功，却也听得津津有味，路途上也尽心侍奉他。这样的快活日子，过得有两年光景。"

"两年后，我们结束一次远游，重返中原土地。有一天，我们在路上遇见几个身穿破衣、手持竹杖的丐帮弟子，他便上前施舍问好，探听消息。这丐帮号称'天下第一大帮'，以侠义道自居，近年虽龙蛇混杂，号召力有所下降，但其成员遍布天下，互通音讯，传播江湖消息最是迅捷。"

听到此节，杨乐康扑哧一笑，寻思当乞丐的帮派竟是"天下第一大帮"、成员还遍布天下，实不知该可笑还是可叹，但转念又想起无为子提过的"打狗棒法",当即不敢小瞧。

杨珍续道:"只听一个丐帮弟子笑道:'近期江湖大事,要数金石派掌门人徐允常亮剑扬威,展示新铸的归心剑,号称'神剑归心,侠义为本,上清君侧,下斩妖人,忠君报国,杀身成仁'。他还派人广发英雄帖,邀请武林同道,于下月十日抵达福建湛卢山,一同观礼见证。可惜我们地位低微,无缘拿到请帖看热闹咯!'他闻言又惊又喜,取出几两银子谢过那丐帮弟子。这徐允常便是他的授业恩师。我们在外游历,居无定所,已与他师父断绝书信多时,也是时候该回去叩见恩师。没想到他师父在这两年间,已然觅得材料铸成宝剑,正好被我们赶上这桩大事。他还兴奋地说可以趁此机会,向师父引见我,请他老人家主持婚事,正式给我一个名分。我听了后乐不可支,憧憬着披戴凤冠霞帔出嫁的情景。"

"于是我们日夜兼程,正好在次月八日赶回湛卢山,上山时遇到不少应邀前来的江湖朋友,他便自报身份,指引宾客同行。后来又遇到久别重逢的同门师兄弟下山接待宾客,他便拉住说个不停,又为我引荐。他师父徐允常是个五十来岁的武人,燕颔虎须,形貌威武,快人快语,性情直爽,江湖人送雅号'万剑宗'。徐允常见到我们也很高兴,连说他回来得正是时候,还带回来个美貌媳妇,当真喜上加喜。其时山上张灯结彩、披红挂绿,群豪陆续到来、竞相道贺,就像过年一般热闹。"

"一天后,亮剑大会正式举行。湛卢山续贤庵高朋满座,正派豪杰、绿林好汉聚首一堂,少林派方丈广真大师、武当派无为子许墨生、丐帮副帮主袁兴旺、枯木派二当家钟如龙、点墨派掌门人孔彦缙、百花帮帮主苏义妁等成名英雄，都各自带领门下弟子对号落座。这些人的威名事迹，我曾听他在旅途中提过，到得那天才得见真容。另有昆仑派、峨眉派、海沙帮、巨鲸帮等英雄好汉不计其数。唯独位居五行盟派之首的烟火派，迟迟不见踪影。"

杨乐康心中一凛："武当派无为子许墨生？我好像没跟娘亲提过学轻功的事吧！原来妈妈早就见过那位古怪的老伯伯了，还知道他的名字门派……"

杨珍续道："只见徐允常站起身来，作了个揖，朗声道：'各位武林朋友远道而来，徐允常脸上贴金，感激不尽。承蒙朋友们赏识，推崇敝派所铸刀剑为武林宝物，在下既感受之有愧，又感责任重大。在下广发英雄帖，举行亮剑大会，展示敝派新铸的归心剑，是为了凝聚力量，震慑奸邪，绝无炫耀实力、好大喜功之心。近年黑月教妖人行事诡秘、妖言惑众，对寻常百姓多有滋扰，似有不可告人的图谋。作为武林正道之人，咱们理应担起伸张正义、除暴安良之重任。为此，我提议：尊这把归心剑为正派信物，以此号令武林、歼灭奸邪。若有不听该剑号令者，一律斩杀。目前该剑暂由敝派掌管，日后若有德艺双馨、威名显赫的高人选为武林盟主，总管讨伐魔教一事，敝派自当把归心剑恭敬奉上，请其发号施令。'"

"此言一出，在座群豪无不面上变色，议论纷纷。有人道：'少林、武当两派安于一隅，潜心佛道；丐帮龙蛇混杂，日渐式微。五行盟派若肯出面主持正义，那是再好不过。'有人道：'没想到金石派野心如此大，今日之事名为亮剑，实为称霸，想用一把破剑唬住众人，也不知他们够不够斤两，压得住这许多豪杰？'

有人道：'选举武林盟主，率众讨伐魔教之事，说了有好几年，也没实质进展。只因练武之人性情倨傲，你不服我，我不服你，都不想听命于人；魔教孽障却又野火烧不尽，春风吹又生。只怕这次宏图大志，也敌不过人心不齐。'"

听到此节，杨乐康如芒在背，若有所思，却一时不知说什么好。

杨珍续道："徐允常自然听到群豪议论，朗声道：'各位朋友的担心顾虑，在下何尝没有想过？正因我辈武人不够团结，才给了魔教滋长空间，更显今日亮剑一事关系重大。少林派广真大师是得道高僧，武林人人敬仰的老前辈，当年更曾参与太祖北伐残元事业，与黑月教颇有渊源。未知大师有何看法？'"

"这时，一个年逾古稀、慈眉善目的老僧站了起来，便是广真大师。只见他单手立掌，缓缓道：'阿弥陀佛！徐居士心怀天下，实乃苍生之福。想当年老衲尚未出家，跟随大军北伐，驱除鞑虏，收复中原，已历五十余载。然则追根溯源，最初起事抵抗元室之人，却是黑月教首领韩山童领导的红巾起义。只因后来王朝建立，黑月教有所分化，派别林立，被有心之人利用，成为地区不稳因素，终于被天子视为异端邪说，严加镇压。是以世间是非功过，实在难说得很。正所谓'人不犯我，我不犯人'，当今天子励精图治，息兵养民，人心思定，黑月教也并无主动侵犯之举。我等正派之士，若见为非作歹之徒，出手教训便是，又何须兴师动众，多添罪孽？如此冤冤相报，何时方了？'"

"徐允常沉吟道：'广真大师宅心仁厚，慈悲为怀，不忍赶尽杀绝。然而自古正邪不两立，魔教妖人行事诡秘，不择手段，我们对敌人仁慈，敌人却可能对我们残忍。烟火派李掌门痛失爱女，便是明证。常言道：先下手为强。若我辈武人不未雨绸缪，待到魔教突然发难之际，只怕都得束手就擒。少林派和黑月教同出佛教，一为禅宗，一为净土宗。若大师不忍同室操戈，自有别派志士代劳，大师大可潜心修禅，不多过问。'此言一出，不少知道底细的武林人士均点头赞同。广真大师叹息一声，不再说话。徐允常又道：'自张三丰真人创派以来，武当派发展日盛，深得先帝推崇，与少林派并称武林中的泰山北斗，向来深受敬重。广真大师限于身份，难以出手，未知武当派许墨生道长，又有何高见？'"

听到娘亲要提到与自己有过传功之缘的师父无为子，杨乐康不禁屏气凝神，侧耳细听。

杨珍续道："这时，一个五十来岁、气宇轩昂的中年道士站了起来，便是无为子许墨生。只听他道：'武，勇气也，止戈也。当，及时也，果勇也。先师为我派立名为武当，是希望武当弟子既有行侠仗义、当机立断的勇气，也有及时收剑、敢作敢当的仁心。如今魔教妖人未灭，始终是一大祸患。武当派深受先帝器重，自当尽心尽力，报效国家。若能讨伐魔教，以绝后患，对于中原武林、寻常百姓，都是一大幸事。'徐允常拍掌赞道：'许道长深明大义，疾恶如仇，当为我辈敬仰。'"

"谁知许墨生话锋一转，又道：'不过贫道心中尚有两大疑团，相信也是在场朋友关心所在，不如就让贫道说出，也请各位朋友一同参详。'徐允常道：'道长但说无妨。'许墨生道：'一是这把归心神剑，我们到现在还没见到，未知它威力如何，能否使众人信服？二是徐兄提到，想把此剑尊为信物，以此号令群豪。但在选出武林盟主之前，此剑又暂由贵派掌管。未知徐兄有否计划，想在何时何地，以何种方式，推选武林盟主？在选出盟主之前，贵派执掌宝剑，又有否号令群豪的权力？'此言一出，在场群豪纷纷附和，有人道：'正是！把剑拿出来瞧瞧。'有人道：'想要老子听号令，也得先看看本事。'又听丐帮副帮主袁兴旺道：'徐兄今日精心布置，广邀同道，请来五行盟派中的三派坐镇，又陡然提出推选盟主、讨伐魔教之事，只怕对于盟主之位，是志在必得了。'"

"徐允常面露微笑，道：'先解答各位第一个疑团。来人，亮剑！'话音刚落，一位金石派弟子便从内堂步出，双手托举一把铁剑，将其递给徐允常。徐允常拔剑出鞘，径指上天，只见此剑剑体宽大，通体黑绿，自有一股厚重威势，随即向下一挥，剑锋还没触地，地上便被劲力震出一道深深裂痕。别派不少青年弟子情不自禁叫好，却见师叔伯们默不作声，自知不妥，又把声音低了下去。"

"许墨生道：'徐兄无意中露这一手，博得满堂喝彩，内功修为之高，实在让人赞叹。不过这只是显出徐兄武功高，却不能显出归心剑威力。依贫道之见，可请两位武功相若的后生弟子格剑试练，一位手执归心宝剑，一位手执寻常利剑，看看宝剑是否真有神威，能使人实力大进？'徐允常一副胸有成竹的样子，微笑道：'在下正有此意，不如就请许道长指派两名武当弟子对剑。武当侠士忠肝义胆、抱诚守真，武林中人人称道，相信定会不偏不倚，全力以赴，为天下英豪佐证。'许墨生朗声笑道：'哈哈！徐兄这一顶高帽子盖过来，老道士又怎敢狡猾使诈，胡乱指派两个弟子对战，欺骗天下英雄？丹青、丹阳，请出列！'两名身穿武当道袍青年弟子踏前几步，抖擞应道：'是！师叔。'看他们年纪、字辈相近，应是同辈师兄弟。"

听到此节，杨乐康不禁莞尔，心想："老伯伯曾说：'江湖中人，最重言诺'，他又怎会欺骗大家呢。反倒是爹爹这师父，当真多疑！"

杨珍续道："这时，那名叫丹阳的武当弟子从徐允常手中接过归心剑，另一位弟子丹青则拔出手中利剑。两人站在大厅中央，展开阵势准备对剑，在场群豪无不屏气凝神，热闹厅堂竟静得像空无一人。忽听'当'一声脆响，两把兵刃碰在一起，寻常利剑并未截断，却像遇到一股巨大吸力，要将它吸附过去。丹青惊得面如土色，似使出九牛二虎之力，好不容易才把兵刃抢回在手里。两人又对剑了十来个回合，丹青始终不敢再把兵刃与归心剑相触，只好采取守势避让；丹阳却挥舞归心剑，有如神助，步步紧逼，直逼得他师兄一路后退。又听'咚'一声闷响，丹青退无可退，后背撞到大厅边缘一根木柱，丹阳已把归心剑插进木柱之中，剑锋架在丹青肩上，距离不过寸许。"

"这次对剑胜负显而易见，广真、许墨生、袁兴旺等前辈高人看出门道，当即沉吟思考。但更多人却不明所以，嚷道：'喂！那是你师弟吧。怎么处处让着他？''就是！你一味后退防守，肯定打不过啊，能看出些什么？''我看这归心剑也不过如此，该不会是金石派串通武当派，合伙演出大戏来骗人吧？'这时，丹阳已把归心剑还给徐允常，脸上现出一副难以置信的神情。徐允常接回宝剑，突然叫道：'钟师弟，放暗器！'"

第八回　为人作嫁

其时天色已黑，星光闪烁，两母子沉溺在前尘往事，竟从午后一直讲到晚上，却全无饿意。门外忽然传来一阵轻盈的脚步声，见屋内两人正促膝谈心，似不忍打扰，又渐渐远去。

杨珍不以为意，点起蜡烛，续道："徐允常话音刚落，枯木派二当家钟如龙一甩袍袖，袖里飞出无数尖细铁针。这下变故出人意料，不少武功低微之辈不及细想，乱作一团，躲向桌下，大叫：'快躲！是'蚀骨针'！'慌乱中撞得酒壶酒杯掉在地上，'乒乒乓乓'之声不绝于耳。你爹也吓了一跳，连忙挡在我身前，以防敌人暗算。我之前听他说过，枯木派原名雕木派，奉木匠鼻祖鲁班为祖师爷，门下人人是能工巧匠，大多侍奉朝廷组织民夫为天子建宫殿、筑长城、修道路、架桥梁，因其工艺高超，曾被先帝亲笔御赐牌匾'枯木逢春'，因而易名。其武学正是以奇门暗器见长，与金石派同气连枝，共组五行盟派。"

"谁知这些蚀骨针不是飞向群豪，却是飞向徐允常。我躲在他高大的背后，悄悄探出头来张望，只见徐允常挥舞宝剑护身，朗声道：'周公吐哺，天下归心！'那些铁针就像长了眼睛一般，乖乖被吸到剑上，竟无伤及他分毫。我再定睛细看，广真、许墨生、袁兴旺等前辈高人，仍是安之若素，稳如泰山，仿佛早有预料。许墨生更是啧啧称奇，点头连称'妙哉妙哉'。"

"徐允常轻抖归心剑，铁针跌落地上，缓缓道：'这两句诗是汉末枭雄曹孟德所作，意思是自己像周公一般求贤若渴，希望天下人才都来归顺于我。在下机缘巧合之下，于乡间觅得一块玄铁宝石，颜色深黑，坚如磐石；磁力惊人，可吸刀剑。一问附近村民，方知其为从天而降的宝物。于是我闭门谢客，潜心铸剑，使出生平所学，经九九八十一天，终于铸成此剑，取名'归心剑'。刚才在下跟各位开了个玩笑，请钟大哥发射暗器，向我招呼过来，无非是想展示此剑'天下归心'特性，并无冒犯之意。在下以为，以归心剑的神奇特性，作为号令武林的信物，相信再合适不过。"

"此言一出，先前躲在桌下的人纷纷爬出，脸上又恼怒又尴尬，却慑于金石派威势，不敢高声骂娘，只得低声咒骂：'这种事也能用来开玩笑的吗？''这徐老怪诚心叫人出洋相，多砸他几个酒杯，好叫他自作自受''我看那几个老和尚、老道士、老乞丐，早就吓得不敢动弹了吧，还是我们应变迅速，料敌机先'。那些前辈也不跟他们一般见识，许墨生更大为赞赏，上前拍拍徐允常肩膀，自顾自道：'老徐，你我年龄相若，出道相近，没料到你还有这法宝，贫道今日真服你了。'浑不把那些多舌之徒放在眼内。"

说到此节，脸色凝重的杨珍不禁轻声微笑。杨乐康想起直率爽朗、行事随心的无为子，也倍感亲切。

杨珍续道："徐允常微笑谢过，又朗声道：'订立联盟信物，以此号令群豪，只是第一步。推选武林盟主，率众讨伐魔教，才是重中之重。此事事关重大，务须从长计议。在下以为，武林盟主之位，自是武艺高强、急公好义之士，方可胜任服众。因此可择吉日，于湖北武当山，设下比武擂台，广邀四方豪杰，以武艺决胜。归心剑作为我派之物，在下自当携剑参与比武。若有大侠能胜过我手中的归心剑，在下自当恭敬献出，以示盟主声威。'此时有人叫道：'你这剑如此厉害，要是没人打得过你，那又如何？'徐允常道：'若是承蒙各位厚爱，让我侥幸得胜，在下也只好迎难而上，坐这盟主之位了。倒不是在下敝帚自珍，不肯献宝，此节须请各位明白。'"

"袁兴旺笑道：'此举甚妙。今日亮剑，他朝比武，正派人士共襄盛举，声势浩大。消息在江湖上传开，定教魔教中那些见风使舵之徒闻风丧胆，弃暗投明，只怕到时我们丐帮又要壮大不少。哈哈！'徐允常笑道：'若真如此，丐帮既往不咎，救人向善，为讨伐魔教扫除障碍，减轻血债，在下要替苍生感谢袁副帮主才是。'你爹也很高兴，悄声对我道：'师父思虑周详，成竹在胸，再加上归心剑在手，可谓如虎添翼，定能如愿当上盟主，率领群豪讨伐魔教，大振我金石派威名。'我点了点头，心中只顾念他的安危，一时不知说什么好。"

杨乐康也点了点头，寻思："江湖上刀光剑影，讨伐魔教一事必定凶险。纵使正义得胜，也须付出很大代价。若是多多为此献身，虽无法伴我长大，却是一个真英雄、好汉子。"

杨珍续道："就在此时，门外传来冷冷的声音道：'徐师伯还没当上盟主，却已像盟主一般说话待人了。'随即走进一个身穿红衫、身材甚高的青年汉子，约莫二十七八岁年纪。后面又跟着四名大汉，个个劲装结束，虎背熊腰，四人各执一面五色大旗的角，昂首阔步走进厅内。大旗四边镶满珍珠宝石，略一抖动，展出灿烂宝光。不少人认得这面旗子，窃窃私语道：'五行盟派的令旗到了！'"

"徐允常面露不悦，道：'秦师侄此刻才到，莫不是路上遇到魔教妖人，以致耽搁了行程？'那汉子名叫秦天，是烟火派大师兄。其发妻名叫李影红，正是烟火派掌门人李易牙的千金，却在一次遭遇战中，为救夫君舍身挡剑，不幸被黑月教歹人所害，留下一双年幼儿女。此后烟火派便跟黑月教结下血海深仇，立誓有朝一日要荡平魔教总坛。此事就发生在亮剑大会三个月前，当时轰动极大，江湖中无人不知，我和他上湛卢山途中，也曾听武林同道提起过。"

"只听秦天凛然道：'魔教妖人倒没撞见，算他们命大。却被我遇见一帮颠倒黑白、沽名钓誉之徒，表面上义正词严，高调亮剑，要为民除害，暗地里却勾结奸邪，贼喊捉贼，似有不可告人的图谋。'"此言一出，在场群豪无不哗然。徐允常正色道：'秦师侄，你丧妻不久，伤心悲痛，师伯感同身受，却不是任你胡言乱语的理由。我等正派中人，素与魔教妖人势不两立。你这番话句句带刺，含血喷人，毁我清誉，却是为何？'秦天道：'我看在五行盟派的情面上，才叫你一声师伯。未曾想你金石派竟贪图蝇利，勾结奸邪，出售军械辎重给魔教妖人。'随即右手一挥，又有四名烟火派门人取着一个大铁箱，步入厅中放下。

"秦天又道：'十日前我烟火派密探回报，探知振远镖局林近南接到生意，要押送一批物资，运至魔教一处偏僻仓库。我在师父授意下，率队星夜赶路，半路拦住车马，截获这批物资，自少不了一番苦战。那些镖师只是奉命行事，不知里面装载何物、接收人是何许人也。为免误伤无辜，多结仇家，只好点穴制住他们，又留下一封书信言明大义，好让他们回镖局交差。当我们开封检视那些铁箱，却发现竟是你金石派所铸刀剑！'话音刚落，四名门人便打开铁箱，内有刀剑十余把，另有弓箭、暗器、黑火药若干。放在最上面的剑，却是两年前我随他私奔，他赠予我家镇宅的那把宝剑！"

听到此节，杨乐康惊呼起来："怎么会这样？这当中定有大误会，得跟大家说清楚才是！"

杨珍续道："徐允常认出那些刀剑，确为自家门派所铸，霎时脸上变色。在场群豪更像炸了锅一般，有人道：'没想到金石派竟干出这种勾当，当真画虎画龙难画骨，知人知面不知心！'有人道：'亮剑讨伐魔教，却又卖剑给魔教，那不是瞎折腾吗？'有人道：'人为财死，鸟为食亡。你不故意挑起冲突，又怎能发战争财？反正到时大家冲在前面，金石派就在后头数钱。'有人道：'你们还是想得太简单，若真是这样，这徐老怪又何必争当武林盟主？我看他是既想笼络魔教，又想浑水摸鱼，趁机统一黑白两道，独霸天下，野心不可谓不大啊！'"

"这些闲话，众人听得清清楚楚，徐允常脸色难看之极。他站了出来，先是向徐允常躬身道歉，然后牵着我的手走到厅中，执起自己昔日佩剑，自报师门身份，又向众人简单交代两年前出手救我、赠剑私奔之事，以示与魔教妖人势不两立，又道这把宝剑或许已被我家人变卖，或被歹人所夺，辗转流落至此。此事确是他有失考虑，没想到竟酿出这种误会，有损师门清誉，还望师父和天下英雄原谅。秦天却冷笑道：'你拉个黄毛丫头出来，胡乱编个蹩脚故事，就想瞒天过海，转移视线，你当天下英雄都是三岁小儿吗？你说你英雄救美，有谁能够做证？再说除了这把剑，其他军械又是怎么回事？但我却已请来了振远镖局的林总镖头，见过托运物资之人，可以当面对质！'"

听到此节，杨乐康又道："是啊！秦天不信人固然可恶，但这其他武器，又是怎么回事？那林镖头怎讲？"倒像是站在了烟火派那边。

杨珍续道："秦天举手一拍掌，又有两名烟火派门人，一左一右护送着林近南进屋，连同先前持旗、搬箱的八名门人和秦天，已有十一名烟火派门人来到，个个有备而来，不怒自威，一切就像精心设计一般。只听秦天道：'林总镖头，请您指出当日委托振远镖局押送物资的人，是否就在这大厅之中？您不必害怕，直说无妨。少林派广真大师、武当派许道长、丐帮袁副帮主等前辈高人此间都在，定会为大家主持公道、明辨真相。'"

"那林镖头却面露难色，道：'当日到镖局委托押运之人，头戴草帽，面罩黑纱，神神秘秘，形迹可疑，小人看不清他样貌。镖局打开门做生意常有各色人等委托押送物资，我们出于诚信道义，绝不多过问，相信各位英雄也是清楚的。小人只认得那人声音，因他那天来时，既不露真容，话音也很古怪，似有难言之隐。小人留了个心眼，故意多问几个问题，引他说话，好记住他的声音。'"

"此言一出，原先热闹嘈杂、低头私语的厅堂，霎时变得鸦雀无声，人人闭口不语，唯恐那林镖头胡乱一指，自己便跳进黄河也洗不清，哪怕他绝无做过此事。就在此刻，一阵细碎的脚步

42

声显得特别明显，原来是有个金石派弟子，想趁众人不留意之际，悄悄溜出大门。秦天冷笑一声，道：'往哪跑？'猛地一甩袍袖，一支脱手镖破风而出，直插中那人心脏。那人惨叫一声，鲜血流出，挣扎着回过身来，用手指着秦天，沙哑着道：'你……你竟然……杀我……'眼神充满怨恨。那人情绪激动，还想说些什么，却从口中喷出一口鲜血，轰然倒在地上，就此气绝身亡。洒在地上的血，慢慢变成了紫黑色。"

"这下变故发生极快，不过十几秒内，秦天又是出手偷袭，一击毙命，根本来不及阻止。徐允常盛怒，举起归心剑，大吼道：'秦天！你胆敢在我地盘上，出手杀我徒儿！'金石派门人个个拔剑出鞘，怒目相向，恶战一触即发。"

第九回　崖底绝笔

听到此节，杨乐康瞪大眼睛，不敢相信，许久才道："娘亲！照您这么说，金石派和烟火派同组五行盟派，又有黑月教这共同敌人，理应团结一致才对，怎么……怎么自己先杀起来了？"

杨珍叹了口气，道："傻孩子，若人心真这般简单，那就好了。其时金石派人人震怒，无暇多想，你爹也不例外。他轻轻把我推回到人群之中，以防我受伤，执起失而复得的佩剑，只等徐允常一声令下，便上前决一死战。就在此时，那林近南突然道：

'小人认出来了，当日找小人押运物资之人，便是躺在地上这人！他刚刚说了一句话，那古怪声音便是化成灰也能认出。'"

"这话分量犹如晴天霹雳，在场群豪大为愕然，也有好事之徒长舒一气，明知这板子打不到自己身上，大可安心看热闹。徐允常怒道：'你这厮含血喷人，与烟火派沆瀣一气。先出手杀我徒儿，再肆意污他声名，如今死无对证，任你怎么说都可以了！'林镖头吓得面如土色，颤声道：'小人不敢！行走江湖，信义为先，便是给小人天大的胆子，也不敢蒙骗天下英雄，公然与徐掌门为敌。小人只是有话直说，也可能是认错了，请天下英雄替小人做主啊！'其惊恐之情，却不像是装出来的。"

"秦天指了指地上的尸首和大铁箱，森然道：'林镖头不必惊慌。若此人不是做贼心虚，又怎会在这重要关头，趁乱逃跑？如今人证、物证俱在，你还有什么要说的？徐师伯御下不严，教徒无方，出了这等见利忘义、里通外敌的逆徒，在下只是奉五行盟派之大义，出手清理门户。否则，我烟火派又怎配位居盟派之首，执牛耳者？'说罢又环顾四周群豪，眼神坚定凌厉，大有挑战之意，仿佛在说：'这是我五行盟派内部事务，诸君莫要胡乱插手。'事实上当时也确实无人出手。我想一是事情变故发生太快，根本来不及分辨孰是孰非；二是正如林镖头所言，没人愿意掺和旁派私事，公然得罪金石派或烟火派任一方。"

听到此节，杨乐康默然不语，似在思考若然当年自己也在现场，化身成为爹爹、无为子、林镖头，或是当中任意一人，自己又该怎样做才对。

杨珍续道："徐允常怒不可遏，道：'废话少说，出招吧！'挺

44

起归心剑向秦天刺去。秦天毫无惧色，施展一双拳掌，便即上前迎战。两人在大厅之内，对打起来，人人屏气凝神，静观形势。我之前曾听他说，烟火派作为五行盟派之首，武功以拳脚内功见长，实力位居五派第一。当日得见两人交手，感觉此言非虚，即便秦天只用拳脚，依旧不落下风。归心剑可夺人刀剑的神技，更是无从说起。俗话说：拳怕少壮。两人斗得越久，对年长一方就越不利。斗得五十几个回合时，但见秦天故意卖个破绽，右肋防守不严，徐允常一时心急，见有机可乘，奋不顾身刺去，力求一剑致命，同时中门大开。哪知秦天身手更快，侧身堪堪避过，顺势一甩袍袖，数十个铜钱镖带着内劲疾飞而出。徐允常忙抽剑护身，那些铜钱镖却没被吸住，而是击中剑刃，跌落在地。徐允常心神恍惚，又被铜钱镖劲力所震，一时惊慌脱手，归心剑跌在地上，发出一声闷响。还有后面飞来的十几个铜钱镖没被挡住，一一招呼过来，直割得他衣衫破损，鲜血直流。”

“秦天冷笑道：‘胜负已分。徐师伯，我只用铜钱镖这种寻常暗器，便破了你的剑法。看来你的归心剑，也不过如此啊。’徐允常拾起地上的归心剑，惨然道：‘对，是你赢了。’随后放声长笑，笑着笑着，眼眶竟流出几滴泪水，又道：‘自古成土败寇，徐某技不如人，无话可说。这箱军械刀剑因何而来，我也确实解释不出来，只怕天下英雄心中早有判断。烟火派既与魔教不共戴天，又是五行盟派之首，讨伐魔教之事，理应由其代表五派做主。徐某越俎代庖，不识大体，委实不该。还是广真大师所言甚是，如此冤冤相报，何时方休？只是徐某慧根不足，一时还没看透。金石派众弟子听令！’”

"金石派门人见徐允常比武落败，本已垂头丧气，听得师父召唤，霎时打起精神，躬身听令。只听徐允常道：'为师传下三道口谕，尔等务必遵守，也请天下英雄见证：一是我派从此退出讨伐魔教之事，不再插手；二是传掌门之位给大弟子曹铭，日后由他执掌派中事务；三是继续留在五行盟派，不得为一己私怨，找烟火派报仇。'话音刚落，徐允常便运起内功，自断经脉，就此气绝。"

听到此节，杨乐康惊道："怎么又死人了？打不过就打不过，好好练功就是，有必要自杀吗？"

杨珍摇头叹道："康儿，那你就太不懂习武之人的刚烈了。古语云：士可杀，不可辱，意思是一个人宁愿去死，也不愿遭受侮辱。徐允常精心布局，广邀群豪，展示生平绝学，企图扬名立万，却被一个后生小子从中作梗，竟在天下英雄前出丑。他那时已五十来岁，情知自己再奋发练功，也难以赶超年轻力壮的秦天，以报当日大仇。一时激愤之下，自寻短见，倒非意外。而我事后反思，徐允常的死还有一个效果，那便是折损烟火派威势，保全金石派命脉。试想一个秦天已如此了得，他师父的武功更是深不可测，若两派全面决战，金石派又怎抵挡得住？"

"果不其然，当徐允常自杀后，在场群豪议论四起，有人道：'这金石派果然勾结奸邪，百口莫辩，连掌门人也自断经脉，以死谢罪了。'有人道：'事情真相还没清楚，烟火派便出手杀人，搞得死无对证，现在又逼死徐掌门，岂非太过霸道？'有人道：'我看烟火派才是真正的狼子野心，忌惮金石派崛起之势，要来打压夺宝，证明他才是老大。'广真大师、许墨生道长及一众僧道则手持念珠，念起往生咒。"

"秦天显然也没料到这种局面，更知群豪出于同情，已站在金石派一边，可谓众怒难犯，便道'如今逆徒业已伏法，我等使命完成。徐师伯虽御下不严，却以死维护金石派清誉，实为英雄好汉所为，足让后生敬佩。这箱军械刀剑，原是金石派之物，今日烟火派完璧归还，唯望你们用于正途，日后咱们江湖再见，还是好兄弟、好朋友'。说罢向徐允常遗体躬身一拜，带着烟火派门人离开。金石派弟子人人怒目相对，却因师父有言在先，又有这许多人见证，未敢加以阻拦。那林镖头本是烟火派请来之人，唯恐金石派打击报复，也急急跟着走了。"

"烟火派一走，在场群豪都像松了一口气，知道避开了一场恶战，不必惹火烧身。新任掌门曹铭是个三十出头的男人，他连忙吩咐门人收拾两具遗体，又说了些场面话，打发群豪离去，并请少林、武当两派僧道留下，好设立斋醮，超度亡灵。群豪闻言，默然离去。同为五行盟派的钟如龙、孔彦缙、苏义妫则上前说了几句安慰话，略表关心，也即退去。我就随着丫鬟家丁收拾桌椅酒具，这也是我当时唯一可做的事了。好好的亮剑大会，竟是这般收场。"

听到此节，杨乐康不胜唏嘘，但觉此事尚有诸多疑团，一时却说不清道不明，又想起自己还有身世之谜未解，便问："那爹爹呢？后来他怎样了？"

杨珍续道："往后七天，金石派备好棺椁盛殓，又请僧道做了数坛功果道场，超度升天。后又择吉日良时，出丧安葬两人。那几日他心情低落，一言不发，我知他痛失恩师，愧疚自责，不忍多加打扰，只盼他早日振作。其余门人也对我俩态度冷漠，避而远之。又过了几天，一切仪式终了，事情告一段落。某天早上我一觉醒来，却发现他不见踪影，硬着头皮问他的师兄弟，也不知他去了哪里。"

"我心知不妙，翻转整个湛卢山，想要寻找他的踪迹，也曾向他的师兄弟求助，但他们大概恼恨当日他慷慨赠剑却弄巧成拙一事，下山两年也不知干过什么，无法和私卖军械一事撇清干系，令金石派被天下英雄耻笑，均显得漠不关心，只道还有要务在身，他要走便走，谁也管不着。我无可奈何，也难以自留，只好收拾告辞，孤身寻找。就这样找了五日五夜，我在山崖底下一块荒石边，远远望见他平日所穿衣衫。我不敢相信自己眼睛，走近一看，但见衫下有一具巨大的腐尸，在烈日下发出恶臭，苍蝇围着不停在飞，头颅却不知去向，只怕是山林中鸟兽众多，早被秃鹰豺狼吃了个干净。衣衫旁又放着一封血书。"

说到此节，杨珍从衣物贴身处取出一块旧布，上面粘着一张写有红字的破纸，却见笔迹刚劲，颇有粗豪之气。杨珍把旧布展开放在桌面，一字一句背道：

吾妻杨珍：

　　见字如面。

　　你我虽无夫妻之名，但有夫妻之实，请容许我这般唤你，也是唯一一次。

　　当日你不顾一切，愿随我闯荡江湖，至今已有两年。在此期间，我们经历不少愉快时光，留下种种美好回忆。但最近发生的一切，让我十分后悔，把你带进了这个人心险恶的江湖，而我却无力改变。

恩师待我恩重如山，情同父子，他既因我而死，我亦不想独活，更无面目再见同门师兄弟。请原谅我的懦弱自私，就此离你而去。只盼你早日忘却这段露水情缘，再觅寻常人家，过上平凡日子，不再踏足江湖。

过往一切也会如这血字一般，随风而逝。

姜志绝笔

尽管事情已过去十五年，但念及此节，杨珍仍难免悲从中来，声音哽咽。只听她又道："这块布上粘着的，便是当年那封血书。姜志便是你爹姓名，你原应姓姜。后来血字风干模糊，我便用朱砂笔一笔一画重新描写，粘在这块布上贴身带着。这是后话。当时我看到此情此景，只觉手足发冷，一阵恶心，晕倒过去。"

"待我醒转之际，发觉自己身处附近一间茅屋，屋内坐着几位绿衣女子，正在摆弄草药。我认得当中一位年纪稍大的妇人，正是百花帮帮主苏义妁。百花帮也是五行盟派之一，奉古代神医扁鹊为祖师爷，门下却多为心灵手巧的女子，少收男子为徒，精于医药之理，擅长医术和用毒。须知江湖凶险，损伤难免，是以武林正派人物，多把闺女送往百花帮学艺，以备不时之需。听苏帮主说，她们当日下山后，心想难得来到福建，便在附近租下一间茅屋，找寻研究奇花异草，一待便是半个多月，却碰巧遇到我晕倒在崖底。她们在亮剑大会上见过我，又看见那具腐尸和那封血书，明白了发生何事，于是出手救我，并就地埋葬他的遗体，立了块小木牌纪念，将他的遗物收好还我。"

听到此节，杨乐康轻抚着那块旧布，追忆娘亲当年所经历的一切，难免百感交集，心想这偌大的江湖，固然人心险恶，但也有好人。

杨珍续道："我谢过苏帮主恩德，接过他的遗物，心中却不愿相信他为人侠义，最后竟落得自杀身死，一度曝尸荒野，被鸟兽所吃。一时激愤之下，拿起桌上一把剪刀，想要自杀殉情。苏帮主此时却出手夺过剪刀，道'杨姑娘，我在你昏迷之时，替你把过脉象，发现你已有身孕。若你此刻自尽，那便是一尸两命，你真决意如此吗'？"

第十回　善人道别

听到此节，杨乐康又难过又欣慰，难过的是爹爹最后竟落得如此下场；欣慰的是娘亲当年虽屡遭变故，终究坚强地挺了过来，诞下自己，否则今日他也无法坐在此间，倾听当年的故事。

杨珍续道："这个尚在腹中的孩儿，自然便是你了。当时听到这消息，我脑海一片空白，只觉造化弄人。那段时间我确实月事不顺，当时只道是心情焦虑所致，浑没想到已然怀上他的骨肉。若他能早点得知我俩已有后代，未知又会否改变死志？可惜谁也无法回答这个问题了。"

"由于怀有身孕，我终于冷静下来，不再寻死。苏帮主可怜我身怀六甲，也容留我跟着百花帮，回湖北神农架安顿，慢慢调理身体。那段时间，我除了跟随几位姐姐上山采药、学习药理，便是每日每夜回忆这两年与他经历的一切，尤其是亮剑大会上见到的每一个人、他们说的每一句话，只觉人心险恶，各怀鬼胎。也正是从那天起，他就再没和我说过话，后来更自杀身死。听苏帮主说，当日秦天出手杀那金石派逆徒，那支脱手镖上涂着极厉害毒药，足以见血封喉、一击毙命，就是不想让他说话。她们当时就看出端倪，但慑于烟火派威势，未敢当面指斥。可见此事大有蹊跷，但真相究竟如何，我却终究不知。"

"九个月后，在百花帮的帮助下，我顺利生下了你，虽是个男孩，但苏帮主表示愿意继续收留我们，传你医术武功，一同抚养成长。但我回绝了苏帮主好意，并为你取名'乐康'，只盼你这一生无灾无难，喜乐安康，不要踏足江湖。叨扰了百花帮这么久，我内心过意不去，便提出回江南娘家居住，重过平凡日子。其实我想回娘家，还有一个目的，那便是冒着被家人赶走的风险，也想问个清楚，当日私奔之时，他赠我家宝剑，后来去向何处？究竟是已典当变卖，还是被歹人所夺？若是被人所夺，又是何人所为？纵然我内心明白，即便知道那剑去向，事实也无法改变，但这却是逼得他身败名裂的关键，我只想知道更多。苏帮主知我心意，苦留不住，便派出两位姐姐，一位叫白芷，一位叫梅傲霜，护送我及尚在襁褓的你，一同回家。"

"一路晓行夜宿，终于回到江南，路经他当日出手救我的市集，只觉一切如在往昔。又走得几里路，看见村口的'文君亭'，想起当日与他彻夜长谈，更是触景伤情，潸然泪下。两位姐姐见我神色异常，只道我是近乡情怯，温言安慰。我没有言明，只是邀她们在亭上小憩，心中却在追忆当夜私奔之事。心情平复后，我们重新行走，待回到家时，却发现门前长满杂草，屋内破败凋零，早就没人居住。我大吃一惊，忙向附近邻居打听，都说我家在一年多前就已搬迁，不知去向。就这样，我在一年之内，既失去了他，也无家可归，内心的种种疑团，更是永远也无法解开了。"

听到此节，杨乐康始知娘亲生下自己的不易，若非百花帮仗义相助，实不知娘亲当年能否挺过来，心中对百花帮的好感大增，对烟火派的仇恨也增几分。

杨珍续道："两位姐姐却早有计划。那位叫'梅傲霜'的姐姐，其人美若天仙，心思细密，江湖人称'红梅仙子'，在神农架起居生活时帮过我不少。只听她道：'妹妹莫慌。当年你离家私奔，今日想回家居住，还带回一个孩儿，只怕要受不少闲言，今后日子未必容易。师父早已想到此节。她昔日曾到岭南采药，路经一个名为'桃花村'的小村，此地与世隔绝、民风淳朴，是个过平安日子的好去处。当年师父曾在该村救治瘟疫，村民们无不感念她的恩德。临到江南之前，师父给了一张去往桃花村的地图，又暗地嘱托我俩，若遇妹妹家人刁难，便带妹妹离开，前往岭南桃花村，托付给当地村民照料。村民们曾受我师父大恩，定然不会拒绝。'"

"我听苏帮主想得如此周到，感动至极，对两位姐姐躬身就拜。于是我们再次出发，跋山涉水，划小船来到这世外桃源，见到陶景村长，由两位姐姐出面说明，只说我是苏帮主表妹，因丈夫早逝，无家可归，请求村长收留照料，让母子二人开始新生活，其余事情只字不提。陶村长感念苏帮主恩德，当即欣然答允。陶夫人当时也产女不久，还热情赠予我不少照料婴儿所需之物。待一切安顿下来，两位姐姐便辞别我们，返回神农架向苏帮主复命。时光荏苒，白驹过隙，自此已过十四年之久，你也渐渐长大成人。可惜那些菩萨一般的姐姐，却再无相见报答机会。这便是你身世的全部由来。"

其时明月高照，四下万籁俱寂，偶有鸡鸣之声，已是夜深时分。两母子促膝长谈，又从晚上讲到了夜深。杨乐康思绪万千，道："娘亲，听您说过这许多，我更想出外闯荡一番了。"杨珍叹道："康儿，你还不明白吗？若非当年那些好心人帮助，你根本不能来到这世上。若你在外面遇到不测，岂不是让大家的苦心都白费了？娘亲也是过来人，见识过江湖险恶，方知平平淡淡便是福气。"

杨乐康道："就因为这样，我才更想出去。江湖中既有帮助娘亲的好人，也有逼死爹爹的坏人。若我能遇到大侠，学得武功，便可帮助好人，惩罚坏人。难道娘亲您就不想报答那些帮过我们的姨姨，为爹爹的死讨回公道吗？"

这番话说到了杨珍心上，只因她这十四年间，无时无刻不在想报答昔日恩人、查明丈夫之死这两件事。其实她内心深处还有一个念头，那就是她根本不相信姜志已死，只道是命运跟她开的玩笑，有朝一日自己能再见夫君。这个念头也正是支撑她这十四年间坚强生活、养育儿子的动力。

杨珍良久不语，寻思："每人都有自己的福缘际遇，年轻时的我也同样任性，今日我又怎能如此自私，强留儿子在身边一辈子，阻止他去见识这个世界？康儿的脾气性格，既像他，也像我。

若真能如康儿所愿，继承他的衣钵，学得武功，行侠仗义，不也是很好的事吗？"终于缓缓说道："康儿，你已经长大，有自己想法，娘亲勉强不得。你，想去就去吧。娘亲没什么能帮到你，只能传你两句教诲：一是害人之心不可有。在外面闯荡，无论出于什么目的，自己武功有多高，也绝不能不择手段，陷害他人，相信此节你十分清楚；二是防人之心不可无。江湖上绝非人人良善，要懂得保护自己，提防那些故意亲近你的人，切勿交浅言深，轻易付出真心。"说到后来，眼眶竟流出两行清泪。

杨乐康赶紧站起，为杨珍拭去眼泪，道："娘亲，不要难过。我一定牢记您的教诲，找到大侠做我师父，好好学习武功，日后向恩人报恩，查明爹爹的死。"杨珍点点头，道："好孩子，不必强求。夜深了，快休息去吧。"说罢吹熄蜡烛，回房休息。杨乐康也自回房间休息。

杨乐康躺在床上，眼睁睁地看着天花板，胡思乱想着今日之事，一时也睡不着。忽听得窗外传来一阵"咕咕"的叫声，杨乐康大奇，心想家里没养鸽子，怎么会有鸽子在叫？当即起身向窗外张望，又见闪过一道黑影。杨乐康吓了一跳，定睛一看，竟是古灵精怪的陶晴。杨乐康正要说话，却见陶晴背着一个包裹，左手提着一个笼子，里面装着一只鸽子，右手做了个"嘘"的手势，又挥挥手招呼他出屋，杨乐康只好从窗外翻出，跟着她向外走。

待走得远了，陶晴才轻轻掐了一下杨乐康的脸，娇嗔道："真是木头！三更半夜的不要大声说话，打扰杨伯母休息就不好了！"杨乐康道："那你怎么这么晚溜出来？陶伯母要是知道了，不会揍你吗？"陶晴又打了杨乐康一下，假装哭腔道："那还不是因为你！”杨乐康不明所以，道：“我又做什么惹你生气啦？”

陶晴道：“午后跟你在河边分别，我回到家中，跟爹爹说你想出村闯荡的事情，想请他说情留住你。没想到他竟说‘男儿志在四方’，理解你的心情，居然没站在我这边，真是气死我了！”说罢又狠狠跺了跺脚。杨乐康微微一笑，没有说话。陶晴又道：“后来爹爹跟我说了你的身世，我长这么大，还是第一次听说。”杨乐康奇道：“陶伯伯怎么说？”

陶晴道：“爹爹说，十八年前桃花村曾遭瘟疫侵袭，曾有一位仙姑路经此地，出手救治，方才脱险，村民们无不感念她的恩德。过得几年，又有两位自称是仙姑徒弟的美貌姐姐，带着陶伯母和尚在襁褓的你来到此间，请求爹爹收留照料。爹爹正想着报恩，当即欣然答允。可惜江湖高人来去如风，此后再无机会相见。本来前天想问那无为子，但看他神经兮兮，就没有开口。那几位仙姑是桃花村和你的大恩人，爹爹希望你若出外闯荡，能觅得几位仙姑，请她们回村相见叙旧。晚上我曾来过你家门外一次，但看见杨伯母正和你说话，就没有打扰。杨伯母应该也和你说过了吧？”

杨乐康知道陶晴说的是百花帮帮主苏义妁，点头道：“娘亲已和我说了，我也正有此意，想出外寻找她们。”陶晴取下背上包裹，递给杨乐康，道：“我看爹爹说得在理，也觉得男孩确应出外闯荡，见识一番，这对你是好事。便为你收拾细软盘缠，捡了几件大牛穿的旧衣，供你路上换洗之用。你放心好啦！杨伯母那边，我们会帮你解释，日后也会多关心照料。”却只字不提自己曾大哭一场，几乎把门摔坏的事。

杨乐康指了指陶晴手中的鸽笼，问道："那这只鸽子，是给我在路上吃的吗？"说到这时，肚子不禁发出怪响，因他这天与杨珍促膝长谈，没来得及吃晚饭。陶晴嗔道："吃吃吃！整天就顾着吃！这是我从伯娘家借来的信鸽。鸽子很恋家，无论离开多远，也认得回家的路，人们便利用这点来通信。当你找到安身之处时，可写信说明情况，用鸽子传送回来，日后我们也方便找你。喂！这个传书机会只能用一次，你得好好养这鸽子，定时喂它饲料和饮水，不要让它半路死了。"说罢又用手指逗了逗笼中鸽子，口中发出"咕咕"声音。那鸽子习性本是白天活动晚间栖息，被陶晴今晚这一搅，显得十分不悦，用喙回啄过去，陶晴忙把手指缩回。杨乐康点头道："知道了。"

不知不觉，两人已信步走到那叫作"善人渡"的河岸，河边正停着一条小船，连接着外面的世界。陶晴又拿出一道皱巴巴的平安符，塞给杨乐康道："还有这个，给你！我已经请荷花村的道长开过光，本来是想你蹴鞠时不要受伤，不过现在你要走了，都一样了。"杨乐康接过，奇道："怎么皱巴巴，像被人踩过一样？"陶晴脸上一红，嗔道："你现在是不是嫌弃？不要就还给我！"说罢又伸手作势要抢。杨乐康收起笑道："怎会不要呢？不要白不要嘛！谢谢！"

陶晴把鸽笼放到小船上，道："还等什么？快出发吧！"杨乐康道："有必要这么急，今晚就走吗？"陶晴道："要是杨伯母明早起床，不愿你走，要来拦你，那就糟啦！"杨乐康此刻方知，原来陶晴是怕杨珍不愿意他走，才急急备好一切，处处为自己着想。其实他已然说服娘亲，但出于珍惜陶晴好意，便没有言明。又想既是决意要做之事，早做晚做，也是一样，便解开缆绳，上得小船。小船顺流而下，渐渐远去。陶晴又挥了挥手，含泪叫道："早点出发，早点找到，早点回来娶……去看杨伯母啊！"杨乐康也挥手叫道："知道了！"

小船越漂越远，陶晴的身影越来越小，终于完全消失在黑夜之中。天地间一片漆黑，万籁俱寂，仿佛只有自己。杨乐康却心潮澎湃，寻思娘亲和晴儿都待自己这般好，定然不能辜负她们的期望。又想娘亲已为自己取名"乐康"，也许应改回爹爹的姓，继承他的侠义。也希望爹爹在天之灵，能保佑自己事事顺利。今后在江湖上，他的名字便叫——姜乐康。

第十一回　初涉江湖

披星戴月，风尘仆仆。姜乐康划小船出了桃花村，到得一个渡口，便弃船上岸，沿西京古道而行，一走便是十来天，途中遇见一座亭子，石刻着一副对联，上书：

挑负宜息肩，何妨濡滞停步脚；

来往当思路，切莫蹉跎误前程。

碰上寻常人家，便借宿一宵，打火做饭，又问湖北神农架在何处，均遥指北方。不少好心人见他年幼，只道他远行不易，就免收盘缠路费。后又攀山越岭，继续北行，沿途山清水秀，人烟稀少，正是南岭山脉。此时只好以天为被，以地为席，饥摘野果，渴饮泉水，自不免分鸽子一份。寂寞时放声歌唱，困顿时和衣而睡，虽旅途劳苦，却也心情畅快。

这日早晨，姜乐康沿湘江北上，地形逐渐变得平坦，远远望见前方有座大城，正是衡阳。城池又背靠一座山峰，正是回雁峰，为南岳衡山七十二峰之首，又称南岳第一峰。相传大雁至此而止，遇春而回，因此成为文人骚客寄托乡愁的意象。是以回雁峰山虽不高，却多有传世名句：诗仙李白曾写下"举头忽见衡阳雁，千声万字情何限"诗句；诗圣杜甫曾居衡阳，则留下"万里衡阳雁，今年又北归"诗句。今日姜乐康携信鸽来到此间，只盼早日安身立命，回书亲友，倒有几分思亲怀乡的意境。

姜乐康进得城中，但见三街六市，熙熙攘攘，人声鼎沸，热闹非凡。街道两旁米铺、布庄、杂货店等日常家什一应俱全；道路尽头各立两间大酒楼，里面传出阵阵酒香和悠扬乐曲；更有卖糖葫芦、卖小木偶者，或穿街过巷，叫卖商品；也有吹糖艺人、算命先生等，或摆个小摊，招徕生意。姜乐康从未见过如此热闹的地方，东瞧瞧，西摸摸，心中充满好奇，可惜囊中羞涩，需留作路费之用，许多有趣玩意即使喜欢，也只有光看的份了。

此时街心偌大一块空地，正围着一大群人，不知在看什么热闹。又有一个衣衫褴褛、身材瘦小的乞丐觅了把梯子，靠墙边坐在高处，啃着个干馒头，饶有兴致地看着众人。姜乐康寻思："评书的史老伯说过，有人的地方就有江湖。此间如此热闹，必定就是江湖。"于是也钻进人群，想要看个究竟。

只见一个中年大汉赤裸上身，舞弄一根长棒，"呼呼"生风，一套棒法演练下来，围观众人纷纷喝彩，原来是江湖上使枪棒卖药的艺人。又有一个青年女子走进圈中，高举一块白色碎片，朗声道："各位朋友好！小女自小是个病秧子，全仗跟着师父习武，又吃了师父用名贵药材制成的大力丸，强身健骨，补充元气，才练就一身硬功夫。这是一块碎瓷片，我用力一捏，便能化成粉末。"说罢扎起马步，手臂一颤，大喝一声，碎瓷片登时化为细碎粉末。

那女子又绕场一圈，展示指间粉末，又道："跑江湖，闯江湖，哪州哪县我不熟？大力丸，人大力，古法制药不马虎。小女和师父今日来到衡阳，只带了三十份药丸，有病的吃了能医百病，没病的吃了强身健体。需要的请准备好钱。手快有，手慢无！"众人看了又是一番喝彩，也有的掏出铜钱，想要买药。

待那女子走到姜乐康前面时，但觉一阵海水咸味扑鼻而来。姜乐康刚经过干货店，认得这股味道，不禁脱口而出："这不是瓷片，倒像是一种食物。"笼中鸽子也像是闻到了什么好吃的，扑腾扑腾地拍着翅膀。女子听了大惊失色，慌忙道："小兄弟，你别随口乱说。"那舞棒大汉面色铁青，怒目而视。姜乐康没有察觉，道："你能让我摸摸那瓷粉吗？"

众人也即起哄道："对啊！让我们摸摸这粉末，看看有否使诈？"女子面色一阵青一阵红，不知如何是好。大汉只好解围道："各位朋友，行走江湖，信义为先。小人的功夫如假包换，药丸也是秘方研制。各位若是信不过小人，这买卖就没有再做的必要。信得过的，可买来试试；信不过的，可一走了之，这叫你情我愿。"有看客道："不敢让人摸，那就是作假啦，还说什么信义？"不少人也觉有理，收好钱财，嘘声一片，闹哄哄地四散而去。

姜乐康也随着人群散去，继续在城里乱逛，兀自思索那白色粉末究竟何物，不知不觉拐进了一条僻静的死胡同。姜乐康见前方无路可走，转身欲回，却看见有两人堵在胡同口，正是刚才使枪棒卖药的一男一女，竟一路尾随至此。

只听那大汉恶狠狠道："哪来的黄毛小子？叫你破坏老子营生！"左膝弓步向前，张开一双猿臂，成环状强抱过来，要来抓姜乐康。姜乐康心叫不好，情急之下自然而然使出无为子教过的鹤翔步，弯腰矮身避过，正是一招"叠毛弄影"。大汉扑了个空，心中惊诧，顺势伸出右腿贴地横扫，想要绊倒姜乐康。姜乐康反应迅速，轻轻跳起避过，又是一招"振羽临霞"。大汉两招落空，恼羞成怒，大叫："叫你消遣老子！"抡拳便要打来。

姜乐康侧身堪堪避过，同时思念电转："此处是条胡同，地方浅窄，鹤翔步施展不出来。他们又是两个大人，纠缠一久，定然吃亏。"又想起无为子曾说过，当遇到蛮不讲理、又打不过的坏人时，三十六计，走为上计。当下拔腿就跑，一溜烟直冲向胡同口。大汉返身欲抓，手指刚碰到姜乐康后背包裹，便被甩远，已然晚了。那女子原本堵在出口，见这小子急匆匆直奔过来，不敢硬挡，让出一道小缝，又趁他跑来之际，扬手一挥，一把白色粉末随风飘散，直飞姜乐康面门，不少更飞进眼睛，竟是先前卖艺捏碎的瓷片。

姜乐康"啊哟"一声，脸上倒不甚疼痛，却一时睁不开眼，心中一慌，松开提着鸽笼的右手，一边去揉眼中粉末，一边仍向前跑。又跑得十几步时，粉末被揉干净，重新看清东西，心下稍定，躲进墙角，伸头探望。但见那对男女已在后头八九米，估量他们即便要追，也能甩开。又见那大汉弯腰拾起地上鸽笼，咒骂道:"他奶奶的! 让这多事小子跑了。不过好歹得了个鸟, 回去烤了它吃, 胜过屁也没有。"说着便和那女子向前走来。姜乐康哪敢停留, 赶紧向前再跑, 终于跑回市集中热闹地方, 回头再看, 那卖药男女早已不见踪影, 方才舒了一口气:"料想他们也不敢在这热闹大街上乱来。"

姜乐康折腾了一早上, 又累又饿, 低头走到一个街角, 席地而坐, 呆呆看着川流不息的街道, 想到自己弄丢了陶晴嘱咐的信鸽, 从此断了音讯, 不禁闷闷不乐, 唉声叹气。正自叹息间, 一串清脆的声音从耳边传来:"男子汉大丈夫, 叹什么气啊? 再叹树叶都落啦!"一个衣衫破烂、拿着小钵, 约莫十五六岁的乞丐走了过来, 也在墙角坐下, 正是先前坐在梯子上看热闹的乞丐。姜乐康扭头一看, 问道:"小兄弟, 你是谁?"

第十二回　机灵乞丐

只听那乞丐道:"我是丐帮弟子啊, 这身行头不是很明显了吗?"姜乐康点头道:"对的。"又低下了头, 黯然神伤。乞丐又道:"我看你刚才还提着个鸽笼, 现在怎么不见了?"姜乐康叹息道:"唉! 先前有一男一女在街上舞棒卖药, 我觉得古怪说了两句, 坏了他们营生。他们心中怨恨, 强抢了我的鸽子, 说要烤来吃。"说到此处, 又想到自己连日赶路, 萍水相逢, 那鸽子虽不会说话, 俨然已是自己唯一伙伴, 转眼却成别人口中美味, 不禁流下泪来。

乞丐笑道:"人家跑江湖的,混口饭吃,也不容易。你说话这么直,坏了人家好事,被教训一下,也是活该,这就叫交学费。"姜乐康擦擦眼泪,道:"你不知道,我宁愿吃他几拳,也不要抢我的鸽子,现在该如何是好?"乞丐收起笑意,道:"你有挂念的亲人在家乡,那只鸽子是通信用的?"姜乐康点头道:"是啊。"

乞丐道:"那你为何离家远去,一个人来到衡阳?"姜乐康道:"我原要去湖北神农架,找百花帮苏义奶帮主报恩,请她传我一身本领,成为行侠仗义的大侠。现在才走了小半路程。"姜乐康失去信鸽,心中苦闷,此刻忽有一个年纪相仿的乞丐跟自己说话,只觉有人倾诉,竟把此行目的和盘托出,浑将杨珍"防人之心不可无"的嘱托忘得一干二净。

乞丐挑了挑眉,警惕道:"你认识苏帮主?"姜乐康道:"当年家母尚怀着我,曾受苏帮主救命大恩,我才能顺利出生。当日一别,已隔多年,再未相见。如今我已长大成人,想要学习本领,成为大侠,便出村来找苏帮主,祈求拜师学艺,正好也能孝顺侍奉她老人家,以报昔日大恩。"乞丐沉吟道:"苏帮主仁心仁术,济世为怀,出手救过你娘亲,也不奇怪。不过百花帮门下多数是女弟子,你一个小子想要拜师,恐怕未必合适吧。"

姜乐康思索道:"此节我也曾听闻。我是想先找到苏帮主再说。若她愿意收我为徒,那是最好不过;若她不愿,那就孝敬她一段时日,并请她回村叙旧,同时回书说明情况,我自当再寻良师学艺。但现在信鸽没了,那该如何是好?"

乞丐道:"那你认得回家的路吗?"姜乐康道:"自然认得。"乞丐道:"那不就成了!只要你还认得回家的路,天底下又有什么事不能办到？你亲自回去一趟说明，不就解决了吗？没了一只鸽子就哭哭啼啼，还怎么成为大侠？"姜乐康听这一说，登时豁然开朗，笑道："小兄弟，你说得是！"

其时正值中午，街道尽头的酒楼飘来阵阵香味，隐约听得食客觥筹交错的欢声笑语。姜乐康舔了舔嘴角残余的白色粉末，像是可吃之物，猛然想起什么，问道："小兄弟，你先前也看了那对男女舞棒卖艺，可知那捏成粉的是什么物事？我总觉得不是真正的瓷片。"

乞丐道："那是乌贼骨，中药名叫海螵蛸，可用来止痛。晒干后洁白晶莹，敲起来叮叮当当响，极似瓷片，轻轻一捏，就会变成白色粉末。"姜乐康恍然大悟，道："原来如此。这么看来，这对男女虽然骗人不对，但确实是卖药，懂得药材特性，是我坏了他们治病救人的好事了。"言语间颇有些自责。

乞丐道："那倒不一定。这些江湖骗子，经常干着'挂羊头，卖狗肉'的勾当。他们声称的名贵药材，不过是滥竽充数的货色。所谓的麝香，大多用狗或羊的卵，充填血块、冰片制成。虎骨则用牛骨冒充，为掩人耳目，旁边常放一个虎爪作凭信，其实只是用牛爪粘上猫皮罢了。你想想，这些药材如此珍贵，人人为利争相猎杀，麝鹿大虫越杀越少，价钱越炒越高，又怎会有真货给你？即便有，也留给皇宫中的达官贵人享用啦！"

姜乐康听得瞠目结舌，许久才道："小兄弟，你懂得真多！"想起母亲杨珍曾说丐帮弟子遍布天下，互通音讯，深知江湖经验，今日得见，确实如此。转念又觉不对，道："既然你早就知道他们的把戏，怎么不出言拆穿？"乞丐笑道："我跟他们又没怨仇，何必得罪他们？再说了，你不是已经仗义执言，让他们没骗成了吗？"姜乐康点头道："也对。像你长得这么瘦小，还是不要硬碰硬。我也是吃了好大的亏，方才脱身。"

乞丐道："大笨蛋，那你饿了吗？咱们一起去路尽头的酒楼吃饭吧。"姜乐康之前总被陶晴叫作"木头"，知道"大笨蛋"只是戏谑之称，并不恼怒，何况这乞丐确实机灵，便道："饿是饿了，但那酒楼好漂亮，应该很贵，我怕没有足够的钱，还要留作路费。"正说话间，一个拿着菜篮的中年妇人路过，口中念念有词："造孽咯！小小年纪，有手有脚，不学好，倒来街上乞讨……"又往乞丐身前的乞儿钵中，扔下几个铜钱，慢慢走远。

乞丐咯咯直笑，道："你看，这不是有钱了吗？"姜乐康哑然失笑，道："就这点钱，够在那里吃饭吗？"乞丐道："说什么话呢？你初来乍到，人生路不熟。我请你吃一顿饭，又有什么相干？"又从怀中掏出一锭白花花的银子，道："这锭银子，总该够了。"说罢拉了拉姜乐康衣衫，要他站起。姜乐康正感奇怪，无暇细想，只好依了。

两人站起身来，往街头尽头走去。只见一个浓妆艳抹的老女人站在路旁，挥舞手帕叫声"官人"，招呼客人进去。一个大腹便便的男人走了进去。姜乐康跟在后头，也想进去。那乞丐忙拉住他的衣衫，道："喂！你是真傻还是假痴？那是群芳楼，不是酒楼！"又指了指对面客店，招牌上书"雁醉楼"三字，道："这家才是酒楼。"姜乐康大惑不解，问道："群芳楼是什么地方？"乞丐脸上一红，嗔道："反正不是你该去的地方。"

两人走进酒楼，挑了个小桌坐下。但见酒楼内生意红火，客似云来。食客席上摆满佳肴，色香诱人。店小二跑上跑下，忙得不可开交。两人等了一阵，根本没人搭理。乞丐颇为不满，叫道："喂！怎么还没有人来？"一个店小二方才过来，上下打量两人一番，冷冷道："你们有钱吃饭吗？该不是想吃白食吧？"乞丐取出那锭银子，晃了几晃，怒道："怎么没有？这不是钱吗？"

店小二连忙换副嘴脸，赔笑道："两位客官，想吃些什么呢？"乞丐连珠炮发般道："就要红烧鱼头、东安子鸡、永州血鸭、九嶷山兔、渣江假羊肉、岳州姜辣蛇这几道吧，都是三湘名菜，再打两角武陵崔婆酒，另要果子蜜饯若干，作为小吃。"直说得姜乐康张大了口，合不拢来。店小二也不敢小觑，赞道："客官果然识吃。"叫了声"诺"，便退了去。

姜乐康道："我们才两个人，叫这么多菜，能吃完吗？"乞丐愤愤不平道："这店小二狗眼看人低，我不秀点本事，怎压得住他？"姜乐康终于认真细看这乞丐，但见他衣着破破烂烂，脸上全是黑灰，瞧不出原来面目，一双眼珠滴溜溜地转，十分灵动，但觉那店小二开头的担忧也有点道理，只好安慰道："店家这么忙，才一时怠慢我们，不要放在心上吧。"乞丐嘻嘻一笑，露出两排雪白细牙，却与全身上下极不相称。

不一会儿，几道湖南名菜便端了过来，满满摆了一桌，全是姜乐康没见过的美味佳肴。姜乐康举起筷子，夹起菜吃，但觉入口辛辣，与家乡菜味道殊为不同。话说辣椒自明朝末年从美洲传入中国，初时只作观赏作物之用，到清朝才被广泛食用。因湖南、四川、贵州等地位处内陆，海盐昂贵，且冬季湿冷，吃辣既能有效御寒，也能一定程度代替食盐，故而形成当地嗜辣的饮食习惯。

其时尚无辣椒，时人多以葱、姜、蒜、花椒、芥末等佐料调味。姜乐康自幼居住岭南桃花村，母亲杨珍又是江南人氏，饮食素来清淡，初时难免不惯，但吃了几口菜，且初尝杜康，只觉胸内热血沸腾，豪情顿生，竟已爱上这种味道。

那乞丐却每样菜只吃一口，便即停箸，喃喃自语道："这些菜不过如此，怎比得上家里的味道？"姜乐康正大快朵颐，看到乞丐心事重重，也停杯投箸，问道："小兄弟，话说你爹娘都在哪里？怎么流落在街头乞食？"乞丐黯然道："我娘在生我的时候难产而死。我一出生就没了妈，从没见过她的样子。"姜乐康道："原来如此。我是一出生就没了爹，看来我们是同病相怜！难过的事不必多想，我们说些开心点的事吧。"两人又说了不少闲话，姜乐康眉飞色舞地讲述在桃花村与小伙伴玩耍的趣事，乞丐听得津津有味。

姜乐康见乞丐孤单可怜，又觉他机灵善良，既解决了自己困惑，还慷慨请吃饭，忽发奇想道："小兄弟，你待我真好，我很感激你啊！不如我们就义结金兰，结拜为异姓兄弟？我名叫姜乐康，你叫什么名字？"乞丐扑哧一笑，没有搭话。姜乐康以为乞丐不明白，又道："就是像演义里的刘备、关羽、张飞在桃园结义，不求同年同月同日生，但愿同年同月同日死！"乞丐笑道："你和我才认识多久啊？这么快就要结拜？"

姜乐康摸摸头，不好意思道："很快吗？可能是我挺喜欢你吧！"乞丐道："只怕你知道我身份，就不会这样想了。"姜乐康心道对方只是乞丐，怕自己瞧不起他，慌忙道："怎么会呢？我只不过是个乡下小子，没什么见识。你这么聪明，如果好好利用，定能干出一番事业。"正说话间，肚里突然传出一阵怪响，只怕是初到三湘，水土不服，要闹肚子。姜乐康一阵窘迫，摸着肚子，有苦难言。乞丐摸摸鼻子，调皮笑道："快去吧！"姜乐康点点头，一溜烟跑到茅厕解手去了。

正解手间，只听"嗖"一声响，一支小箭飞上天空，转眼变成一朵美丽的红花。姜乐康在茅厕门顶的缝隙处瞧见，他从没见过烟花，一时看得痴了，寻思："原来城里还有这么多有趣玩意！"

待他出来时，但见小桌空余杯盘，乞丐却早已不见人影。自己包裹还好端端地放在椅上，打开一看，竟多了几两银子。姜乐康大吃一惊，忙问小二哥怎么回事。店小二道："那乞丐已结了账，自出门走了。"姜乐康忙拾起包裹，追出门去，却哪里见到乞丐身影？姜乐康怅然若失，慢慢走在街上，继续自己的旅程。

第十三回　荒林黑店

姜乐康沿江北上，一路前行，又走得五七日，直奔长沙而来。一路平安无事。这日他贪赶路程，不自觉间过了村坊，误了投宿。但见天色将晚，前面一片好大林子，树木葱郁，阴森恐怖，名为虎踞林。江湖传闻此处有凶猛大虫出没，吃人不吐骨头，是以阴魂不断，多有诡异传说。来往客商但凡识得门路，大都结伴昼行，以壮声势，免得白白送命。其时已是初秋，刮起凉风阵阵，吹得树叶簌簌作响。姜乐康初涉江湖，自然不知这地名传闻，仍是天不怕地不怕般入得林子，一心只想快快赶路。

走得五七里路，并没什么大虫扑出。但见两旁树木渐少，再走百十步，已出了林子，到得一处山坡，正是戌时前后。前方有一家小酒店，孤零零地立在坡上，透出些许亮光。姜乐康大喜，奔向前去，想要打尖歇脚。刚一进门，只见店内放着几副桌凳，桌上烛光忽明忽暗，却是空无一人。姜乐康叫得几声店家，后厨才慢慢走出一个围着围裙，满是血污的中年汉子，似是刚宰完牲畜。

只听那店家道："哪来的穷小子？快滚出去！"姜乐康道："你这人好没礼貌！我出门在外，要打尖歇脚，又不欠你银两，怎么要赶我走？"店家道："今天没备酒肉。快走吧！"姜乐康道："那烦请大哥借些米来，我可自己打火做饭。"说着便往后厨走去。店家急忙拦着，皮笑肉不笑道："好吧！小店新宰一头黄牛，本想留着招待贵人。看你小子独行不易，便先做些与你来吃，算你撞上大运。可有足够银钱？"姜乐康取出乞丐给的几两银子，问道："这些够吗？"店家两眼发光，道："够了！"取出一壶酒、一只碗、一双箸，又入后厨张罗做菜。

姜乐康坐了一阵，斟出酒来，但见酒色浑黄，气味古怪，喝了两口，就想起先前在衡阳雁醉楼上，正因酒后闹肚子，耽搁时间，才不见了乞丐兄弟，成为一大憾事，又寻思道："若在这异地他乡，也能喝到陶伯伯亲手熬的凉茶，那就好了。"当下不想再饮，扬手把酒泼出门外，却见一个身穿红色衣裙，肤白胜雪，呵气如兰的少女，手执一把宝剑正走进来。姜乐康收手不及，忙叫一声"小心"，那少女侧身一避，酒水从旁洒过。少女娇嗔道："你这小子，就是这样欢迎我吗？"眉目间却露出一丝笑意。

姜乐康看得痴了，以为少女把自己认作店小二，慌忙道："姑娘莫怪！我也是投店客人，不是小二哥。方才一时失手，不是有意冒犯，请勿放在心上！"又多看了少女几眼，才觉有点不当，忙把目光移开。少女嫣然一笑，放下宝剑，坐在姜乐康旁边桌椅上。

又过一阵，门口又步入两个公人打扮的大汉，一个劲装结束，面容冷峻，似是巡捕，公务铭牌上书"薛霸"；一个羽扇纶巾，举止儒雅，似是师爷，公务铭牌上书"董超"。两人大模大样在第三张桌前坐下，薛霸吼道："店家，我们是外州远来公人，要到长沙办事。快切三斤熟牛肉，拿两只嫩鸡，有酒只顾筛来。"董超则道："喂！你这油灯，怎么忽明忽暗？吓唬鬼啊！快换一盏来。"那店家缓缓出来，见又来了三个不速之客，呢喃着取出碗箸，换了油灯，只道："两位大爷，烦请等待。小店只有小人一个，一时忙不过来！"又取回姜乐康桌上酒壶，但觉壶中空空，额角渗出几滴汗，匆忙回到后厨，紧紧把门闩上。

只听董超道："薛哥可曾听闻，湖南境内有一个妖妇，伙同几个心腹手下，在荒山野林开设小酒店，招待来往客商，探听江湖消息。"薛霸道："那有什么奇怪？酒店汇集三教九流之人。江湖帮派以开店为幌子，布下眼线，打探消息，再正常不过。便是开黑店，打劫财物，也不足为奇。"董超道："奇就奇在这店卖的馒头，你猜是什么馅做的？"薛霸道："我不猜，别卖关子。"董超道："是人肉。"

酒店不大，坐着四人。两个公人说的话，各人听得清楚，似是有意为之。姜乐康猛然抬头，瞪大眼睛，细听起来。

薛霸笑道："你又来吓人！清平世界，朗朗乾坤，哪里有人肉的馒头？"董超道："薛哥有所不知。这酒店开在一个叫虎踞林的地方，已不知有多少单身客商，不识门路，白白送命。金银财宝，自被盗去；大块人肉，却是用来包馒头了！"薛霸道："我在衙门办案，也曾听闻虎踞林多有命案。同行都说是林中有凶猛大虫出没，伤人性命。长沙知府老爷更张贴榜文，告诫来往客商结伴昼行，以壮声威，否则后果自负。"董超道："那是办案公人，查不出案子，或是收了酒店好处，便把凶手推给什么大虫，胡乱给那地方取名为'虎踞林'。其实罪魁祸首，正是那个妖妇。须知妇人心肠，更比大虫凶恶！那汉朝什么吕太后，不就命人把戚夫人砍去四肢，挖眼割耳，扔去粪坑，做成人彘吗？"

正说话间，店家取出两盘熟牛肉，一盘大的先放在巡捕桌上，一盘小的放在姜乐康桌上。又取出两壶酒，一壶大的先放在巡捕桌上，一壶小的放在少女桌上，然后转身就走。那少女叫道："喂！店家，我还没说要吃什么呢！"店家回头道："是！请说。"少女道："就要一笼馒头吧。"店家没有搭话，自回后厨，把门闩上。姜乐康越听越惊，再看少女，但见她眨着大眼，竟有几分相熟。

薛霸问道："兀那婆娘如此了得？难道过路的英雄好汉，就没出手了结她的吗？她又不是什么太后！"董超斟出酒来，举起酒碗，道："薛哥有所不知。这妖妇手段好生高明！她本是江湖正派出身，专擅落毒，后来遭遇变故，被逐出师门，性情大变，堕入魔道，转投黑月教，行事愈发邪气。她开设酒店，有那合心意的，就在酒中下蒙汗药，不费吹灰之力，便麻翻那人，任其宰割。须知那妖妇毒如蛇蝎，调制这蒙汗药，不过小菜一碟！"说着竟把碗中酒泼在地上。

薛霸笑道："又来做戏！你说那婆娘挑人下药，可有什么讲究？若宰的是作奸犯科之徒，岂非替天行道，省却我等不少麻烦？"董超道："这便是那妖妇最邪气之处。须知江湖传闻，那酒店有三种人不杀，又有两种人必杀。"薛霸道："是怎么回事？快快说来。"董超道："三种人不杀：一是僧道之人，因要守清规，肉质淡而无味；二是老弱病残，因伤病缠身，肉质也不合适；三是官差公人……"薛霸接口道："那是因为杀了公人，得罪的便是官府。谅那婆娘有天大的胆子，也不敢公然与官府为敌，否则那酒店还能开下去？"董超笑道："薛哥英明。正是这道理。"薛霸倒出两碗酒，大口喝干，道："我等久经江湖，身负绝艺，便是不做巡捕，也不怕这下三烂手段。"董超也把酒干了，赞道："薛哥好气魄！"那少女听了，也斟了些酒，扬起衣袖，使个眼色，遮掩小嘴，慢慢喝了。

薛霸问道："又有哪两种人必杀？"董超道："两种人必杀：一是富家子弟，因娇生惯养，细皮嫩肉，且多有财物可图。二是风尘妓女……"薛霸接口道："那些只会唱曲抚琴的美娇娘，又没什么威胁，何故要杀？"董超道："薛哥有所不知。那妖妇嫉妒心极重，但凡见到比她年轻貌美的娼妓，便要麻翻，活生生把她的面皮剥下来，安在自己脸上，用上十来天后，便即抛弃，再换新的面皮。是以她容貌百变，得了个'千面女魔'的诨号。那被剥皮女子，自是不能再活。"

姜乐康冷汗直流，不敢相信，世上竟有如此阴毒之人，又看了看邻桌少女，虽只是初见，却担心起她的安危来。

薛霸道："从来只听说有乔装易容之举，却没听说有剥皮换面之事。"董超道："魔教妖人行事奸邪，那妖妇又工于心计，有什么做不出来？"薛霸道："那如果既不是僧道之人、老弱病残、官差公人，又不是富家子弟、风尘妓女，只是寻常路人，钱财不多，到这酒店打尖，又该如何？"董超道："那便要看那妖妇心情了，若她心情好，那就正常做买卖，取出人肉馒头招呼你；若她心情不佳，一样下药害你。须知这魔教妖人行事，没有准则，便是准则。"

听到此处，姜乐康忽感天旋地转，四肢乏力，正想出声呼救，却身不由己，"扑通"一声趴在桌上，昏了过去。那少女也摸了摸头，神色难受，旋即趴倒。两个公人也摇摇晃晃，董超断断续续道："薛哥，这酒好像有点不妥……"薛霸道："见鬼！本来我千杯不倒，今天怎么这么易醉？"话音刚落，两个公人东倒西歪，倒卧地上，董超的宽袍大袖一带，打落几个碗碟，跌在地上摔得粉碎。

只听"吱呀"一声，后厨门打开，店家走了出来，自语道："奇怪！当真三年不发市，发市吃三年。刚宰完一人，就撞见这傻小子闯进来。本不想害他，偏偏他找死，非逼我下手。又有三人进来，两个竟是公人。这小子已饮过酒，迟早药发要倒，定然被人察觉，不好搪塞过去，只得把心一横，一锅端了！这俩公人也是酒囊饭桶，死有余辜，自以为熟门熟路，却不知此处正是虎踞林。这小娘子，正好用来剥皮！"便蹲下来要拖这董超，到后厨解决。说时迟，那时快，董超睁开双眼，猛然伸出两指，在店家肋下轻轻一戳，那人便动弹不得，乖乖蹲在原地，竟是被点穴了。董超紧接一招"鲤鱼打挺"，跳立起来。薛霸、少女也站了起来，只有姜乐康兀自不醒。

薛霸怒目圆睁，喝问道："快说！梅傲霜那婆娘在哪？"店家道："大侠饶命！小人只是受雇打工，看管店铺，什么也不知道啊！"薛霸道："不知道吗？那就问问我这双铁掌吧！"伸出一双铁掌，把店家手臂往外强扭，但听"啪啪"两下，似是骨头断裂之声。店家哇哇大叫，面容扭曲。薛霸道："现在知道了吗？"董超道："自古不杀降兵。如实供来，还可饶你小命。"店家情知这次遇上狠人，踌躇一阵，颤声道："梅堂主……梅傲霜前日已动身前往湖北神农架，说要找她以前的师父算账，夺取一本独门秘籍来练功。"少女惊道："是找师父！我们要去！"薛霸点了点头。店家方才醒觉，惊问："三位……是五行盟派之人？"

董超摇着羽扇，洋洋得意道："正是！小生是点墨派董聪，江湖人称'过墙梯'。"薛霸道："我是烟火派薛强，江湖人称'铁面神拳'。"那少女只是看着，没有说话。店家面色煞白，已知无幸，惨然道："小人有眼不识泰山，冒犯了几位大侠。只是小人尚有一事，想不明白。"董聪得意道："你自说来，好教你心服口服。须知阎王殿前，无冤死鬼！"店家道："小人在门后猫眼，清楚看到几位喝了酒，那是小人加了蒙汗药的。怎么此刻几位却生龙活虎，浑如没事人一般？"

第十四回　久别重逢

薛强正色道："奇技淫巧，怎可难倒我等正气之人！我早已用内功把药酒逼出，那酒不过是在我体内流了一遭，无半分损害。"董聪笑道："我可没薛哥这般好内力，却已查明蒙汗药配方，以曼陀罗花制成，预先服用甘草汁作解药，两相抵消，自然没事。"店家又瞧了瞧那少女，少女嗔道："看什么看！我根本就没喝，全倒在我衣袖里了。"店家始知着了圈套，慨然长叹。薛强凛然道："却饶你不得！"运起烈火掌，一掌拍到店家天灵盖上。那店家登时脑浆迸裂，断了气息。

少女看到此景，有些害怕，道："师哥，你不是说饶他一命吗？怎么一掌打死了他？"薛强道："我可没说要饶他。"董聪叹道："小师妹还是心地善良，若非这样说，怎骗得这人供出线索？魔教妖人作恶多端，这等为虎作伥的走狗，即便不是元凶，也死有余辜！"少女一时语塞，只道："我们去后厨看看。"

三人走进后厨，但见墙上绷着几张雪白面皮，梁上吊着几条粗壮人腿，更有一具死尸，一丝不挂，死不瞑目，直愣愣挺在剥人凳上，像刚断气不久。少女几欲作呕，连忙抽身步出，道："没想到梅师姐……梅傲霜当真做出这种天理难容的事！"薛强摇了摇头，没有说话。董聪道："小师妹，你说这人肉作坊，现在该如何处置？"少女道："还能怎么办？当然是一把火烧了，眼不见为净！"

董聪道："我也是这样想。"又指了指姜乐康，笑道："这小子当真命大，幸亏遇上小师妹，一路护他周全，才捡回一条命。现在却昏了过去，啥都不知道。"少女嗔道："要你多事！他是我朋友，也要去神农架见我师父。请薛师哥安排一辆马车，嘱托事项，送他前去。我们先行一步，传达线报，驰援师父！"薛强道："好！"

三人当下把姜乐康抬出店外。薛强取出火石，点起火把，大力扔去店中，一把火将黑店烧了。又牵来三匹骏马，薛强、董聪各骑一匹，少女骑一匹，后头放着昏迷的姜乐康，连夜赶到附近村坊，投宿客店，又预先雇好马车，交代要去之处。少女扶着姜乐康进房歇息，薛强想要帮忙，少女却道："不用不用，你俩快走！"董聪笑着拉了薛强去。少女安放姜乐康上床，娇嗔道："大笨蛋，你真沉！"也自回房间歇息。

次日天明，姜乐康悠悠醒来，发现自己竟身处一家陌生客房，大吃一惊，拼命回想昨夜之事，忽听到一人在房门外道："小哥，你醒了？烦请收拾行装，吃个早饭，坐上小人马车，前往湖北神农架。"姜乐康惊道："我没雇马车啊！"那马车夫道："有三位客官，昨夜已雇了马车，嘱托小人，送小哥去神农架。"姜乐康抢出门来，问道："那三个人，可是两男一女？"马车夫道："正是。"姜乐康道："他们眼下在哪？"马车夫道："今晨天还未亮，那三位客官便已策马扬鞭，离店自去。"姜乐康道："他们怎么帮我雇了这驾马车？我不认识他们啊！"马车夫道："小人只是拿钱办事，其他事也不敢多问。"姜乐康百思不得其解，只好先跟随马车夫去吃早饭，收拾行装，踏上旅程。

两人上了马车，马车夫坐在前面策马，姜乐康坐在后头车厢，内铺藤席，十分舒适。两匹马儿拉着马车，沿官道慢慢行进。姜乐康方才忆起昨夜之事，问道："大哥，你走南闯北，见识广博。请问湖南可否有虎踞林一地，里面有一家酒店？"马车夫道："小哥睡得好沉！这林子就在客栈十来里外，昨夜突然起了一场大火，火光熊熊，烈焰吞天。那烟雾在客栈也能看到，许多客人都出来张望。有人说是烧了一家酒店，直到五更才熄。"

姜乐康惊道："啊！被烧了？这家酒店，可是卖人肉馒头的黑店？"马车夫道："这事我也曾听人提起。江湖传闻，难分真假。反正我从没在那林子走过，小心驶得万年船嘛！"姜乐康暗自心惊，寻思："且不论有否人肉馒头这种事。昨夜那酒店定有古怪，否则怎么吃了酒肉，我便昏倒过去，不省人事？醒来时我已身处客栈，那酒店却被火烧了，定是两位公人大哥出手救我。但是他们怎么知道，我要去神农架找苏帮主呢？那位美丽姑娘，又是谁呢？我们萍水相逢，却得此大恩，我该如何相报！"

怀抱种种疑团，姜乐康一路前行，路上自是马车夫打点食宿，不费他一分一毫。又走得八九天，停车乘船渡过长江，这日午后，终于来到神农架。但见四周山岭巍峨，古木参天，奇花异草，不可胜数。百花帮便在此处钻研药理，休养生息，与原住民和平相处，赠医施药，有如仙女下凡，是以声望极高，备受当地敬重。马车夫遥指神农顶，道："小哥，此处便是神农架，百花帮清心殿就在那山上，小人就不上去了。在此别过，后会有期！"姜乐康忙道："多谢大哥一路关照！"便自取路上山。

走得几里山路，只见前方有两个身穿青绿衣裙、手执宝剑的女子，一人年纪稍大，一人正当妙龄，正迎面走来。姜乐康见二人出尘脱俗，定是百花帮门人，便问："两位姑姑，借问清心殿在何处？"妙龄女子道："你是谁？去清心殿干什么？"姜乐康道："我是桃花村姜乐康，想求见百花帮苏帮主。"中年妇人惊道："你是乐康？日前小师妹曾说，有个跟她年纪差不多的小朋友，要来找苏帮主报恩，莫非就是你？"姜乐康茫然道："小师妹？谁是小师妹？"妙龄女子拔剑喝道："你不知道？快说！你是不是黑月教派来的密探，要来踩盘子？"姜乐康忙道："不是不是！我怎会是那些人人憎恨的魔教妖人呢？"

中年妇女微微一笑，道："你说得出'魔教妖人'这四字，便知你不是了。须知那些家伙，却是大言不惭，自称神教圣徒的。丁香师妹，快撤剑，别吓坏小朋友！"丁香收剑道："是！白芷师姐。"白芷笑道："小师妹古灵精怪，爱捉弄人，外出时定是乔装易容，是以这位少年认不出。"姜乐康一头雾水，竭力回想连日来经历之事，突然想起当日在黑店中，曾把剩酒泼向一位美貌姑娘。莫非她正是百花帮弟子？所以她就做个顺水人情，把自己送来这里？但是……

姜乐康还在思索，忽听白芷道："丁师妹，你继续巡视一下，我先把小朋友带到山上。"姜乐康奇道："两位姑姑，你们在巡视什么？"丁香道："敝派出了个逆徒，转投魔教。近日得到小师妹线报，说那妖妇要偷袭清心殿，抢夺敝派独门秘籍。是以师父吩咐我等弟子巡视山径，提防可疑人物。刚才是姐姐误会了你，请勿见怪！"说罢抱拳施礼。姜乐康急忙学着还礼，道："不怪不怪！"

当下三人分头而行，白芷带着姜乐康上山，丁香继续下山巡视。待到得清心殿时，但见一个六十出头、神清骨秀的老妇，与薛强、董聪、少女三人正坐在桌前，商议事情。少女见得姜乐康到来，眉开眼笑，仿佛在说："你来啦！"姜乐康又惊讶又感激，寻思："这姑娘果然是百花帮弟子。只是两位公人大哥，怎么也在此间？对了，他们肯定是知道有贼人要偷袭，前来支援。我出生时曾受苏帮主大恩，现在又受了三位恩德，方才顺利到达。此刻百花帮正遭危机，若有用得上我的地方，必定要出一份力！"

白芷引见道："师父，这位是桃花村姜乐康，有事前来拜见您老人家。小朋友，这位便是苏帮主。"苏义妁又惊又喜，摸摸姜乐康的头，道："乐康……对，你应姓姜。转眼之间，你已长这么大了。眉目之间，果然跟……更有英气。"说话间又看了看那少女，活生生把"跟他有几分相似"的话咽回肚里。姜乐康见苏义妁和蔼可亲，热泪盈眶，跪下磕头道："苏奶奶，康儿受您恩惠，方能顺利长大。大恩大德，无以为报，请受康儿一拜！"

苏义妁扶起他，沉吟道："看来你已知道自己的身世。你这次来找我，有什么事吗？"姜乐康当下把自己希望拜师学艺、孝敬报恩的心愿，以及桃花村乡亲感念苏义妁施药恩德，希望相见叙旧的心愿，讲了一遍。薛强、董聪都是五行盟派近年新进弟子，没参加过当年金石派亮剑大会，只道姜乐康是个乡下小子，其亲属偶尔得到苏义妁帮助，不知这许多前事，因而更钦佩她的为人。

苏义妁道："施恩不望报。难得桃花村乡亲还感念老身，实在让人欣慰。可惜老身事务缠身，只怕没时间重游故地。"然后沉吟道："至于拜师一事，事关重大，我要考虑一下。"那少女劝道："师父！虽然百花帮近年少收男弟子，但不也出过杜仲、徐长卿两位师祖嘛！我看他挺有心，是个可造之材！"苏义妫看看天色，岔开话题道："香儿这丫头，下山好久了，还没回来。白芷，你下去看看，有没有发生什么事。"白芷领命自去。姜乐康看看那少女，见她如此帮自己说话，只觉心头一阵温暖。

苏义妫和薛强、董聪又聊起人肉馒头等江湖新近之事，姜乐康不明就里，越听越惊。董聪好几次想讲出，当日姜乐康在黑店昏倒后发生的事，好让这傻小子知道，那少女却忙使眼色，让董聪不要说。过了一个时辰，天色渐黑，白芷、丁香兀自未回。苏义妫暗自心惊，道："白芷向来行事稳重，怎么也许久未回？"姜乐康道："奶奶，让我下山找两位姑姑吧，正好熟悉一下这里的山路。"少女道："我也一起去吧。"苏义妫道："不行！你们两个才这么小，要是遇到意外，我该如何交代？"转向薛强、董聪道："五行盟派，同气连枝。两位师侄，未知能否下山一趟，替老身寻找拙徒？"薛强、董聪抱拳道："愿效犬马之劳！"领命自去。

又过半个时辰，天色全黑，四人兀自未回。苏义妫冷汗直流，吩咐几个得力弟子守好清心殿，便要下山自寻。正要跨出门外，忽见薛强、董聪分别背着白芷、丁香，急匆匆往殿内赶。苏义妫忙问："发生什么事了？"薛强、董聪把她们放在椅上，但见两人都已昏迷过去，白芷身体尚是完好，丁香衣衫却有多处破损，俏脸被划了道道剑痕，鼻子削去半个，耳朵少了一只，血肉模糊，惨不忍睹。

董聪歉然道："我俩在山下发现两位师姐，已是这般模样。我留在原地急救两位师姐，未能唤醒；薛师哥则在附近寻找凶手影踪，也一无所获。但见天色已晚，怕苏帮主担心，先上山回报。"

正说话间，忽听一妖媚女声远远传来："师父！怎么大费周章，派人巡视，又找两个姘头帮手，怕徒儿回山看您啊！"那少女惊道："她来了！"

第十五回　百花魔劫

苏义奶定了定神，道："尚有十里脚程。她用的是千里传音之术，以内力为根基，可把声波往特定方向传送，最远可达数十里。不必慌张，有老身在！"也运起内力，把声音传出去："傲霜，你来看我，再好不过。却为何下此毒手，害你丁师妹！"董聪师从点墨派，饱读武书，寻思道："千里传音？那是武功达到一定境界之人，才能习得的技能。没想到那妖妇弃明投暗，武功竟精进了这么多！"

那女声又传过来，声音清晰了些："那丫头见了我，不识尊敬长辈，嘴里不干不净，只好让她长点记性了。师父，徒儿是帮您调教弟子啊！"董聪问道："苏帮主，尚有几里？"苏义奶道："尚有八里。"又运起内力道："先不说这笔账。你在江湖上开黑店，已经杀了许多无辜的人，就此收手吧！"那女声又传过来，声音更清晰了："师父，只要您肯给我《清心真经》，徒儿马上金盆洗手，退隐江湖。"董聪又问："尚有几里？"薛强喝道："莫长他人志气，灭自己威风！那婆娘最好早来。老子遇神杀神，遇魔除魔！"挺身走近殿门，昂首顾盼。百花帮众女弟子此刻也已到殿内戒备，齐声道："正是！"

苏义妁抬了抬手，止住众人，道："尚有六里。"又运起内力道："你要我说多少次，你才肯相信？不是我不愿给你，而是这心法已不适合你练。强行修炼，只会走火入魔，有害无益。"那女声道："有害还是有益，练过才知道。大不了就是死而已。我今天来，只是为了取回我应得的东西！"苏义妁突然紧盯门外，眼中露出惊疑之色，道："只有半里。"

说时迟，那时快，一个身穿紫衣，手持尘拂的女子，从大门侧边出现，猛然闯进殿内。但见她柳腰花态，体态轻盈，虽年过四十，身段却与十七八岁的姑娘无异。一张脸皮雪白无瑕，极不自然，无半分血色，正是梅傲霜。薛强见大敌骤至，双手运起烈火掌，全力击去。梅傲霜侧身一避，尘拂一挥，一把缠住薛强双臂，叫他双手空悬，转不过来。薛强急运内力，想要挣脱。烈火掌以刚猛内力驱动，只要发功，双手便可产生热力，烧断尘拂。梅傲霜没有纠缠，轻轻一提，竟用尘拂将这彪形大汉拖到半空，从她头顶飞过，重重摔在地上。薛强吃疼大叫。梅傲霜动作极快，趁薛强张嘴之际，丢进一只小虫，用脚一踢他下巴，叫他咽了。这几下发生极快，在场众人无不震惊。

苏义妁正色道："你们都不是她的对手，不要上前，枉送性命。董师侄，请你保护好大家。今天老身要清理门户！"说罢挺身上前，直视梅傲霜。董聪答道："遵命！"心内却寻思："那只小虫，莫非就是毒尸蛊？江湖传闻只要被下了毒尸蛊，一旦毒发，并不致命，却可使人神志不清，如行尸走肉，死心塌地追随下蛊者，达到精神控制之目的。魔教孽障之所以生生不息，固然因它沽恩市义，善于收买人心，但也跟这些肮脏手段不无干系！"姜乐康和那少女站在一起，两人皆手心冒汗，紧盯情势。

梅傲霜环顾四周，看了看那少女姿容，媚笑道："师父，我刚一进门，你的姘头就来打我，现在你又说要清理门户，真叫徒儿害怕啊！"苏义妁怒不可遏，道："住嘴！我没你这样的徒儿！"当下拔出佩剑，发招进攻，梅傲霜以尘拂相迎。两个妇人在清心殿内相搏，你一剑，我一拂，斗了几十回合，不分胜负。梅傲霜虽叛离师门，武功精进，毕竟是苏义妁所教弟子，生死相搏之下，自然而然使出师传武功，早被她师父看穿。加上她以尘拂作武器，因怕被割断，始终不敢与剑刃相触，只能缠敌剑柄，攻招施展不出，一时处于下风。

又见薛强已翻了个身，跪趴在地，双目无神。苏义妁长剑挥舞，步步进逼，梅傲霜尘拂遮挡，且战且退，两人战到近门处薛强身前。忽听梅傲霜吹了声口哨，薛强闻声而动，如饿虎扑食般上扑，双手紧箍住苏义妁双腿。苏义妁猝不及防，又不好用剑刺他，一时动弹不得。梅傲霜媚笑道："师父，您姘头要来找您，不如先叙叙旧嘛。"那少女看出端倪，惊叫道："师父，薛师哥中了毒尸蛊，行为不由自主，您要小心！"

梅傲霜冷笑一声，突然再次发难。只见她急奔几步，右手持尘拂，猛然向董聪扫来。董聪心知不是她对手，慌忙跃开躲避。梅傲霜成竹在胸，尘拂击到一半，脚下一个转弯，陡然伸出左掌，直向那少女击来。原来她突袭董聪，只是虚招，真正目标却是那少女。在这千钧一发之际，众人都惊呆了。姜乐康思念电转，只有一个念头："我要挡这一掌！"他自小爱蹴鞠，又练过鹤翔步，身法不慢。他急忙跨出一步，用身体挡在那少女前面。梅傲霜突见一个素不相识、无冤无仇的少年出来搅局，心中一惊，收了三分掌力，仍有七分劲力，重重击中姜乐康胸口。

只听"啊"一声尖叫，却是那少女发出。姜乐康硬挡这一掌，吐出一口鲜血，坐倒在地，却把痛楚强忍下去，因他刚见识过毒尸蛊的厉害，没有张嘴惨叫，神智也尚清醒。少女也坐倒在地，双手抚着姜乐康双肩，双眼紧盯他的侧脸，眼神满是关切之情。梅傲霜本可乘势追击，看到此情此景，却露出一丝向往，一时待在原地。只听一句"逆徒受死"，此时苏义妁已挣脱薛强纠缠，挥剑进招攻来，把她逼回殿内，远离两个少年。梅傲霜手持拂尘遮挡。两个妇人又在殿内再斗几十回合。原本梅傲霜年纪更小，体力更好，纠缠越久，就越有利。但这番再斗，却是苏义妁大占上风，梅傲霜看似心神不定，只有招架之功，毫无还手之力。

又听一句"妖妇住手，速速就擒"，殿门外突然走进五个男子。但见中间为首的那人头戴束发紫金冠，体挂百花红锦袍，腰系镀金狮蛮带，脚蹬漆皮狼毛靴，年方十七，剑眉星目，好一个英气少侠。身旁四人也是劲装结束，精神抖擞。苏义妁见有人进来，主动跳出圈子，罢手不斗。那少女看见少侠，又惊又喜，道："哥哥，你来了！但……但还是来晚了。"说到后半句时，却语带哽咽。梅傲霜冷笑一声，正要说话，忽见那少侠手腕一抖，两支蚀骨针破空而出，直飞她一双眸子。梅傲霜猝不及防，但觉眼前一黑，已被刺瞎双眼，惊叫道："你这小子，竟敢出手暗算！"

少侠正色道："对付你这杀人如麻的妖妇，还讲什么江湖道义？"梅傲霜慨然长叹，瞎了的双眼流出两行清泪，道："以老娘本事，即便只我一人，要挑掉百花帮，也不在话下。没想到你们命不该绝，来了这许多帮手，竟中了你们圈套。这是天要亡我，非战之罪也！"少侠走到梅傲霜身后，把她双手反剪背后，取出随身绳索，想把她缚住。少女出言提醒道："哥哥，那妖妇给薛师哥下了毒尸蛊，要在她身上搜出解药。"少侠点头称好，便向梅傲霜身上搜去。梅傲霜喝道："住手！男女授受不亲，我来拿给你。"少侠松开双手，道："你自己来。"梅傲霜把手伸进胸内，从贴身衣物处取出一瓶药水，突然往远处扔去。少侠暗叫不好，急跨几步，伸脚去勾，轻轻一踢，把那瓶药水踢回空中，用手稳稳接住。姜乐康看到此景，心中喝彩道："好脚法！"

就在那少侠去接那瓶药水的瞬间，梅傲霜听声辨位，发足向殿门外奔去。众人被分散了注意力，待见得她跑时，齐声惊叫："快拦住她，别让她跑了！"少侠带来的四个手下怒目圆睁，正要伸手抓她，却被苏义妳伸出长剑，挡住他们。这一挡之下，梅傲霜已奔出殿外，她自幼在神农架学艺，虽瞎了双眼，仍认得这许多山路，转眼之间，已在茫茫夜色中消失无影。

只听苏义妳道："她已瞎了双眼，今后再也无法害人。各位朋友看在老身面上，就请放她一马吧。"少侠等五人见苏义妳这样说，又知这是百花帮师门之事，均道："谨遵苏帮主旨意。"董聪寻思道："终究女流之辈，妇人之仁，难怪百花帮成不了气候。"口中赞道："苏帮主大人大量，以德报怨，足为晚辈敬仰。"当下百花帮众女弟子，把昏迷不醒的白芷、丁香抬回内房治疗。少侠为薛强喂服解药，解他身上蛊毒。姜乐康看见忽然天降救兵，解了百花帮今日之劫，心下大定，昏昏沉沉向后倒去，正倒向那少女怀中，耳边隐约传来一阵熟悉的声音："大笨蛋，你没事吧！"

待姜乐康醒来之时，已是次日中午。他已得到妥善救治，换了身干净衣服，躺在房间床上。姜乐康刚睁开眼睛，便看到苏义妁、少女、少侠三人，正立在他床前，关切地看着他。姜乐康挣扎着想要坐起，那少女却轻轻把他按下。姜乐康没有勉强，看着少侠，道："感谢少侠出手相救，解了百花帮昨日之劫。未知少侠高姓大名？"苏义妁看看少侠、少女，点了点头。那少女心头一甜，寻思："这人真傻得可爱，明明是他救了我，却说是我们救了他。"朗声道："他是我哥哥秦子恒，我是秦思君。我俩的爹爹，便是烟火派掌门人、当今武林盟主秦天。"

第十六回　尽诉心曲

姜乐康嘴唇微颤，不敢相信自己耳朵。他完全想不到，眼前这对兄妹，竟是秦天那双儿女。他救了秦思君，秦子恒又救了他，但他们爹爹秦天，却曾大闹亮剑大会，间接逼死了自己爹爹姜志，害得他只能和娘亲相依为命。这笔恩怨情仇，该如何去算？姜乐康一时默然，翻过身去，不去看三人。秦思君关切道："小姜，伤口还疼吗？"姜乐康闭上眼睛，没有搭话。秦子恒道："姜少侠伤后初醒，需要休息。君儿，我们还是不要多打扰了。"苏义妁道："你们先出去吧，这里有我就可以了。"秦思君道："是。师父辛苦了！"两兄妹自出房去。

姜乐康听见两人远去，挣扎着坐起，凝视苏义妁，茫然道："苏奶奶，这……这是怎么回事啊？"苏义妁叹了口气，道："康儿，你的身世，相信你已经知道。"姜乐康点了点头。苏义妁道："当年金石派亮剑大会，老身也曾参与其中。事后还出手救过你娘亲，安葬你爹爹。此事已过去十五年之久。虽然你爹是因烟火派自尽，但秦天却并未直接害他。如今秦天已经成为武林盟主，手执归心神剑，号令天下群豪，主管讨伐魔教之事。五行盟派，同气连枝，互学技艺，都是常事，得罪一派，更是与五派为敌。因此即便你想为父报仇，也很难办到。这已是上一代人的恩怨，思君、子恒都不知道此事，更不认识你的生父。希望你能放下仇恨，明白大义，好好学艺，日后成为真正的大侠。"

姜乐康五味杂陈，许久才道："奶奶，我明白了。我这次出村求师，本来也没想为父报仇，只是想如果有机会，去调查当年之事更多细节，好让家母知悉。"苏义妁叹道："事情真相，扑朔迷离，孰是孰非，更难以说清。"姜乐康也低下了头，不再说话。苏义妁指了指床边的铃铛，道："康儿，你在此好好休息。每日午时，老身会前来换膏药。想要吃喝拉撒，便摇响这铃铛，自有弟子前来打点。"姜乐康点头道："好的。"苏义妁道："你是因为我们受伤的，我们当然要照顾好你。难得你有这份侠义之心，关键时刻挺身而出。待你养好伤势，老身自会安排你拜师学艺。老身尚有事务处理，就先出去了。"姜乐康感激道："谢谢奶奶！"

话说姜乐康于夏夜离开桃花村，一路经历波折，终于来到神农架，已过去两月有余。其时是八月初八，再过几天，便是中秋佳节。苏义妁离开房间，来到清心殿。只听董聪说道："这次百花帮遭逢灾劫，幸得小师妹白雕传书，及时把信息传回嵩山烟火派，少主又及时率援兵赶到，方才化解这次危机。"秦思君黯然道："还是晚了一点，如果哥哥能早点赶到，也许小姜、丁师姐就不会受伤了。"又寻思道："自虎踞林一别，本想尽早赶回师门报信，先行化解危机，好迎接小姜到来。怎知这般不巧，那妖妇竟和小姜在同一天到来，害得小姜为我负伤。真是人算不如天算！"秦子恒自责道："我们初来神农架，昨夜更一时迷路，耽搁了不少工夫。我们是听到那妖妇的千里传音之术，才顺藤摸瓜，找到清心殿，当真惭愧至极！"苏义妁道："好孩子，这次多亏了你们，才保住了《清心真经》，怎么反而自责起来？你们都是武林未来的希望！"

秦子恒抱拳道："多谢苏帮主赏识！时候不早，我想我们该动身告辞，回去给我爹复命。"秦思君道："怎么这般急？现在危机已除，不着急回去啊。过几天就是中秋节，可以一起过完再走。"秦子恒道："妹妹，如果我们现在动身，快马加鞭，兴许还能在中秋前赶回河南开封府，一家人共叙天伦。"秦思君道："我不走！要走你自己走。我一回去，爹爹肯定又要提那事，我可不乐意。"

苏义妁挽留道："秦少侠一行千里迢迢来到神农架，那就多住几天，熟悉一下这里，一起过完中秋节再走吧。你爹贵人事忙，相信不会介意。"秦子恒面露难色，但见妹妹执意在此，只好道："好的。感谢苏帮主厚意！"苏义妁又看了看董聪、薛强等人，几人也道："恭敬不如从命！"几人正说话间，忽听内房传来一阵清脆铃响。秦思君急道："是小姜要东西，我去看看。"急匆匆地去了。苏义妁看在眼里，轻叹一声，若有所思。

秦思君来到走廊，看见白芷端着一盆热水，正要走进房去。原来是姜乐康躺卧太久，又忽闻惊人信息，百感交集，如在梦里，便跟白芷说想洗把脸。秦思君忙道："白师姐，让我来吧。你去陪丁香师姐吧，她伤得很重，一定很伤心。"白芷已听说姜乐康是为小师妹挡掌受伤，知她心里歉疚，点头道："好的，就交给你了。"秦思君推门进去。

　　姜乐康看见秦思君进来，惊道："怎么是你？"秦思君嫣然一笑，道："白师姐陪丁师姐去了。我来为你洗脸，也是一样。"姜乐康完全不知应如何面对秦思君，只好点点头，没有说话。秦思君把毛巾用热水打湿，用手试过温度，待得冷暖适宜，才把毛巾轻轻放在姜乐康脸上，替他洗脸。姜乐康闭上眼睛，任她擦拭。两人一时无话。

　　秦思君见气氛有点沉闷，忽而道："大笨蛋，我们还要结拜做兄弟吗？"姜乐康猛然睁开眼睛，惊道："你是衡阳城那个乞丐？"秦思君笑颜如花，道："是啊！你那天一直叫我小兄弟，但我没说过自己是男子啊。"姜乐康惊道："你明明是武林盟主的女儿，为何要扮成一个乞丐？你有什么居心！"

　　秦思君收起笑意，道："说来话长。如果你真想知道，我便告诉你。"姜乐康道："你想说就说，不想说就别说。"秦思君寻思："我不该骗他。"缓缓道："我爹秦天是烟火派掌门人，之后更成为武林盟主。自我懂事起，我便发现身边的人都因这层原因，对我毕恭毕敬，仿佛戴着面具跟我接触，总说好听的假话。他们虽然叫我小师妹，却当我是少不更事的大小姐，一心只想巴结讨好我，以便将来得到什么好处。比如我做的菜明明把糖当成盐，他们也非要说好吃。这样的生活好没意思！后来，我无意中得知天底下竟有'易容术'这回事，便自学起来，乔装易容，变成不同人物，看看那些平时对我毕恭毕敬的人，又是怎样对待那些乞丐、书童、雏妓，然后再把妆容褪去，变回原来大小姐身份，好叫他们大吃一惊！不过这个把戏玩得久了，大家都猜出来府上那些突然出现的陌生人，便是我易容扮的，也戴回他们的假面具来应付我。后来我年纪渐长，谁也不敢拦我，便开始跑到市井中……"

姜乐康打断道："便跑到市井中，乔装易容，捉弄那些不认识你的人？"秦思君笑道："正是如此！"姜乐康道："但那些普通街坊，未必认识武林盟主。即便你变回原来身份，也不会给你面子啊！"秦思君寻思："他其实不傻。"又道："但唯有这样，我才能看到世界真实面貌。这样的生活，才更好玩啊！当然有时也会遇到一些麻烦，让我难以脱身。每当此时，我便取出随身携带的穿云箭，点燃后放到空中，会开出一朵红花，这样他们就能知道我在哪里，前来替我解围。有时他们寻不着我，也会放箭找我。"说到此节，她吐吐舌头，不好意思地笑了。

姜乐康想起自己好像见过什么穿云箭，问道："你那天扮成乞丐，请我到酒楼上吃饭，怎么突然跑了？"秦思君脸上一红，羞赧道："那天我看人舞棒卖药，见你提着个鸽笼，像无头苍蝇般乱窜，就有意盯上你，想把你的包裹偷去，瞧瞧你的反应，好捉弄你一番……"姜乐康大怒，一下把热毛巾扔到地上，激动道："我当你是我兄弟，把心底话都跟你说，你竟想着这样害我！"

秦思君吓了一跳，想起自己暗中护他周全，却得不到感谢，心里委屈，道："我……我后来不是改了主意，没这样干嘛！还在你包裹里放了几两银子。"说到后面，略带哭腔。姜乐康方才想到，如果不是眼前这位美貌姑娘，在黑店中出手救他，又安排马车护送自己，也许他根本来不了神农架，登时后悔自己发了脾气，歉然道："对不起！你一路帮我，我却把你当成坏人。"挣扎着站起，想要拾回毛巾。秦思君见姜乐康没再生气，反对自己道歉，知他已原谅自己，连忙止住他，俯身拾回毛巾，破涕为笑道："你不也为我挡了一掌嘛！我们两不相欠！"

姜乐康见秦思君温柔可爱，也觉苏义妁言之有理，心头之恨已消解大半，又问："那你当天怎么不辞而别？害得我好想……好孤单。"他本来想说"好想你"，但此刻秦思君已变回女儿身，再这样说显然不妥，便慌忙改口。秦思君知他意思，心头一甜，缓缓道："先前那段时间，我之所以出现在湖南，是因为我有婚约在身。"突然住口不说，凝视姜乐康脸庞。姜乐康果然好奇地问道："什么婚约？"

秦思君道："我自小在河南开封府长大，跟随爹爹、哥哥学习家传武功与烹饪之道。到我十二岁那年，爹爹把我送到湖北神农架，拜师百花帮，学习医药之理，每年只在中秋、过年时回家两次。今年过年时，爹爹突然跟我说，想把我许配给枯木派刘掌门的儿子刘玉轩。我听闻此人飞扬跋扈，品性不好，心中不太乐意，但还是答应了爹爹，年后到岳州刘府一趟，与那人见上一面。枯木派是五行盟派之一，门下都是建筑匠人，多为天子服务，大本营风波庄在京郊。只因刘掌门是湖南人，祖上参与建设岳阳楼，府邸建在岳州。后来我在刘府住了一阵，一直不太开心，便使出我的易容术，把服侍我的丫鬟点晕，跟她互换衣服，扮作她的样子，骗看门人说奉我的命令，要去市集买玉钗，悄悄溜了出来。"听到此节，姜乐康仿佛想象到秦思君易容骗人的情景，不禁会心一笑，道："想走就走，不想走就留下，脚长在自己身上嘛！"

秦思君点点头，笑道："我也是这样想。当时我想，我从未来过南方。终于溜了出来，自然要玩个痛快，易容成不同人物，在江湖上闯荡胡闹，最终在衡阳城遇见了你。只是苦了当时陪我出来的薛师哥，不但要向我爹和刘掌门两头交代，也一路追寻我到衡阳，替我收拾烂摊子。遇见你的那天，薛师哥也正好在雁醉楼遇见董师哥，闻知梅傲霜在湖南开黑店，为害江湖，图谋不轨，便急放穿云箭，通知我商量对策。是以那天走得很急，来不及跟你道别。后来我想起，你说过要去的地方，正好也是神农架，也会经过那黑店，便暗中跟随你，护你周全。之所以没有明说，是怕你经验尚浅，走漏风声，打草惊蛇。"

姜乐康听了又惊又喜，方知他一路上山，原来一直有人相陪，又感秦思君思虑周全，用心良苦，心头之恨尽皆消解。又听她提及每年中秋都会回家团聚，竟生出不舍之情，问道："今年中秋快来了，你会回家吗？"秦思君心头一甜，道："今年我不打算回去了。我在刘府不辞而别，回去定要被说。正好哥哥也到了这里，师父已然留他多住几天，待一起过完中秋，他再回去。"

姜乐康见这对兄妹情深，突然想起自己离乡寻梦，无法与亲朋团聚。今年是他首次异乡过节。倘若尚在桃花村，只怕陶晴、陶大牛等小伙伴，早已用柚子扎起灯笼，点灯来玩；到得中秋当日，村长陶景又会邀请他和杨珍等邻里乡亲，到祠堂里共赏一轮明月，品尝月饼水果。想到此节，不禁叹道："那就好！但我却无法和娘亲团聚了，连寄一封书信回家，也不能做到。"

秦思君知他思乡，温言道："大丈夫四海为家。你今年跟我们一起过节，不也很好嘛！"又道："再说我们也能想办法，寄信回你家乡啊！"姜乐康奇道："我把晴儿给我的信鸽弄丢，没法飞鸽传书了。还能有什么办法吗？"

第十七回　家书万金

秦思君听他忽提"晴儿"，猜个八九不离十，心头微酸，轻声道："办法总会有的，让我想想。今天我们已聊了好久，你快休息养伤吧。"收拾脸盆，准备出去。姜乐康有些失望，道："好吧。"

接下来几天，秦思君每日都到姜乐康房中，给他送饭送水，端屎倒尿，谈天说地。本来这些事可以让百花帮其他弟子去做，但她总是抢着来。话说烟火派兴起于宋朝，奉中华厨祖、气功祖师彭铿为祖师爷，创派宗师原为皇宫御厨，在烹饪中悟出武学之道，后离开皇宫，开宗创派，要求门下弟子都学习烹饪。秦思君自幼聪慧，煮得一手好菜，因姜乐康身受掌伤，饮食需要清淡，便每天变着法子做美味斋菜，送来给他吃。秦子恒几次想叫上妹妹，陪他在神农架闲逛，都被她拒绝，只好与其他人同行。众人都夸小师妹有情有义，好像一夜长大，不再胡闹。姜乐康在她的悉心照料下，再加上苏义妁的灵丹妙药，恢复进度良好，不过几天，已能下床慢走。人非草木，孰能无情？姜乐康心中感激秦思君，朝夕相对之下，竟然渐生好感，但他不敢多想，尽力压抑自己的情感。

转眼中秋节到来。这日早上，姜乐康下床活动，练起鹤翔步，没想到大伤初愈，步履不稳，一个趔趄，差点摔倒。秦思君正好推门进来，慌忙把他接住，扶他到桌前坐下。秦思君娇嗔道："才刚刚好点，就急着练功吗？"姜乐康道："是我太急，想早日学艺，当上大侠，成为乡亲们的骄傲。"秦思君笑道："今天是中秋节，我就祝小姜早日康复，学成武艺，成为人人敬仰的大侠！"姜乐康道："谢谢！也祝你事事顺心，不用做不喜欢的事。"秦思君道："你先前不是说，想要寄信回家吗？我想到办法了！"姜乐康惊: 喜道："姐姐快说。"

秦思君从抽屉中取出文房四宝，摊开宣纸，磨好墨汁，把毛笔递给姜乐康，让他写信。姜乐康道："即便写了信，也无法寄回桃花村啊。"秦思君笑道："官家在全国各地建有驿道驿站，用来传输官方公文与军事情报。只要花些银子，让官差大哥多跑一趟，把信捎到桃花村，不就行了嘛！"姜乐康也曾听闻邮驿，但那是官家所用，桃花村若想对外通信，全靠行商帮忙捎带，不禁奇道："还能这样做吗？"

秦思君道："有钱能使鬼推磨。只要有权有钱，有什么事不能办到？荔枝是你家乡的水果吧，但在北方吃不到。传说当年杨贵妃爱吃荔枝，唐玄宗为讨贵妃欢心，以传递紧急文书为由，派兵卒快马加鞭，每站换马，从岭南急运荔枝，送抵长安之时，荔枝尚自新鲜。一年下来，不知累死多少士兵，跑死多少骏马？一骑红尘妃子笑，无人知是荔枝来！"姜乐康愤愤不平道："这些达官贵人，只懂自己享乐，不知体察民情，当真可恶！"秦思君道:

"你是写信给家人，情况又有不同，花再多银子，也是值得的。家书抵万金，快快写吧！"

姜乐康想起自家庭院的两棵树，随口问道："那你吃过荔枝吗？"秦思君道："没吃过呢。"姜乐康道："我家门前有两棵树，一棵是荔枝树，另一棵也是荔枝树，每年夏天结果。日后你有机会来桃花村，一定请你尝尝。"秦思君听了暖意融融，露出一丝娇羞，道："一言为定。日啖荔枝三百颗，不辞长作岭南人！"

秦思君又把笔递给姜乐康。姜乐康脸上一红，窘迫道："我自小好动，不爱读书，因此只会认字，不太会写字，文笔更是差劲。"秦思君寻思："人生忧患识字始。也许正是像他那般少读书经，才没有那么多机心吧。"笑道："没关系！你来口述，我帮你写。"姜乐康说声谢谢，一时却不知写什么好。他初涉江湖，屡遇奇事。难道要他全盘相告：自己遇见了秦天女儿，全靠她暗中帮助，才顺利来到神农架，见到苏义妁，后来遇见曾对杨珍有恩的梅傲霜叛门偷袭，自己为救秦思君，不幸中掌负伤，又得到她悉心照料，甚至生出好感吗？如果真这样说，杨珍、陶晴又会怎样想呢？

秦思君察言观色，看出他的难处，温言道："我知你身受重伤，不想告知家人，让她们担忧。你可以不这样说啊！"姜乐康急道："那怎么行？我怎能欺骗她们呢？"秦思君道："没让你骗她们啊！你可以真话不全说，假话全说。这叫报喜不报忧，是一种处世智慧。"姜乐康恍然大悟，又在秦思君帮助下，写下了这样一封信：

母亲大人膝下：

写下这封信时，恰逢中秋佳节。孩儿不孝，未能侍奉左右，望娘亲谅解。

在好心人的帮助下，我已顺利来到神农架，见到百花帮苏义妁帮主。苏奶奶身体硬朗，待我也很好。当她知道桃花村乡亲依然感念她时，她显得很高兴，托我向大家问好。可惜她事务缠身，未能抽空重回桃花村。

外面的世界并不太平，魔教妖人依然作威作福，为害人间。但这更坚定了我学习武艺、成为大侠的决心。请给我三年时间，三年之后，我定会学有所成，为除魔大业出一份力，在江湖上闯出显赫名堂，荣归故里，保护乡亲。请代我向陶村长、陶夫人、晴儿、大牛等人问好。恭请福安，勿劳赐复。

不孝子姜乐康

姜乐康让秦思君把家书念一遍，自个郑重地装进信封，再让她写上地址及"桃花村陶景村长收"字样，方便官差捎信找人，同时也让村长一家读到。秦思君一边写字，一边装作不经意问道："这个晴儿，是你什么人啊？"姜乐康道："是我从小玩到大的好朋友。"秦思君道："那你喜欢她吗？"

姜乐康始料不及，脸上一红，想了一阵，终于道："我也不知道什么叫喜欢。因为除了她，我很少跟别的姑娘接触。但她是我的好朋友，如果她遇到危险，我一样会奋不顾身去保护她。"说着伸手入怀，要找什么物事，却遍寻未果，"咦"了几声。秦思君道："你要找什么吗？"姜乐康道："一道平安符，是晴儿送给我的，说能保佑我一路平安。"秦思君道："前几天你受伤流血，师父替你更衣疗伤，后来师姐们又把脏衣服拿去洗，应该是取出来了。我帮你找找，你放心，丢不了。"姜乐康点头道："谢谢。"秦思君拿起写好的家书，附上几两银子，趁着天亮下山一趟，托付山下驿站的官差，把信寄出去了。

夜幕降临，风轻云淡，一轮圆月高挂天空，皎洁月光洒在大地，照得清心殿前一片雪亮。百花帮师徒在空地处安排筵席，邀请来宾，共度中秋。姜乐康、秦氏兄妹、董聪、薛强等几位宾客，与苏义妁共坐一桌。众人饮酒赏月，相谈甚欢，丁香、姜乐康也暂时忘却身上伤痛，沉浸在节日氛围中。只听秦子恒道："妹妹，你去年过完中秋，不是从家里带了把琵琶过来吗？不如今天你弹奏一曲，给大家助助兴，好吗？"秦思君欣然接受，从闺房拿出一把琵琶，当着众人，自弹自唱，正是一首宋朝人文豪苏轼的《水调歌头》：

明月几时有？把酒问青天。不知天上宫阙，今夕是何年？我欲乘风归去，又恐琼楼玉宇，高处不胜寒。起舞弄清影，何似在人间。

转朱阁，低绮户，照无眠。不应有恨，何事长向别时圆？人有悲欢离合，月有阴晴圆缺，此事古难全。但愿人长久，千里共婵娟。

一曲唱罢，众人齐声喝彩。秦思君微笑致谢，回到自己座位，坐在姜乐康身边。各人继续闲谈。姜乐康听过乐曲，突然想起当日在黑店内，董聪曾说过梅傲霜专杀会唱曲抚琴的风尘妓女，用来剥皮换面，不禁心惊胆战，忽问："苏奶奶，我有一事想不明白。早前家母跟我提起往事时，曾说过多亏白芷、梅傲霜两位姐姐护送，我们才去到桃花村安居。如果我没记错，当时梅傲霜的绰号是叫'红梅仙子'，怎么现在却堕入魔道，变成了无恶不作的'千面女魔'呢？"

第十八回　红梅仙子

听姜乐康这一问，众人也来了兴趣。董聪寻思："这小子问得好，正好逼苏义妁说出，她那天为何要放梅傲霜一马？"信口道："晚辈先前翻阅敝派所著的《江湖志》，也发现当年梅傲霜曾做过不少好事，江湖人称'红梅仙子'。可惜现在误入魔道，自食恶果。这中间定有许多曲折，《江湖志》上却无记载。如果苏帮主不介意，还望详细告知，好让晚辈补全来龙去脉，以供后人镜鉴。如有冒犯，请多包涵。"苏义妁长叹一声，道："百花帮出了这等逆徒，教天下英雄耻笑。老身怎敢厚颜护犊？原当如实相告。"秦子恒道："苏帮主深明大义，足为晚辈敬仰。"

苏义妁忆起往事，缓缓道："傲霜是个苦命人。我第一次遇见她时，她只有七岁，我当时也就二十八九岁，尚没成为百花帮帮主。还记得那天下午，我和我师父要到武昌府办事，在一家客栈投宿。正歇息间，突然听到隔壁房间传来一阵骂声。只听一个妇人怨道：'你现在考上功名，便去寻花问柳，与那狐狸精相好，不要我娘儿俩了吗？'又听一个男人道：'男人三妻四妾，都是常事，你在这发什么疯！'自然是她丈夫了。"

"那妇人道：'想当初你娶我时，可不是这样说。你说过这一生一世，只对我一人好。现在才过了十年，怎么就变卦了？'男人不以为意道：'年少的话，你也当真？我十年寒窗，终得功名，自然要风流快活，好好享受。'妇人怒道：'这样的话你也说得出？这些年来若非我含辛茹苦，勉力维持，你怎能安心读书，考取功名！'男人道：'所以你在邀功请赏吗？若非你娘家在乡里有几分财力，带来的嫁妆丰厚，我怎会娶你这黄脸婆？我现在就去找惜娇，你能奈我何？'只听'砰'的一声，是那男人摔门而去，然后又传来妇人抽抽搭搭的哭泣声。"

听到此节，秦思君寻思："看来又是一段抛弃糟糠之妻的故事。古语云：贫贱之交不可忘，糟糠之妻不下堂。如果有一个人在我贫贱之时，依然不计回报，真诚待我，那么他定是个好人。"想到此处，不禁红云飞上，甜在心间。

苏义妁续道："常言道：清官难断家务事。我和师父虽隐约听知事情经过，却不好插手其中，也自去打火做饭，继续歇息。没曾想到了深夜，闻得走廊一阵酒气，是那男人喝得醉醺醺回来了，隔壁房间又传来一阵响动，把我们吵醒。只听妇人尖声道：'你怎么现在回来？怎么不睡在那里！'男人道：'我想回就回，想走就走，用得着你管吗？'"

"妇人哭道：'那狐狸精给你下了什么药，把你迷成这样？你也不想想，我为你付出那么多，当年为了生傲霜，出了许多血，差点就死了！'男人道：'你还好意思说？你嫁我这么多年，无法为我梅家开枝散叶，只生了这个不带把的赔钱货。现在我发迹了，要去纳小妾生儿子，也很正常吧！'"

听到此节，秦思君恨得牙痒痒，寻思："天下怎有这种人渣？真该把他阄了才对！"只因秦氏兄妹自小没了母亲，后来得知她娘是在生她时难产而死，是以秦思君一直觉得是她克死母亲，深感自责。姜乐康、秦子恒等几个男子，则是若有所思，默然不语。

苏义妁续道："那妇人哭道：'这么说来，倒是我娘儿俩耽误了你。我现在就死给你看，好让你风流快活！'男人道：'你去死啊！一哭二闹三上吊，每次都是这几样把戏，怎么不见你真上吊，省却我不少事！'妇人忽道：'为何我要成全你这忘恩负义的负心汉？我先去把那狐狸精杀了，让她做你的鬼新娘。待你们拜堂成亲时，我再被官府抓去偿命，兀自未迟！'然后传来一阵开门声，却马上'砰'地被关上。"

"只听男人怒道：'又来发疯！我忍你这婆娘很久了，今天非教训你不可！'竟传来一阵斗殴之声，茶壶茶杯摔得乒乓作响。我和师父在旁听见，心知不妙，忙出房外，想要劝架，却发现隔壁房门已被闩上，一时打不开。师父让我去叫店家开门，她则在门外劝道：'两位良人莫要动怒，夫妻俩床头打架床尾和，有什么不能解决的呢？'"

听到此节，秦思君寻思："常言道：宁毁十座庙，不拆一桩婚。太师父此言在理。但即便勉强劝和，这妇人今后日子，也定不好受。唉！怎么世道如此不公？男人得势后三妻四妾，寻花问柳，都是常事；女人却只能忍气吞声，守护贞节，若敢外出偷情，就要遭受酷刑，背上'淫妇'骂名？"

苏义妁续道："忽听'啊'的一声惨叫，我师父情知危急，猛然把门踢开，我才刚走出几步，也去而复返，进入房中，只见那男人心口正插着一把剪刀，倒在血泊中。那妇人跪在旁边，脸上一阵紫一阵白，显然被痛打了一顿。还有一个小女孩，瑟缩坐在墙角，怯生生地看着这一切，她就是梅傲霜。那刻我才知道，原来那房间里有三个人，小傲霜全程看见了她父母的争吵斗杀。"

"我师父取出刀伤膏药，想要救治那男人。妇人却一把推开我师父，道：'你是谁？是那狐狸精的人，来救她奸夫吗？'师父好心被当驴肝肺，又急又气，道：'我们是隔壁客人，粗浅懂些医术，只想救人一命，胜造七级浮屠！'男人也在不断呻吟，想要求救。妇人却幽怨道：'这是我们家事，不用你们多事。我这就杀了我女儿，然后自杀，咱们一家三口，一起到阴间做鬼。'说着竟突然把剪刀拔出，那男人大叫一声，鲜血剧喷半空，昏死过去。我和师父大吃一惊，却见那妇人已拿着剪刀，走向她女儿傲霜，想害她性命。师父连忙出手阻止，妇人见敌师父不过，退开几步，紧攥着剪刀不放。师父趁机把傲霜扶起，推给我照看，远离她母亲。就在此时，那妇人猛然把剪头插进自己心房，倒在地上，目光望向她丈夫，露出一丝胜利般的诡异微笑，竟尔自尽。"

"纵然我百花帮略通医术，也无法救回决意寻死之人。当师父伸手去探妇人鼻息时，她已然气绝。经她这一搅，她丈夫也错过了最佳救治时机，同样回天乏术。就这样，小傲霜在一夜之间，同时失去了她父母。我和师父面面相觑，思索一番，决定报知官府，把所见之事如实供述，仵作到场验看，收拾尸首。令史在卷宗上写'某日三更，两夫妇因琐事争执，继而互殴，妇人用刀杀夫，惧罪自杀'。由于案情清晰，妇人也已自杀，案子很快了结。我师父便把孤苦无依的小傲霜收为百花帮弟子，命我做她师父，传她技艺，希望她能忘却前事，重新出发。"

听到此节，众人皆不胜唏嘘。秦子恒赞道："苏帮主撑船撑到岸，救人救到底。这种承诺担当，并非人人都有的。"苏义妩叹道："可惜教出了一个为祸人间的逆徒。"秦子恒慌忙道："晚辈不是这个意思。"苏义妩微微一笑，道："老身只是自责，秦少侠不必上心。"

苏义妩续道："傲霜来到神农架，很长一段时间，都没跟任何人说话。我们也没强求，只是默默对她好。后来有一天，她终于说了第一句话，问我'为什么这殿里只有女人，没有男人'？孩子们，敝派由前朝一位精于医术的祖师奶奶创立，她传下了一本独门心法，名叫《清心真经》，是敝派最高武学。一旦练成此功，可以青春不老，百毒不侵，成为救命法宝。这门内功男女皆可修炼，但有一个条件，就是必须清心寡欲，终身保持处子之身，不可有淫邪之念。一旦犯下色戒，便会邪毒攻心，欲火焚身，在烈焰中痛苦死去。

"五行盟派曾有一位男性师祖拜读真经，练成此功，后遭魔教妖女设圈套色诱，竟然狂性大发，见人就杀，最后自燃身死。此事在《江湖志》上也有记载。尽管这门内功可抗百毒，但毕竟只能防御救命，无法置人死地，而且有严苛的修炼条件。有志斩妖除魔的好汉男儿，都拜入其他门派，学习威力更强的武功，再把闺女送来敝派学习医术，以防不时之需。久而久之，敝派便变得只有女人，少有男人。当时我也如实跟傲霜说了。"

听到此节，众人反应各异。董聪道："苏帮主此言非虚，《江湖志》上确有此事。"秦子恒道："魔教妖人诡计多端，我们不可不防！感谢苏帮主不吝赐教，好让晚辈多留心眼。"秦思君寻思："什么狗屁想法！难道男的就该斩妖除魔，女的就该清心寡欲吗？不能反过来吗？"姜乐康兀自听得入迷，无暇多想。

苏义妁续道："当时傲霜刚听过缘由，马上就说想学习这门内功。我知傲霜是怨恨她爹娘，才毅然决然说出这番请求。但她其时只有七岁，也许并不清楚这意味着什么。于是我便说：'这门内功是我派最高武学，只有天资聪慧、守身如玉、愿为我派献出一生的徒弟，才有资格修习。你年纪尚小，可以先学别的技艺，等你日后长大，再作讨论。'傲霜努了努嘴，没有说话。此后，她便跟着我学习医术武功，展露出不俗天赋，渐渐从过往阴影走出，与其他师姐妹打成一片。"

"光阴似箭，十年过去了。傲霜已出落成一个大姑娘，我也步入中年，接掌了帮主之位。这十年间，她一直跟随师门学艺，除了偶尔为山民赠医施药外，从没跟外人接触，更没出过神农架半步。五行盟派不同于少林、武当等出家人，须在寺庙道观内潜心修道，轻易不出山门，而是提倡积极入世，发挥所学之长，多行侠义之举，在江湖上闯出一番威名。是以每个弟子艺成之时，都可自由下山闯荡，并对自己行为负责。若发现有不义之举，盟派自会出手清理门户。若师门发生大事，外出弟子闻知信息，也会回去共襄盛举。"

"其时我见傲霜已然长大，便安排她和白芷结对，下山闯荡见识。没想到她下山前，找我促膝长谈，说她很感激多年教养之恩，愿为师门奉献一生，并希望之后能修炼《清心真经》，有朝一日接掌帮主之位，发扬光大我派。之所以要在下山前表露心迹，是因她要立下志向，不被山下花花世界迷惑内心，终身清心寡欲，报效师门。我听她说得恳切，又忆起她儿时经历，料想她已对男女之情心死，便在她手臂上点上一颗殷红的守宫砂，一旦与男子行房，守宫砂便会消失，以此作为凭记。傲霜下山后，果然不负所望，救死扶伤，多行善举，得到了'红梅仙子'的雅号。可惜天意弄人，后来发生的连串事件，却把她推向了情欲的深渊，变成这个叛离师门、杀人不眨眼的'千面女魔'。"

第十九回　千面女魔

其时月上中天，美不胜收，秋风徐来，沁人心脾。众人却倒吸一口凉气，无暇欣赏这良辰美景，只是凝神听着苏义妁忆述往事。

苏义妁续道："又过几年，武林中发生了一件大喜事：当今武林盟主、时为烟火派大弟子秦天，迎娶了烟火派李掌门的千金李影红。当时烟火派广发喜帖，邀请武林同道到开封府宴饮贺喜，我自然也带着门下众人一同前往。筵席足足摆了三天三夜，一对新人轮番向宾客敬酒，喜悦之情溢于言表。就在那时，我第一次看见，往常心如止水的傲霜，露出了一丝羡慕。后来，秦氏夫妇伉俪情深，多行侠义，成为神仙眷侣，传为一时佳话。两人更是三年抱俩，先后生下了子恒、思君，凑成一个'好'字。当时也是大摆筵席，派人送请帖告知各派。即便不去，也能收到一份大礼。怎知天有不测风云……"

听到此节，秦思君已泪流满面，打断道："师父，不要说了！是我克死了娘亲……"苏义妁忽道："君儿，秦夫人不是因为生你难产死的，而是在你快满月时，你爹娘带着你，从婆家返回开封府，准备满月酒，却遇上了魔教妖人埋伏截击。秦夫人当时身子尚未复原，敌人看准这点，避实击虚，先擒住她和你，以此要挟你爹。盟主本来武艺高强，要杀这班鼠辈，本是易事，却为此分了心，渐渐处于下风，眼看就要中剑。秦夫人见形势危急，为了保护你和盟主，全力挣脱束缚，为他舍身挡剑。盟主见夫人中剑，奋起神威，把敌人打得死的死，逃的逃。可惜为时已晚，秦夫人已回天乏术，临死前还竭力护你在怀中，不让断剑伤到你身上。世上无不透风的墙，那些逃跑了的敌人，便把击杀了烟火派掌门爱女的消息，当作战绩一般在江湖上传播。不幸中的万幸是，当时两岁多的子恒正随乳娘在烟火派起居，没有随行回婆家，方才避过一劫，否则后果不堪设想。你本来改的名字也不是这个，而是跟子恒一样是子字辈。后来盟主见你和夫人越长越像，为了纪念亡妻，便把你的名字改为'思君'。"

这番身世前所未闻，秦思君惊道："怎会这样？哥哥，这是真的吗？"秦子恒见苏义妁已把话说开，点头道："是真的。半年前我艺成出师，爹爹在吩咐我下山闯荡前，已把我两兄妹身世之事悉数告知。"秦思君惊道："爹爹先前为何要骗我？"苏义妁道："还是老身说吧。君儿，你别怪你爹。三年前，盟主送你到神农架学艺时，曾与我私下长谈。当年你爹娘遭魔教伏击之事轰动一时，本来江湖中无人不知。但他对你俩说的身世，却是秦夫人因生女难产而死。只因他不想你们过早知道真相，让仇恨伴随你们长大。你爹知你自幼聪慧，古灵精怪，如果说秦夫人是意外而死，你定会寻根问底，不好圆谎，便胡乱说她是因生你而死。没想到这个谎言说了出去，却让你深感内疚，以为是自己克死了你娘。你爹好心办坏事，对此也很后悔，但谎言既已说出，便是覆水难收，只好听之任之。所以盟主当时嘱托老身，希望我在合适时候，对你说出身世，祈求你能谅解。"

秦思君如闻晴天霹雳，寻思："我爹虽是出于好意，却何不早点亲口告知？难道至亲之人，也没真诚可言吗？"转念想起自己也以易容术骗过姜乐康，更是心乱如麻："我也曾骗过小姜，所幸他没放在心上。江湖凶险，人心难测，你不骗人，人来骗你，又该如何是好？"姜乐康想起母亲杨珍也因担忧他的安危，不想让他踏足江湖，延迟讲述他的身世来由，倒对秦天这番用心有点理解。董聪却寻思："盟主正因丧妻之恨，才与魔教结下深仇，行事果勇，宁枉勿纵，导致三个月后发生了另一件大事：烟火派大闹亮剑大会，指控金石派私通魔教，逼死掌门徐允常，自此金石派一蹶不振。但听闻若干年前，秦天曾亲临山东曲阜城，拜访我师父孔彦缙，请求他删去《江湖志》上关于当年这两件事的记载。想来是他当上盟主后，不想被别有用心之人揭开伤疤。只怕再过几年，江湖中再无年轻一辈知悉这些往事了。"只有秦子恒开口道："杀母之仇，不共戴天！现在我已长大艺成，定要铲除魔教，既为天下苍生之念，也为家母在天之灵。"

苏义妁叹了口气，续道："秦少侠壮志凌云，未来可期。想当年，百花帮众人闻知此事，都大为惋惜，傲霜也少见地流下几滴眼泪。我当时没放在心上。然后又发生了另一件事。"说到此节，突然看看董聪，又看看姜乐康，终于道："后来我们遇到了乐康的爹娘，知道了他们的情感故事。康儿父亲是某派一个普通弟子，母亲原是寻常人家，并非武林中人。两人在机缘巧合下相遇相识，结伴游历江湖。后来康儿父亲遭到误会，为保全自己名节，竟以死自证清白。康儿母亲惊闻此事，也想自杀殉情，但被我们出手相救。其时她已怀有康儿，只是康儿父亲尚未知晓，便已离世。她最终打消了寻死念头，把康儿生了下来，遵从康儿父亲遗愿，到岭南乡野定居，不再涉足江湖。当时傲霜自告奋勇，陪了母子俩走了一趟。事后我回想，她当时已被这两段姻缘打动，心向往之。"言辞间把姜志的姓名派别、事情的前因后果尽皆略去，生怕众人发现端倪。

姜乐康点点头，道："幸得苏奶奶仗义出手，救我娘亲，乐康才能顺利来到世上，长大成人。大恩大德，没齿难忘！"秦思君虽在雁醉楼上听过大概，但今天方知更多细节，对姜乐康的同情又多了几分。

苏义妁续道："后来，傲霜也遇上她的缘分，动了情欲之心。那人名叫陆庆，是应天府一个外表俊朗、风流倜傥的富家公子，皮肤因故感染红疹，全身发热，咽干头痛，姿容受损，遍寻当地名医诊治，均无法治愈。他家人心急如焚，四处张贴榜文，出重金寻访外乡名医。其时傲霜正在附近赠医施药，无意中见到榜文，本着悬壶济世之心，便到府上拜访。他家人见她是个妙龄姑娘，估计大吃一惊，但无计可施下，只好死马当活马医，让傲霜试试。陆公子的病情细节，是我日后派人前往应天府调查，询问知情者方知。如果我没猜错，陆公子当时所得之病，正是杨梅疮。"

"杨梅疮是一种传染病，多发于浪荡子弟及风尘女子身上。若医治及时，能够治愈，一旦拖久了，便难以根治。敝派医书上也有此病记载，内服土茯苓，外敷鹅黄散，可医治疮痒。傲霜见到相关病征，想起治疗之法，便依书行事，误打误撞之下，把陆公子治好了。然而那医书上只写了治疗之法，没写致病因由。如果傲霜当时已知这些，只怕这之后的许多事，也不会发生了。"

听到此节，秦思君暗自心惊。她自幼聪慧，已略知男女之事，寻思："这杨梅疮多在私处发作，是寻花问柳之病，只有爱逛窑子的浮浪子弟，才可能染病。难怪梅师姐卖人肉剥人皮，专盯上富家子弟与风尘妓女……"

苏义妁续道："傲霜治好了陆庆，陆府上下感恩戴德，把她当成仙女，给了她很多珠宝，傲霜却推辞不要。陆员外见傲霜心地善良，精于医术，治好他儿子，有意撮合两人，便留她在府上住了半年，每天好吃好住。平日派丫鬟陪她上山采药，整理药材；后来傲霜想走，陆员外为留住她，更收购了一家生药铺，每逢初一、十五便请她当坐堂大夫，给乡亲免费看病，赠医施药，传为一时佳话。"

"傲霜得到这间生药铺施展所学，帮到更多有需要的人，心里十分高兴。就在这段时间，陆庆身体痊愈，见傲霜貌美如花，也动了风情，展开热烈追求。傲霜招架不住，堕入欲海，只怕当时两人是山盟海誓，你侬我侬，如胶似漆，天雷地火。半年后，陆员外携着这对眷侣，还有几箱珠宝作为彩礼，亲自到清心殿提亲。我大吃一惊，忙把傲霜拉到内间，厉声问她怎么回事。傲霜

"扑通"一声跪下，含泪说出事情经过，又说她背负诺言，无法报效师门，心里很不安，但还是决定带着夫婿，回来正式提亲，希望我能原谅她，成全这段姻缘。我举起她的手臂，发现守宫砂已消失不见，心知生米煮成熟饭，便点头答应了。傲霜喜出望外，向我郑重地磕了三个响头。然后我们回到殿内，与陆员外闲话家常。当时我见陆庆一表人才，口齿伶俐，虽不知他人品如何，心中也有几分喜欢。陆府一行在山上住了几天，便回去了。傲霜自也跟着去了，临行前还依依不舍，向众人道别。"

"本来这也算一段良缘。虽然我在傲霜身上倾注很多心血，期待她有朝一日接掌帮主之位，但她既已觅得好归宿，做师父的自当成全，因此我并不恼。但错就错在我没想到这陆庆原是个浪荡子弟，喜爱寻花问柳，偏偏傲霜儿时曾目睹伦常惨剧，性情十分刚烈，容不得半点不忠，一旦遭受情人背叛，心中之恨便会爆发。果然，两人成亲一年，陆庆便故态复萌，终日与狐朋狗友到青楼饮酒，后来更恋上一个名妓，唤作玉兰，闹得满城皆知。想必傲霜当时行医经验渐长，已知陆庆曾患之症，便是杨梅疮。她忍耐不住，跑去青楼捉奸，竟点了陆庆的穴道，当着他的面，用刀毁了那妓女容貌，然后放毒虫咬她伤口，把她慢慢折磨至死。"

听到此节，众人不寒而栗，冷汗直流。董聪寻思："吕太后把戚夫人做成人彘，尚且只针对一人，这女魔头却要开黑店谋人命，杀尽过路富商与妓女，当真有过之而无不及！"

苏义妁续道："陆庆看到爱妓惨死面前，受不住刺激，发了疯，神志不清，流涎不止。陆员外猜出端倪，护犊心切，一方面压下事情，不让家丑外传；一方面暗报官府，要来捉拿傲霜，叫她治好儿子。傲霜当时犯下命案，自然不敢久留，连夜跑回神农架，私下找我诉苦。就在这个她最需要理解与关怀的时刻，我做出了一个悔恨终身的决定，埋下了无法挽回的祸根。当我听到她为报复情郎，竟把那妓女杀死，违反了敝派不可滥杀无辜的门规，我大为恼火，无暇多想，说她胡乱杀人，不能再做百花帮弟子，把她逐出了师门。傲霜当时带着泪眼，略带怨恨地看了看我，没有争辩就走了。"

"又过了几天，官府差役来到神农架，点名要捉拿梅傲霜，若有私藏罪犯，一并论罪处罚。敝派素来居住山林，与官家少有来往，更无作奸犯科之举。殿内弟子见这班公人气势汹汹，来者不善，差点就打了起来。幸亏我听到声响，及时出来，方才止住这场误会。我自知理亏，只好放他们进来，把清心殿翻了个底朝天。那班公人遍寻无获，撂下几句狠话，悻悻地走了。"

"至此，事情已隐瞒不住，我也冷静下来，便把傲霜为情杀人，违反门规，我一气之下已将她逐出师门的事告知众人，询问大家的看法。众弟子方才知晓，议论纷纷，有的说没有规矩，不成方圆，秉公办理，无可厚非；有的说应将此事广告武林同道，与傲霜划清界限，以免她招摇撞骗，败坏敝派名声。白芷和傲霜一起长大，与她感情最好，向我说情道：'傲霜自幼失去双亲，性情倔强，好不容易遇到一个大户人家，以为觅得良缘，却遭到了背叛，方才做出这种事。如果连我们都把她赶走，她又能去哪里呢？何况她在生药铺当坐堂大夫，救过不少病人，善恶足以相抵。不如等官府缉拿风头松了，我们再把她召回师门吧！'"

"听过芷儿的话，我才猛然醒觉，傲霜之所以为情杀人，只因她儿时曾目睹双亲惨死，就跟她娘亲一般，埋下了一颗怨恨的种子，觉得负心人都该去死。我隐约感觉不安，连忙派芷儿下山，暗中查探傲霜下落，希望能把她带回神农架，再作下一步打算。芷儿领命自去。过了半年，芷儿终于回来，但她没有带回傲霜，却带回了两个惊人的消息。"

第二十回　姐妹殊途

说到此节，一直在旁倾听的白芷突然道："师父，接下来的事由我说吧。"苏义妫点了点头。众人纷纷把目光投向白芷，屏气凝神听着。

白芷道："当时我奉师父之命，到江湖寻找傲霜下落，第一个去的地方便是应天府陆家庄，调查情杀之事是否属实。陆府是应天府商贾大户，城中无人不识，是以并不难找。但当我来到陆府门外，却发现昔日的深宅大院，此刻竟凄凉破败，血迹斑斑。官差在门外围上了一圈栅栏，说此处昨夜发生命案，不许闲杂人等进入。不少人围观，议论纷纷。我大吃一惊，忙问多舌路人，方知陆府遭遇飞来横祸，有一个身穿黑衣、神出鬼没的盗贼趁夜潜入府中，一口气害了十五条人命，陆员外、陆公子，还有几个捉贼庄客，都被杀了。"

"其余奴仆见主人家被害，又打她不过，有的四散逃命，有的去找救兵。待到官府带队，挑着火把前来缉盗时，那贼早已逃之夭夭。但她好生嚣张，竟在白壁墙上，用人血写下八个大字'杀人者黑月圣徒也'。奇怪的是听闻官差清点陆府财物时，却没什么损失。城西那家陆氏药铺，昨夜也被人纵火烧了。可怜这陆员外啊，平日也算乐善好施，积了不少阴德，偏偏生了个风流种，在青楼寻欢时突然疯了，气得媳妇离家出走，没再做坐堂大夫。现在还招惹上这班反贼，落得个家破人亡的境地，当真福无双至、祸不单行！他媳妇可真是个好人，生得美貌，心灵手巧，曾为我家女人接过生，也算是天可怜见，躲过一劫。可惜我们从今往后，再也无法得见仙子、免费看病了。"

听到此节，姜乐康义愤填膺道："魔教妖人当真可恶！先是伏击偷袭，杀了君儿娘亲，现在连多行善事的富贵之家也不放过。"秦思君听姜乐康忽提自己，与己同仇敌忾，不禁心中一甜。秦子恒、董聪却觉事情并不简单，寻思："天下间怎有盗贼如此猖狂，杀人后公然写下门派，唯恐他人不知？除非她武功极高，不怕官府缉捕，抑或这本就是掩人耳目、栽赃嫁祸之举？"

白芷续道："我听后心里咯噔一下，感觉事情大有蹊跷，于是继续查探。然而陆府多人已死，查不出些什么。陆庆是否真疯了，我也无法亲眼核实。我想起师父提过，傲霜杀的情敌是个名妓，便到当地最知名的青楼金陵阁一探究竟。但我是个女儿身，又不懂易容术，若大摇大摆出入烟花之地，难免惹人误会、败坏名声，只好趁人不注意时，施展轻功潜入去，躲在屋梁床底，用布帘遮藏，偷听嫖客对话。"

"就在一个夜里，我偷听到两个嫖客做完事，一边喝花酒，一边说着不堪入耳的话。只听一人道：'现在的姑娘真不行，就跟死鱼一般，毫无生气，怎比得上那个风情万种的玉兰？说起来有好些时日没见她，莫不是已然从良，饮上井水？'另一人道：'老哥还没通气？此间有个财主陆员外，生了个儿子陆公子，之前和玉兰打得火热，却在一次行房时发了疯。当初陆家人抬这疯子出来时，我就在外头饮酒，看得一清二楚。想必是玉兰手段太厉害，那孙子受不住刺激疯了，当真没有艳福啊！'"

"先一人奇道：'在下是过路春客，一年只来应天府几趟，确实不知这些事。后来怎样？'后一人道：'后来玉兰就不知所终。大家都猜她被陆员外赎了身，养作内室，服侍他的傻儿子去了。更离奇的还在后头，这陆员外不知得罪了谁，竟被人寻仇灭门，奴仆们四散逃命，想必玉兰也趁乱跑了吧。'先一人笑道：'看来也是我们没艳福，好端端的玉兰，被一个傻财主霸占，后来又不知去了哪。'后一人也笑道：'看老哥也是情场老手，怎会为一个女子忧伤？俗话说：一鸡死，一鸡鸣。这金陵阁越做越差，没啥好玩。听闻扬州城阳春楼新来了一个美女，唤作红梅，其人美若天仙，风姿绰约，迷得男人神魂颠倒。老哥若有兴趣，银钱也足的话，不妨一起到扬州见识见识……'"

听到此节，众人反应各异。姜乐康猛然醒悟："原来衡阳城的群芳楼就是妓院。确实不该是我去的地方！"秦思君寻思："从来只听新人笑，哪有听闻旧人哭？爱逛窑子的男人，都是贪新忘旧的主儿。即便是名妓花魁，也不过风光一时，待她们年老色衰，不一样被这班臭男人转身抛弃？"秦子恒面色凝重，默然不语。

白芷续道："我越听越惊，不敢乱想。又觉扬州离应天不远，也许玉兰也曾参加过花魁大赛，有故人认识她，没准能找到一些线索。于是我便动身前往扬州，潜入阳春楼探看，没想到却看见了我最不愿相信的一幕：原来嫖客口中的'红梅'，真是傲霜！她就像换了个人一般，浓妆艳抹、妖冶妩媚，在闺房与嫖客有说有笑、饮酒作乐。眼看那男人要对傲霜动手动脚，我按捺不住，从窗外跳进来，点了他穴道。傲霜见是我进来，也吓了一跳，手中酒杯跌在地上摔得粉碎。"

"我厉声道：'你为何要在这里？'傲霜道：'你又为何在这里？'我道：'师父让我找你，召你回山上效命。你为何在这里出卖皮肉，作践自己！'傲霜冷冷道：'师父已将我逐出师门，我已不是百花帮弟子，到江湖上混口饭吃，想做什么就做什么，不必听师姐你驱遣。'我道：'就算不回师门，江湖谋生行当这么多，你又精于医术，何必要自甘堕落，沦为娼妓？'傲霜冷笑道：'我不觉得这是堕落。看着那些男人一掷千金，为我争风吃醋，我觉得很快乐。难道天下间就只许男人寻欢作乐，不许女人逢场作戏吗？'"

"我暗自心惊，方知傲霜此举实为报复斗气，便问：'陆府上下已被魔教妖人所害，你知道吗？'没想到傲霜竟道：'是我杀的。当日我一时激愤，当着陆庆的面，杀了那妓女，然后我就跑了。未曾想那老猪狗竟为了一对狗男女，不仅报知官府抓我，还去找你们麻烦。现在我已把这事解决。你回去跟师父说，我不会再以百花帮弟子的身份行走江湖，往后你走你的阳关道，我走我的独木桥，咱们互不拖欠！'"

"此话若非亲耳所闻，我简直不敢相信，怒道：'你怎么变得这般狠毒凉薄？以前你可不是这样的！'傲霜道：'这些富家大户，无商不奸，死有余辜！表面上小恩小惠，沽名钓誉，暗地里勾结官府，鱼肉乡里；在人前一团和气，相亲相爱，关起门钩心斗角，争夺身家。我跟他们住了年余，方才知晓世情。你们久居山上，坐井观天，又焉知这许多事？我不过是替天行道罢了！'我道：'是对是错，须等师父定夺！'说罢伸手去擒傲霜。但她武功比我高，三两下把我制住，点了我穴道，就此跳出窗外，隐没在黑夜之中。"

"两个时辰后我冲破穴道，那嫖客兀自躺在地上未醒。我慌忙逃出阳春楼，却哪里去寻她踪迹？我没有办法，只好先回神农架复命，把傲霜为师门杀了陆府上下，后又甘当妓女的事告知师父。自此我们再无交集。往后的事大家也知道了，梅傲霜在歪道上越走越远，竟真的拜入魔教，开黑店卖人肉，成为杀人不眨眼的'千面女魔'，直到那天她来抢《清心真经》，我才再次见到她。也许是念在昔日旧情，她毁了丁师妹的容，却对我手下留情。"

听过往事，众人思绪万千。董聪怒道："要说梅傲霜杀了那对奸夫淫妇，我尚可理解。但她后来开黑店，专杀过路富商、妓女，这些无辜的人又没得罪她，岂非太过混账？"秦思君道："玉兰也不该杀！她也是为求生存，又有何错？我听说很多女孩自小沦落风尘，是因她们家人战败被俘或犯罪牵连，被官府没收为奴，贩来卖去，根本无法选择命运。若梅傲霜能想到这点，怎舍得下此毒手？"苏义妁自责道："若那天傲霜找我诉苦时，我能多站在她的角度想想，把她留在山里，而非不由分说地赶她走；或者更早之时就察觉不妥，直接拒绝了那门亲事，也许这许多事都不会发生了。然而世事没有如果！"秦子恒道："常言道：师父领进门，修行在个人。梅傲霜堕入魔道，全是她咎由自取，怨不得别人。

苏帮主也给过她机会改邪归正，只是她不领情。晚辈以为，苏奶奶不必过多责怪自己。"苏义妁长叹一声，不再说话。姜乐康看着众人，也是心乱如麻，但觉自己除了要学好武功，还需要明辨是非，唯有这样，才能真正地成为大侠，伸张正义。

第二十一回　各奔前程

夜深了。那轮圆月已渐渐西斜，皎洁的月光依旧动人，映照着离乡追梦的人儿。众人各回房间歇息，静静回味这个在神农架度过的中秋节。

次日，秦子恒起了个大早，收拾好行囊，偕同董聪、薛强及几位烟火派弟子，向苏义妁拜别。秦子恒抱拳道："承蒙帮主厚爱，叨扰贵派多时。在下等人还须回开封府，向我爹复命。就此别过，后会有期！"苏义妁道："做正经事要紧，恕老身不远送。"秦子恒又问秦思君道："妹妹，你要跟我们一起回去吗？"秦思君摆手道："不了不了！我去湖南玩了半年，落下不少功课。好惨啊！现在我要恶补了。还是过年再回吧。"秦子恒道："那好吧！听苏帮主的话，好好学习，早日艺成。"姜乐康也拖着伤躯，来到清心殿，说了几句感谢救命之恩的话，目送着秦子恒一行远去。

又过几天，在秦思君的悉心照料下，姜乐康恢复神速，掌伤已然痊愈。这天，姜乐康与秦思君正在房间聊天。苏义妁取着一件棉衣、一封书信，敲门进入房中，道："康儿，你先前问过能否拜入百花帮门下学艺。不是老身不想答应，而是敝派已多年不收男弟子。你一个男子汉，若长留于此，恐怕不太合适。老身为你写了一封荐书，想把你送去北京城枯木派学艺。枯木派门人都为木匠，武学以奇门暗器见长，很适合男孩学习。刘掌门见了这封荐书，定然不会推辞。你觉得怎样？"姜乐康忙道："我觉得很好！有劳苏奶奶操心。"秦思君道："京城那么远，冬天那么冷，乐康从岭南来，初去肯定不惯。乐康都住这么久了，继续留在这里，不也很好吗？"

姜乐康笑道："我若是挑三拣四的人，当初就不必离乡了。苏奶奶，我没问题！"苏义妠道："说得好！京城冬天确实很冷，你从桃花村出来，没带什么御寒衣物。我给你做了这件棉衣，到时一并带上吧。"姜乐康感激道："谢谢奶奶！"秦思君见事情已定，只好道："师父，要不就让我送乐康去一趟吧？正好我也好久没去京城玩了。"苏义妠道："不行。你不是还有很多功课没做吗？再说你要是见到刘掌门，该怎么解释从刘府不辞而别的事？还是乖乖留在神农架吧。我已经安排了你的白师姐，送康儿过去。"秦思君轻叹一声，露出一丝不舍，没再说话。

又过一天，姜乐康收拾好行囊，与这些天来照顾过自己的师姐一一道别。秦思君趁着这空当，悄悄把两件物事塞进姜乐康包裹中。苏义妠说了几句叮嘱的话，与秦思君一道，送姜乐康、白芷到山脚，目送着两人远去。秦思君寻思："大笨蛋！咱们各自努力，早日学成武艺，跟着大家一起，攻打魔教总坛，为我娘亲报仇！"苏义妠寻思："上天保佑！总算想到办法，把康儿送走，也还了他学艺心愿。老身已经错过一次，错答应了一门亲事，竟致酿成武林大祸。这次定要把这段孽缘扼杀于摇篮之中，不能再让任何人受伤害了！"

话说姜乐康与白芷来到一处乡镇时，天色渐黑，便到客店投宿。姜乐康解下包裹，想要沐浴更衣，包里突然掉出两件物事，一道平安符，皱巴巴的像被踩过，一个紫色香囊，绣着精美的鱼戏莲花图。姜乐康又惊又喜，把两件物事捡起，同样珍惜地放进贴身衣物处藏好。

两人晓行夜宿，聊天解闷，白芷把姜乐康当成亲儿子一般，一路上多有关照，讲了不少江湖上的趣闻轶事，让他大长见识。两人走了一个多月，这天早上终于来到京城。但见北京左环沧海，右拥太行，北枕居庸，南襟河济，虎踞龙盘，形势雄伟，不愧为天子皇城。其时已是晚秋，晴空万里，红叶漫天，风物与岭南大有不同。姜乐康从没见过这番景象，看得痴了，心想："家乡的树叶常年翠绿，这里的树叶却是红色的，当真有趣！"正四处逛着，忽见前方是个大菜市，沿街菜摊众多，街口处正围着一大堆人，熙熙攘攘，热闹异常。姜乐康颇为好奇，拉着白芷挤进人群，要看个究竟。

只见空地处搭着临时官棚，一个头戴双翅乌纱帽，身穿孔雀刺绣服，腰系金荔枝束带，脚蹬厚底黑皂靴的大官坐在上方，高高在上地看着围观众人。忽闻一声吆喝，人群忙让开一条路，两个官差护送着一架骡马拉的刑车走来。站笼中的死囚吓得双腿发软，站立不直，却被笼口卡着脖颈，如烂泥般瘫靠在笼壁。官差打开站笼，押着死囚来到法场中央，剥了个精光，绑在木柱上。刽子手举着寒光闪闪的钢刀来到死囚跟前，听候监斩官发令。

此时，一个晚来的粗汉挤开围观看客，来到姜乐康身前，也想看热闹。那粗汉问身旁一个秃头老汉道："这人……犯什么事了？"附近几人都愕然看向粗汉。那秃头不作声，只是睁大眼睛看着粗汉。粗汉被盯得心里发毛，倒像是他犯了罪一般局促，竟然慢慢退后，溜出去了。

午时三刻，监斩官站起身来，朗声道："各位乡亲父老，此人是朝廷乱党，犯上作乱，图谋不轨，依照当朝律例，处以凌迟示众。大家看好，谋反就是这个下场！"死囚面如土色，颤声道："冤枉啊大人！都是司礼监王公公排斥异己，屈打成招，才生造了这罪名。便是给小人天大的胆子，也不敢谋反，请大人明察！"监斩官走到死囚跟前，悄声道："冤各有头，债各有主。若你真有什么冤屈，化作了鬼魂，可千万别找我。我也只是依诏行事罢了！"随后退回席上，扔下一个令牌，朗声道："时辰已到，行刑！"

刽子手举刀行刑，现场血流满地。姜乐康瞪大眼睛，难以置信，环顾望向围观看客，但见大多数人如一座座石雕般立在原地，漠然地看着这一切。也有几个好事之徒露出嗜血之色，如猛兽看见猎物一般雀跃，议论着"那厮刀法不错，但跟我比还差点""馒头蘸上人血吃，可治痨病"。

行刑还在继续，姜乐康不忍再看，拉着白芷退出人群，走远好几十步，才道："姑姑，就算这人犯了再大的罪过，痛痛快快一刀杀了就是，为何要把他的肉一刀刀割下来，这般折磨人？"

白芷轻叹一声，道："康儿，这叫凌迟，民间俗称'千刀万剐'，是针对谋反、弑父等大逆不道的罪人所设酷刑，目的就是要让其极尽痛苦而死，想求速死而不得，以起震慑警示之作用。要是刽子手割错地方，犯人死得太快，还会受众人白眼。"姜乐康初生牛犊不怕虎，道："谁想的这主意，当真……"白芷忙把他的口捂住，生怕路人听见，悄声道："康儿听着，你已来到京城，即将要拜师学艺，进入圈子。此处不同于乡野山林，切记要谨言慎行，以防落人话柄。"

姜乐康猛然想起母亲杨珍"防人之心不可无"的嘱托，感激道："谢谢姑姑提点！"心中却第一次泛起这个念头："如果当上大侠是有危险的，可能会被敌人陷害，落得如此惨死；如果当上大侠要帮的人，都是这般麻木不仁甚至嗜血成性的看客，那么这个大侠，还要去当吗？"但他很快转念寻思："练好本领，光明磊落，自然不怕！"

吃过午饭，姜乐康跟着白芷，直投京城枯木派风波庄去。枯木派掌门名叫刘喻皓，恰好遇见他闲暇在此，此刻正赏玩木雕，听到守门弟子来报，叫他们稍等片刻，慢条斯理出来迎接。枯木派二当家钟如龙，两个点墨派的客座弟子，一个名叫王纶，绰号"花妙笔"，另一个姓名不详，人人只管叫他"江湖道"，此三人也来到厅中，参与会面。众人寒暄几句，仆人奉上热茶。白芷递上苏义妁的亲笔荐书，说明来意。

刘喻皓接信读过，上下打量姜乐康一番，心中半信半疑，寻思："苏帮主终身未嫁，座下也多是不食人间烟火的女子，哪来的故人之子，还千叮万嘱请我收录，传他本领武功？也罢！我派门下弟子数百，多他不多，少他不少，胡乱教几下便是。"口中道："五行盟派，同气连枝。苏帮主出面力荐，在下怎敢推托？乐康，

119

你听着，我枯木派能在武林立足多年，除了独门武功可与各派一争长短，还因为门下弟子爱惜名誉，谨守师规。我派有七大门规：首戒欺师灭祖，不敬尊长；二戒恃强欺弱，滥杀无辜；三戒奸淫好色，调戏妇女；四戒同门嫉妒，自相残杀；五戒见利忘义，偷窃财物；六戒出言不逊，得罪同道；七戒滥交匪类，勾结妖邪。你可知晓了？"

姜乐康道："是！我定铭记于心，好好遵守。"刘喻皓又道："我派不像少林、武当等出家人，要守许多清规戒律，你不必过于拘谨。"白芷提醒道："还不快向师父奉茶？"姜乐康当即跪下，向刘喻皓奉上热茶，恭敬道："师父，请喝茶！"刘喻皓接过饮了，道："很好！从今天起，你就是我枯木派弟子。"王纶祝贺道："恭喜刘师叔、钟师叔又收一名高徒！"姜乐康站起微笑，心中说不出的欢喜。自此，姜乐康便在枯木派门下学艺。白芷自回百花帮复命，不在话下。

话分两头。且说秦子恒一行自八月十六离开神农架，一路行侠仗义，多行善举，已更早一步回到河南开封府。其时是九月初九重阳节，秦子恒独自来到烟火派三昧园内房，想向他父亲秦天请安。

第二十二回　重阳悼亡

但见内厅放着一个牌位，上书"先室秦母李氏闺名影红之灵位"。牌位前放着一个香炉，几块糕点，另有两个花瓶插满淡雅白菊。秦天点起两根白烛、三炷线香，拜了几下，郑重地插在香炉中。线香燃烧的香气，与菊花的幽香融为一体，颇有宁神静心之用。秦天抚着亡妻李影红的牌位，轻声吟道：

十年生死两茫茫，不思量，自难忘。千里孤坟，无处话凄凉。纵使相逢应不识，尘满面，鬓如霜。

夜来幽梦忽还乡，小轩窗，正梳妆。相顾无言，惟有泪千行。料得年年断肠处，明月夜，短松冈。

秦子恒心知父亲秦天每逢清明重阳、中元腊月、生忌死忌，都会祭拜亡母，对着她的灵位说上一阵话，是以不忍打扰，静静在门外等候。秦天回过身来，看见秦子恒来了，道："进来吧！百花帮之事处理如何？"

秦子恒步入房中，向秦天请安，道："爹，当日我们接到妹妹传信，奉您命令，赶往神农架救危，已出手将梅傲霜刺瞎，可惜被她逃脱。苏帮主见旧徒已盲，无法为害江湖，便请我们放她一马，因此没再追杀。苏帮主感念我们出手相救，盛邀我们过完中秋再走，是以耽搁了几天行程，望知悉！"秦天道："很好！这次你出手救危，对百花帮大大有恩，也给足苏帮主面子，没杀她旧徒，定能在江湖上树立威名，夸你英勇仁义。"秦子恒喜道："谢谢父亲夸奖！孩儿年纪尚轻，还有很长的路要走。"

秦天话锋一转，道："转眼间，十年一度的武林大会，后年就要举行，届时将推选新一任武林盟主。这十几年，我一直为讨伐魔教的事奔忙，好几次得到密报，摸清他们行踪，想要突袭攻击，但每当紧急关头，都会发生一些怪事：要不就是走漏风声，扑了个空；要不就是官兵出现，坏我好事。我怀疑魔教背后一直有高人相助，方才屡屡脱险。为彻底铲除魔教，我一直密谋大事。待明年准备妥当，我将举行誓师大会，号召武林同道，与魔教决一死战。此战必然凶险，死伤无数，却也是建功立业的好机会。料想各大门派大多隔岸观火，藏起精兵猛将，但只要我们攻下几个据点，传出捷报，定能鼓舞同盟士气，云集四方群豪，在五行盟派的令旗下共图大事。"

秦子恒赞道："父亲思虑周全，成竹在胸，定能一战而胜，早日为娘亲报仇！"秦天道："此事若能成功，为武林铲除祸害，我连任盟主一事，自然不在话下。但再过十多年，我年事渐高，力不从心，这位子就该是你的了。是以我安排你四处奔忙，逐步树立威名，也正是为未来着想。"秦子恒略感压力，道："孩儿明白。但十年光阴变化甚多，未来的事谁也难说。须知少林武当等武林泰斗，也多有年轻才俊，或有人正潜心修炼，将来武学人品胜于孩儿，犹未可知。这武林盟主之位，又不是家天下世代相袭，届时何不选贤举能，能者居之？"

秦天扬起剑眉，怒道："混账！自你三岁起，我便亲自教你门派武学，请那么多大儒教你读书认字，就是想让你早日成才，继承我衣钵。现在你竟说出这般没志气的话！你怎对得住你娘亲在天之灵！"秦子恒忙躬身道："孩儿不敢！"

秦天收起怒火，道："你年纪尚轻，不知祖辈创业艰难。我烟火派世代庖厨，出身低贱，既不像枯木派营建土木，财雄势大，也不像点墨派把握文脉，左右舆论，更不像少林丐帮创派日久，底蕴深厚。我今天之所以能当上盟主，全靠我派几代掌门刻苦钻研，练就一身真功夫，赢得天下人折服。须知这盟主之位并不好坐，下面不知多少人虎视眈眈，唯有真正有本事之人，方能胜此重任，匡扶正义。我悉心栽培，为你铺路，树你名望，是为了武林兴衰着想，并非出于一己私心。此节你如何不知？"秦子恒感动道："父亲用心良苦，孩儿当尽力而为！"

秦天道："明白便好。这大半年来，你艺成出师，四处奔走，既是为了锻炼你，也是想让你为我分担：一来是我公务缠身，不仅要过目百十家酒楼的账目，还要联络各地眼线，处理盟派事务。二来是我需要时间修炼武功，确保讨伐魔教之事万无一失。交给你的事，你办得不错，但还能进步。"秦子恒道："谢谢父亲指点。能为家人分忧，孩儿求之不得。"秦天道："接下来还有两件事，要交给你办。"秦子恒道："未知是什么事？"

秦天道："我收到密报，说魔教将于今年冬至，在山东梁山泊举行集会，广收教众，蛊惑人心。你带领人马前往梁山，打探消息，蹲点埋伏，击杀魔教妖人，解救被骗百姓。这是第一件事。办完此事后，你便带上千金厚礼，直接到京郊枯木派风波庄，给刘掌门拜贺新年。君儿任性，从湖南刘府处跑了出来，毁了婚约。你正好趁此机会，代我走动走动。须知礼义廉耻，礼字为先，即便做不成儿女亲家，礼数可不能缺了。这是第二件事。"

秦子恒想起秦思君在神农架时种种举动，已知她对姜乐康有几分情意，道："君儿贪玩，心性未定。若她真不喜欢刘玉轩，我看还是不要勉强好。等她再过两年，阅历渐长，我想她自然会带一个男子回来，给父亲过目。"秦天露出一丝柔情，道："那我到时倒要看看，是哪个小子这般有福气，娶走我的女儿？"秦子恒道："能讨妹妹欢心的人，想必定有过人之处。"秦天想起当年自己拜师学艺时，不过是个寂寂无闻的穷小子，全靠师父李易牙栽培，私下又遭逢奇遇，终成武功最高的大弟子，还娶了师妹李影红为妻，难免感慨万千，沉吟道："婚姻大事，讲求门当户对。君儿自幼养尊处优，若她带回来的是个穷小子，怎可下嫁于他？但若她真正喜欢，也只好随她性子，教那小子当个上门女婿了。唉！这正是儿孙自有儿孙福。"

秦子恒见父亲感伤，安慰道："若能这样，咱们一大家子住在开封，共享天伦之乐，自然最好。"又道："爹，娘亲已离去多年，你近来也续弦娶了点墨派孔掌门胞妹。待得明年攻陷魔教，大仇得报，我想父亲也是时候走出过往的事，享受人间欢乐了。"秦天脸色极为古怪，只道："我自己的事，我自有打算，你不必挂心。如果没其他事了，你先出去吧！"秦子恒应诺一声，步出房去。

秦天见儿子走远，闩上房门，回到亡妻牌位前，自语道："影红，十五年过去了，你在那边过得好吗？还记得你临终前，用尽最后一丝力气，把尚在襁褓的思君交给我，说一定要好好活下去，养育我们的孩儿。为告慰你在天之灵，我精心养育子恒和思君，让他们茁壮成长，又用尽一切手段，终于坐稳盟主之位。现在我已大权在握，准备彻底为你报仇！若这一切能换你复生，我不要也罢。续弦之事，并非出于本心，只是权谋之计。相信你泉下有知，也会明白我的用心，不会责怪我。"香炉中的线香烧了半截，灰烬掉落下来，秦天忆起往事，眼中突然露出一道凶光。

第二十三回　黑月圣姑

数日后，秦子恒备好千金厚礼，带上急风火张超、铁面神拳薛强、过墙梯董聪等几个五行盟派门人，还有七八个随行仆人，一行人浩浩荡荡，启程前往山东梁山泊。十几天后，秦子恒一行到达附近州县，为免引人注目，散住在各处客栈，一边查探黑月教传教讯息，一边静待冬至之会到来，以求一网打尽。

这天彤云密布，朔风渐起，阴阴沉沉不见阳光，正是冬至天时。梁山泊上草木凋零，湖水枯竭，露出干涸的河床，更添几分萧索。秦子恒一行趁五更时分，天色未亮，已然埋伏在断金亭上方山林，露出三五双黑溜溜的眼睛，如狩猎者一般注视着亭内发生的一切。

过不多时，天色已亮，附近信徒陆续上山，聚集起来，三三两两坐地闲话家常。又过一阵，远处走来三人。只见中间那人身穿白纱衣，手持玉露瓶，虽蒙着面纱，看不清容貌，但身姿婀娜，脚步轻盈，似是个妙龄少女。身旁两个男子已是中年，耳垂厚大，面带微笑，一副慈眉善目之容。有眼尖者看见三人走来，叫道："圣姑！圣姑来了！"又有人道："淤泥源自混沌启，黑月一现盛世举！"众人垂手而立，虔诚恭敬地等着三人过来。白衣少女进得亭内，双手抱拳，放于腰间，微微屈膝，道声万福。两个男子也双掌合十，微微鞠躬，向众人施礼。

看到此景，张超怒道："这班魔教妖人，在此装神弄鬼，蛊惑人心，看我如何收拾他们！"就想上前发难。秦子恒忙伸手止住道："师哥且慢，先看清情况再说。"张超不好妄动，按住手中暗器，继续躲在大石后察看。

只听那少女道："各位施主，今天是十一月十七阿弥陀佛诞辰，恰逢冬至天时，正是阴阳交割、否极泰来的大吉之日。各位不惧严寒，前来倾听佛法，一心向善，正是'心诚则灵'的体现。"有信徒道："圣姑不辞劳苦，为我们讲解佛法，传道解惑，委实信众之福。"少女道："那我们开始吧。"众人席地而坐。少女取出《无量寿经》，为信徒诵经念佛，讲解佛法。

秦子恒运起内力，屏气凝神，认真听着少女说话，全是些"如是我闻"的艰涩言辞，却无半句图谋不轨之言。一段佛经讲完，有信徒提出不解之处，少女便耐心解答。随后，少女又说起"不杀生、不偷盗、不邪淫、不妄语、不饮酒"等清规戒律，与武林正派的门规大同小异，甚至更为严苛。秦子恒越听越糊涂，道："这帮人就是在学佛而已，没在干什么坏事啊！"薛强道："魔教妖人佛口蛇心，妖言惑众，咱们不可不防！"董聪道："天下熙熙，皆为利来；天下攘攘，皆为利往。且先看清再说。"

过了一个时辰，少女站起身道："今天就讲到这里吧，谢谢诸位赏面。小女在此代表我爹爹，向大家问好。咱们下次再聚。"又深深地道了三个万福。有信徒道："圣姑人美心善，不吝赐教，是我们该谢谢你才对！"众人取出几文铜钱，想塞给三人。少女忙道："不必不必！各位施主一心向善，小女已喜不自胜，实在不必破费。"有信徒道："多少只是一番心意，请圣姑不要推辞。"少女见盛情难却，只好道："请两位师兄代为收下。"两个男子取出僧钵，一边举掌施礼，点头致意，一边收下功德钱。

信徒们赠过钱财，陆续散去。少女收好佛经，也准备离开。张超早不耐烦，急道："这就散伙了？此时不出，更待何时！"一记旱地拔葱，从大石后跳出，直奔断金亭而去。秦子恒、董聪、薛强等人见张超已然发难，连忙快步跟上。只一眨眼工夫，张超已冲进亭内，运起烈火掌，大喊一声"哪里逃"，伸手去擒那少女。少女见他来势汹汹，已有几分提防，慌忙跳跃避开。

张超扑了个空，反身又要进招，两个男子见状，连忙出手格挡。张超不敢轻敌，与两人交起手来，连进几招，但见两人守势严密，已知他俩武功不低。那些走得稍晚的信徒，无不回头张望，吓得目瞪口呆。就在此时，秦子恒已赶到亭外，叫道："张师哥休要动手，先查清楚再说！"见他们斗得激烈，一时也不好出手止住三人。

张超先是无故发难，一击不中，已乱了几分方寸；现又以一敌二，情势凶险，哪里听得入耳，心中思念电转："这两人只是小跟班，何必跟他们客气？我偷袭未果，若斗得久了，却败下阵来，反叫他人笑话！"当下卖个破绽，引他们出手进攻，露出门户。其中一人果然中计，使出一招鹰爪功，想要制住张超，质问究竟。张超看准时机，袍袖一挥，一支蚀骨针破风而出，直飞那人咽喉。那人猝不及防，轰然倒在地上，吐出几口黑血，见血封喉，已然咽气。另一人脸色陡变，跳到少女身前，挡得严严实实，以求护她周全。

张超见危局已解，正要张口说话，却听得一白发老学究惊叫："打死人了！大家快来，莫要让贼人逃了！"四散的信徒听得叫声，纷纷聚拢回来，看得亭内尸首，已明白七八分，无不金刚怒目，敌视着秦子恒一行。董聪心知众怒难犯，抱拳道："各位乡亲父老，我们是五行盟派门人，是武林中的名门正派。这三人是魔教妖人，在此装神弄鬼，招摇撞骗，恰好被我们撞见，正要斩妖除魔，为民除害，为诸位讨回被骗财物！"

黑月教男子回头低声道："来者不善！他们显然有备而来，圣姑待会趁乱快走，这里交给我就行。"少女点头道："唐左使万事小心！"唐左使朗声道："谁是魔教妖人？难道这些一心向佛的信徒，都是魔教妖人吗？你们无缘无故，出手杀人，还在暗器喂上剧毒，算什么英雄好汉？我看你们才是魔教妖人！"信众们仗着人多，义愤填膺，纷纷道："对啊！你在骂谁是魔教妖人？""那钱是我们主动布施的，关你什么事？""我们虽不会武功，也不是好欺负的！""今天要不给个说法，休想下山半步！"

张超自知理亏，不好收场，急道："那你们想怎样？"老学究道："杀人偿命，欠债还钱，天经地义！大家把这凶手捆了，扭送官府，交给知县老爷发落。"张超哑然失笑，道："江湖事，江湖了！咱们习武之人，刀头舐血，快意恩仇，向来不受官府管束。遇见打不过的敌人，爽爽快快把命留下便是，何须劳烦青天大老爷？"一年轻男子道："杀了人却如此嚣张，还敢自称名门正派？"张超摆出架势，道："你若有这本事，大可过来捆我，在下恭迎大驾。"薛强见师兄以寡敌众，也走进亭内声援道："还得先过我这关！"众人怒目而视，骂骂咧咧，却无人敢率先上前。

就在众人吵嚷同时，董聪低声对秦子恒道："少主，如果我没猜错，这个所谓圣姑，便是魔教教主范雄的女儿范芊云。那说话男子是黑月左使唐因，传闻是二十多年前发动民变的女首领唐赛儿之胞弟。被张师兄杀死的男子，则是黑月右使宋果，都是魔教的重要人物！"秦子恒将信将疑道："明白。董师哥，眼下群情激昂，你江湖经验丰富，请问该如何解决？"董聪耳语道："张师兄不分场合，出手杀人，确实理亏；这唐因又以言语相激，惹得信众发怒。这班信徒多受魔教恩惠，定然护着他们。如今之计，唯有大开杀戒，先把信众杀个清光，一旦有人逃脱，四处张扬此事，被别有用心之人得知，将对五行盟派声誉大大不利。再生擒魔教二人，交由盟主发落。倘若他们轻功了得，趁乱逃走，便把杀人之罪嫁祸给此二人……"

秦子恒越听越惊，难以置信，怒道："混账！这些百姓只是学佛之人，也没干什么坏事。我们若大开杀戒，跟魔教所作所为，又有什么区别？"董聪不敢得罪他，苦笑道："少主侠肝义胆，光明磊落，怎怕无知百姓非议？此节是我多虑了。"秦子恒并非毫无见识，愁道："声誉自然要紧，爹爹最重此节，难道就没不杀人的好办法吗？"董聪道："有倒是有的，就怕……"

正说话间，唐因已取火石点燃引信，往地上扔出一支穿云箭，但听"砰"一声巨响，硝烟四散弥漫，众人捂鼻咳嗽。唐因捏着嗓子，惊呼："恶贼放火了！大家快跑！"众人不明就里，瞬间乱成一团。唐因牵着范芊云，在烟雾中夺路而逃，冲出亭外，从秦子恒、董聪身边窜过。董聪见惯奇谋诡计，这等雕虫小技，怎会把他骗倒？董聪操起一对镔铁判官笔，便向两人点去。唐因推了一把范芋云，一边叫道"快跑"，一边回身招架。

　　秦子恒却是满腹疑团，见董聪已缠住唐因，急奔几步，伸长手臂，道："姑娘别走！"想要止住范芋云，问个一清二楚。范芋云脚下甚快，秦子恒只抓到她头上纱巾，轻轻一扯，纱巾掉落下来，盘着的秀发如瀑布般飞泻而下，柔顺地穿过秦子恒五指，带得鬓边的面纱也掉落下来。范芋云回眸一看，但见她冰肌玉骨，杏脸桃腮，却也是蛾眉微蹙，大有不解之色。秦子恒被那秀发掠过指间，不由得心神一荡，又见范芋云娇美动人，懂佛识礼，实难与魔教妖人的形容联系在一起，竟立在原地看得痴了。

　　就在这一愣神间，唐因已摆脱纠缠，急奔过来，猛然袭向秦子恒。董聪师从点墨派，毕竟只是文人，武功不甚高明，难以久缠唐因。秦子恒感到掌风，自然而然闪避。唐因护主心切，没有恋战，拖得刹那，运起轻功，发足就跑。秦子恒抬头再看，唐因已带着范芋云跑得远了，消失在重峦叠嶂之中。

第二十四回　誉值千金

　　此时一阵朔风吹过，断金亭内烟雾方散，张超、薛强拨开众人，来到秦子恒身旁，懊悔不已道："着了那厮贼喊捉贼、浑水摸鱼的把戏，竟被他们逃脱了！"信众们也已明白是怎么回事，竟又围拢过来，怒视着秦子恒一行。带头的白发老学究道："人在做，天在看！你们一来便喊打喊杀，出手杀了宋右使。这笔账该怎么算？"张超急道："你们怎么不识好歹？都说我们是正派之人，他们是魔教妖人，杀他是替天行道！"有信徒道："我们平日受圣姑恩惠甚多，今天定要为宋右使讨个说法。你这么好打，有种把我们都杀了！"

秦子恒见形势不妙，朗声道："各位且听我说！天下之事，离不开一个理字。敢问各位乡亲，先前的两男一女，可是黑月教人士？"老学究见秦子恒英气不凡，知他是管事的，道："正是！那又如何？"秦子恒道："我听闻黑月教前首领，曾为一己野心，鼓动百姓，聚众造反，置大伙于险境之中。如此险恶用心，唯恐天下不乱，不是魔教妖人，又是什么呢？"老学究面色微变，皱纹显得更深，道："你说的是唐三姐起义？"董聪接口道："正是！"

老学究正色道："胡说八道！想当年，燕王起兵靖难，争夺皇位。我两个儿子被征召入伍，在铁公带领下坚守济南。燕军攻城不下，竟掘开河堤，放水灌城，淹死无数百姓，我两个儿子也在战役中以身殉国。当看到阵亡士卒名录时，我悲痛欲绝，但念及家中尚有老母，只好苟且偷生。没想到燕王后来绕开济南，直取京城，登基称帝，昔日的乱臣贼子，竟然摇身一变，成了天王老子！"

"后来，燕王执掌大权，诛杀前臣，竟把铁公、方先生这等忠臣孝子，尽数杀尽，牵连之广泛，手段之残忍，直与禽兽无异！本来这些惨事，跟普通百姓也没多大关系。但这皇帝即位后，大兴土木，穷兵黩武，徭役征敛不息，咱们首当其冲，就没过上几天好日子。"

"就这样熬了十几年，山东突然发生多场天灾，老百姓吃树皮、挖草根，卖妻鬻子，苟延残存。本来官府也曾开仓赈灾，却被那班贪官污吏层层克扣，到得百姓手中时，根本无多少粮食。幸亏我粗通文墨，在乡里代写书信，攒得几个钱财，加上命不该绝，才在饥荒中活下来。但我的众多乡亲，却无这般运气。就在这绝境中，唐三姐举起义旗，一呼百应，攻克青州，开仓赈民。"

"可惜好景不长，皇帝出兵镇压，将义军杀戮殆尽，唐三姐趁乱逃脱。皇帝为了抓住唐三姐，更不分青红皂白，抓了一万多个尼姑、道姑诘问，不知制造多少冤假错案。经唐三姐这一闹，皇帝终于免去几个州县的徭赋，大伙方才喘过气来。有道是：官逼民反，民不得不反！若非豺狼当道，民不聊生，谁愿聚众造反？谁不想过几天好日子？你们这些所谓武林正派，那时又在做什么？幸得菩萨保佑，现在好不容易安生了，你们却来喊打喊杀，赶尽杀绝！"

秦子恒一行越听越惊，不知如何是好。董聪最先反应过来，斥道："大胆老贼！胆敢出言不逊，污蔑先帝。看我不收拾你！"老学究毫不示弱，道："我已活了七十多岁，什么风浪没见过？最恨便是你这种见风使舵、为虎作伥的小人！"董聪气得面色发青，正欲反唇相讥，秦子恒慌忙止住，抱拳道："老先生，在下年纪尚轻，不知许多前事，若有误会得罪，还望多多包涵。依先生之见，这事应如何解决？"老学究见秦子恒态度谦恭，怒气稍消，指着张超道："一人做事一人当。你把这人交出来，这事就算完了！"张超急道："老头，你别得理不饶人！"

秦子恒左右为难，突然想起自己带了千金厚礼，用藤条箱子装好，寄放在客栈之中，寻思："这些金银财宝，原想送给刘喻皓，为君儿悔婚之事赔礼。但这刘府营建土木，富甲一方，多一分不多，少一分不少。这些信徒只是穷苦大众，受人蒙骗，并非奸恶之徒，我们却不问因由，杀了他们使者，此题实在难解。何不把金银都送给他们，这样既能不杀无辜，又能止住流言，博取一个好名声。"道："老先生，您所说之事，在下从未听闻，未知真伪。在下是烟火派秦子恒，自幼在河南开封府长大。我斗胆说，若当年灾荒发生在河南、湖北等地，少林、武当及我等名门正派，定会大开山门，开仓赈灾，让大伙不必去到造反的境地。不是不想帮，而是不知道！咱们江湖中人行事，最讲'义气'二字。这人是我师哥，虽一时莽撞杀了魔……宋果，但您要我交他出来，置他不顾，却很难办到。俗话说：冤家宜解不宜结。在下带得一些金银到来，乡亲们何不行个方便，帮忙安葬宋右使，也是聊表在下心意，以报我派当年未能赈灾之憾。若大伙仍不愿放行，就勿怪得罪了。"

众人听得此话，有所躁动，议论纷纷："不就恃着有几个臭钱吗？就想买通咱们！""人死不能复生，便是把那人杀了，宋右使也无法活过来了。""冤冤相报何时了？多杀一人，岂不多造罪孽？""这人也就十七八岁样子，灾荒那年还没出生吧，他能有这份心，已经很不错了。"董聪恍然大悟，耳语道："少主，那老头咄咄逼人，强要出头，无非是想敲竹杠，何必跟他们客气？再说……"秦子恒心生反感，怒道："此事我自有分寸，若你尊我为少主，便不要多话！"董聪自讨没趣，闭口不言。

老学究这番仗义执言，本已把老命置之度外，但见秦子恒说得侠义，又给了他台阶可下，沉吟道："老夫向来骨头硬，不吃这一套。但我见你说得大度，颇有小旋风仗义疏财之风范。老夫敬你是条汉子，只好代宋家收下帛金，转交右使家人。唯愿你们日后多行侠义，别再胡作非为！"有人不依不饶道："这就算了吗？"又有人道："单太公都这样说了，你还凑什么热闹！"秦子恒大喜道："谨遵太公教诲！"当即领着众人下山前往客栈。临行前有信徒取来一块布，盖住宋果尸体。张超跟着众人，脸色通红，尴尬不已，远远落在后头。

秦子恒回到客栈，把金银分成三份，一份留作必要的路费盘缠，一份交给单太公，请他代为料理宋果后事，最后一份分发给当时在场各人，以表心意。信徒们得了好处，答应不再声张山上之事。秦子恒此举虽动机不纯，却也冒着无法交差之虞，但他没有多虑，心中生出了几分有福同享的豪情。就在分金银时，忽听得客栈外传来一阵叫喊声，街上的人纷纷躲进客栈，叫道："快躲，黑罗刹来了！""快把门关上，不要让他进来！"正在阁楼的信徒们听到窗外声响，不约而同把目光投向秦子恒。

秦子恒奇道："太公，借问这黑罗刹是谁？怎么街上的人如此怕他？"单太公道："那人名叫牛双，是近处有名的泼皮无赖，手下有几个狗腿子，专在街上白吃白拿，撒泼撞闹，是以人人叫他'黑罗刹'。大伙知那几个泼皮好习枪棒，打他们不过，加之他们又有几分手段，官老爷也不管不顾，都是敢怒不敢言，远远见到他们便躲开。那些眼不够尖、跑得慢的商贩，便被他们缠住勒索。唉！真是造孽啊！"

张超听得火起，道："岂有此理！今天那几个泼皮撞见老子，算他们倒霉！"但没再妄动。秦子恒道："黑月教的人，也精通武艺，怎么之前不向他们求助？"单太公叹道："老夫也是今日方知唐左使、宋右使原来会武功。何况圣姑常跟我们讲佛，告诫大家忍辱法门，莫起争斗，是以我们没向他们提过，他们并不知道。"秦子恒点头道："那就让我们出手吧！"说罢秦子恒、张超、薛强几人从窗户跳出，只三两下，便把几个正在撞闹的泼皮料理了，为当地百姓除了大恶。信徒、街坊们得见神威，喜出望外，逢人便说秦子恒少年英侠、言出必行，使他在江湖上声名日盛。官府自知昔日理亏，也没敢找他们麻烦。

秦子恒一行在东平州住了十来天，了解民情，打抱不平，又探听到黑月教众闻知仇敌到来，宋右使更送了性命，已然望风而逃，不敢再在山东州县传教收徒。秦子恒见事态平静，加之年关将至，便启程前往京城，照旧到枯木派处拜贺新年，却少了原来的千金厚礼。张超自知鲁莽，坏了大事，没脸跟着前去，推托要回开封府复命。董聪拉着张超，如此这般交代一番说辞，张超连连称是。薛强怕秦天怪罪兄弟，也想跟着同回。秦子恒没有阻拦，写下一封书信交代事情，让二人带着先行回去。

余下众人继续赶路，一路晓行夜宿，终于赶到京郊，正是大年三十晚上。只见天空飘起鹅毛大雪，路上寒风凛冽，少有行人。家家农户却早已剪好窗花，贴好春联，土炕火热，暖意融融。秦子恒一行不熟道路，赶到风波庄，叩响后门，报知姓名门派。枯木派守门弟子见是秦子恒登门拜贺，慌忙开门迎接。秦子恒迈进后门，便看见一人被绑在墙角，左肩包着白纱布，身上棉衣被割得破烂，正哆哆嗦嗦颤个不停，一见秦子恒进来，便认出他来，大叫道："秦大哥，你来得正好！我被小人诬陷，非说我要面壁思过，绑在这里挨冻。请帮我一把！"

第二十五回　枯木学艺

秦子恒定睛一看，发觉此人竟是姜乐康，当日曾在清心殿舍身救过胞妹秦思君。秦子恒大吃一惊，连忙取出匕首，割断绳索，放他出来，问道："姜少侠，你怎么身在此处，还被人绑住？"姜乐康正要答话。就在此时，枯木派二当家钟如龙听到来报，出来迎接，看到这般情景，心中明白大半，寻思："这班小孩，大年三十还不消停，越玩越过分。偏偏碰见秦公子到访，当真丢人丢到外头去了！"一边从远处走来，一边朗声道："秦少侠一行大驾光临，有失远迎。请代我向盟主问好！"

秦子恒忙施礼道："钟师叔好！晚辈冒昧来访，还望见谅。"钟如龙道："此处风大寒冷，咱们到厅内饮酒相叙。"姜乐康见自己被晾在一旁，无人搭理，急道："钟师叔，你一定要帮我主持公道，还我清白！"钟如龙低声道："你先回房间歇息，有什么事容后再说，莫在客人面前失礼。"姜乐康穿好被割得破烂的棉衣，愤愤不平，自回房间去了。

钟如龙领着众人经过正厅，但见厅内设着筵席，杯盘狼藉。枯木派掌门刘喻皓之子刘玉轩、枯木派弟子刘达、点墨派客座弟子王纶等人喝得大醉，正与几个歌女调笑寻欢，讨论着待会要到街上燃放爆竹，赏玩烟花。钟如龙神色尴尬，岔开话题道："刘掌门因参建京城有功，被王爷请进宫中饮宴小住，共庆新年，已去了三五天，因此由我暂掌门派事务。师侄来得晚，咱们刚吃过年夜饭，还没来得及收拾。唯有先到偏厅相叙，将就吃些酒肉，礼数不周，还望见谅。"秦子恒忙道："师叔不必见外。咱们路上耽搁，天晚夜到，多有打扰，胡乱吃点便是。"

众人来到偏厅，钟如龙吩咐门人设席管侍，安顿众人。另一客座弟子江湖道听得秦子恒一行来了，也来饮酒相陪，抱拳道："江湖有言道：秦少侠仗义疏财，英气不凡。今日有缘得见，果然名不虚传！小生不才，人称江湖道。"秦子恒慌忙施礼问好。董聪见到同门师弟，笑道："江师弟，好久不见，别来无恙？你还是这般模样！"江湖道道："多谢师兄关心，小生一切尚好。"言语间却少了几分热情。董聪没有在意，取起酒肉便吃。众人相互祝酒拜贺，叙说旧话新言。待得酒足饭饱，爆竹声响，众人方才散席，或到街上再凑热闹，或自回房间歇息。

秦子恒回到房间，沐浴更衣，正欲吹灯歇息，忽听得有人叫门。秦子恒开门一看，原是江湖道。只见他捧着一个托盘，上有两碗姜汤，冒着腾腾热气，说道："秦少侠，江湖有言道：姜汤可解酒。小生特到厨房切了几块生姜，煎了两碗姜汤，取来与你醒酒。"秦子恒略有迟疑，寻思："这般殷勤小心，莫不是来巴结我？"请他进来道："江师兄当真贴心，快请进来！"江湖道关紧门窗，确认隔墙无耳后，道："小生听闻你与姜乐康有交情，刚才又救了他，特来禀知他的处境。"秦子恒方才醒觉，一拍大腿，起身道："哎呀！我只顾宴饮，竟忘了姜兄弟，请带我去看看他。"江湖道道："我刚去看过，他已然歇息。少侠不必急在一时。"秦子恒坐下来，歉然道："烦请江师兄告知。"

话说姜乐康三个月前拜入枯木派门下，掌门刘喻皓指派了一个名叫刘达的年长弟子，引他熟悉环境，传他武功本领。那刘喻皓时常外出公干，不是替公家征调民夫，监建工程，便是参加各种应酬，结识达官贵人，一去便是半月一旬，是以门派事务多由钟如龙代管。若非武林发生大事需要决议，或是做评判参加派内每半年举行的比武大会，选拔优秀弟子培养，众人平日难见掌门一面。

刘达初见姜乐康，当日带他四处转悠。但见枯木派庄院甚大，足有五进五出，住着数百弟子。众人自行其是，各有各忙：有的在演武堂击打木人桩，练习拳术步法；有的在练靶场投掷镖针，练习暗器手法；有的在柴房劈柴，到河边挑水，干着例行杂活；也有的躲在园林亭台，或自个偷懒睡觉，或三五成群聚赌聊天，一见有人来了，慌忙收起赌具。

两人来到亭子，刘达循例引见道："各位师兄弟，这人名叫姜乐康，是我派新收弟子，师父安排他跟我学艺。"有门人道："原来是新来师弟，还以为是谁，吓死老子！"又有人道："喂！姜师弟，你会玩牌九吗？过来一起玩吧！"姜乐康不会玩，忙道："对不起！我不会玩。"刘达笑道："谁天生就会玩？学学不就会了！"姜乐康略知牌九是种赌博，不是什么好事，坚持道："还是别了！我脑子不灵，肯定学不会，输得很惨。"众人哄堂大笑。刘达道："你自己四处逛逛吧，我留在这里玩两把。"姜乐康点头自去。

第二天，刘达像带其他新来弟子一般，给了姜乐康一本武功图谱，演示一套入门长拳，安排他干劈柴挑水等杂活："你每逢单数日，便去柴房破柴五斤；逢双数日，便到河前挑水三担。"姜乐康十分用功，每日干完自己那份活计，抓紧一切时间，刻苦练习拳法，经常天还没亮，便独自到演武堂击打演练，连做梦也想着招式套路。过了五七天，刘达招呼他道："今天是旬假，本派门人可不必练功干活，到城里自由活动。走！我带你去见识见识。"姜乐康推辞道："谢谢师哥！我初入门下，想抓紧时间，练好拳法。"刘达自讨没趣，叫上相熟师兄弟，一起到赌坊玩骰子取乐。

又过五七天，姜乐康把长拳练得精熟，央求刘达再传授新的武功。刘达见他学艺心切，长拳也耍得有模有样，便演示一套初级拳法燕青拳。姜乐康默记于心，如常刻苦练习。江湖道每次经过，都见到姜乐康在练武，对他多了几分注意。常言道：一理通，百理明。姜乐康悟性不低，这次只花了三五天工夫，已把燕青拳练熟，将木人桩打得开裂。姜乐康喜出望外，又去请刘达传他新的武功。

刘达听姜乐康已把燕青拳练熟，将信将疑道："我才教了你几天，你就说练好了。你不是在骗我吧！"姜乐康急道："师哥，我把木人桩都打裂了，要不我耍给你看？"刘达哼了一声，轻蔑道："木人桩只是死物，不会闪避还手。你把它打裂，只说明你天生蛮劲，不代表些什么。若你跟我拆招，能打中我一拳，才表明你初有所成。"姜乐康学艺以来，只是对空气或木人桩演练，尚未跟人拆过招，大喜道："若师哥能跟我拆招，那是再好不过了！"

于是两人来到演武堂摆开架势，几个正在此间练武的弟子，见到两人准备过招，都站过来看热闹，江湖道恰好也在。刘达心中轻敌，叫声看招，率先出手，想在几回合中打败姜乐康，好教他心服口服。姜乐康不敢怠慢，施展鹤翔步连连避过。刘达三下抢攻落空，寻思："确有几分本事。"当下打醒精神，继续出招。姜乐康伸手格挡，两人拆起招来。

姜乐康曾受无为子高人指点，身法灵活，变招迅速，不拘泥于招式顺序，两套拳法交替运用，竟打出了十二分威力，往往一招还没使老，下招接踵而至，加上北拳注重腿功，更能发挥步法威力。两人交手三十多个回合，刘达逐渐陷于被动，忙于挡架，一时不慎，中门露出一片空当，姜乐康看准时机，使一招"蛟龙出海"，右拳从下而上挥出，结结实实打中刘达下巴。刘达始料不及，向后倒在地上，牙口淌出一丝血来。

众人惊呼一声，上前察看。姜乐康初次出手，竟击倒了刘达，也吓得没了主意，关切道："师兄，你没事吧？"想伸手扶他站起。刘达摸着腰眼，挣扎坐地，脸上尴尬不已，道："不用扶我！我一时大意，下次可没那么走运了。"拍拍身上的灰，自己站了起来，头也不回地走了。

姜乐康见刘达好像恼了，当晚便敲响他房门，想要道歉。刘达见是他来，没好气道："有什么事吗？"姜乐康道："师哥对不起！今天下午打伤了你，我自己也没想到，请勿放在心上。"刘达道："没事！教会徒弟，打死师傅，这叫青出于蓝，我高兴还来不及。"姜乐康听不出是反话，笑道："那就好！请师哥明天再教我新的武功吧。"

本来枯木派传功学艺，并无时间要求，只因各人悟性不同，勤懒不同，修习进度也自不同。若师兄觉得师弟已然熟习这套武功，继续教新的武功便是；若师弟进步神速，师兄已无新招式可教，且在派内比武切磋上崭露头角，胜过多位同辈，便可向师叔伯一辈讨教更高深武功，同时担负起教导新弟子学艺的责任，并把杂活分给他们去做，不必自己再干。两套拳法学下来，可开始练习暗器手法，这也正是枯木派引以为傲的独门绝学。刘达听到此话，寻思："这愣小子一心用功，学得飞快，如果什么都教会他，没准下月底的比武大会便能胜过我，不再听我指挥、替我干活，还是防着点好。"信口道："我听闻少林弟子拜师学艺，得先劈柴挑水一年，才有资格学习入门的罗汉拳。想要学习更高深武功，更要在佛法上有相应修为，叫作什么冲淡习武带来的戾气，那老和尚才肯教你。你刚来一月不到，就学了两套拳法，已十分幸运。今日虽被你侥幸得胜，那些未使出的招式，定然还有很多不熟，还需多加练习才是。"

姜乐康有些失望，道："好的，我知道了。"刘达想了想，道："若你心急练功，就多干些杂活，每日既去劈柴，又去挑水，数量也要翻番。"又道："你可千万别小看劈柴挑水，少林弟子便是靠干这些活，练出内功气力，再去学习招式，如此稳扎稳打，方能一鸣惊人，成为武林中的泰山北斗。"姜乐康大喜道："明白！多谢师哥指点。"

第二十六回　比武切磋

自此，姜乐康便每日劈柴挑水，把其他几个师兄弟的活也干了。刘达等人落得清闲，又怕姜乐康缠住自己，识破谎言，便时常溜到城里赌博嫖娼，不去见他。姜乐康虽手脚麻利，但因要干的活多了，正经练武的时间毕竟少了。于是他便一边干活，一边手舞足蹈，在心中默演招式套路，照样起到练武效果。干完活后，已是下午，姜乐康便到练靶场外，从后观看众人练习，比画投掷暗器手法。

接连看了五七天，姜乐康跃跃欲试，请求守场弟子给他提供器械，放他进去练习。守场弟子道："姜师弟，练靶场是枯木派练武重地，首次进入需要传功师兄陪同，方可放行。只因刀剑暗器无眼，初学者容易误伤别人，须有经验者从旁指导。"原来这守场弟子见姜乐康每日前来观看，记住了这人，无意中在人前提起，夸他勤奋好学。这话传到刘达耳中。刘达心中嫉妒，怕姜乐康自学成才，风头压过自己，暗中找到守场弟子，说他武艺还没精熟，却心态焦急，一味求快，还需时日磨炼心性，是以暂不传他暗器技巧，千万不要放他进去。守场弟子不知缘由，秉公执行。姜乐康没有办法，叹息自去。

又过三五天，这天姜乐康正独自坐在柴房劈柴，取出几根劈好的木柴，削成一个个小木锥。他拿起一个，眯眼瞄准，扬手一挥，小木锥破风而出，不偏不倚正好插在木门上的铺首铜环中间。姜乐康开心笑了起来。就在这时，江湖道从门外走进，见他对着一堆木头傻笑，奇道："姜师弟，有什么事笑得这么开心啊？"

姜乐康脸上微红，谦虚道："没什么！我想起高兴的事情，就会笑。"江湖道也乐了，摇头晃脑道："江湖有言道：人生四大喜事，莫过于久旱逢甘雨，他乡遇故知，洞房花烛夜，金榜题名时。不过依小生看来，最高兴的事情，还是老婆生孩子啊！"姜乐康道:"我还没娶妻生子,不知这种感受如何。不过照我看来,最高兴的事情,就是练好武艺,成为大侠!"江湖道道:"对了!你这么一说,怎么这几天,少见你到演武堂练武了?是觉得累了想歇歇吗?"姜乐康便把刘达那番说辞学了一遍。江湖道笑笑,记在心里,没有声张。

转眼已到十一月中,这天姜乐康到河边挑了水,提着两个水桶走在廊道,想拿去厨房。迎面走来一个少年,面如冠玉,白净清秀,之前从没见过。廊道狭窄,难以并肩走两人。平日寻常弟子见到要干活的人,都会侧身让开,让他们先过。姜乐康以为他也会让,没有多想,愣愣地往前走。那人见姜乐康径直走来,毫无避让之意,哼了一声,皱起眉头,颇有几分不悦,也直往前走。两人快要碰上时,姜乐康停下脚步,等着他让开。那人却推了他肩膀一把。姜乐康往侧面一倾,让出半条路来,手中水桶微斜,溅出些许水来,弄湿他的鞋袜。姜乐康惊道:"喂!你这人怎么这样,把我鞋子都弄湿了!"那人从姜乐康身边走过,看都不看他一眼,不发一言就走了。此人便是掌门刘喻皓之子刘玉轩。原来年关将至,刘喻皓公务缠身,无暇回乡,便写信叫妻儿前来风波庄,一来是阖家团聚,共庆新年,二来是让儿子见识参加年底举行的这次比武大会,要他正式拜入门下,亲自传他更高深武功。

却说刘玉轩自十一月初,到了风波庄,很快被京城的花花世界迷住,缠着堂哥刘达引路,带他寻欢作乐。掌门刘喻皓忙于公务,无暇多顾。刘夫人向来宠溺爱子,也是睁一只眼,闭一只眼。王纶见刘家公子来了,傍过来巴结讨好,说些阿谀奉承之语,哄得刘玉轩洋洋得意。三人开始出入赌坊青楼,豪掷千金。江湖道看在眼里，心中厌恶，远远避开。

刘玉轩去到黛燕楼，便与一个风尘女子相好。此女艺名天香，颇有几分姿色才气，听闻原是一个官宦之女，父亲因在庙堂上得罪了当朝红人王振，落得个凌迟处死的下场。她也被卖到妓寨，不得不接待那些粗鄙地主、猥琐商贾，日子苦不堪言。这番见到玉面郎君刘玉轩，知他是个风流人物，自然尽心尽力侍奉，只盼他能为己赎身，脱离苦海。两人一见如故，情投意合。刘玉轩初试云雨，飘飘欲仙，熟悉架步后，更是流连忘返。

这天半夜，姜乐康睡不着觉，不想吵着旁人休息，便到后门外打拳练功。守门弟子早习以为常，跟他打声招呼。忽见刘玉轩喝得醉醺醺，搂着个出条子的天香，晃晃悠悠从后门走进。守门弟子只当看不见，放他们自入。姜乐康大吃一惊，半路拦着道："喂！你是我派弟子吗？"刘玉轩认出他来，没好气道："是又如何？不是又如何？"姜乐康道："我派七大门规之三，是戒奸淫好色，调戏妇女。你快放开这个姑娘！"伸手想分开两人。

天香却怕坏了好事，也怕缠头化水，不好跟老鸨交代，娇滴滴道："公子——"紧靠向刘玉轩怀中。刘玉轩被她撩拨，无名火起，怒道："滚开！"抬腿踢向姜乐康。姜乐康侧身避过，又吃一惊，忽想起七大门规之四，是戒同门嫉妒，自相残杀，一时没有还手。刘玉轩哼了一声，搂着天香大摇大摆走过。姜乐康眼睁睁看着，难以置信。

次日，姜乐康想找刘喻皓告状，一时找不到，便找到钟如龙，说明昨夜之事，请他执行门规。钟如龙与刘掌门素有嫌隙，不满他欲在派内搞"父子党"，当成自家宅院，只因实力不足，又怕丢掉代掌门一职，一直没显露出来。听姜乐康这一说，已猜出是谁，寻思："刘家小子不检点，落下口实，正好借风使船，挫挫他父子锐气。"道："此事我已知晓，会做出处罚，你先回去吧。"当天，钟如龙传下口谕，说年近岁晚，小偷增多，须严格执行宵禁令，违反弟子依规处罚。又托人找刘夫人传话，对刘玉轩禁足一个月，无论日夜都不许他踏出风波庄。刘夫人心知有事，不敢多问，怕得罪丈夫同门，终于对儿子严加看管，不许他胡作非为。刘玉轩见不着天香，猜到是谁搞的鬼，气得直跺脚，一时却无可奈何。

又过三五天，姜乐康如常出外挑水，忽被守门弟子拦着。只听他道："姜师弟，最近突然执行宵禁令，之前从没试过这样做。你是不是把当夜之事告诉钟师叔了？"姜乐康道："是啊！有什么问题吗？"守门弟子道："你真不知道那人是谁吗？"姜乐康茫然道："师哥，我初来乍到，不知许多事，烦请告知。"守门弟子道："他就是刘掌门的亲儿子刘玉轩啊！前一阵到庄上住，准备正式拜入门下。"姜乐康猛然想起秦思君提过的婚约之事，惊道："原来是他！"守门弟子好意道："你这次得罪了他，今后自己提防着点！"姜乐康义愤填膺，寻思："此人如此轻薄，难怪君儿不喜欢！"怒道："即便是刘掌门儿子，也不该有特权啊！我身正不怕影子斜，何必怕他？"守门弟子摇摇头，没再理他。

腊月初，比武大会即将举行。习武之人讲求"冬练三九，夏练三伏"，是以枯木派把此会定于每年六月及腊月举行。参赛弟子根据入门先后及武功高低，分成高、中、新三组，两两捉对，比武切磋，决出各自组别名次。获得中、新两组前列之人，将得到重点培养，下次参加更高级别对决；获得高级组前列之人，得到师叔伯认可，便能艺成出师，自由选择去向。

登记弟子走遍全庄，说明规则，邀请有意门人报名。姜乐康兴冲冲道："师哥，我要参加比武！"登记弟子指着新人那栏，道："好的，请在此处写下你名字。"姜乐康歪歪斜斜地写上自己名字。登记弟子收起本子自去，正好在路上撞见刘达。刘达寻思："比武大会要报名了，那傻小子定然参加。若被他讨了彩，不再归我管，我脸面须不好看。"道："师弟，把名单给我看看，待会还你。"登记弟子给了。刘达拿到名单，趁左右无人时，悄悄把姜乐康名字划去，再还回去。刘玉轩这次来就是为了参加大会，试试自己身手，自然也有报名。

腊八那天，比武大会正式举行。但见练靶场上撤去场边标靶，中央搭起擂台，外围竖着一块公告牌，上书是日比赛对阵图。前两天进行的是中、高两组比武。众弟子里三层外三层，人声鼎沸、喧腾热闹，围着擂台在看。参赛弟子站在擂台，摆开架势，等待掌门发令开始。刘喻皓、钟如龙等师叔伯坐在高处，桌上摆着一个摇铃，一个香炉，散放着线香。

只听刘喻皓开场道："各位弟子，未来三天，我派将举行每年两次的比武大会。这是我派传统盛事，意在公平竞争，选贤举能，决出艺成弟子和进阶弟子。比武只有两个规则：一是不设限制，可用各种趁手方式攻防；二是点到即止，一旦线香烧完，铃声摇响，或一方声明投降，另一方便不可再攻，以免伤及同门感情。相信参加过的老手，对规则都很熟悉了；新弟子这两天也可一边观摩，一边学习了解。如果没有疑问，我们就开始吧！"说罢点起线香，摇响铃铛。擂台上双方闻声而动，对战起来，或拳打脚踢，你来我往，或器械齐上，刀光剑影。姜乐康挤在人群中，看着师兄们高手过招，双眼放光，喝彩连连。

到了第三天，姜乐康早早来到练靶场，在公告牌上找他名字，想知自己何时上场，却遍寻不见。姜乐康急得直冒汗，找到登记弟子，道："师哥，我明明报名了，怎么这上面没我的名字？"登记弟子也帮忙找，自然也没有，奇道："奇怪！我也记得你有报名，你字特别难看。"姜乐康脸上一红。登记弟子道："或许是我们工作纰漏，毕竟要弄百十个名字，在捉对排阵时漏了你的。师弟，这次对不住了！"姜乐康失望不已。忽听擂台那边传来一阵轰动，有弟子道："快看！刘公子要上场了。""没准他正式入门后，就来管你，给你派活。""那得抓紧机会，给他助威，留个好印象了。"姜乐康听见，心里不是滋味，也到人群中看热闹。

但听摇铃声响，刘玉轩登场比武，先后与几个师兄弟过招。常言道：人在屋檐下，不得不低头。枯木派门下弟子数百，难免有溜须拍马之徒。有人事先已知刘玉轩是掌门之子，故意放水，让他轻松得胜。也有人不那么明显，但也不敢伤他，只好采取守势。刘玉轩在老家也请过名师指导，确有几分本事，斗上三五十个回合，最后也能获胜，哄得刘喻皓连连点头。姜乐康越看越奇怪，寻思："这几个师哥，平时不会这样啊！"正纳闷间，比武结束了。主持弟子走到台上，道："各位师父师叔、师兄师弟，胜负已分。现在我宣布，本次比武大会，新人组的冠军，便是……"

就在此时，姜乐康跳到台上，朗声道："我不服！那几个师哥根本没出全力，怎么能说他就是冠军呢？"台下众人一片哗然。

输了的几人道:"姜师弟,你不要乱说话,什么叫没尽全力?""你又不是我,你怎么知道!"刘达急道:"喂!你在干什么?快给我下来!"主持弟子忙打圆场道:"姜师弟,你没有报名,不能上来擂台。"想拉他下去。刘玉轩赢了数人,正自鸣得意,忽见这傻小子又来跟自己作对,正想当众教训他一番,示意道:"别拉别拉!姜师兄,你不是说不服吗?我愿意接受你挑战。"众人看热闹不嫌事大,都在起哄。有人面红耳赤,想看刘玉轩教训这不识大体的傻小子,也有人心知肚明,想看真把式下两人武艺如何。王纶、江湖道当时也在,全部看在眼里。

这时,登记弟子见势头不对,已把漏记一事告诉师叔伯。刘喻皓心中尴尬,训斥登记弟子几句,又见群情汹涌,寻思:"轩儿自小习武,理应胜过这入门不久的新徒弟。何不借此立威,显我家世渊源,叫众人心服口服?"站起朗声道:"现在查明,因一时纰漏,没把徒弟姜……"登记弟子小声提醒道:"姜乐康。"刘喻皓续道:"没把姜乐康的名字记上。为表公平公正,现在我决定,破例加赛一场,让姜乐康直接对阵刘玉轩。"姜乐康喜道:"谢谢师父!"当下两人在擂台摆开架势,只待铃声摇响。

第二十七回　紫色香囊

只听"当当"两声,两个少年闻声而动,对战起来。姜乐康虽为南方人,学的却是北拳,招式大开大合,腿法舒展大方;刘玉轩自小受南方名师指点，使的是南拳，套路短小精悍，拳术灵活迅速。两人初出茅庐，无所畏惧，虽守势不严，偶中拳脚，却别有一番精彩。但见你一招"蛟龙出水"，右勾拳自下而上，他一招"猛虎下山"，肩带肘从天而降；进攻时如狂风骤雨，声势凌厉，防守时却没有多虑，敢行险招。台下众人大饱眼福，惊叹连连。

斗了三十多个回合，未分胜败。刘玉轩先后斗过数人，体力有所不支，寻思："没想到这小子有几分本事，斗得愈久，对我愈不利，需寻找机会，一招制敌。"当下抖动衣袖，伺机而动。这一分神间，姜乐康已近身前，忽使一招"仙童扫腿"，探腿至刘玉轩两足之间，一下把他绊倒。姜乐康乘势追击，抬起拳头，向他脊梁骨打去。刘玉轩哎哟大叫。刘喻皓见形势不好，未等线香烧完，慌忙摇响铃铛。姜乐康还欲再打，忽而听到铃响，站起身来，罢手不斗。胜负已分。

"姜乐康赢了！""那他岂不成冠军了？这赌局该怎么算？""还是真把式看得过瘾啊！"台下众人先是一阵静默，随即爆发出七嘴八舌的议论声。姜乐康因一时激愤上台挑战，也没想到是这个结果，不知所措地站在台上。刘玉轩爬了起来，又羞又恼，趁姜乐康没看他，一甩袍袖，梅花镖旋转飞出。"姜师弟，小心！"江湖道看在眼里，台下大叫。姜乐康察觉背后异动，听声辨位，跳跃闪避，还是慢了一步，被暗器割伤左肩皮肉，鲜血渗出衣衫。梅花镖继续前飞，正好插在人群外的公告牌对阵图正中，上面已有人在冠军这栏，写上"刘玉轩"三字。

看到此景，众人一片哗然，却碍于刘玉轩身份，一时敢怒不敢言。江湖道看准时机，想为姜乐康讨个公道，躲在人群中道："喂！你怎么这样？铃铛都敲响了，还来暗箭伤人！"经他这一激，群情如同火种掉进干柴堆，一点就着："说好的比武切磋，点到即止，不能伤及同门感情！""就算是掌门儿子，也不能胡作非为吧！""他还没正式拜入门下吧，怎能算本派弟子？""那他怎么有资格参加比武？""姜师弟也没资格啊，怎么他又上来比？""掌门说行就行，说不行就不行咯！""老爹是掌门，儿子将来也是掌门吗？你当钟师叔座下的人，都是死的吗？""我们可不像你们无耻，还没分出个所以然，就忙着巴结主子！""你这是什么话？是不是想打架！"

刘喻皓心想不妙，使一招"踏雪无痕"，三五步纵跃，从评委席上跳至擂台，一巴掌拍到刘玉轩脸上，低声对他道："轩儿，不要胡闹！"刘玉轩本想讨回面子，背后偷袭，万没想到竟惹出这般争议，一时也吓住了，摸着脸待在原地。刘喻皓又朗声对姜乐康道："好徒儿，你没事吧？来人！快带他去包扎疗伤。"显出关怀神色。医疗弟子听到号令，慌忙上台扶走姜乐康。刘喻皓定了定神，朗声道："各位师兄师弟、徒弟徒孙，此人是犬子刘玉轩，日前才到庄上居住，本想在比武大会后，正式拜入门下，是以对门规多有不知。这次是我存有私心，让他参加比武，意在见识锻炼，没想到事情竟闹成这样。我作为掌门，责无旁贷，自当严加管教。常言道：王子犯法，庶民同罪。我宣布，褫夺刘玉轩此次比武冠军头衔，同时依照门规，罚禁足思过一月，以示我派授徒一视同仁，不分彼此。"说到此处，刘玉轩叫道："爹爹！"刘喻皓没有理他，接着道："至于这个姓姜的徒儿，原先没有报名，只是破例加赛，自然也不算冠军。这次大会就此作结，希望各位弟子加紧练习，来年再决胜负。"

看到此景，王纶也把握时机，挤开众人，上前道："天下之事，抬不过一个理字。刘掌门直面己失，公事公办，以理服人，难怪贵派能治理得井井有条，足为后生敬仰！"刘喻皓自谦道："不敢当！你是点墨派王师侄吧，请代我向孔掌门问好。"心中颇为欢喜。众人听王纶这一说，确有几分道理，情绪逐渐平息。钟如龙等同辈师兄弟，见刘喻皓处理妥当，也不好再说什么。刘喻皓又道："还愣着干什么？今天没冠军，不用颁锦标，大家都散了吧！"说罢跳落台下，自回居所，众人让出一条路来，刘玉轩忙跟在后面。此时姜乐康也包好伤口，自回房间休息。众人陆续散去。为期三天的枯木派比武大会，就此热闹开场，仓促了之。

当天夜里，姜乐康正在屏风后烧水沐浴，冲洗伤口。忽听得王纶推开房门，进来道："姜师弟，我是花妙笔王纶。哎哟！原来你在洗澡，伤口还疼吗？"姜乐康心中一暖，道："皮外伤而已。王师哥，你自便，我很快就好！"王纶道："没事没事！你慢慢来，是我打扰你了！"姜乐康道："王师哥找我有什么事吗？"王纶道："是这样的：刘公子今天比武打伤了你，刘掌门心中过意不去，又放不下面子，便托我这个外人，来送一个果篮，希望你念及同门之谊，不要放在心上。"姜乐康道："原来如此！平时我难得见师父，请代我谢谢他！"王纶又停留一阵，趁姜乐康还没洗好，便道："姜师弟，那我不打扰你，我先走了！"姜乐康道："师哥，不留下坐一阵吗？"王纶道："小生还有文章要写，就不多待啦！"姜乐康道："好吧。"王纶出门自去。姜乐康沐浴完，穿好棉衣，收好物事，拿起果篮中的桃子来吃，心想："可惜这里没荔枝吃，不知娘亲、晴儿在桃花村过得怎样？"

却说这王纶出得门外，不是回自己房间，而是急急走向刘玉轩处所。刘玉轩在众目睽睽下输了比武，现在又被他爹多多禁足一月，正自闷闷不乐，见他进来，也没搭理。王纶道："刘公子，刚才小生奉令尊之命，给姜乐康送果篮慰问，未曾想却被我发现了一个惊人秘密！"刘玉轩没好气道："那小子有什么了不起的秘密？"王纶道："当时他正在沐浴，衣服挂在屏风，桌上放着一道平安符，一个紫色香囊。"刘玉轩多出入风月之地，不屑道："都是些寻常信物，不知是哪个相好送给他的，有什么好奇怪？"

王纶道："奇就奇在这个紫色香囊，外有鱼戏莲花图，绣得十分精美，显非寻常手笔。于是我把香囊拿起赏玩，翻了一下，没料到内有乾坤，那香囊的里子，赫然绣着'思君'二字！"刘玉轩不明就里，道："思君？就是想念你的意思吧？兴许是哪个村姑绣上去的吧。那小子的情事，我没兴趣知道！"王纶道："刘公子，此思君不同彼思君啊！也不对，这叫一语双关。试想，这紫匹是昂贵布料，只有富贵人家才能用上。怎么这不谙世事的乡下小子，也用得上紫匹？公子来得晚不清楚，姜乐康月前拜入枯木派时，是百花帮白师姐带着来的，他有苏帮主荐书，方才顺利入门。"王纶顿了顿，看看刘玉轩脸色，又道："我听闻当今武林盟主秦天的女儿秦思君，正在百花帮学艺，跟公子你曾有婚约，后来不知何故毁了。换言之，姜乐康很可能认识秦思君，正是他毁了你这桩好姻亲啊！"

刘玉轩越听越惊，妒从心起，道："难怪那小子几次三番跟我作对，原来是要来奚落我！他究竟有什么好，论长相不如我，论家世不如我，论武功……哼哼，今天不过被他占了便宜，侥幸得胜而已。那秦思君却不来爱我，反爱上这呆子！"当下怒拍桌子，震得杯盘跳起，叮叮当当作响。王纶察言观色，献计道："刘公子，我倒有一计，可挫挫那小子锐气，以解你心头之恨。只是此计不可亲自出面，须假手于人。我听闻令兄刘达近日手风不顺，欠下不少赌债，何不以此作饵，借他为你办事？"然后如此这般交代一番。刘玉轩听了，略有迟疑道："计是好计。只是这姜乐康，曾有苏帮主荐书，不知是什么来头，我们若这般整他，一旦得罪了百花帮，我爹脸上须不好看。"

王纶道："百花帮向来只收女徒，即便被她们知道了，料想她们为了门派清誉，也不会替这傻小子出头。何况姜乐康一天还是枯木派门人，自然就受令尊规训，公子不过是代父行事罢了。我看他满口土话，祖上顶多就是流放岭南的失势小吏，在中原根本排不上号，更遑论跟财雄势大的令尊相比了。兴许是有几个小钱求医，才因此结识百花帮，得了这封荐书学艺。这样的乡下小子，又何必怕他？"刘玉轩茅塞顿开，喜道："所言极是！师兄这般帮我，实不知何以为报？"王纶笑道："古语云：良禽择木而栖，士为知己而搏。倘若他朝刘公子当上武林盟主，不要忘记小生，赏我当个军师，施展平生抱负便是。"刘玉轩大喜道："这个当然！那就请先生依计行事，事成自有酬谢。"

又过十来天，刘喻皓再度忙于公务，早出晚归，众人寻他不着。钟如龙如常代管门派事务，宵禁令执行不误。姜乐康肩上仍缠着白纱布。在这段日子里，门派弟子财物常有失窃，纷纷向钟如龙报告。钟如龙开头也没在意，只道："你们回去认真找找，没准就找到了。"但见报告的门人越来越多，方知不是孤例，多留了个心眼，使出轻功隐伏，悄悄调查此事，已知八九分，认为不过是小孩栽赃报复的幼稚把戏，一切尽在他掌握中，于是睁一只眼闭一只眼。钟如龙当年在枯木派掌门之位争夺中吃过暗亏，自此行事变得谨慎，轻易不展露真正想法。

腊月二十九，枯木派上下忙里忙外，大师兄指挥众人置办筵席，装点庄院，准备庆贺新岁。刘喻皓自到王府赴宴，已去三五天。师叔伯一辈依惯例到户外焚天香，祭祀祖师爷，当夜在鲁班庙将息，明晨才回来。当夜，余下弟子忙碌一天，都自回房间歇息。姜乐康也不例外。就在他正欲脱衣睡觉之际，忽听得门外传来一阵叫喊："有贼！快抓！"姜乐康近来也听闻财物无故失窃一事，寻思："师哥们平日待我甚好，这次我虽没有失窃，但也得出一份力，一起抓贼！"赶紧从房间出来，想要抓贼。

但见刘达从旁走出，指道："庄里进贼了！刚跑到后花园去，大伙还没过来。这样，你找这头，我找那头，咱们分头包抄，莫要让他逃了！"姜乐康点头道："师哥，你小心点！"两人分头自去。姜乐康大踏步直赶进花园去寻，遍寻一周不见。正翻身出来，往刘达那边走去，忽见黑夜里撇出一条板凳，把他一跤绊倒，走出八九个被窃的弟子，带头的刘玉轩叫道："抓贼！"就地把姜乐康绑了。姜乐康急叫："是我！"众人哪里容他分说，一起把姜乐康押回他房间里。

姜乐康被押进房间，叫道："我来抓贼，怎么反把我当贼了！"刘玉轩道："日防夜防，家贼难防！原来大伙不见的东西，都在你这里！"被窃的弟子钻进姜乐康床底下，拖出一个木箱，打开一看，里面竟是众人失窃财物。姜乐康大吃一惊，急道："这是什么？我没这箱子啊！"刘玉轩怒道："证据确凿，你还敢抵赖！"又一弟子劝道："姜师弟，人孰无过？做过就是做过，认错便是。若你家里有什么困难，缺银子花，跟大伙说声便是，犯不着这样。"众人拿回财物，本来见他勤快，都挺喜欢他，也想息事宁人，均道："这钱也没少分毫。姜师弟，你要认个错，这事就算了吧，我们就不告诉师叔他们了。"刘达此时也来了，歉然道："大伙对不起！是我没好好管教他。"姜乐康却怒道："你们都在诬陷我！我明明没偷！"

第二十八回　错对分明

　　众人见是姜乐康偷了财物，原想不再追究，给他一个台阶下，怎知他如此嘴硬，分明证据确凿，仍说是大家诬陷他，都有些恼怒。刘玉轩抓紧时机，煽风点火道："看他那蛮横样子！不给他点惩戒，真不知自己姓什么了！"拿出一把小刀，把姜乐康身上的棉衣割得破烂。众人一哄而上，把他按着。姜乐康又急又气，却动弹不得。

　　就在此时，江湖道听到异响，来到房门前，道："喂！你们在干什么？人多欺负人少吗？"姜乐康赶紧大叫："江师哥！他们诬陷我偷窃，我明明没做！"刘玉轩阴沉着脸道："江师兄，这是我们枯木派家事，我们自会处理。"王纶此时也来了，劝道："各位且听我一句劝。眼下师叔伯们外出未归，明天又是大年三十。常言道：家丑不外传。若此时处理这事，未免有损大家兴致。不如先把姜师弟带到柴房监押，让他静坐思过几天，然后再禀告师叔伯们处理。姜师弟本性不坏，相信他经过反省，定会痛改前非。"众人都觉有理，道："还是先生思虑周全。"江湖道见众怒难犯，一时难分是非，也不好再说什么。姜乐康哪里肯，一边叫冤，一边坐着不动。众人七手八脚把他抬起，扔到黑漆漆的柴房里。

大年三十，钟如龙等师叔伯回来了。枯木派上下热火朝天，准备筵席，庆贺新岁。刘玉轩怕有人进出柴房取柴，发现姜乐康，告知钟如龙，又命亲信把他押到后门廊道处，要他在外面受冻。办妥此事，他便和刘达、王纶等人，从正门兴高采烈地出去，到黛燕楼请天香等几个相好到庄上赴宴，全然不顾禁足令，也没人来拦他。守门弟子看见姜乐康被押来，先是大吃一惊，却不敢多事询问，待众人远去后，方才过来道："姜师弟，你被人阴了吧？"

姜乐康道："师哥，你都知道了吗？你相信我没偷吧！"守门弟子道："我经常在这守大门，看着你进进出出，砍柴挑水，打拳练功，又哪有闲工夫去偷人财物？"姜乐康叹了口气，没有说话。守门弟子又道："我先前跟你说，你得罪了刘掌门亲儿子，让你低调一点。你不但不听，还到比武擂台上跟他对打，害他丢了冠军。现在倒好，被阴了吧！"姜乐康惊道："师哥，这……这是怎么回事？"

守门弟子道："我知道近日庄内多有失窃，也留了个心眼，盯着有无可疑人物出入，一直没发现。刘达这人最爱赌，每次赌完回来，喜怒都挂在脸上，听说最近欠了不少赌债。但这十几天来，他却很少外出，我便怀疑是他偷的，想用来还债。有一次换班，我正准备回房歇息，却看见刘达鬼鬼祟祟从别人房间出来，手里拿着一些银子。我悄悄跟着他，竟发现他不是拿回自己房间，而是拿去你的房间藏起来。那时你去干活了不在。我暗自心惊，私下把这事告知钟师叔。他只是点点头，说他都知道，自会处理。于是我就没再多事。没想到昨晚他们趁着师叔们不在，又弄了抓贼这一出。我才明白，刘达肯定是得了好处，受人指使，故意栽赃陷害，为的就是要整你啊！"

姜乐康闻言大惊，冷汗涔涔而下，道："刘达是我授业师兄，我跟他无冤无仇，怎么他要干这缺德事！师哥，你快给我做证，给大家说清楚，还我个清白吧！"守门弟子道："师弟，你怎么还不明白？我信你是没用的，大家都信你才有用。若大家都说是你偷的，那你就是偷了。那刘达是刘玉轩堂哥，也算得上皇亲国戚，钟师叔明明都知道，却依然纵容他们，就是不想为了你得罪刘系。我只是个守门弟子，武艺不行，地位低微，还要在庄上混口饭吃。我是好心告诉你，省得你不明不白。你就别连累我了。我奉劝你，若还想留这学艺，还是忍一忍，认个错，不要再跟他们作对，这事过段日子，大家也就忘了。"姜乐康向来耿直，从没遇过这种情况，惊讶得说不出话来，许久才道："你……你们怎么这样？"守门弟子叹了口气，到厨房给他拿了点干粮啃，自回岗位去了。

当夜，秦子恒一行来到风波庄，看在相识一场的份上，出面解绑了姜乐康。江湖道对失窃一事也多有疑团，便把自己所知部分悉数告知，道："姜师弟为人耿直，不谙人事，我相信他不会偷东西。我怀疑是因他在比武大会上，当众得罪过刘玉轩。刘公子怀恨在心，便想出这个栽赃把戏来整他，好出一口恶气。"秦子恒为难道："谢谢江师兄告知。自神农架一别后，原来姜师弟在苏帮主推荐下，拜入了枯木派门下，我也是今日方知。但这毕竟是枯木派家事，我们外人很难插手。"江湖道道："江湖有言道：路见不平一声吼，该出手时就出手！秦少侠，令尊是武林盟主，主持武林公道，向来深受敬重。这等诬害良人的不平之事，若是不知也罢了，此番被我们得知，又焉能坐视不理？"

秦子恒赞道："说得好！依师兄之见，有何良策解救姜师弟处境？"江湖道沉吟道："江湖有言道：冤家宜解不宜结。小生认为，可由秦少侠当中间人，在酒楼摆一桌和头酒，邀请刘掌门、钟师叔、刘公子、姜师弟出席，让姜师弟给大家认个错，也请大伙看在令尊面上，过往误会一笔勾销。这样刘公子就不敢再为难姜师弟，毕竟他还要在此学艺。至于为人处世之事，小生日后再慢慢教姜师弟不迟。"秦子恒寻思："反正我也想摆一桌酒，就君儿悔婚一事向刘掌门赔礼道歉。何不一箭双雕，连带把劝和这事也做了，送姜师弟一个顺水人情？"道："此举甚妙。我也正有此意。"

大年初一，秦子恒取出所剩不多的银子，命人到城内至美斋包下厢房，置办酒席。刘喻皓刚从王府饮宴归来，听到弟子禀告，道："哎呀！秦少侠大驾光临，怎好意思反让你破费啊？"秦子恒忙施礼道："要的要的！在下奉家父之令，冒昧到访贵庄，给刘掌门拜贺新年。没带什么贵重礼物，只好喧宾夺主，做东办一桌酒席，略表心意，还望刘掌门赏面。"刘喻皓笑道："令尊当真有心！"

当夜，秦子恒邀请刘喻皓、钟如龙等师叔伯参加酒席，分尊卑坐下，刘玉轩、刘达、董聪、王纶等人也来作陪。秦子恒又事先嘱咐江湖道，掐准时间带姜乐康过来。但见京城郊外雪花飘落，春寒料峭，至美斋内却和风送暖，喜气洋洋。厢房桌上摆满珍馐美味，美娇娘在旁抚琴助兴。老白干酒在暖水中温着，散发出阵阵芳香，不愧有"开坛十里香，飞芳千家醉"之美名。

秦子恒师出烟火派，内藏佳酿无数，自小善饮酒。他举起酒杯，不住向众人敬酒。话说这酒真是个神奇玩意，不知促成过多少风流韵事、英雄壮举，又埋下过多少追悔莫及的祸根。酒过三巡后，在座众人都颇为兴奋，彼此距离一下缩短，开始说些相互吹捧、不着边际的话。秦子恒看时机成熟，敬酒道："先前家父与刘掌门约定，把舍妹思君许配给刘公子。可惜小女孩不懂事，不告而别，悔了婚约。在下谨代表家父和舍妹，向刘掌门、刘公子赔个不是，还望两位不要放在心上。咱们秦刘两家，还是好世交、好朋友！祝贵派在刘掌门带领下，事业蒸蒸日上，更上一层楼！"把杯中酒一饮而尽。刘喻皓早知他此行来意，笑道："我还以为秦贤侄设酒请客，是有什么指示。原来只是说这个。令尊怎如此见外？年轻人的事，顺其自然就好！"刘玉轩心中冷笑，阴阳怪气道："秦少侠若不提，我都快忘了此事。我也祝令妹早日找到如意郎君！"

秦子恒道："谢谢！刘掌门，在下确有一事相求。"刘喻皓道："贤侄请说。"秦子恒道："在下在江湖上识得一个朋友，近日拜入贵派学艺，听说他跟师兄弟们在钱银上起了些小争执。希望刘掌门看在家父面上，宽恕他所犯的小过错，日后对他多多指教。"刘喻皓奇道："哦？我派还有这样的弟子？他叫什么名字？"秦子恒道:"我已让人带他到席外,给各位赔不是,我去叫他进来。"说罢走出厢房,来到大厅。只见姜乐康已被江湖道连哄带骗,带到百味斋。两人已吃过饭菜,聊着闲话。姜乐康看见秦子恒过来,惊道:"咦?秦大哥,怎么你也在这里?"秦子恒道:"姜师弟,你昨晚让我帮你讨回公道。我已经安排好了,请跟我来。"姜乐康一头雾水,跟着来了。江湖道也到门外看着。

姜乐康一进厢房,看见刘喻皓、钟如龙、刘玉轩、刘达等人都在此间,寻思:"秦大哥一定是调查清楚,给我说明内情,主持公道来了!"却听秦子恒道:"这位师弟是姜乐康,跟在下是相识。我听说小姜因一时贪念,偷窃了师兄弟财物,这中间多有误会。不管是偷了还是没偷,现已物归原主,大家都没损失。不如就让小姜给大家罚杯酒、认个错,这事就算过去吧,还望日后多加关照。"姜乐康惊道:"什么叫不管偷了还是没偷?我明明没偷,为什么要认错?这事是刘玉轩不满我在比武大会上胜过他,指使刘达偷窃财物,再来栽赃害我的!"

此言一出,在座众人一片耸动。刘氏三人面色十分难看,刘达率先道:"喂!你不要血口喷人!你有证据吗?"姜乐康道:"钟师叔,你什么都知道,请你替我做证!"刘喻皓也道:"钟师弟,你平日主持常务,这是怎么回事?"钟如龙万没想到这小子如此不识大体,当众捅破窗户纸,让自己左右为难,沉吟道:"失窃一事我虽已知晓,但内情尚不清楚,还须调查一番。"刘达趁势道:"钟师叔也说他不清楚,你怎么胡乱拉人下水?你这不是做贼心虚吗?"

姜乐康环顾席上众人,心中怒极反笑,道:"若大家都说是我偷了，不信我说的话，那我留在这里，还有什么意思？刘掌门，请你准许我退出枯木派，我马上收拾就走！"钟如龙原想放长线钓大鱼，利用姜乐康的不平之事，激化中立弟子对刘系弟子反感，以达自己图谋，怎知他如此性直，出言说要走，挽留道："小姜，这事咱们会查清楚，还你一个说法，不必意气用事！"刘喻皓却冷冷道："你想走就走吧。不过你拜入我派时日尚短，不算出师。日后你在江湖上行走时，不能说你是我派弟子。你要做些什么，也跟我们没关系。"姜乐康反而大喜，道："谢谢掌门成全。请受徒儿最后一拜！"挨个向各位师叔伯施礼，瞧也不瞧刘玉轩等人，然后头也不回地出房走了。众人被他搅得兴致全无。王纶见状道："常言道：师父领进门，修行在个人。姜师弟要走，也是他自个选择。咱们别去管他了，还是接着饮酒，不醉不归吧！"宴席继续进行。刘玉轩举起酒杯，开怀畅饮。秦子恒虽办完二事，却意兴阑珊，不再举杯敬酒，话语也少了许多。

姜乐康快步走回风波庄，迅速收拾自己物品，不多拿一针一线，背起包袱就走。到得门外时，守门弟子惊道："姜师弟，现在是宵禁时候，你这大包小包的，是要去哪啊？"姜乐康道："师哥，谢谢你平日关照。我不想连累你，但也不想承认偷窃，吃这哑巴亏，只好自己走了。掌门已经知晓并准许了，请放我走吧！"守门弟子叹了口气，道："师弟，你是个好人，自己多保重！"目送他远去了。

姜乐康独自走在京郊野外，但见地上积雪，草木凋零，一片肃杀之色，不禁悲从中来，心道："天大地大，竟无我安身学艺之处！"走了一个时辰，已有些困乏，忽见路旁有间破草屋，被风吹得摇摇欲坠，已无人居住。姜乐康进去一看，原是座古庙，殿上立着一尊山神，两边一个判官，一个小鬼，都结满蛛网，似荒废已久。姜乐康关上庙门，捡块石头顶着，放下包裹，席地而卧，寻思："时候不早，胡乱歇一晚，天亮再打算吧。"寒风从门缝里吹入，灌进他破破烂烂的棉衣里，冻得睡不着。忽听石头被顶开，有人要推门进来。姜乐康心中一惊，翻身坐起，直直盯着门外。

第二十九回　义结金兰

　　但见庙门打开，走进一人，却是江湖道。姜乐康看清来人，惊道："江师哥，你怎么来了？"江湖道道："小生是特意来找你的。"姜乐康心灰意冷道："若你是来劝我回去，那大可不必了。那个地方，我一刻也不愿多留。"江湖道道："我不是来劝你。我跟你一般想法，也不愿留在那里。"姜乐康奇道："为什么呢？你相信我是被栽赃的？"江湖道正色道："失窃之事，小生本就多有怀疑，看见你今夜之举，更确信你是被冤枉的。那种沆瀣一气、诬害良人的地方，还长留在此干什么？于是我也收拾包袱，留下一封书信，推托说家有急事，问清守门师兄你走的方向，特意寻你来了。"

　　姜乐康又惊又喜，道："师哥，谢谢你！那守门师兄告诉我，钟师叔明明知道一切，但他却不肯为我出头。你说这是为何呢？"江湖道叹道："还能是为何？江湖有言道：打狗看主人。只怪咱们没个有权势的爹，好让人怕你三分啊！"姜乐康有些不悦，道：

"我虽一出生就没了爹，但我娘亲待我极好，教我自尊自强，我从不觉得自己比别人矮半截！"江湖道惊道："对不起！小生不知此节，如有冒犯，还请不要上心。"姜乐康心中稍慰，道："江师哥，你特意来找我，我怎会生你的气呢？"江湖道放下包袱，坐下道："时候不早，咱们赶紧歇息，明儿结伴上路，再想别的事吧！"姜乐康听他此说，心中安定，也躺了回去，却哪里睡得沉，半梦半醒之间，回忆着近日诸事。

次日，日光从门外透进，两人悠悠醒转。姜乐康走得急，又不肯拿庄上物事，没带任何干粮，肚子正咕咕叫。江湖道登时会意，把所带干粮分给他吃。姜乐康吃着吃着，不禁流下泪来。江湖道鼓劲道："姜师弟，事已做出，何故伤心？江湖有言道：男儿有泪不轻弹。便是遇到再大挫折，也该勇敢面对！"姜乐康擦擦眼泪，道："我不是伤心，是感激师哥相信我。若非师哥寻我结伴同行，实不知天大地大，我该去往何方？如你不嫌弃，你要去哪里，我便去哪里！"江湖道喜道："小生虽一介文人，也颇知侠义二字，专好结交真豪杰。江湖有言道：单丝不成线，独木难成林。你我意气相投，何不在山神前义结金兰，结拜为异姓弟兄？"姜乐康想起当日在雁醉楼也曾得过秦思君指点，想跟她结拜，心中一暖，当即应允。两人叙过年岁，江湖道时年二十，自然是兄长了。

当下两人面对山神，撮土为香，拜了八拜。但听江湖道说誓道："念江湖道、姜乐康，虽为异姓，既结为兄弟，则同心协力，患难与共，行侠仗义，救危扶困。山神在上，实鉴此心，有渝此言，天人共戮！"姜乐康道："我也一样！"江湖道道："不求同年同月同日生。"姜乐康道："但愿同年同月同日死！"

两人结拜礼成，一个口称"贤弟"，一个连叫"大哥"，均是喜不自胜。江湖道道："可惜我们盘缠不多，按仪式理应斩鸡头，喝黄酒，歃血为盟。若是更讲究的，还要挑良辰吉日，设三牲祭礼，烧香祭拜天地。"姜乐康道："结拜之事，有心即可，何必拘泥于仪式礼数？难道不做这些仪式，感情就不存在了吗？"江湖道闻言大喜，寻思："小姜虽个性耿直，却并不愚笨，自有独到见解。"道："贤弟说得通透！"两人拿了包袱，携手而行，大步出了山神庙。

两人边走边聊。姜乐康道："大哥，你要去哪里呢？"江湖道道："我来枯木派当客座弟子，已有一年光景。我想回山东曲阜，看看师父他老人家。"姜乐康道："大哥是点墨派弟子，也是五行盟派之一。未知你师父能否收我为徒，传我武艺？"江湖道道："这事得问师父了。不过我们点墨派奉至圣先师孔夫子为祖师爷，门下人人是粗通武学的读书人，以判官笔作武器，使点穴功夫，不夺人性命。若贤侄想学高深武艺，只怕要让你失望了。"姜乐康道："其实我一直有个问题想问你，但又怕得罪人，只好烂在肚子里。"江湖道道："你我已是结拜兄弟，自当坦诚相待。有什么话，但说不妨！"

姜乐康道："你跟王纶师兄，在枯木派当客座弟子，究竟是干些什么？我看你平常也不怎么练武，反而经常在房间里写字。"江湖道笑道："点墨派门人通常有两条出路：若是向往功名利禄的人，那便参加科举，考取功名，到朝廷当官；若是不想被体制束缚的人，那便编纂《江湖志》，记录各门各派发生的历史大事，一份留在我派保存，供武林同道查阅，一份交给翰林院的师叔伯，存在皇宫的文渊阁，方便朝廷掌握武林动态。我和王纶，便是被派到枯木派做记录的弟子。不光是枯木派有，便是少林、武当、丐帮等名门正派，也各有两名我派客座弟子。江湖有言道：孤证不立。为免派出去的门人被人收买，记述不公正，通常都派两人，各自观察记述，每隔一段日子寄回书稿，交给留守师兄汇总编纂。"

姜乐康想起在神农架时除了董聪，没见过其他点墨派门人，又问："每个门派都有两名客座弟子吗？会不会有些门派不欢迎你们，或者言明什么事能写，什么事不能写呢？"江湖道想了想，道："听说原来各派确实怀有敌意，不愿让家丑被外人得知。但后来大家都接受了，变得毕恭毕敬，唯恐我们乱写。至于那些名门正派，确实是派两人。但那些地处偏僻，弟子不多的小门派，有时只派一人。还有两个例外，一是峨眉派，一是百花帮，因为这两派都是女弟子，不便男子长住，只能等她们自个说了。"

姜乐康寻思："若能查阅这《江湖志》，也许能知道更多当年亮剑大会及我爹自杀的事，好让娘亲清清楚楚。"正思量间，又听江湖道笑道："贤弟，你是不是在想：怎么我们这些只会点穴的穷酸书生，也能位列五行盟派，在武林上有一席之地，受到大家尊敬？"姜乐康奇道："我虽不是想这事，但听来确实有趣，这是为什么呢？"江湖道微笑道："一来是我们有门人在朝中当官，大家都得给几分面子。二来是这文章虽用纸笔写就，威力却堪比刀剑，你可千万别小看！只因世事复杂，难分对错，我们却可用春秋笔法记述，暗含褒贬，左右舆论。君不见飞将军李广，一生征讨匈奴，军功无数，这样的大英雄，最终却因迷失道路，误了军机，不惜拔剑自刎，以留清名于世，就是不想被那些刀笔小吏污辱。江湖有言道：上士杀人执笔端，中士杀人用舌端，下士杀人怀石盘。说的就是这理！"

姜乐康听得如坠云雾，脸红道："会写一手好文章，当然值得尊敬。可我自小不爱读书，只爱蹴鞠，也很羡慕那些爱读书写字的人，看那么多字都不会晕。但我娘亲待我极好，从不逼我读书，让我尽情玩儿。"江湖道喜道："原来你爱蹴鞠！我就是来自临淄，乡亲们都说蹴鞠起源于这里。不过我只喜欢看，不怎么踢。其实琴棋书画、蹴鞠练武，都是一种志趣，干得好都能成名成家、陶冶性情，又有什么高下之分？世人却道'万般皆下品，唯有读书高'，一心追求富贵，岂非太过势利？"姜乐康点头如捣蒜，道："对对对！"

两人越聊越投机，不知不觉已走到一个大镇，正是琅珐。但见此地东挹渤海，西卫国都，北屏燕岭，南连沃壤，京津走廊，溢彩流光。江湖道取出一张银票，到钱庄换铜钱，作为路上盘缠，再到成衣铺买件新棉衣，送给姜乐康穿。姜乐康大喜谢过，穿上新棉衣御寒，又认认真真把被割得破烂的旧棉衣折好，放进包袱里。江湖道看他这般珍惜，知他是个不忘本的好孩子，又道："贤弟，刚才聊天时，我看你似有心事，是在想什么呢？"姜乐康叹道："说来话长。"便把父母相识经过、金石派亮剑大会、姜志决然自杀、苏义妁仗义相救、出村闯荡学艺、祈求调查真相等事悉数告知。

江湖道大吃一惊，道："这几件事我从没听说，只知现今武林盟主秦天手执归心神剑，号令正派群豪。原来你跟五行盟派渊源极深！难怪苏帮主要推荐你到枯木派学艺。但这秦天间接逼死令尊，而你却跟秦子恒颇有交情，这是何故呢？"姜乐康道："苏帮主曾跟我说，那都是上一辈的恩怨。子恒他们都不知道，只有我自己知道。她告诉我要忘记仇恨，真正做个大侠。"江湖道赞道："素闻苏帮主宅心仁厚，深明大义，果真名不虚传。确实，上一代的恩怨，还多想它干吗？"姜乐康道："我也早就想开了。只是当年之事，还有诸多疑团，我想调查清楚，好让娘亲知晓，也是给自己一个交代。"江湖道道："贤弟之事，便是愚兄之事。咱们一起到孔庙奎文阁，翻阅《江湖志》，查个清楚明白吧！"

第三十回　挑灯夜读

两人又再启程，一路晓行夜宿，来到圣人故里，已是惊蛰前后。只见春雷乍动，百虫惊醒，大地回暖，万物复苏，沿途农户都在张罗春耕，采尝白梨，祈求害虫远离庄稼，新年五谷丰登。

这天早晨，两人迎着南来春风，穿过古木参天的孔林，进得曲阜城中，但见孔府规模宏大，门卫森严，孔庙巍峨壮丽，香火不断。江湖道见过守门弟子，带着姜乐康进入孔庙，但见庙内各处散放若干大水缸，种上莲花，养上金鱼，十分好看，也暗合"年年有余"的寓意。两人来到杏坛。点墨派掌门人孔彦缙正在讲解《论语》，众门生无不凝神倾听。姜乐康虽无什么兴趣，但见众人的认真劲头，也心生敬意，不敢乱走动，陪坐着乖乖听完。

孔彦缙讲学完毕，回到大成殿休息。两人来到殿内，恭恭敬敬行拜见礼。江湖道道："师父安好！弟子多日不见您老人家，甚为挂念，特回来拜见。"孔彦缙问道："你不是在枯木派当客座弟子吗？怎么又跑回来了？"江湖道取出书稿，交给孔彦缙，信口道："弟子在枯木派一年，胡乱记了这些素材，渐感自己志不在此，还是想回来学习，来日参加科举，考取功名。"孔彦缙寻思："这枯木派本就在京城，繁荣兴旺，驻点在那是个好差事，不知多少门人想去，你倒不想留，当真人各有志。"道："好吧！《礼记》有云：身修而后家齐，家齐而后国治，国治而后天下平。有这份进取之心，值得鼓励。我再派另一名门生过去便是。王纶在那怎样了？"江湖道道："王纶师兄善于交际，深得枯木掌门喜爱。"

孔彦缙道："甚好。这位小兄弟又是哪位？"江湖道引见道："这位是姜乐康，是弟子在枯木派认识的盟派师弟。我俩意气相投，已结为异姓弟兄。小姜因向往我派藏书，特来拜谒学习，还望师父收留。"姜乐康忙道："还望孔掌门收留，要我干什么都可以。"孔彦缙笑道："很好！子曰：有教无类。你虽为枯木弟子，以木匠为业，但既有求学之心，为师断无拒绝之理。不过近来国泰民安，求学之人大大增加，恐无多余房间空出，只怕你们两个结义兄弟，要睡一个房间了。"江湖道笑道："谢谢师父！那太好了，咱哥俩能彻夜长谈了。"姜乐康也道："谢谢掌门！您太客气了，便是给我个柴房睡，我也心满意足。"两兄弟均喜不自胜。

就在这时，一个传话弟子来到殿内，对孔彦缙耳语一番。孔彦缙点头道："好的，我知道了。"传话弟子侍立在旁。孔彦缙告道："为师派往福建金石派的两名客座弟子，已大半年没有音讯，江湖传闻该派遭遇不测。五行盟派，同气连枝，为师想亲自到湛卢山一趟，一来寻找徒儿，调查此事，二来沿路采风，体察民情。子曰：三人行，必有我师。你们两个在此好好学习，温故知新，有什么不懂的，就请教师兄弟。"江湖道道："谨遵师父教诲！"姜乐康道："掌门一切顺利！"孔彦缙道："很好！你们先出去吧。"叫传话弟子召进几名心腹弟子，商议福建之行一事。两兄弟退出殿外。

两人来到江湖道昔日所住房间，放下行囊，安顿下来。却见这草屋比起风波庄的显贵房屋，虽颇为简陋，但苔痕上阶绿，草色入帘青，谈笑有鸿儒，往来无白丁，可以调素琴、阅金经，别有一番韵味。姜乐康进入房间，但觉一阵书卷气息扑面而来，顿感心神安宁。

两人吃过午饭，下午来到奎文阁，想要翻阅《江湖志》。但见奎文阁三重飞檐，四层斗拱，面阔七间，进深五间，中含夹层，结构精巧。守藏弟子坐在门外，拿着一本《孟子》朝外，遮着一本《搜神记》，道："《江湖志》是我派重要文献，不可外借，只可在阁内看。其余图书每人每月可借两本，拿走前要在我这登记，记得及时归还！"姜乐康道："啊？只能借两本吗？"守藏弟子道："你是新来师弟吧，两本够看啦，把借书机会留给更多有需要的同学！再说你们把好看的都借走了，我们管书的还看什么？"江湖道打趣道："江湖有言道：读书破万卷，下笔如有神。师兄爱书如命，足为小生敬仰。"守藏弟子道："算你懂行，可别小瞧管书的扫地的人，没准下一个状元郎、大高手就是我！"

两人进入阁中，但见内分两层，上层是专藏历代帝王御赐的经书、墨迹及祭孔所需的香帛之物，下层存放各类经史子集、武功典籍、话本小说，浩如烟海，汗牛充栋。便是《江湖志》一书，也有不少版本，堆满了整个书架。又摆有若干桌椅，供门生阅读自习。姜乐康看得目瞪口呆，道："我这辈子都没见过这么多书啊！"江湖道得意道："点墨派奎文阁，与少林寺藏经阁，并称武林两大书库，内藏经典无数，更有不少孤本善本。只怕除了皇宫的文渊阁，世上再没地方比此二处的书更多了。多乎哉？真多也！"姜乐康又问："怎么这《江湖志》不是一本，而是这么多本啊？"江湖道道："《江湖志》只是一个总称，至少有三大体裁，若干版本呢！"姜乐康奇道："是哪三大体裁呢？"

江湖道道："第一类叫编年体，以年代为线索记述历史事件，可反映同一时期武林各件大事的关联，像咱们祖师爷孔子编的《春秋》，就是编年体史书；第二类叫派别体，以各门各派为单位，分别记述历史事件，可反映某门派的兴衰脉络，原型来自《国语》《战国策》等国别体史书；最后一类叫纪传体，为那些或做过重大事迹、或跨越多个门派的英雄好汉立传，最为精彩好看，像义守襄阳的郭大侠、开宗创派的张真人，他们的列传我已不知读过多少遍。还有历代掌门为之前《江湖志》所作之注疏，是以有若干版本，都存放在这里呢！"

姜乐康摸着阁藏典籍，又惊讶又赞叹，道："这么多的书，需要多少人花多少心血才能写好！光是抄就费不少工夫吧！"江湖道道："在印刷术发明前，传播一些经典确实是靠抄写，但手抄费时费力，又易抄错抄漏，实在不好。到了唐朝，老祖宗在印章中吸取灵感，发明了雕版印刷术，把文字雕在木板上，蘸上墨用纸一印就好；到了宋朝，匠人毕昇虽为一介布衣，却在劳动中发明了活字印刷术，用胶泥制成数百个常用字，进行排版印刷，速度又再提高。这些都是老祖宗的伟大创造，值得咱们骄傲啊！"

两人正聊得兴奋，一个借书弟子过来，指着一个用行书写的字道："师弟，这墙上的字是什么？"姜乐康看了看，心道："这字写得鸡飞狗跳，我哪知道是什么字？"不禁脸上一红。江湖道道："是个'静'字。"借书弟子斥道："知道还不小点声，别打扰大家学习！"两人吐吐舌头，只好压低声音，说悄悄话。

　　姜乐康悄声道："有那么多本，该查哪本呢？"江湖道道："放心，看我的！"取出一本编年体《江湖志》，查阅目录，翻到十五六年前所记之事，却发觉右下角页码跳了一页，再一细看，有被撕过痕迹，上下文接不上，并无金石派举行亮剑大会记述。接连翻了几本，都是这样。江湖道暗暗吃惊，又取出一本派别体《江湖志》，翻到《金石卷》，也有缺页痕迹，也无相关记述。又取出一本纪传体《江湖志》，问过姜乐康父亲名字，名为姜志，同样查无此人。

　　江湖道越查越惊，隐约感觉背后似有阴谋，指着缺页书籍，告知查阅结果。姜乐康叹道："难道秦天间接逼死徐允常跟我爹之事，有伤五行盟派之谊，于是被悄悄删去了？"江湖道道："很可能是这样。秦天当了武林盟主，不想被反对派抓住把柄。"姜乐康道："可这样一来，当年的种种谜团，再也无法解开了。"两人都有点失望，各自到其他书架，借阅喜爱图书。江湖道爱看小说，借了两本热门新书，一本叫《水浒传》，一本叫《西厢记》；姜乐康则借了一本《点穴入门》，一本画岳飞的小人书，都以图画为主，没什么文字。

　　又过两天，孔彦缙已准备妥当，嘱托一番，辞别众人，带上几个心腹，前往福建湛卢山。余下门生自行其是，或著书立说，或阅读学习。此后七八天，姜乐康白天帮众人挑水砍柴，晚上在江湖道指点下，练习点穴手法，畅谈趣闻轶事，过得不亦乐乎。众人见他主动干活，勤快好学，都对他十分喜爱。

这天晚上，姜乐康看完小人书，学完点穴手，闲极无聊，只好上床躺着，却翻来覆去睡不着。江湖道正在灯前看小说，见他这副模样，暗暗好笑，道："贤弟，没事干闷得慌是吧，不如咱们到奎文阁借书吧！"姜乐康道："这时辰奎文阁早关门了吧。"江湖道道："江湖有言道：三更灯火五更鸡，正是男儿读书时！现在去正好，没人说咱们吵了。"姜乐康道："守藏师兄不是说过，每人每月只能借两本吗？这样偷偷摸摸进去，不就成小偷了？犯门规的事，我可不干！"

江湖道正色道："胡说！借书怎能算偷呢？读书人的事，能算偷吗？书中不知有多少圣贤之言、处世道理，浅薄之徒却只为名利奔走，不爱读书养性，想求他们读书，真是难于登天！即便是正儿八经的读书人，也大多为了功名，读那朱老爷子注疏的四书五经，不许有自己见解；写那条框众多、空洞无物的八股文，与韩昌黎倡导的古文运动背道而驰。一旦金榜题名，当上大官，却来结党营私，铲除异己，反把圣贤之道抛诸脑后，何曾真正经国济世、明道致用？"

姜乐康被他绕得云里雾里，哭笑不得，只好道："大哥，你说的话好难懂……反正读书很重要就是了。"江湖道寻思："难道这番肺腑之言，我跑去跟我的同窗师兄说吗？想要找个能说真心话的知己，真不容易啊！"道："我就是发发牢骚，贤弟听听就行。不过像你这样的少年，还是得多读书，就算多读几本武功典籍也好啊！"姜乐康被他说得心痒痒，突对读书产生极大兴趣，站起道："既然借书不算偷，咱们这就去吧！"

当下两人拿了油灯，轻手轻脚潜行到奎文阁，但见门窗紧闭，黑灯瞎火，四周万籁俱寂，空无一人。两人使出轻功，跳到二楼走廊，打开窗户，进入阁内。姜乐康此番再入奎文阁，便如老鼠掉进米缸，一下子拿了三五本书，既有武功典籍，也有小人书，与江湖道一同挑灯夜读，遇到不认识的字句，就随时请教。只听江湖道笑道："你看没文化多可怕，一碰到口诀多点的书，就看不懂了吧。"姜乐康虚心道："对，对！还请大哥多多指点。"江湖道告道："这本叫《孤独九剑》，讲授一套避实击虚的剑法，专击敌人招式破绽之处；这本叫《兰花宝典》，是一门内功心法，教人吐纳运气之术；还有这本叫《大佛神掌》，绝招是一记从天而降的掌法，跃起来击打敌人头顶。"姜乐康一边点头称是，一边手舞足蹈比画。

一个时辰过去，两人都有些累了，想把取出的图书放回原位，不让人发现他们来过。姜乐康拿着图书，回到书架前，却顿时傻了眼，只因他取书时太急，早忘了哪本原来放在哪儿了。江湖道过来，看看同类图书所放位置，帮忙放好，道："读书之事，由不得性急。以后得先记好位置，再慢慢取书不迟。"姜乐康道："大哥说得是。"江湖道想了想，道："反正长夜漫漫，闲着也是闲着，不如咱们玩个复位游戏吧！"姜乐康奇道："怎么个玩法？"

第三十一回　火烧点墨

　　江湖道道："我从书架上取出若干本书，你认真看着，哪本放在哪儿。然后我把这些书打乱顺序，你把书放回原位，看看能对多少。"姜乐康来了兴致，道："玩就玩！先前是我没去记，这次准能成！"江湖道取了十来本书，一一展示给姜乐康看，再把这些书打乱顺序，叠在一起，让他放回原位。姜乐康虽认真去记，但接连放了几次，却还是错误的多，正确的少，一时也有点丧气。

　　江湖道笑道："贤弟，你是没有掌握诀窍，才记不住这些书的位置。"姜乐康奇道："这能有什么诀窍？不就是死记硬背吗？"江湖道道："记忆之法，讲求联想，把新鲜事物转换成熟悉事物，这样就好记了。我问你，你不是喜欢蹴鞠吗？"姜乐康不明所以，道："是啊！那又怎样？"江湖道道："蹴鞠是团队运动，场上分不同位置，各司其职。"姜乐康自小爱蹴鞠，早对规则烂熟于心，马上道："对的！根据位置不同，可分为球头、正挟、头挟、左竿网、右竿网、散立等。"江湖道道："这一大面书架，也可看成是一个蹴鞠场，把它分成若干位置，用蹴鞠术语来命名，比如书架正中就叫球头，左上角叫左竿网，右下角叫头挟，如此类推。像这本《唐诗选辑》，我是从正中间取的，你就可速记成'唐诗-球头'，这样化生为熟，稍一回想，不就记住了？"

　　姜乐康又惊又喜，道："大哥，你真聪明，能想到这样的好办法！"江湖道自得道："像这种记忆位置的诀窍，还有很多：像人家写长篇小说的，动辄几十万字，容易写了后面，忘了前面，读者也不好记。如果把写过的内容，编成章回，改上回目，做成目录，不就方便定位查找了？这就是章回体小说的来由啊！"姜乐康啧啧称奇，赞道："这里头学问真多！"江湖道又想了想，眼前一亮，喜道："我们还可用这个定位诀窍，弄一套只有我们兄弟俩才懂的暗语！"

姜乐康奇道："这个怎讲？"江湖道道："人体中有许多要穴，分布在全身不同地方，你刚学过点穴，也略知一二了。我们可将这些穴位，对应改成一套蹴鞠术语。日后若你跟敌人交战，我武功不行，躲一边观战。江湖有言道：当局者迷，旁观者清。当我看出破绽，想出言提醒你，攻他膻中穴云云，这样敌人也会听见，事先有了防备。但如果我说攻他正挟，他肯定丈二和尚——摸不着头脑，如此兄弟同心，定能克敌制胜！"姜乐康喜道："这招太好了！若陷入以命相搏之境地，暗语定能大派用场。"又道："但若是比武切磋，以武会友，还是不用为好。像我们玩蹴鞠，就讲求友谊第一，竞技第二，不必把胜负看得太重。"江湖道寻思："小姜为人正直，不屑这些阴招，实在难得。"道："确实！若暗语用得太多，也就不神秘了，容易被人看穿，非到重大关头，咱们不必使用。"

当下两人再玩一次图书复位游戏，这次姜乐康用上诀窍，果然大派用场，把十来本图书准确放回原位。两人尝到甜头，都很高兴。此后二十天，两人每晚都到奎文阁借阅图书，挑灯夜读，出题互考，图书复位，又创设了一套只有他俩才懂的方位暗语，一一对应到人体穴位之上，以备日后不时之需。

时光荏苒，已到清明。点墨派掌门孔彦缙福建之行已有一月，路途遥远，尚未归来。不少门生趁着时节，或回乡祭祖，或结伴踏青，平时热闹讲学的孔庙，一时变得冷冷清清，只有少数弟子还留守于此。姜乐康离乡遥远，无地可去，自然留在这里，江湖道为陪伴兄弟，也因学得兴起，同样没回乡祭祖。

这天，两人第一次借的书已然到期。姜乐康所借两本早就看完，需要归还，江湖道所借两本还没看完，想要续借。两人结伴同去，在白天来到奎文阁，见到守藏弟子，想要还书续借。守藏弟子又嗔又喜，道："你们晚上来这读书，悄悄把书还了不就好了，还要劳烦我吗？"姜乐康惊道："师哥，你都知道了？"

守藏弟子笑道："你们每晚离开，都没有关窗，好便于进出。我每天天亮就来，天黑才走，明明关了门窗，怎么又打开了？接连几天都这样，显然是有人来过。某天深夜，我专门摸黑过来，看见阁内透着光，果然有人在。我从窗外往内一看，发现你们两个在此读书。"江湖道赶紧道："江湖有言道：书中自有黄金屋，书中自有颜如玉。我们只是求学心切，又不想被人打扰，才出此下策，还望师兄谅解！"守藏弟子道："我看你们都是爱书之人，我也挺欣赏，就没打扰你们，自己走了。难道你们没发现，我后来把二楼那个窗开了，不再关上了吗？"

姜乐康努力回想，好像确实如此，喜道："谢谢师哥体谅！"守藏弟子笑道："我白天守阁，你们晚上守阁，分担了我责任，我高兴还来不及。不过这阁又不是真的金银宝库，只怕也没人来偷吧！"江湖道正色道："在我心中，此处比金银宝库，还要珍贵。"

三人越聊越投机，畅谈书中奇事、人生见解。然后姜乐康再借新书，江湖道续借旧书，守藏弟子为两人登记好，两人结伴回去。

当夜两人由于白天去过，没再去挑灯夜读。次日夜里，两人如常去奎文阁夜读。没等走到阁前，远远便看见阁内似有火光人影，一缕黑烟缓缓从窗户飘出。两人大吃一惊，赶紧往前走，想看个究竟，又闻到一阵焦臭的燃烧气味传来。两人心知不妙，大步跑过去。还差几步时，忽见两个头戴乌纱帽，身穿飞鱼服，腰佩绣春刀，脚蹬长筒靴的贼人推门走出，一人公务铭牌上书"毕夏"，另一人公务铭牌上书"黄法"。四人八目交投，正好撞了个照面。

就在此前，毕夏、黄法奉命潜入奎文阁，执行秘密任务。两人一边把事先准备好的火油泼向《江湖志》所在书架，四周也胡乱泼点，一边闲谈是非。只听毕夏道："咱们在京城缉捕，向来只针对贪官污吏、谋逆之徒。怎么这圣贤故里的藏书，却要派我们来烧？"黄法道："缇帅说这《江湖志》是禁书，对朝廷不利，但碍于衍圣公孔彦缙脸面，不好兴师动众来没收，只好派我们暗中烧毁。"毕夏道："这帮儒生老爱写书，扰乱法度，难怪秦始皇要焚书坑儒，一把火烧死他们！"黄法道："话虽如此，但到了汉武帝时代，却弄了个'罢黜百家，独尊儒术'，连带孔子后人也封官加爵、鸡犬升天，当真三十年河东，三十年河西。"

毕夏道："只恨咱们三代贫农、四代乞儿，没个厉害的祖上啊！"黄法道："现在能跟着缇帅混，还算不赖。"毕夏道："你说缇帅当真厉害，听说以前当大内侍卫时曾犯过大忌，怎知后来秋毫无损，官位还扶摇直上，一直当到了缇帅。"黄法道："还不是因为巴结上了皇上身边的红人、东厂督主王公公。"毕夏笑道："听说缇帅以前留过络腮胡，后来胡子越来越少，没准是为了练神功，变成跟王公公一样。"黄法也笑道："这话要被缇帅听了去，非杀了你不可！还是赶紧烧书，回去复命。咱们能否当上千户，就看这次了！"说罢取起油灯，一把扔去淋过火油的书架，熊熊火舌遇油即起，霎时吞没了架上的《江湖志》。

毕夏、黄法干完活，推门而出，准备溜走，怎知迎面撞上江湖道、姜乐康二人。姜乐康斥道："喂！你们在干什么！"江湖道认出两人服饰，心中一惊，道："你们是谁？可知这是何处！"毕夏、黄法暗暗叫苦，寻思："我们看准清明时节孔庙人少，昨夜又特意换上夜行衣，来踩过盘子，分明见到这藏书阁大门紧锁，整夜都没人过来，怎知今天却遇上两个小子？若留他们活口，只怕祸患无穷！"不发一言，拔刀就砍。

江湖道大吃一惊，慌忙跳到一旁，一边惊呼："贤弟小心！"一边观察两人招式破绽。姜乐康早有提防，施展上乘轻功鹤翔步，与两人周旋起来，斗了十多个回合，难分胜败。江湖道逐渐看出破绽，左一句"球头"，右一句"散立"，出言提醒。姜乐康得了提示，如有神助，攻其要穴，大占上风。毕夏、黄法冷汗直流，寻思："这小子练过武，一时半刻伤他不得。若拖得久了，动静闹大，惊动旁人，只怕更难脱身。"两人互使眼色，一起挥刀，使出同归于尽的阴损杀招，姜乐康只得连忙躲避。两人拖得一刹，发足就跑。

姜乐康见两人逃跑，也要去追。江湖道忧心他被贼人反扑，忙叫："江湖……归师……别追！别追了！善后要紧！"姜乐康一听有理，停下脚步，道："对，对！救火要紧，咱们快叫人救火吧！"毕夏、黄法趁这当口，已然逃之夭夭。

江湖道思念电转："那二人是朝廷命官，不知何故到此放火烧书、杀人灭口，这事只有我和小姜撞见。如今一无抓到元凶，二无留下证据，咱们人微言轻，说出来也没人信！守藏师兄知我俩挑灯夜读，定会疑心是我俩不慎打翻油灯，酿成大祸，然后告知众人，这罪如何能当？还不如趁早收拾细软，以免惹祸上身！"道："现在奎文阁被烧，我们却没抓到元凶。守藏师兄定会疑心是我们不慎打翻油灯，烧着藏书，为求自保撒谎开脱，这罪名可不是儿戏！不如趁早逃跑吧！"

眼下浓烟升腾，火势越烧越旺。姜乐康急道："你不是说这藏书阁是座宝库，难道任由它化为灰烬吗？赶紧叫人救火吧！"江湖道左右为难，道："你涉世未深，不知人心猜忌。时间紧迫，咱们快逃！火势大了，自会惊动众人来救。"姜乐康怒道："分明不是我们干的，你怎么如此猜疑人！要逃你自己逃，我去叫人救火！"江湖道情急智生，想出一计，道："小姜，是我错了，你快打我一掌！"姜乐康又急又气，无暇多想，自然而然运起内劲，一掌重重打去。江湖道胸口中掌，吐出一口鲜血，心道："好家伙，泄愤来啦！"口中道："打得好！咱们快叫人救火！"

当下两人分头行事，姜乐康到大水缸取水救火，江湖道到草房子叫醒众人。余下门生一听奎文阁着火，连鞋子也顾不上穿，赶紧帮忙救火。众人有的在路上运水，有的到阁内泼水，有的用沙土扑火，还有的抢搬未烧书籍。也许天可怜见，此时忽然下了一场夜雨，众人齐心协力，终于把大火扑灭，救出藏书若干，用衣服盖住。尽管奎文阁为木结构建筑，但因中含暗层，梁柱也涂过防火漆，加之日常蓄水，抢救及时，有效阻止了火势蔓延，是以内墙虽被熏黑，结构尚可稳固，损失未算惨重。

代管点墨派事务的大师兄，率守藏弟子等人清点救出藏书，发现各类图书虽也有被烧，但总有些残本被救出，唯独《江湖志》一本不剩，被烧了个干干净净，心中已有几分惊疑，问道："江师弟，你最先发现奎文阁着火，可是因何而起？"姜乐康抢先道："有两个贼人混了进来，放火烧书，被他们逃了！"大师兄道："可认得他们衣着外貌？"姜乐康道："戴个高帽，拿着腰刀，衣服画了些图案，还……还挺好看的。"江湖道新中掌伤，咳了几声，断续道："他们……是锦衣卫！"

第三十二回　江南采风

此言一出，众人皆惊。大师兄道："师弟，你可看得清楚？若有认错，不是耍处！"江湖道道："那衣裳我认得清楚，我也苦思不通，为何他们要这样干？"众人见他为斥退贼人，受了掌伤，又及时告知众人救火，不禁心生敬意，信了此事。大师兄见多识广，沉吟道："也许是在朝廷当官的师叔伯，得罪了政敌，被小人算计，暗派锦衣卫来烧我们书阁。此事关系重大，万万不可声张，须等师父归来，再从长计议。"众人纷纷称是。

江湖道心道："这事说来诡异，难以置信，幸亏我想出这招苦肉计，叫大家不得不信！眼下火也扑灭了，书也救了些，总算不幸中之大幸。"火工弟子道："我日常在厨房烧菜，闻到阁内一阵火油气味，显然是有人故意纵火。"守藏弟子道："这次幸亏两位师弟午夜路过，方才挽救一场大祸，真是天可怜见啊！"江湖道摸着瘀伤，暗暗叫苦："早知你们这么想，我就不吃这一掌了！"

众人另找书房，暂放救出的图书，各自返回歇息。姜乐康看着被熏黑的奎文阁，叹道："好端端一座楼，却被烧成这样！"江湖道惭愧道："其实雷劈火烧，皆为上天旨意，历代时有发生。书没了可以再写，楼没了可以再建，最重要的是人没事！"姜乐康没有理他。两人一前一后，回到草屋躺下，半夜无言。

次日，江湖道唤醒姜乐康，将昨夜所思所想、苦肉之计，推心置腹，如实告知。姜乐康怒气已消，惊道："原来那两人竟是这般来头！昨夜我打大哥这掌，可还痛吗？"江湖道苦笑道："那只是小事。不是我不想救火，而是怕江湖险恶，人心难测。江湖有言道：防人之心不可无啊！"姜乐康道："但若然做任何事都先算计一番利弊得失，又怎能叫作大侠？怎配以侠义道自居？"江湖道无地自容，只好道："你有这份赤子之心，实在好事。但在学好本领前，多留一个心眼，总归没错。"姜乐康也觉有理，没再辩驳。两人重归于好。

灭火之后，暂代掌门职务的大师兄干了一件事：加强孔庙巡查，严查可疑人物。至于派人到枯木派邀请良匠重修奎文阁，将此事告知在朝廷当官的师叔伯，以及重抄在文渊阁所藏的《江湖志》作为备份等大事，则要等衍圣公孔彦缙归来，再从长计议，以免越俎代庖、惊动朝野。

又过五七天，孔庙风平浪静，事态平息，孔彦缙一行依旧未返。这些天里，江湖道掌伤已好，帮师兄弟重修藏书，闲时也读读小说；姜乐康不懂这些，只好砍柴挑水，略尽己力，闲时便勤勉练功。

这天，江湖道忽道："贤弟，我昨天打听方知，原来日前那两锦衣卫放火烧书，其他类别书籍都有残本，唯独《江湖志》被烧得精光，一本不剩。"姜乐康疑惑不解，道："这是巧合吗？兴许是火头刚好扔向了那个书架。"江湖道道："显然是有意为之！试想这《江湖志》是我派珍藏，并未刊印发行。其余经史子集虽为经典，许多书香门第的藏书库其实也有，借来抄印并非难事。我总感觉，这《江湖志》上定是记载了一些不想被人知道的秘密，否则就不会先是撕书，现又焚书了！"

姜乐康如梦初醒，惊道："难道……是秦天干的？"江湖道困惑道："那倒未必。秦天虽为武林盟主，也不至于能调动锦衣卫为他办事。此事疑点甚多，也许跟你提过的金石派亮剑大会，有一定关系。"姜乐康在曲阜孔庙已住月余，略感郁郁不得志，寻思："金石派是我父亲学艺门派，若能前往查探，或能查明当年之事。"道："孔掌门不正是去了福建吗？不如咱们也去那调查一番，正好查清千头万绪！"江湖道道："我也有此意！江湖有言道：读万卷书，行万里路。眼下奎文阁被烧，无新书可读，还不如到江湖闯荡，既为查明贤弟身世，也可沿途游历采风。"

两人一拍即合，去跟大师兄言明去福建之事。大师兄见孔彦缙长久未返，也没多挽留，只道："只有你兄弟二人见过那两个锦衣卫。今后到了江湖，记得谨慎行事，免遭杀身之祸。也可多留心眼，打探流言，查明朝廷火烧奎文阁的缘由。若能碰上师父一行，捎个口信，那就更好。"两人点头称是。

两人收拾行囊，辞别众人，踏上旅程，一路晓行夜宿，逢山觅路，遇水乘船。一连走了十多天，过了扬州，来到江岸，已是暮春时节。但见一条巨龙蜿蜒眼前，隔断南北，正是波澜壮阔的长江，唯有坐船才能过去。

两人沿江岸前行，又见前方停着大小船只，人来人往，货如轮转，正是扬州港码头。两人走近一看，只听一个操着南方口音的游船主人吆喝道："要过江、要南下的客人过来咯！三宝游船，口口相传，客满起锚，快来快来，苏州过后有艇搭咯！"姜乐康听到乡音俚语，大感亲切，上前道："请问主人家可是岭南人氏？"船家喜道："小兄弟也是岭南来的呀！小人因留恋江南繁华，来这做摆渡生意，已有十几年咯！"江湖道凑过来道："主人家这船叫作'三宝'，可是有何名堂？"

船家自得道："我这游船可厉害了，是当年三宝太监七下西洋所用的宝船，后来功成身退，被我买来改造成游船，专在江南一带航运。"江湖道道："这船能去哪里啊？"船家道："过了长江，沿运河南下，经常州、无锡、苏州、嘉兴，终点是杭州。二位想去哪里啊？"江湖道道："咱们去杭州，要多少钱呢？"船家喜道："每位一两银子，不贵！"

姜乐康倒吸一口凉气，寻思："怎么这么贵啊！咱们盘缠不多，还得留着去福建呢！"又一船家盯着两人良久，见他们迟疑，上前招揽道："二位若是嫌贵，不如坐小人的漕舫，到杭州才一百文钱，不坐真吃亏，不坐真上当！"游船主人道："喂喂！那是我的客人，你怎么来抢生意呢？坐我的船乐趣多多，哪像你的只对着一堆米袋！"漕舫主人不甘示弱，道："要没有我的运粮船，你那帮歌女都吃西北风去吧！"姜乐康看着乡亲，扑哧一笑，其实更想上游船。江湖道知他心意，同想见识一番，便道："不用争了，咱们坐游船！"漕舫主人见财化水，又去招揽别人。姜乐康道："你不怕费钱吗？"江湖道道："有啥好怕的？咱们兄弟出来游历，就是为了长见识、寻开心，不必介怀银子。江湖有言道：今朝有酒今朝醉，千金散尽还复来！"游船主人赞道："说得好！"收了银子，喜滋滋带两人登船。宝船解绳起锚，扬足风帆，在江上开出去。

当夜朗月高照，春江水暖，天水一色，美不胜收。游船在运河缓缓航行，拨弄着月亮在水中的倒影，波光粼粼，十分好看。三五个歌女拿着琵琶，来到甲板，弹起苏州评弹，唱起歌曲助兴，唱的是唐朝诗人张若虚的《春江花月夜》：

> 春江潮水连海平，海上明月共潮生。
>
> 滟滟随波千万里，何处春江无月明！
>
> 江流宛转绕芳甸，月照花林皆似霰。
>
> 空里流霜不觉飞，汀上白沙看不见。
>
> 江天一色无纤尘，皎皎空中孤月轮。
>
> 江畔何人初见月，江月何年初照人？
>
> 人生代代无穷已，江月年年望相似。
>
> 不知江月待何人，但见长江送流水。
>
> 白云一片去悠悠，青枫浦上不胜愁。
>
> 谁家今夜扁舟子，何处相思明月楼？
>
> ……

歌女吴侬软语，拨弦轻吟低唱，众游客都听得痴了。姜乐康不禁想起娘亲杨珍提过，江南是她的故乡。如今他终于来到江南，走过这片养育了娘亲的美丽水土，但觉良朋相伴，逸兴遄飞，真想把此际美好光景，也分享给远在家乡的晴儿，远在神农架的君儿，邀她们一同赏月，共度春光，共刻回忆。

游船行了三五天，这天抵达杭州。两人取了行囊，下了宝船，进入杭州城中。但见西湖风光明媚，市集繁荣热闹，商品琳琅满目，百姓安居乐业，叫人叹为观止。宋朝词人柳永有首《望海潮》，单写杭州那繁华胜景：

东南形胜，三吴都会，钱塘自古繁华。烟柳画桥，风帘翠幕，参差十万人家。云树绕堤沙，怒涛卷霜雪，天堑无涯。市列珠玑，户盈罗绮，竞豪奢。

重湖叠巘清嘉，有三秋桂子，十里荷花。羌管弄晴，菱歌泛夜，嬉嬉钓叟莲娃。千骑拥高牙，乘醉听箫鼓，吟赏烟霞。异日图将好景，归去凤池夸。

两人在杭州城东走西逛，大开眼界，心中充满新奇欢喜。又见前方空地，有三五个小童，正一边举着木剑，互扮角色，一边嬉戏打闹，唱着童谣。姜乐康在旁微笑看着。江湖道好奇心起，凑过去听。只听那群小童唱道：

治国读《论语》，平乱须《六韬》。

纵横黑白道，真侠破邪妖。

江湖道大感有趣，问道："孩子们，这童谣是谁教你们唱的？"一小童道："哪有人教啊？都是我们编着唱来玩的！"又一小童道："如果非要说有，那就是私塾先生教过我们读书识字。"

江湖道打趣道："小小年纪便有此才气，堪比神童骆宾王、方仲永，前途无可限量！"众小童嘻嘻一笑，又跑去玩了。

两人继续闲逛。姜乐康道："看来大哥对童谣很感兴趣啊！记得我家乡也有童谣，好像是这样唱的：南国多胜景，桃花满山岗。水乡鱼虾肥，田园瓜果香……"江湖道认真记住，道："对，对！这叫作采风，搜集民歌童谣，是了解民间文学、谶纬之学的重要途径。"姜乐康尚能听懂文学，却没听过谶纬之学，奇道："什么叫谶纬之学？"江湖道道："就是通过童谣、图画等形式，预测未来要发生的事。"姜乐康其实不太信这些，笑道："哪能预测得准？我向来只信事在人为。若然那些算卦的说我不能做大侠，我就认命不去努力吗？我偏要证明给他看，他算错了！"江湖道笑道："江湖有言道：宁可信其有，不可信其无。贤弟不知道，不知有多少童谣图谶，预言了王朝兴衰更替：像秦始皇那时，曾有童谣流传说：亡秦者，胡也。秦始皇以为是匈奴，命令大将蒙恬率三十万大军北伐匈奴。怎知这'胡'是指他的小儿子'胡亥'，而不是'胡人'；还有唐朝两个道士编的《推背图》，多年来更吸引着不少文人墨客，争相解读个中玄机呢！"

两人边走边聊。又见前方市集，有一算命先生摆摊，支起一个旗子，上书"诸葛神算，铁口直断，测字算命，不准不要钱"。江湖道玩心大起，道："贤弟，你不是说不信吗？正好这里有算命先生，不如咱们算一算，看将来命运如何！"姜乐康道："好啊，算就算！"

第三十三回　金石不再

　　两人走到算命摊前坐下。算命先生道："两位公子，老夫此处是测字算命，请问想测哪个字呢？"姜乐康打量旗子，寻思："我姓姜，不如就测这个'姜'字。"道："我测一个'姜'字。"算命先生道："请问是哪个'姜'字？"姜乐康道："就是大生姜的'姜'。"算命先生毛笔一挥，写下一个"薑"字，信口道："这'薑'字有两个田，三条路，看来这位公子未来会有良田万顷，阡陌纵横，必成……"姜乐康低头一看，发现此"薑"不同彼"姜"，他看过父亲姜志写的血书绝笔与秦思君代写的家书，自知他的姓不这样写，急道："咦？先生，不是这个字啊，我的姓不这样写！"

　　江湖道猜出他用意，在旁笑得不行，道："先生，他想说的是姓姜的'姜'！"算命先生道："原来是测这个。"换张宣纸，毛笔一挥，写下一个"姜"字。江湖道告道："小姜，汉字中有正体字、俗体字之分，有些字虽为同音，含义却不互通，错写就会闹笑话。像皇后的'后'，就不能写成'後面'的'後'；人云亦云的'云'，就不能写成'白雲'的'雲'。"算命先生笑道："原来这位公子也是读书人。其实不光字义不同，写法不同；纵是同一字义，也有不同写法，像江南小吃茴香豆的'茴'字，就有四种写法呢！"姜乐康脸上一红，道："原来如此。那么哪种写法的汉字更好呢？"江湖道沉吟道："没有哪种更好吧。正体字古典，俗体字好学，就是这么简单！"

　　算命先生道："姜公子，我们来看你的'姜'字，上面是个羊头，表明你力求上进，日后定成奋勇争先的领头羊！"姜乐康虽说不信，但听到好话，也自欢喜，道："借你吉言。"算命先生又道："但这'姜'字，下面却是'女'字，表明你日后或被姻缘之事困扰。"姜乐康暗自心惊，道："那有什么拆解方法吗？"算命先生道："大丈夫三妻四妾，事属寻常。像那些国公爵爷，便是有七个老婆，也非奇事。待你真成了领头羊，享齐人之福，又有何不可？"江湖道笑道："这可算作幸福的烦恼吧！"姜乐康咬咬嘴唇，默然不语。

　　算命先生又问："这位秀才，你想测什么字呢？"江湖道道："我就测个'道'字吧，道路的'道'。"算命先生换纸挥毫，又写下一个"道"字，笑道："测字问道，原来公子是黄老之学的传人啊！"江湖道笑而不语，寻思："我是正儿八经的儒生，追求的是'仁'而非'道'，只不过自取绰号'江湖道'，才想测这个'道'字，这你就没算准了吧！"算命先生又道："公子你看，这'道'字既可解作万物之道，也可解作道路、通道。'道'字上面是'首'字，下面是走之底，表明路在脚下，日后你将走出一条开天辟地、异于前人的道路。"江湖道惊道："离经叛道，礼教不容，岂非坏事？"算命先生道："这地上本没有路，先有人走过，后来者多了，也便成了路。究竟是好是坏，就看各人理解了。"江湖道若有所思。

　　过了一阵，江湖道打趣道："先生，你这旗子上写'不准不要钱'，但命运际遇之事，没个十年八载，也难说准与不准。若然日后发现不准，那该怎么办？"算命先生摇起羽扇，笑道："若是不准，两位大可再来，讨回今日钱财，老夫长年摆摊，恭候大驾。若是准了，二位真成了人中翘楚，还请记得老夫，日后多多关照啊！"两兄弟开怀大笑，取出铜钱赠予算命先生，站起离去。算命先生收下铜钱，自语道："其实事无定数。准或不准，功成与否，只看各人信念修行了。"

夕阳西下，两人在杭州逛了一天，寻客店投宿住下。此后十几天，两人便在城内、在码头找些散工干，一来留恋此处繁华，二来积攒路上盘缠。待盘缠攒够后，两人再启程，奔赴福建湛卢山。

这天旭日东升，万里晴空，湛卢山下树木葱茏，蝉鸣不断。此时距离姜乐康离开桃花村，已有一年光景。姜乐康在山下丛林走着，但见四周怪石嶙峋，长满奇珍异草，不知哪块石头上，曾放着父亲姜志自杀留下的血书，也不知哪种草药，曾被苏义妁采过，救治怀着自己的娘亲杨珍，想到此节，不禁长叹一声。江湖道已知他身世，轻声吟道："彼黍离离，彼稷之苗。行迈靡靡，中心摇摇。知我者，谓我心忧，不知我者，谓我何求……"

两人相伴而行，寻路上山，走了个把时辰，沿路渺无人烟，杂草丛生，散放着折断的刀枪剑戟。两人暗暗心惊，加快脚步，终于找到山麓的续贤庵，但见庵门正中挂着"金石派"牌匾，两旁有一副对联，上书"工欲善其事，必先利其器"，已积了些灰尘。庵门半开半掩，两人轻轻推开，走了进去，又见地上初长嫩绿苔痕，锻造工具四处乱扔，静悄悄的一片死寂。两人继续往里走，忽听到一阵呼噜声传来。两人听声去寻，来到后殿，却见一个脱得赤条条的汉子，正在神坛上呼呼大睡，地上放着一捆柴。

江湖道大吃一惊，叫道："喂！你是谁？"汉子从梦中惊醒，揉揉眼睛，坐了起来，道："哇！原来天早亮了。你们是谁？"江湖道道："我们是点墨派门人，有事想找金石派掌门曹铭，不知他们现在何处？"汉子道："你是说那个打铁的门派吧！听说那帮人在几个月前，已被朝廷招安，各拿了些钱财，自回老家安身。小人是上山砍柴的樵夫，见这房屋空置多日，偶尔在此歇息，没什么问题吧？"江湖道始知原委，忙道："当然没问题！"又问："大哥可知曹掌门去哪了吗？"樵夫道："小人又不认识什么掌门，怎知他去了哪里？"江湖道道："谢谢大哥告知。"樵夫穿好衣服，背起柴捆，哼着歌下山去了。

姜乐康奇道："大哥，什么叫招安啊？"江湖道道："招安就是朝廷招抚劝降江湖各派，不要跟官府作对。"又寻思道："想来也是，眼下太平盛世，盐铁官营，根本用不着刀剑，又怎能容忍一个专造武器的金石派存在呢？自然是要刀枪入库，马放南山，方消朝廷疑虑。"姜乐康疑道："难道金石派做过什么不侠义之事，所以被朝廷盯上劝降了？"江湖道叹道："朝廷和江湖的关系，向来纠缠不清：若是外敌入侵，国难当前，朝廷便会借助江湖义士之力，一同抵御敌人；若是起义功成，天下平定，朝廷却又大杀功臣，过河拆桥，以求江山社稷，永为一家之姓。江湖有言道：飞鸟尽，良弓藏；狡兔死，走狗烹；敌国破，谋臣亡。自古以来，都是如此！"姜乐康似懂非懂，只道："不管哪个时代，都会有大侠，也总有些不平之事，等着我们去主持公义！"江湖道寻思："若能永葆赤诚之心，一心保境安民、救急扶危，不去想那权谋之术、个人得失，不正是大侠所思吗？"赞道："贤弟所言极是！"

两人又在续贤庵内走了几通，想找书信之类的蛛丝马迹，好推断金石派门人各自去哪了，可惜遍寻无获。姜乐康叹道："看来当年亮剑大会之事，又不知从何查起了。"江湖道劝慰道："江湖有言道：命里有时终须有，命里无时莫强求。诸般情事因由，皆是上天注定，不必太过介怀。"姜乐康微笑道："谢谢大哥开解。"江湖道道："我师父不在此间，他们月前便到，想必早已知晓此事，在江湖上游历采风。咱们既然出来了，不如也多游历，多见识，再去想日后的事吧！"姜乐康点头道："我也是这样想的。"

　　两人趁着天色未黑，下了湛卢山，寻客店投宿。次日，两人吃过早饭，结了房钱，又再启程南行，一路游山玩水，说些家乡见闻。宋朝慧开禅师曾写诗曰："春有百花秋有月，夏有凉风冬有雪。若无闲事挂心头，便是人间好时节。"此刻两人已无要事在身，又有良朋相伴，自感轻松闲适。走了三五天，两人来到闽北建宁府，但见街道宽敞整洁，市集繁华热闹，百姓安居乐业，又是一座人杰地灵的好城池。

　　两人在街上闲逛，转到一条小巷，却是条死胡同。两人正欲折返，忽听高墙那边，传来一阵"哼哼哈哈"的呼喝之声。姜乐康好奇心起，搬来一条梯子，探头看个究竟，原来墙那边是个练武场，场边放有一排武器架，竖着刀枪剑戟等十八般兵器。十几个劲装结束的汉子正在场内演练拳法，拳拳生风，英气非凡。

　　姜乐康跳下道："那边有个练武场，莫非此处也是个武林门派？"江湖道道："咱们看看便知。"两人回转身来，出了小巷，绕着走了半圈，见到一座建构雄伟的宅第，门上挂着牌匾，上书"振远镖局"四个金漆大字。门前竖着一支丈余高的旗杆，镖旗迎风飘扬。一个门童站在门边，看着街上来往的过客。

江湖道笑道："此处不是门派帮会，而是个镖局，也算同道中人。"姜乐康抬头看了看牌匾，心中一惊，问道："这镖局叫作什么？"江湖道道："叫作振远镖局。"姜乐康念叨道："振远镖局，振远镖局……娘亲跟我说过：十六年前，振远镖局的林总镖头，曾被秦天带去亮剑大会，指认过金石派门人与魔教勾结！"江湖道又惊又喜，道："原来如此！咱们快去找这林总镖头，问清楚当年之事吧！"

两人来到门前，门童见有客人上门，招呼道："两位客官里面请。请问是要押信镖、票镖、银镖、粮镖、物镖，还是人身镖？要去岭南还是塞北，需走陆路还是水路啊？"江湖道取出几文铜钱，送给门童，道："小兄弟，我俩今日先不托镖。我们想找贵镖局的林总镖头，请你带我们见他。"门童收下铜钱，思索道："林总镖头？咱们总镖头不姓林啊！莫非你说的是镖局前任东家林近南？"姜乐康暗自心惊，道："对！我们就是想找此人。"门童道："听说七年前，林近南就把振远镖局，转手卖给我们东家张老五。由于振远镖局经营多年，在江湖已有声名，如果换名号，怕道上朋友不认，是以镖局仍用旧号，但东家已换。"

眼看线索重现，却又顷刻破灭，姜乐康颇感失望。江湖道却问："林镖头干得好好的，怎么突然不干了？你知道他去哪了吗？"门童道："听镖师们说，林镖头因厌倦江湖争斗，到少林寺出家了。"两人心中一惊，均想："此事必有蹊跷。"姜乐康道："原来如此。咱们这就去少林寺找他吧！"江湖道留了个心眼，问道："小兄弟，这林近南出家的寺院，是河南嵩山的少林寺，还是福建的南少林寺？"门童道："是在泉州的少林寺。"江湖道寻思："所幸机智如我，多口问了一句，不然去到那嵩山，却发现白跑一趟，那真就苦过玄奘西天取经咯！"

两人又在街上问了几个寄镖客人、丐帮弟子，打探镖局讯息，都是这般说辞，说那振远镖局现任镖头姓张，原先的林镖头早就不知去向，方知门童所言非虚。于是又再出发，继续南行，奔赴泉州南少林寺。

第三十四回　昔时因果

两人走了十几天，来到泉州府。这天艳阳高照，海风送爽，刺桐港舟车辐辏，舳舻相接，城内佛教、道教、伊斯兰教、古基督教、印度教、摩尼教等宗教建筑、石刻林立，更有不少卷发碧眼的外国人往来其中，好一派和谐共荣的景象。泉州曾被威尼斯商人马可·波罗誉为"东方第一大港"，也是海上丝绸之路的起点。时移世易，当今朝廷为防倭寇，实施海禁，禁止民间贸易，只开放朝贡贸易，但依然可见昔日东方大港的风采。

两人登上清源山。姜乐康道："我听百花帮的白芷师姐提过，少林寺在河南嵩山。没想到这里，也有个南少林寺。"江湖道道："南少林寺是南方武术的发源地，相传是曾救过唐王十三棍僧之一的智空禅师入闽所建，与嵩山少林寺同出一脉。"两人来到山门前，见到知事僧。姜乐康道："师父，我们想找振远镖局的林镖头，请问他在此处吗？"知事僧为难道："两位施主，此处是南少林寺，不是什么镖局，你们找错地方啦！"江湖道忙道："我们是点墨派门人，受师父孔彦缙之命，前来拜见贵寺方丈，有事情相问。烦请师父行个方便，带我们进去拜见。"知事僧道："原来如此，请稍等片刻。"转身入内报知。过了许久，终于出来请两人进去。两人跟着他进了山门，但见寺内共有十三进落，周墙三丈，寺僧千人，陇田千顷，树林茂郁，掩映于山麓之间，不愧为武林中人人敬重的名门正派。

三人经过天王殿、大雄宝殿、藏经阁等地，来到一处佛堂，只见两个僧人正闭目盘腿，打坐冥思，一个须发皆白，菩萨低眉，颇有宗师风范；一个时值中年，虽在打坐，却是眉头紧皱。知事僧道："方丈，他们来了。"年老的方丈睁开眼睛，微笑点头，中年僧人此时也睁开眼睛。两兄弟忙施礼拜见。方丈道："二位请坐。"两人各自在蒲团坐好。知事僧奉上清茶，自行告退。

方丈合十施礼，道："阿弥陀佛。"不再言语，等着两人说话。姜乐康不知说什么好，忽想起杨珍言语，道："大师好！请问您就是广真大师吗？近来身体还好吗？"其实他只听过广真一人名字，以为面前这位慈眉善目的方丈，就是广真。

江湖道听到此言，却是想死的心都有了："广真大师是嵩山少林寺前任方丈，数年前已然圆寂。此处是南少林寺，小姜偏偏提起此人，这不是哪壶不开提哪壶吗？"但也不好出言拆穿。方丈却不着恼，道："广真大师是老衲师兄，数年前已然圆寂。施主有心了！老衲法号广善，是南少林寺方丈。"

姜乐康大感窘迫，忙道："对不起！晚辈有所不知，还望恕罪！"广善微笑道："出家人无悲无喜，又怎会放在心上？施主不必自责。请问二位施主，找老衲是所为何事呢？"江湖道告道："晚辈是点墨派门人江湖道，这位是我结义兄弟姜乐康。听说振远镖局的林总镖头到南少林寺出家了，我们想找他问清楚十六年前金石派亮剑大会一事。此事跟我义弟身世有莫大关联，倘若大师知晓内情，还望告知晚辈。"话音刚落，中年僧人已流出汗珠，眼中露出不安神色。

广善打量眼前两位少年，思索道："姜乐康？莫非姜施主便是当年自绝的金石派弟子姜志后人，被百花帮苏帮主救起的遗腹子？"姜乐康惊道："正是！原来大师也认识我爹爹！"广善道："当年亮剑大会变故迭生，事出突然，逼得金石派师徒多人身故，成为无头悬案。此事当年轰动武林，老衲也是亲历者之一。"江湖道道："晚辈曾翻阅敝派所著的《江湖志》，发现关于亮剑大会的记述，都被故意抹去，无法得知当年之事，方才寻上门来，冒昧打扰，还望见谅。"广善叹道："原来如此。事情已经做下，即便抹去记述，又如何能挽回种种苦果？"两兄弟均黯然道："大师所言极是。"

广善指道："这位僧人，便是当年的林总镖头。如今他已出家为僧，法号宗常。"宗常双手合十，道："阿弥陀佛。"姜乐康问道："林镖头，为何你要出家为僧，是有什么难言苦衷吗？"江湖道刚喝了口茶，差点没喷出来："这话虽开门见山，却当着广善的面说出，反显得出家是件很想不开的事似的。小姜啊小姜，你咋如此率真呢！"宗常道："贫僧昔日吃镖行饭，刀头舐血，罪孽深重。如今皈依佛门，念佛吃斋，不觉得苦，反以为乐。"姜乐康直言道："当年您指认金石派门人跟魔教勾结，曾托您运送军械，请问这是真的吗？"宗常看了看广善，道："托镖那天，那人戴着黑纱，贫僧看不清样子。但贫僧始终相信，我在大会之上，没认错他的声音，即便他转瞬就被杀了。"姜乐康大惊道："也就是说，秦天当年没错杀人，金石派确实跟魔教妖人勾结！我爹他们也是五行盟派之一，武林中的正道之士，怎么会干这种勾当？"

广善长叹一声，道："看来姜施主也知当年之事。正邪之事，原本难分。即便是名门正派，也会有心术不正的伪君子；所谓的魔教妖人，也不乏敢作敢当的真枭雄。少林派作为武林领袖，数百年来世所公认，不争当那武林盟主，只因出家人不求虚名。当年之事十分复杂，老衲作为南少林方丈，与金石派比邻而居，自感有必要了解真相、主持公道，于是暗中调查多年，密访多人，又与广真师兄、无为子许墨生密议，推演武林大势，方知事情大略。原来，一切皆是人祸，本无公道可言。"姜乐康听他忽提无为子，不禁心中一凛，随即想起与他约定，当下不动声色。江湖道则奇道："还请大师赐告。"

广善道："此事得从更远说起。上百年前，前朝昏庸无道，民不聊生，各地举起义旗，反抗暴政。其时风起云涌，共驱鞑虏，黑月教为此立下汗马功劳，没人敢说他们是魔教妖人。然而，水能载舟，亦能覆舟。后来汉室光复，人心思定，朝廷怕黑月教被别有用心之人利用，对社稷不利，加之该派行事诡秘，山头林立，难以管控，于是斥之为异端邪说，多有打压。再后来天下太平，政通人和，历任教主纵有天大野心，也闹不出什么动静。何况江湖上占山为王、不服官家的强盗倭寇，向来杀之不尽，朝廷也管不过来，黑月教不过是其中之一而已。是以几十年来，黑月教人士虽自诩圣徒，武功诡邪，杀戮无常，不属正道，但大体与武林各派相安无事，没挑起什么大祸。"

江湖道惊道："既然如此，怎么现在的黑月教，却成了人人口中的魔教妖人，为武林同道所痛恨呢？"广善叹道："之所以形成今日局面，是有人故意造成的。"两兄弟均惊道："是谁？"

广善续道："说来话长。十七年前，黑月教传教圣物明王泥塑突然失窃，江湖传言是时任五行盟主、烟火派掌门人李易牙，为讨好朝廷暗中盗的。黑月教上下虽然恼怒，苦于没有证据，也碍于五行盟派实力，只好自认倒霉。烟火派却模棱两可，既不承认，也不否认。一年后，江湖上又流传明王泥塑重现于世，出现在开封府乡间。开封府是烟火派地盘，对黑月教来说，这看似坐实了之前的传言。于是，他们打探消息，派出人马，在乡间小路埋伏，果然遇上了烟火派的秦天和李影红，他们一个是烟火派首徒，一个是掌门人爱女，武林中人人称羡的眷侣。他们时逢弄瓦之喜，正要回家省亲，怎知突遇偷袭，双方激战起来，秦天虽击退了敌人，李影红及几个烟火门人却不幸殒命。自此，烟火派与黑月教结下深仇大恨，在江湖上放出狠话，誓要荡平魔教总坛。"

听到此节，姜乐康暗自心惊，寻思："原来君儿自小没了娘亲，是这个缘由。"

广善续道："三个月后，金石派举行亮剑大会，广邀武林同道参加，展示该派所铸归心剑，号称'神剑归心，侠义为本，上清君侧，下斩妖人，忠君报国，杀身成仁'，提出要选举武林盟主，总管讨伐魔教一事。原本同仇敌忾，一致对外，对烟火派来说，应属一件好事，怎知秦天却带人前来大闹，指控金石派与黑月教私通，逼得金石派掌门徐允常自绝。此事实在太过奇怪，后来老衲和广善大师、许墨生道长暗中查探，方知背后因由。原来，最初在江湖上传出流言，说是烟火派盗了明王泥塑的信源，不是旁人，正是那徐允常！"

听到此节，姜乐康惊道："啊！这传言是真的吗？"广善续道："是真是假，恐怕只有当事人方知。但据老衲推断，明王泥塑多半是被金石派盗去，然后传出谣言，嫁祸给烟火派，无非是想挑起仇恨，借刀杀人，造下这桩血海恶孽。"江湖道问道："徐允常为何要这样做？这对他有什么好处吗？"

广善叹道："老衲猜想，徐允常精心布局，锻造神兵，全因他想当那武林盟主，号令天下群豪。然而，其时国泰民安、百业兴旺，既无外敌入侵，也无朝廷欺压，武林各派自居一隅，各行其道，又怎愿听一人号令呢？常言道：英雄造时势，时势造英雄。为了圆他的盟主美梦，徐允常先是挑拨黑月教和烟火派关系，削弱烟火派实力，再打着'忠君报国，杀身成仁'的旗号，声称要推选盟主，讨伐魔教，为其称霸之路张本。"

听到此节，姜乐康悲愤交加，道："为了当什么盟主，老想这些阴谋，害得人没了爹娘，这样的盟主，有什么好当的！真让他当上了，那又如何？"

广善叹道："权势这一关，自古多少英雄豪杰，都是难过。朝廷庙堂，有天子在当皇帝，治理江山社稷。草莽江湖，自然也有人想当武林盟主，号令天下群豪，想灭谁就灭谁，享受那权势带来的快意。可惜徐允常机关算尽，却得罪错了人。烟火派作为五行盟派之首，眼线遍布江湖，很快就查清谣言出处，想出反击之法：先是花重金策反了金石派一个门人，从他身上得知徐允常动向和归心剑特性，拉拢枯木派掌门刘喻皓，苦思破剑之道；然后在江湖上搜购金石派所铸兵器，骗那内应托振远镖局押运，再自行劫下，玩了把栽赃陷害的把戏；最后大闹亮剑大会，抬出那箱军械，指控徐允常与魔教勾结，先杀那金石叛徒，唯恐他抖出真相，后破徐允常的归心剑法，逼得他在天下英雄前出丑。徐允常自知斗不过烟火派，称霸之路梦碎，为保一生清名，宁愿自断经脉，把逼死盟友的恶名推回给烟火派，以保全金石派命脉。以上虽为老衲、广真大师、许墨生道长推演所得，但也问过那些镖局镖师、当铺伙计、江湖上爱嚼舌根的妄人，走访过那不存在的魔教军器库。恐怕唯其如此，才解释得通当年的种种变故。"宗常道："阿弥陀佛。"

听到此节，两兄弟惊讶得说不出话来，浑没想到有人可为了权势、为了私仇，想出如此毒计，什么振远镖局、金石叛徒，更是权谋斗争中的一颗棋子而已，用完就可抛弃。难怪林近南宁愿转卖镖局，也要出家为僧，躲避灾祸。过了许久，江湖道才道："可惜那金石派残喘至今，日前已被朝廷招安，江湖之上，再没这个字号了。"广善道："此事老衲也有耳闻。枯荣有数，聚散无常，冥冥之中，自有注定。阿弥陀佛。"

江湖道道："这么说来，种种冤仇，也只在黑月教、烟火派、金石派三者之间，怎么眼下整个武林，都对黑月教恨之入骨呢？"

第三十五回　珍珑棋局

广善续道："烟火派扳倒了徐允常，便把矛头指向黑月教，以报李易牙丧女、秦天丧妻之仇。五行盟派，同气连枝，除了金石派，其余三派自然站在烟火派这边。后来，江湖上接连发生了几桩血案，传闻都留下了'杀人者黑月圣徒也'的字样，烟火派便大张旗鼓，指斥黑月教是魔教，杀人放火，无恶不作，誓要斩妖除魔，匡扶正义，博取武林同道支持。再后来，这种莫名其妙的流言越来越多：金刀门和铁剑门两派素有嫌隙，后来铁剑门突遭灭门之祸，知内情者一看便知，有人却说是黑月教干的；贩卖私盐的海沙派遭遇官兵镇压，死伤数十，也有人说是黑月教干的。有道是：三人成虎，众口铄金。须知这黑月教也并非善茬，怎能容忍这些脏水泼来，于是出手灭了几个挂名逞凶的小门派，杀了几个乱嚼舌根的糊涂人。这样一来，真伪难分，黑月教恶名却越来越大，加上他们行事怪诞，武功诡邪，又是朝廷打压的教派，终成人人喊打的邪魔外道。几年后，李易牙病故，秦天接掌烟火派，成功当上武林盟主。金石派后继无人，依照徐允常遗命，奉上归心剑作为信物。此后，武林风波不断，正邪积怨日深。"

听完此节，两兄弟均唏嘘不已，方知他们所在的江湖，竟有这么多前尘往事、冤仇误会，而他们已无法改变。姜乐康道："倘若有朝一日，烟火派和黑月教打了起来，少林派会帮哪边呢？"

广善叹道："阿弥陀佛。出家人慈悲为怀，无论相助哪边，不过徒添杀孽。"江湖道道："大师跟我俩说起这些事，可是有何深意？"广善道："前事不忘，后事之师。两位施主年纪尚轻，又是点墨派门人。老衲盼望多年后，你们能把这些事记入《江湖志》，以警醒后人，不要重蹈覆辙。"江湖道忙道："谨遵大师意旨。"

其时夕阳西下，方丈广善留两兄弟在寺内吃些斋饭，留宿一夜，天亮再走。次日，旭日东升，两人吃过早饭，想跟广善道别，在路上瞧见知事僧领着一个道人，不紧不慢向佛堂走去。两人跟在后头，站在门外，暂不打扰。只见那道人奉上一张请帖，施礼道："广善大师，您好！小道是太极门弟子李清。下月十五，师尊摘星子在江西龙虎山设下一个珍珑棋局，欲邀武林各派青年才俊前来弈棋，以棋会友，共襄雅事，特派小道前来奉上棋会请帖。"广善接过请帖，惊道："摘星子仙踪难寻，江湖上久无消息，如今竟……竟还康健？"李清道："是的。师尊年事虽高，仍然精神矍铄，近年于龙虎山潜心修道，不问俗事，但仍有提携后辈之心，是以在中元之日，设下珍珑棋局，愿邀有缘人相会。"广善道："明白。届时老衲定会派弟子前往龙虎山天师府，庆贺贵派盛事。"李清道："谢谢大师！小道还要去别处派帖，先行告退。"

姜乐康不知所以，江湖道却是大惊，看着李清从旁走过，拉着义弟进屋，草草跟广善辞别，随即追上李清，问道："师兄，小生是点墨派门生。刚才无意中听到棋局一事，请问我们也能去吗？"李清道："只要是有兴趣的武林才俊，都可前来参加。"也递上一张请帖。江湖道接过来看，大喜道："谢谢师兄！"李清自去。

两兄弟出了南少林寺，边走边聊。姜乐康道："大哥，什么叫珍珑棋局啊？"江湖道道："珍珑是围棋中的求活难题，是故意摆出来考人的，不是两人对弈出来的阵势。听闻数百年前，江湖中曾出现过一个神秘珍珑，吸引了当时高手前去破解，可惜年代太久远，相关记述早已佚失。"姜乐康虽不太懂围棋，但见江湖道兴致勃勃，道："大哥，一路以来，你陪着我调查当年之事，走了不少地方。不如这次就由我来陪你，一起到龙虎山凑凑热闹吧！"江湖道喜道："知我者莫若你也。那咱们出发吧！"

当下两人往西北而行，夜住晓行，游历采风，算好日期，拿着请帖，于七月十五早上来到龙虎山，但见峰林壮美，草木葱郁，道观道宫不计其数，丹炉炼药，仙乐飘飘，不愧为名副其实的道都。两人来到天师府外面空地，但见场地四周高、中间低，场地中央有一块巨石，暂用白布盖着。另有两张石凳子，两个大棋盒，棋子比正常的大了几倍，方便众人看清。外围是三级用石头砌成的矮台阶，众人可分级而站。从高处往下看，整块场地就像是一个巨大的八卦图。

上百个武林才俊已汇聚其中，不少名门正派、江湖帮会、武林世家，都派出了使者、少主或公子，前来参与棋会，结识人脉。五七个道童往来招呼宾客。很多人也未必会下棋，却不想错过热闹，就带上一个懂棋的幕僚，好附庸风雅，听明局势。两人站到后边，等待棋会开始，忽听一个声音从侧面传来："姜少侠，你也来了？别来无恙吗？"

两兄弟扭头一看，原来是秦子恒。三人自京城一别后，已有多月不见。姜乐康虽从枯木派出走，但对当日曾在酒局劝和的秦子恒，还是心存感激，道："秦大哥，你好！好久不见！我最近四处游历，过得挺好的！"江湖道道："小姜已和小生义结金兰，这次听到棋会消息，陪我来这看看热闹。"秦子恒笑道："那就好。读万卷书，行万里路，多增长见识，自是好事。"三人正说着闲话，又有一个身穿儒服、手持折扇，外表清秀俊美的公子走了过来，作揖道："秦少侠，你好。"又看了看姜乐康，莞尔一笑。

姜乐康心神一荡，寻思："这位俊公子是谁？"秦子恒稍作打量，泛起笑意，道："原来是贤弟，你也来啦。"江湖道道："既然是秦少侠朋友，也就是我们的朋友。未请教公子高姓大名？"俊公子明眸一转，笑道："在下姓萧，单字一个琴。"江湖道道："原来是萧公子。小生是点墨派门人，人称江湖道。这位名叫姜乐康，是小生的结义兄弟。"萧琴盈盈笑道："二位好。"姜乐康慌忙道："你……你好。"就在此时，刘玉轩和王纶，在旁边走过。刘玉轩看见秦子恒等人，哼了一声，挤开人群，到前面去。他俩也来了。

巳时已到，一个须发皆白、松形鹤骨的老者从天师府内走出，李清在前面开路，道："各位朋友好！这位便是师尊摘星子。"众人慌忙让出一条路，纷纷道："老前辈您好！"摘星子点头致意。两人来到场地中央，摘星子坐下，李清侍立在旁，道："各位朋友，师尊摘星子设下这个珍珑棋局，邀请大家前来破解，旨在以棋会友，共襄雅事，欢迎大家赏面光临。"摘星子笑道："老夫设下今日棋会，除了想切磋棋艺，还想当个东道主，让大家互相认识。各位都是武林后起之秀，理应守望相助，共御妖邪。"众人道："老前辈所言甚是。"李清道："若有破解棋局者，可获师尊答礼一份。请问哪位朋友，想率先解题啊？"

此言一出，大部分人都想这摘星子是武林前辈，所赠礼物定是武学秘籍之类的东西，若被人率先破解，抢了宝物，可就吃大亏了，均举手道："我先来，我先来！"李清微微一笑，扯下所盖白布，但见巨石上刻着一个大棋盘，纵横三百六十一路，上有许多黑白棋子。寻常珍珑少则十余子，多者也不过四五十子，但这个珍珑却有二百余子，一盘棋已下得接近完局，当中劫中有劫，既有共活，又有长生，或反扑，或收气，花五聚六，复杂无比。众人一看棋局，方知并不简单。李清道："大家别争。师尊棋局精妙复杂，未必一下子能解开。没准后面解题的朋友，吸收了前面朋友的经验，会更有优势。"众人一想有理，缓缓放下手臂，不再吱声，场面一时尴尬起来。

刘玉轩心中发笑，寻思："一群贪小便宜的家伙，就让我率先解题，出个风头也好。"上前道："老前辈好！在下是枯木派刘玉轩，应棋帖之约，前来解题。"摘星子道："刘公子，请坐。"刘玉轩坐下弈棋，看了几眼，随手放了一子。他家境甚好，自幼受名师指点，自忖样样了得。摘星子应了一子。两人迅速下了十几着，摘星子已提去十几子，刘玉轩面露难色，胜负显而易见。江湖道看明局势，对姜乐康道："这人心胸太窄，老前辈不过是吃了他边角的一颗白子，他非要纠缠到底，讨回场子，结果越陷越深，得不偿失。"姜乐康点点头。李清叹道："刘公子得失心太强，计较于一城一地的得失，不识着眼大局，终究难成啊！"刘玉轩在家向来娇宠惯了，外人也大多巴结他，很少听这种话，不禁面色铁青，不发一言，离座而去。李清取起刚才下的棋子，放回被提去的棋，棋局又变回原先的阵势。

第二个解题的是点墨派王纶，也先自报师门，教众人认识。

他是文人出身，对弈棋颇有研究，下了十几着，同样败下阵来。李清道："王秀才起初走的几着都是正招，第八着起，却走入了歪道，越走越偏，难以挽救了。"王纶抱拳笑道："多谢道长指点。小生技艺不精，还需多加琢磨。"

第三个解题的是虎头帮少主韩冷，带了个名叫田基的幕僚在旁指点。虎头帮帮主韩琛原是个大老粗，胸口纹了个虎头，使一双板斧作武器。此君发迹后爱上结交文人，附庸风雅，偏偏不懂装懂，闹过不少笑话，因此人送外号"韩大嘴"。他倒引以为豪，更发誓要把儿子培养成文武双全的接班人。可惜韩冷自小好动，更爱舞刀弄棒，对琴棋书画兴趣不大。这次韩大嘴为了破题，教武林同道大吃一惊，便嘱咐把幕僚带上。田基说平位三九路，韩冷便下子平位三九路，说去位五六路，便下子去位五六路，活像一个扯线木偶。如此下了三五子后，围观众人不干了，纷纷道："喂！究竟是你在下，还是他在下？"田基辩道："在下是虎头帮师爷，指点少主下几步棋，有何不可？"

王纶道："老前辈，请您评评理，这样做算作弊吗？"听到此言，众人均把目光投向摘星子。摘星子捋起白须，寻思："真人所布棋局极为精妙，非福缘深厚者所能破解。他俩所下的几步，我早有应对之策。何不做个顺水人情，以免坏了今日雅兴。"笑道："既然二位都是代表虎头帮，谁来执子都一样，不妨继续下子。"听到此言，众人方才服气。又下了八九子，韩冷弃子认输。

起了这个头后，又有两三个不懂下棋的年轻才俊，带上幕僚前来挑战，也没解开棋局。输家都有点丧气，私语道："这棋局怕是摆来捉弄人，根本无法解开。"一时无人去解。秦子恒看了五六次尝试，心中已有谋划。萧琴知他心意，悄声道："哥哥，你不上去试试吗？"秦子恒点点头，使一招"踏雪无痕"，轻轻跳进场中，施礼道："老前辈好，在下是烟火派秦子恒，斗胆前来解题。"众人一阵骚动，道："原来是他。"

摘星子早有耳闻，见他武艺不凡，心中更是喜欢，微笑点了点头。秦子恒下了几子，摘星子从容应对。秦子恒又下一子，摘星子又应一子。本来秦子恒思索良久，自信已想出破解之法，但这着却大出所料，本来筹划好的全盘谋划尽数落空，只得从头再想。过了良久，才下一子。摘星子又应一子。秦子恒下一子，想一会，越下越久，下了二十多子时，已过正午。李清忽道："秦少侠，你顾虑过多，压力太大，这个棋局，终究是解不开了。"秦子恒十分失望，叹息一声，道："多谢两位前辈指点。"也退了下来。原来这个珍珑局变幻百端，因人而施，爱财者因贪失误，自负者由愤坏事。刘玉轩之败，在于自负跋扈，咄咄逼人；王纶之败，在于贪心不足，误入左道；秦子恒之败，是因他自小受秦天严管，要成为人中之龙，是以顾虑过多，缚手缚脚，处处想起父亲规训，无法依照本心做事。

萧琴见秦子恒退回，不甘示弱，蹭蹭几步走到棋盘前，带过一阵淡淡芳香，道："在下是梅花庄萧琴，自号黑白子，慕名前来弈棋。"摘星子微笑点头。李清却哭笑不得，道："这位姑娘，你来弈棋，只怕……"

第三十六回　榫情卯意

　　此言一出，众人皆惊，把目光投向眼前这位书生打扮的公子。姜乐康更是目不转睛。萧琴脸上飞红，口硬道："我本是男儿郎，又不是女娇娥，你怎么叫我姑娘？"李清毕竟是江湖老手，道："姑娘身上有女儿气息，怎能瞒得住人？是就是，不是就不是，何必搞这种恶作剧呢？"萧琴被当众拆穿，小孩心性上来，摘下头顶束发的发髻，披散长长秀发，撕下薄薄的猪皮面具，露出自己真容。姜乐康此刻方悟，心中一甜："原来是思君！我早该想到！"不自觉往棋盘靠近几步。众人看见那俊公子瞬间变成一个花姑娘，莫不精神一振，暗呼有趣。有几个随行观棋的家眷女子，见到秦思君，却是自惭形秽，心生醋意。

　　秦思君道："没错！我是女儿身，那又怎么样？"李清道："这棋局恐怕不适合姑娘来解。"秦思君嗔道："谁说姑娘就不会下棋？我问你，为何你们到各派发棋帖，广邀武林才俊参加，偏偏漏了峨眉派和百花帮两派？是看不起女子吗？幸亏本姑娘消息灵通，赶上这次热闹。若非你们这样做，我今天也不用扮作男子，过来下这盘棋！"众人闻言，议论纷纷。有人道："姑娘家看看棋就好，上来凑什么热闹？"有人道："常言道：巾帼不让须眉。南朝奇女子娄逞，不就是弈棋好手吗？没准这姑娘能够破局！"姜乐康心道："百花帮姐姐们个个能干，老前辈却忽视她们，实在不该！"江湖道寻思："太极门这样做，也许事出有因。"秦子恒眉头一皱，寻思："幸亏众人未知君儿家世。"又焦急又担心，却不好说些什么。

李清事前曾受摘星子嘱托，不必给峨眉派和百花帮派棋帖，如今却碰上秦思君质问，一时语塞，不知如何应对。摘星子见情势不好，也自信秦思君难以破局，沉吟道："派帖之事是老夫无心之失。既然这位姑娘一心下棋，不妨来切磋一番。"秦思君嗔道："呸！刚刚是我想下，你们不让下。现在你们求我下，我倒不想下了！"快步走回场边。摘星子、李清见她没再胡闹，暗舒一口气。

姜乐康见秦思君被欺负，想为她出气，走过去道："我要下棋！"秦思君看到此景，心头一甜。江湖道却是一惊："小姜何时会下棋了？"李清见有人挑战，忙道："欢迎！请问少侠尊姓大名？师从何派？"姜乐康瞥见刘玉轩还在，想起当日退出枯木派之事，朗声道："我叫姜乐康，无门无派！"众人哄堂大笑，道："无门无派的小子，也敢来弈棋吗？"秦思君寻思："小姜不是拜入枯木派了吗？怎么说他无门无派？莫非当中有什么变故？"李清只想把秦思君之事翻篇，忙道："各位少安毋躁。有道是：英雄莫问出处，来了便是朋友。姜少侠，请坐。"

姜乐康坐下弈棋，他虽不懂棋理，但看过六七人解题，都没有把白子放到棋盘某处，便取起一个白子，故意放到该处，只想乱下一通，为秦思君出气。李清道："胡闹胡闹！你自填一气，杀死己方一片白棋，哪有人这样下棋？"摘星子眉头紧皱，寻思："真人有命，此局不论何人，均可入局。他虽胡乱下子，总也是入局的一着。"当下把挤死的一片白子取下，应了一个黑子。姜乐康又乱下一子，所下之处，正是提去白子后现出的空位。这一步棋，竟然大有道理。原来摘星子自棋局设下以来，已对当中的千百种变化，拆解得烂熟于胸，对方不论如何下子，都不能逾越他已拆解过的范围。岂知姜乐康故意乱下，杀死自己一片白子后，局面豁然开朗，黑棋虽然大占优势，白棋却已有回旋余地，不再像从前这般缚手缚脚，顾此失彼。这个新局面，摘星子前所未见，思索良久，方应了一个黑子。

江湖道一直紧盯局势，看得清楚，自感破局有望，猛然想起于杭州街头听过的童谣："治国读《论语》，平乱须《六韬》。纵横黑白道，真侠破邪妖。"寻思："我师从点墨派，自幼熟读《论语》，应了第一句；《六韬》是著名兵书，相传为姜太公所著，与小姜同姓，应了第二句；今日这珍珑棋会，以黑白子于纵横十九道上对弈，应了第三句。原来上天是要我们兄弟同心，共破棋局啊！"当下想出言提醒。然而姜乐康不会弈棋，连平位三九路、去位五六路是哪里也不懂。这该如何是好？江湖道思念电转，想起他们那套方位暗语，捏着嗓子道："左竿网！"

姜乐康听到此言，登时会意，提起白子，悬在空中，但该处也有几个位置可下，一时举棋不定，不禁晃了几晃，猛听到一声咳嗽，姜乐康明白是下这个位置，定住手往下放，下了一个白子。摘星子摸摸白须，思索一阵，才应了一个黑子。姜乐康见摘星子之前下子很快，此刻却要思索，知道自己下对了，又依江湖道暗语，应了一个白子。如此下了两三子后，王纶发觉不妥，道："谁在下面说什么球头，你以为是在蹴鞠吗？"众人一阵大笑。江湖道不以为意，兀自暗语提醒。又使了五六个妙招，局势忽然剧变，白子已大有反败为胜之势。李清喜道："恭喜姜少侠天赐福缘，勘破了这个珍珑棋局！也请刚才助棋的朋友亮相。"摘星子也抚须微笑。江湖道喜滋滋地来到棋盘前，道："小生师从点墨派，自号江湖道，是姜乐康的结义兄弟。"众人方才醒觉，原来刚才的蹴鞠术语，竟是一套暗语！

摘星子笑道："两位少年同心协力，破了这个棋局，实在让人吃惊。二位请跟我来。"说罢起身自行，缓缓向天师府后面走去。姜乐康望向秦思君，微微一笑。两兄弟忙跟着走去。众人均知他二人是去取答礼，都有些眼红。秦思君看到姜乐康的笑容，打心底里高兴，寻思："小姜结交了这个好义兄，又破了棋局，当真傻人有傻福！"李清道："珍珑棋局已破。府中准备了几杯清茶，一些糕点。各位请跟我来，一同吃些茶点，歇息一番，自由交谈。"众人站了大半天观棋，也有些累了，陆续散去，到府中喝茶。不少世家公子奉家翁之命，参与此次棋会，其实也没想着弈棋，更想混个面熟，结识人脉，相互吹捧一番，多交个朋友，少树个敌人。

秦子恒提步欲行，秦思君跟在后头，忽见刘玉轩过来，冷笑道："姑娘家不好好待着，只会四处乱跑，成何体统？"秦子恒忙道："刘公子你好！舍妹不识大体，多有得罪，请勿放在心上。"秦思君狠拍秦子恒后背一下，道："要你管！"闪身出来，对刘玉轩道："我想来就来，想走就走，跟你有什么关系？"刘玉轩阴阳怪气道："堂堂武林盟主千金，却是这般有眼无珠，放着宝玉不要，偏去挖块生在烂泥的生姜。"秦子恒左右为难，不知如何是好。秦思君猛然醒悟："他定是翻过那香囊，知道了我对小姜情意，就让他爹把小姜逐出枯木派。这人好没道理！"反唇相讥道："亏你是枯木派刘掌门长子，也该知道何为榫卯，只有两块严丝合缝的木头，才能构成牢固的结构。我根本就不喜欢你，你来揶揄我干什么？你连榫卯之理都不懂，恐怕就是块不成器的假宝玉、真顽石吧！"刘玉轩气得不行，道："你……你！"却碍于情面，不好发作，只好道："算了！好男不与女斗。但愿你不后悔就好！"哼了一声，扭头离开。秦子恒疼爱妹妹，轻叹一声，没有责怪。秦思君寻思："我等小姜出来，跟他说几句话也好。"道："哥哥，不要跟他一般见识，咱们去吃些茶点吧。"两兄妹自进屋内用茶。

却说姜乐康、江湖道二人，跟着摘星子沿着天师府屋后小径上山，走了一炷香工夫，来到一个山洞前。但见曲径通幽，松柏青翠，奇峰怪石，云雾缭绕。一缕阳光穿过云雾，照进一人大小的洞口，依稀见得里头青苔如毯，钟乳倒挂，好一个洞天福地的奇景。摘星子道："这个山洞是龙虎山的禁地，内有珍宝若干，外人不得而知。两位少年勘破真人设下的珍珑棋局，委实福缘深厚。请你们其中一人，到这山洞里挑选一样宝物，作为太极门对你们的答礼。"姜乐康道："大哥，没有你的提示，咱们破不了这个棋局，请你进去挑一样宝物吧。"江湖道寻思："若非小姜误打误撞，下了最关键的前两步，只怕我挠破了头，也破不了这棋局。这是属于他的机缘，我只是顺势而为而已。"笑道："棋是你执子的，还是你去吧。咱们当兄弟的，还分什么彼此呢？"姜乐康没再推辞，道："既然大哥这么说，那就由我进去吧！"

第三十七回　别有洞天

摘星子微笑点头，道："二位义结金兰，情同手足，让人称羡。姜少侠，这山洞是当年龙虎山道众抗元时的藏宝库，内有珍宝若干。为防元军夺宝，设有重重机关，布置周密。你进去以后，记得只能选一样宝物。当你拿起任意一样宝物，便会触动第一个机关，前方会放下一块重达千斤的断龙石，无法继续前行，只能沿路折返。若你在折返途中，贪心拿起另一样宝物，便会触动第二个机关，洞口此处会放下另一块断龙石，把你困在洞中，再也无法出来。老夫有言在先，请务必守规矩，否则后果自负。"

江湖道闻言大惊，寻思："这哪是藏宝库，分明是个大陷阱！倘若小姜误触机关，困死其中，我可怎么办？"急道："老前辈，没想到取个宝物，还要冒生命危险。我看不如算了，感谢前辈好意！"摘星子沉吟道："不取也是一种选择。毕竟再珍贵的宝物，也比不过兄弟情义。"姜乐康却来了兴致，道："大哥，我想进去看看。放心，我一定会守规矩，不会乱来。"江湖道寻思："小姜为人正直，当初出走风波庄时，连一点干粮都不拿，以示自己清白之身，想必不会贪心送命。"道："好吧。速去速回，我在此等你。"姜乐康点头称是。摘星子见二人已有共识，取出火石，点燃火把，交给姜乐康，道："姜少侠，请进。"

姜乐康取过火把，走进洞口，初极狭，才通人，复行数十步，渐变宽阔。忽见前方闪过道道金光，闪得人睁不开眼。姜乐康揉揉眼睛，定睛一看，原来地上有个打开的宝箱，里面装满黄金。姜乐康寻思："娘亲常教我：君子爱财，取之有道。我有手有脚，若盘缠花光，大可打工挣钱，不必去取它。"继续往前走。

又走几步，是个拐角，姜乐康转了过去。再走十余步，又见前方闪过一道寒光。姜乐康用火把一照，但见石壁上挂着一把武士弯刀，露出小半截刀刃，还有大半截插在鞘内。刀鞘上有古日文字样，上书"镰仓幕府铸造"，尽管历经岁月，依然寒气逼人。姜乐康端详一番，自然看不懂，寻思："这刀看起来不错，就是杀气太重，容易误伤无辜，还是不取为妙。"

再走几步，还是拐角，姜乐康再转过去。又走十余步，看见侧边有个小案，放着一本厚书，书名叫《养生之道》。姜乐康笑想："大哥爱书如命，要是他进来挑，肯定就拿这书了。待我再到前头逛逛，要是没别的东西，就取它吧！"

当下再往前走，踏过一块青石板，前头豁然开朗，竟是个宽阔明亮的大洞。抬头往上望，但见洞内高达百尺，上方有个大缺口，日光映照下来，驱散洞穴阴暗。姜乐康啧啧称奇，往里走了几步，忽听背后传来一阵闷响，回头一看，一块断龙石已落在地上，隔断了来时的路。姜乐康大吃一惊，火把跌在地上灭了，大叫道："喂！我明明没动任何宝物，怎么把我关在这里！"伸手去推那巨石，却哪里动得分毫？又听洞内传来一个声音："既然进来了，何必急着走呢？"

姜乐康吓了一跳，但很快镇静下来，寻思："原来这洞内有人，他既然能进来，自然就能出去，那我也能出去了。"缓缓回转身子，沿声源处望去，只见一个鹤发松姿、面色红润的老者，正端坐在一张石椅上，笑眯眯地看着他。老者虽须发皆白，却容貌年轻，如孩童一般，无半丝皱纹，根本看不出年龄。

姜乐康心中稍定，走过去道："老前辈，这是你设的机关吗？"老者笑道："是我设的机关。放心，你能出去的。小朋友，你叫何名字，籍贯何处，今年多大了？"姜乐康哭笑不得，心道："开什么玩笑！差点吓死我了。"道："我叫姜乐康，岭南桃花村人氏，今年十六岁。请问前辈又是哪位？"老者笑道："我叫张通，字君宝，道号三丰。"姜乐康打量张三丰一番，道："老前辈，你长得很特别啊，未知年纪多大？"张三丰笑道："我今年两百岁了。"姜乐康大惊，他涉身江湖一载，已有一些见识，寻思："世上竟有人能活到两百岁？如果不是神仙，那就是骗子了。"一时没有说话。

张三丰见他不作声，道："乖孩子，你破了我的珍珑棋局，又经历重重考验来到这里，证明你既有慧根，也有侠心，是我要找的有缘人。来，跪下给我磕头吧。"姜乐康疑道："我为何要给你磕头？"张三丰道："我已经老了，想收个关门弟子，把毕生功力传授给他，传承我的衣钵。"姜乐康忙摆手道："不不！不是自己练的功力，我不要。想成为大侠，非下苦功不可。天下哪有速成的好事？"张三丰心中一惊，道："你可知道，如今摆在你面前的，是武林千载难逢的机缘，多少人做梦也想得到，你真的不要吗？"

姜乐康见他说得真切，心中思绪万千。他自离乡以来，一心就想拜遇良师，刻苦练武，成为大侠，惩恶扬善。一路上他也因武功平平、见识不多，吃过不少苦头：在衡阳城因无意揭穿，被卖艺人报复追打，丢了珍贵的信鸽；在神农架为救秦思君，中了梅傲霜的一掌，养伤半个月才好；在风波庄因得罪刘玉轩，被刘达栽赃暗算，害得他负气出走。尽管遭逢艰辛，但他从不后悔在顷刻间做出的选择，只觉自己顶天立地，对得起"侠义"二字。如今有个速成法子摆在眼前，试一试也没损失，一旦有效却能马上功成名就，怎能叫他不心动？但他稍作思虑，还是觉得只有凭自己练就的本事，心里才感觉踏实，既不亏欠别人，也不辜负自己。何况他年纪尚轻，仍有时间奋斗努力，何必急于求成，迷失自我？想到这点，姜乐康仍道："谢谢前辈一番好意。我想我还是拿那本典籍当礼物，看书好好练武，付出一番苦功，才更对得起自己。"

张三丰抚须大笑，道："有趣，有趣！好孩子，我问你，你是怎么解开那个珍珑棋局的？"姜乐康把摘星子师徒对女侠客的轻视、自己不服气想捣乱棋局、误打误撞下了前两子、经江湖道暗语提醒勘破棋局的事简单讲了。张三丰听后啧啧称奇，陷入回忆："其实我怎会轻视女子？遥想当年，若非郭女侠赠镯勉励，恐怕也无今日的我。后来她创立了峨眉派，英名传于后世，我也成了武当派的开山祖师。未知此刻的她，是否已在天界，遇见了她朝思暮想的神雕大侠？"想到此节，两百年经历的种种风波涌上心头，竟流出两行老泪。

姜乐康低声道："前辈，你为何又笑又哭？是我的做法触怒你了吗？"张三丰从回忆惊醒，寻思："这孩子虽不知我不收女徒的顾虑，也不全然是自破棋局，但却福缘深厚，碧血丹心。若培养得当，定能成为又一位豪杰。只是我苦心设下的珍珑棋局，终究是无人可破。"想到此节，一种悲怆孤独之情油然而生，叹道："好孩子，你宅心仁厚，我怎会生气呢？只不过我想起这珍珑棋局，普天之下终究没人可破，难免有些伤感。"姜乐康寻思："这人好自大，一点也不虚心，没准真是个骗子，我得好好说说他！"缓缓道："前辈，我义哥常说：满招损，谦受益。虽然我不会弈棋，但你怎知全天下的人，都破不了你的棋局呢？就算现在是无人能破，但未来没准能出现一个天才，下一步棋，瞬间想到百步以后、千般变化，轻松破了棋局，谁也下不过它。你怎能如此自大呢？"

张三丰面色突变，寻思："这不正是《庄子》中'子非鱼，安知鱼之乐'的哲学思辨吗？"他活了两百岁，阅尽古今经典，历遍人间沧桑，深知天下之大，无奇不有，姜乐康之言确有可能。又想："若未来真出现一人，下一步棋，就能想到百步以后、千般变化，确能破我苦思多年的棋局。但此人思维之快，城府之深，已非肉眼凡胎，而是九天玄女，是太上老君，是玉皇大帝！若此人把才智用于正道，确为苍生之福；若心术不正，岂不成了十殿阎王，翻云覆雨，吞天灭地，教人间不得安宁？"想到此节，骤然心惊，沉吟道："你说得对，我也不是神仙，确实无法知晓。但我想问你，倘若未来真有这位天才，天下会变成怎样？"

姜乐康想了想，道："我想若真有这位天才，将其聪明才智用于正道，去做一个大侠，定是大大的好事！"张三丰道："若此人心术不正，走上歪道呢？"姜乐康道："那便是它爹娘教育无方，咱们要把它纠正过来，带回正道。"张三丰道："但此人既然如此聪敏，一旦学了武，能在一招之内，就想到百招以后，即便集众人之力，也打它不过，又该如何？"姜乐康一时语塞。张三丰又道："既然无法解决，照我看来，此人还是不要学武，甚至不要出现最好。"

姜乐康又想了想，道："怎会打不过呢？前辈又在说笑话。但我想，若真有这种天才，聪明过人，懂得又多，那它自然也有感情，也该知道何为'侠义'，从而将能力用于正道，而不是为了一己私利，伤害无辜，看着别人受苦受难而无动于衷。你怎么把人净往坏处想呢？"张三丰又是一惊，寻思："对啊！若真有这种无所不知的天才，它又如何不知人们的美好情感和道德追求呢？正因它有经天纬地之才、扭转乾坤之能、鬼神不测之计，就更该懂得要把才能用于正道、造福苍生的道理才对啊！"想到此节，张三丰豁然开朗，喜道："小朋友，你很有想法，就像我以前教过的一个小徒弟。"

姜乐康奇道："他是谁呢？"张三丰道："他叫许墨生，是我当年收的第八位弟子。"姜乐康大惊道："你……你是无为子的师父？"转念又想："师父看起来也挺老了，跟广善大师不相上下。若此人真是师父的师父，没准真有两百岁。若我真做了这人关门弟子，又该叫师父什么呢？"想到此节，不禁莞尔。张三丰微笑道："怎么了？你也认识他？"姜乐康想起与无为子约定，又不好说谎，只好来个"真话不全说，假话全不说"，道："我是认识他，毕竟他是武林前辈。"张三丰道："我这小徒弟为人率性，灵活变通，是练武的好材料。不过我近年云游四方，潜心修道，也有五六十年没见他了。"姜乐康半信半疑，点了点头。

张三丰寻思："这孩子虽不愿磕头，也不必勉强。"道："好孩子，你靠近一点，我有东西要给你。"姜乐康寻思："他要给我开断龙石的机关，让我出去了。"便凑了过去，伸出双手，掌心朝上。与此同时，张三丰也从背后抽出双手，掌心朝下，缓缓放在姜乐康手上，催动内力传送过去。姜乐康突感一阵暖流从掌心涌进，再传向四肢百骸，暖暖的十分舒服，又觉全身轻飘飘的，时而如巨鲲潜入碧海，与群鱼嬉戏；时而如大鹏遨游天际，同云彩做伴，实在妙不可言。姜乐康不由自主地闭上眼睛，逍遥自在，如臻化境，浑然不觉周遭万物。

第三十八回　打虎少年

不知过了多少时辰，姜乐康从梦中惊醒，发觉自己正躺在石椅上，山洞四周空无一人，断龙石门已被打开，老人早已不知所终。暖洋洋的阳光从洞穴上方缺口照下来，正是中午时分。姜乐康坐了起来，揉揉眼睛，寻思："奇怪，我进来时明明日渐西斜，怎么此刻太阳反在头顶？"站了起来，走了几步，忽见地上岩石刻了八个大字，写着"为国为民，侠之大者"，字迹苍劲，铁画银钩。姜乐康蹲下默念，用手摸摸那个凹进去的"侠"字，若有所思。

姜乐康再站起来，四处打量山洞陈设，又见洞内东西南北四个方位，各立着一只小石狮子前，威武雄伟，十分精致。姜乐康大感有趣，来到身旁的一只石狮子前，蹲下来摸摸，发觉石狮子竟可扭动，轻轻一扭，内洞口的断龙石缓缓降了下来，发出一声闷响。姜乐康一看不妙，忙把石狮子扭回原处，断龙石又缓缓升了起来。姜乐康寻思："原来这几只石狮子，就是升降石门的机关。糟糕！大哥肯定等我等急了，我还是赶紧出去吧！"

当下出了大洞，沿来时的通道出去，经过那本《养生之道》、那把武士刀、那箱黄金，也没取任何宝物，径直走到洞口。又见外洞口处放着几块不大不小的石头，还有几根树枝，进来时并没有。姜乐康跨过这些障碍，出了山洞，看见江湖道正靠在不远处的树前，头一低一高地打着盹。姜乐康轻声唤道："大哥，我出来了！"江湖道立马惊醒，跳起来抱着他道："小姜！你吓死我了，我差点以为你出不来了！"姜乐康不知所措，道："没那么夸张吧，我至多进去了半天而已嘛。"

江湖道松开双手，道："开什么玩笑？你已经进去了三天三夜了！"姜乐康惊道："什么？今日是几月几日？"江湖道道："今日是七月十八，你在七月十五就进去了！"姜乐康惊道："这几天外面发生了什么？我怎么浑然不知？"江湖道道："那天你进去后，摘星子就回去了。我等了你很久，还不见你出来，后来天黑了，我也饿了，便回天师府吃饭，顺便问摘星子这洞里的事，说你还没出来。摘星子却满面笑意，让我不用心急，大可在府中安心等你。我心想洞内也许有什么石壁图谱、蝌蚪古文之类，你沉浸其中，修炼起来，饿了明天自然就出来。于是心中稍定，到大厅用膳。那时已是夜晚，大部分宾客都走了，还有几人没走。那个女扮男装的小姑娘也在，过来问我你去哪了。我不好泄露取宝之事，只好说你到了山上某处修炼，我会等你回来再走，有什么话可告诉我。"

姜乐康微笑道："那她说什么了？"江湖道坏坏一笑，寻思："难怪小姜没有记恨盟主秦天，原来是佳人有意。"道："然后我才知道，她不是什么萧公子，闺名叫秦思君，是秦子恒的胞妹，你们早就认识。她看似有点失望，请我让你到神农架找她，她有话想亲自和你说。她还给了我五两银子，说是我们路上的盘缠。"姜乐康道："原来如此。那之后两天，又发生什么了？"江湖道道："十六那天，秦氏兄妹和剩下的宾客也走了。我又来到这里等你出来。等了大半天，还不见你出来。我越想越不对，又不敢进洞，生怕误触机关，降下断龙石。于是搬来几块石头、几根树枝，堆在洞口，心想一旦那断龙石落下来，尚有东西顶着，好救你出来。"姜乐康心中感动，道："大哥考虑周全，这几天真让你担心了！"

　　江湖道讪笑道："等三天还好，要是等三个月、三十年，还不把人急死！后来我又回去吃饭，质问摘星子师徒洞内的事，本想撒泼大闹，逼他们进去带你出来。没想到他们仍是一副笑脸，让我不必担心，安心等着便是。江湖有言道：伸手不打笑脸人。我只好吞下这口气，在天师府大吃大喝。没想到他们也不生气，反倒安排道童服侍周到。我心想既然如此周到，没准那洞里也放了食物，供你食用。倘若你一天不出来，我也一天赖着不走，看他们能忍多久。就这样又等了一天，今日你终于出来了。"又远远一望那个小黑洞，虽是光天化日，仍自心有余悸，道："这里也不知是什么鬼地方，此地不宜久留，咱们赶快走吧！"

　　当下两人也不去天师府辞别，寻路出了龙虎山，往西边走去。姜乐康道："大哥，我们要去哪？"江湖道道："不是去百花帮吗？素闻苏帮主侠骨丹心，我也正想拜会她老人家。"姜乐康微微一笑。两人边走边聊。江湖道道："贤弟，话说你进去了三天，里面都有些什么？你取了什么宝物？"姜乐康把洞内记得的见闻都讲了一遍，又道："我出来得急，就忘了取宝物。"江湖道越听越惊，道："你再说一遍，洞内那老头名字叫什么？"姜乐康道："他说他叫张通。"江湖道惊道："难道你见到了张真人？他竟还没死，还说要把他毕生功力都传给你？"姜乐康道："我也不知道他是谁。但我拒绝了。然后我也忘了发生什么。反正就是睡了一觉，做了个很长的梦。醒来后他就不见了，然后就出来见到你。"江湖道半信半疑，喃喃道："小姜说他不见了，但我守了这么久，不见有其他人出来，那石头、树枝也没被动过，总不会是飞天遁地出去的吧……也罢，小姜没事就好。"

两人一路向西，风餐露宿，走了七八天，来到湖南省内。这天天清气朗，夕阳西下，两人贪走脚程，路过一块榜文牌，也没停下来看，就进了一片森林。又走了一炷香，眼看戌时已至，日落西山，林子逐渐暗了下来，头顶不时传来几声鸦鸣。两人边走边聊。江湖道道："此处前不着村，后不着店，我们只好在此将就一晚，等明晨天亮再走。"姜乐康道："此处有些眼熟，我好像来过。"江湖道笑道："贤弟从岭南出来，这一年来走南闯北，走过的路比我更多了。"姜乐康忽道："我想起来了，这林子唤作虎踞林。"江湖道沉吟道："原来此处便是虎踞林。江湖传言此处多有凶案，均为大虫所害，后来查明是魔教在此开黑店，劫杀来往客商。唉！须知人心险恶，更比大虫凶……"

正说话间，但觉一阵狂风刮起，吹得树叶簌簌作响，一只吊睛白额大虫从树上跳将下来，直扑向江湖道。姜乐康月色下看得清楚，急呼："小心！"猛然推开江湖道。江湖道连退几步，一个趔趄坐倒在地，看见眼前的大虫，吓得说不出话来。那大虫扑了个空，眼珠发出阴森森的绿光，前爪在地下稍微一按，又掀向姜乐康。姜乐康施展鹤翔步，闪身一躲，躲在侧边，正是一招"天步高寻"。大虫两下落空，焦躁起来，怒吼一声，却似平地起惊雷，震得那树木也动，把那铁棒般的虎尾，往侧后方扫去。姜乐康一跳避过，又是一招"振羽临霞"。那大虫见扫不着，虎尾垂落在地，想要翻身再斗。姜乐康瞅准时机，抢上两步，一把抓住虎尾。那大虫重达四百斤，比两个壮汉还重，拼了命地往前挣扎，哪里制得住？姜乐康自感抓不牢，突然松开双手。大虫因惯性太大，发力过猛，重重摔在地上。姜乐康趁机骑在大虫背上，左手紧紧揪住顶花皮，腾出右手来，使出平生力气，径往虎头上打去。大虫吃了两拳，前爪刨地，想要翻转身子，把姜乐康抖落在地，却似有千斤重压，难以动弹。此时江湖道也跑了过来，死死揪住虎尾。姜乐康回头一看，心中大定，一股真气激荡全身，直贯拳掌，抡起右拳又往虎头打去。那大虫登时头骨碎裂，闷哼一声，软瘫在地，已然气绝。姜乐康以为大虫未死，又打了二三十拳，直打得它眼耳口鼻，都迸出鲜血来，直像一个锦皮袋。

姜乐康还在打，却听后头传来江湖道的声音："小姜，大虫好像已经死了。"姜乐康停下拳头，站起身来，扶起背后的江湖道，到前头察看那大虫，一探气息，果然死了。姜乐康看得呆了，看看沾满虎血的双手，不信自己已打死了猛虎。江湖道却是又惊又喜，道："小姜，你居然打死了大虫！"转念又想："也许他真的见过张真人，得了他内功真传，方能如有神助。"由衷地替他高兴。姜乐康却道："原来这虎踞林真有大虫，要是再来一只，咱们怎斗得过？不如趁早出了这林子，莫要在此过夜。"江湖道寻思："小姜涉身江湖一载，已颇有阅历见识。"点头道："你说得对，咱们这就走吧。"

两人又走了二里路，忽见枯草丛中，钻出两只大虫来。两人心中都是一惊："当真还有？"却见那两只大虫，于黑夜中直立起来。两兄弟定睛一看，却是两个人，把虎皮缝做衣裳，紧紧披在身上。那两人各拿一把弓，背着箭袋，惊叫道："你们两个是人是鬼，既无器械，又无火把，如何敢在夜里穿过这林子？"江湖道警惕道："你们是什么人？怎么扮作大虫的样子？"两人道："我们是本地猎户，奉知县之命，去抓林子里月前出现的大虫。"姜乐康道："那只大虫已被我哥俩打死了。"猎户惊道："开什么玩笑？那业畜力大难近，谁敢靠近？为了抓这业畜，咱们已折了五七个弟兄，不知吃了多少限棒，只抓它不得。今夜又该我俩捕猎，拿了弓箭等它，正在这里埋伏，却见你俩大咧咧地走来。"

姜乐康道："你们怎么不信？看我手上的血，不是虎血，却是什么？"猎户凑近细看，闻得一阵血腥气息传来，已有七八分相信，道："莫非你们是武林中人、江湖侠客？"江湖道道："正是。"猎户喜道："当真出门遇贵人，二位为本地除了一大害啊！"取出一支响箭，张弓往天上射去。但见号箭发出尖锐响声，直没在夜空上。不久，又有十来个村夫打着火把，拿着枪棒，进到林子来。江湖道道："他们怎么不跟你俩一起捕猎？"猎户道："那业畜好生厉害，他们如何敢上来？"猎户把两兄弟打虎的事说与众人。众人又惊又喜，均道："那大虫在哪？"两兄弟领着众人原路折返，看见那大虫作一堆儿死在那里。

众人见了大喜，赞道："当真英雄出少年！"先叫一人回去报知官府，又有五七人缚了那大虫，抬出林子去。众人又问两兄弟的姓名籍贯，两人各自答了。众人簇拥着两兄弟出了林子，路过一间被火烧过的破屋，正是姜乐康当日投宿过的客店。两兄弟走了一整天，又饥又累，只想住店歇息。众人来到另一家客店，猎户向店家交代一番，各自回去。店家、客人听到两个少年打死了虎踞林中的大虫，无不称赞有加，连忙取出最好的酒菜招待，又腾出了两间上房。两兄弟都十分高兴，大快朵颐一番，又喝了几杯酒，自回房间歇息。

第三十九回　行侠仗义

次日，两兄弟起床不久，便听到猎户在房门外叫道："两位少侠，大虫已抬到官府，请随小人到长沙府里请赏。"两人出了客栈，跟随猎户而行。姜乐康不明就里，道："大哥，这是怎么回事？"江湖道喜道："小姜，你打死了老虎，为乡民除了大害，这下咱们出了名，真成为大侠了！"姜乐康闻言大喜。

三人走了小半时辰，进了一座大城，但见此地北望洞庭，南连岳麓，西接沃野，东临橘洲，屈贾之乡，楚汉名城，是为长沙。三人来到衙门，但见外头已围了不少看热闹的街坊，门前空地放着一只死大虫，正是两人昨日打死的猛虎。众人一见三人走来，均投来炽热的目光，私语道："就是他俩打死了大虫！""他们看起来还很年轻啊。""当真英雄出少年！"姜乐康感受到众人的目光和议论，不禁脸上火辣辣的，心里却跳个不停，十分喜欢这种感觉，向众人点头微笑。

猎户来到门前，敲响衙鼓。一个差役开门出来，看到众人，立时明白，道："都来了？稍等片刻，待我进去禀告知府老爷。"转身进去。不久，差役出来道："请随我来！"猎户领着两兄弟进去。也有数名村夫七手八脚，扛起大虫，往里走去，放在过道上。众街坊看到此景，也凑进去看热闹。差役没有阻拦，打开大门放人。众人来到厅前，只见知府已在厅上坐等。

知府看见两个少年，但见一人身姿矫健，生龙活虎，颇显少侠气概，另一人却是书生打扮，意气风发，又有儒生风范，不禁啧啧称奇，道："我听属下汇报，是二位少侠打死猛虎。你俩说说，是如何打死那大虫的？"江湖道道："禀相公，是我贤弟打死的。"姜乐康道："是我和大哥合力打死的。"知府奇道："你们俩是兄弟？"江湖道道："我俩义结金兰，是结拜弟兄。"知府笑道："原来如此。昨夜究竟发生什么？是谁打死大虫的？"两人便你一言，我一语，把昨夜打虎的事说了一遍，厅上厅下众多人都听得呆了。知府赞道："两位少侠一人像李存孝，一人像子路，齐心协力打死大虫，实为一段佳话。"赐了几杯酒，命人把富户凑的赏赐钱一千贯送给两人。

姜乐康忙道："不不，打死大虫只是侥幸，实为保命之故，怎能领受赏赐呢？"知府一听，脸色一沉，寻思："给你钱还不快谢过，不是想让我求你要吧？这小子真傻得可以！"江湖道察觉不妥，忙道："我听闻一众猎户，因这大虫受了相公责罚，何不把这赏钱散给众人去用？"知府寻思："还是当哥哥的会来事。"道：

"既是如此，任从少侠。"姜乐康也觉这法子好，便跟着义兄把赏钱散与猎户村夫。众人见他俩慷慨大方，仗义疏财，都对二人青眼有加，赞赏连连。知府见无甚别事，吩咐手下把大虫拖去剥皮，收归库房。差役宣布退堂。

众人簇拥着两兄弟出了衙门。本地富户宋太公赏识两人，邀他们到庄上作贺庆喜，每天好酒好菜招待，连摆了五七日筵席。两人便把行囊搬到宋家庄，暂时住了下来。那几天，两人闲时便到市集闲逛，小商贩见到他们来逛，送了些折扇、木偶等小玩意，道："两位少侠要是喜欢这些玩意，直接拿走便是，也值不了几个钱！"两人推辞不过，只好收下。渴了便到裕泰茶坊吃茶，店家见是他们光顾，坚决免收茶钱，道："两位少侠光顾小店，是小店荣光，还给什么茶钱？"之后又到道观寺院游赏，游人们认出是他哥俩，也让出过道，请他们先走。就这样，两兄弟没花一文钱，便把城内外游了个遍，也暗暗爱上这种感觉，浑把要去神农架的事忘得干净。

又一日，两人刚出宋家庄，想到市集闲逛，便见裕泰茶坊的店小二张乙急匆匆走来，道："两位少侠，你们出来正好，请一定帮帮小人！"姜乐康忙道："有什么事要帮忙吗？"张乙道："家母突得恶疾，需要一大笔钱医治。无奈小人家贫，一时凑不够钱买药。店家平日待小人甚好，加之钱债易还，情债难偿，也难开口赊借。思来想去，唯有向二位求助，万望援手。"江湖道道："借问大哥需要多少钱救急？"张乙道："小人需要十两银子，用来为家母看病买药。"江湖道为难道："小二哥有所不知，我兄弟俩并非世家公子，一路游侠至此，实没这么多钱傍身。"张乙沉吟片刻，道："两位是宋太公贵客，若能开口向太公要钱，相信他不会推托。"姜乐康寻思："若是百花帮的姐姐们在此就好了。"道："这个办法好。我们这就去问太公借，给令堂买药治病，望她能早日痊愈。"张乙喜道："多谢少侠相助！"江湖道道："若令堂日后病愈，你也攒够了银两，记得还给宋太公。"张乙道："这个一定。"

　　两人返回宋家庄，见到宋太公。江湖道施礼道："太公，我兄弟俩需要用钱，想向太公讨十两银子。"宋太公道："两位少侠，可是小庄招待不周，有所怠慢，二位要讨盘缠，离庄远行？"江湖道忙道："无故打搅太公多日，我俩心里万分感激，哪里敢挑三拣四？"宋太公呵呵笑道："老夫虽年老力薄，非江湖中人，却最爱结交少年豪杰，以慰平生之愿。若无急事在身，何不在庄上多住几天？"姜乐康猛然想起秦思君之约，道："有事，有事！"江湖道道："是这样的：本地有位朋友的娘亲染上恶疾，需十两银子买药治病，无奈银钱不足，也不好欠下人情债，只好向我们借钱。但我们也没那么多，便转向太公要。江湖有言道：救人一命，胜造七级浮屠。太公深明大义，定当仗义相助。"宋太公笑道："原来如此。两位少侠一片仁心，莫说为朋友讨十两银子，便是讨一百两银子，老夫也该尽力相助。"当下命仆人取出十两银子，交给两人。

　　两人又出庄来，看见那张乙仍在原地等候。江湖道把银子递给张乙，道："这是宋太公借你的十两银子，我们只是帮你借而已。"张乙道："谢谢宋太公，谢谢两位少侠！"喜笑颜开接过银子，快步走远了。姜乐康道："大哥，咱们在长沙城玩了好几天，是时候要走了。"江湖道道："也对。咱们今儿再逛一天，买些旅途物资，晚上回庄收拾一番，明晨去跟宋太公辞别吧。"姜乐康点头道："好，就依大哥的。"江湖道道："小姜，我今天想自个逛逛，咱们分头活动。"

当下两人分头而行。姜乐康到市集逛了半天，忽听到潇湘酒馆的掌柜叫卖道："上好的武陵崔婆酒，新酒到店，佳酿珍品，送礼自酌两相宜！"姜乐康大感惊奇，凑了过去，只觉一阵熟悉的酱香扑鼻而来，又使劲闻了闻。掌柜笑道："原来是打虎英雄，请尝尝小店新到的崔婆酒。"倒了一小杯酒，请他品酒。姜乐康接杯饮了，正是在衡阳雁醉楼尝过的味道，奇道："请问掌柜，这酒可是从衡阳雁醉楼买来的？"掌柜道："崔婆酒是武陵县名酿，小店是从当地进货的。少侠说的雁醉楼是衡阳名楼，藏有崔婆酒招待客人，也不奇怪。"

姜乐康想起当日与扮成乞丐的秦思君初见，不禁心中一甜，道："这酒真好喝！"掌柜道："少侠既然爱喝，不如拿走这壶新酒，回庄上慢慢品尝。"取出一个精致的小酒坛，上有酒泥密封，覆着一块红布，用绳子扎好。姜乐康寻思："君儿送过我一个香囊，我很快就要去找她。何不买壶好酒带去，到时见着她，就能邀她一起品尝。"道："好的，掌柜，我买下这壶酒。"掌柜忙道："少侠赏面光临，还给什么钱？"姜乐康取出宋太公前日给的碎银，直接放在柜台，拿了小酒坛，在怀中放好，继续在市集闲逛。

姜乐康来到城西，路过一家赌坊，离远看了看门口，寻思："这赌最是不好。刘达师哥若非沉迷于此，欠下赌债，恐怕也不会受人指使，栽赃害我。"正思索间，忽见江湖道掀开门帘，从赌坊走出。姜乐康大吃一惊，忙走过去，道："大哥，你怎么从赌坊里出来？往常也不见你赌啊！"江湖道知他挂心自己，忙道："小姜，你误会了，我不是来赌，是来找人的。"姜乐康奇道："你要找谁？"江湖道道："就是裕泰茶坊的店小二张乙。"姜乐康惊道："他不是要买药给娘治病吗？怎会来了赌坊？"

江湖道道："咱们都被他骗了！我看他走得轻浮，便留了个心眼，到茶坊打听消息，怎知有茶客说张乙是个光棍，双亲早就过世。他偶尔在茶坊打散工，一有闲钱便去赌。久而久之，欠下不少赌债，没人愿借给他。我猜他就动了歪脑筋，来骗我们借钱。"姜乐康眉头紧皱，怒道："岂有此理！居然把我们当傻子。那人还在里面吗？"江湖道道："已经走了。听熟客说，张乙把欠的十两赌债还了，顺道赌了两把，又新输了些钱，记在账上。"姜乐康急道："咱们快进去赌坊，把那十两银子讨回来，还给宋太公。"江湖道忙道："那可不行！江湖有言道：愿赌服输。开赌坊的庄家，又没逼人来赌，若把银子讨回来，反倒成了我们不是。"姜乐康道："咱们快去茶坊，看看那人在不在，向他讨个说法也好。"江湖道道："我也正有此意。"

当下两人来到茶坊，看见张乙已经回来，正在收拾桌子。姜乐康上前斥道："小二哥，我们好心借你钱，没想到你居然撒谎，转眼就把钱拿去赌！"众茶客听到此话，纷纷把目光投来。店家也听到了，显得十分尴尬。张乙刚输了钱，本就不痛快，又被当众指责，恼羞成怒道："像你们这种侠客，不就该仗义疏财，急人所难的吗？原来连些许银子也舍不得啊！大伙来评评理，这还算是侠客吗？"

此言一出，众人议论纷纷："像他们这种侠客，不愁没银子花，原来还是这般斤斤计较。""不对啊！他们不是把官府给的赏钱都散给猎户了吗？""我看那是使钱买名吧，心里其实不乐意呢！""你真好笑！别人给你是情分，不给是本分，你倒来说三道四。"江湖道也怒了，道："那不是我们的钱，是宋太公的钱，不由我们做主！"张乙嗤之以鼻，道："说句话就能帮到人的事，有必要如此较真吗？"江湖道取过桌上茶杯，一把摔得粉碎，怒道："一派胡言！江湖有言道：救急不救穷，帮困不帮懒。你向我们借钱，不过是为了还赌债，根本不是给母亲治病。像你这样的赌徒，根本不值得帮！"

众人一听，始知事情原委，指指点点道："这人是个烂赌鬼，经常见他出入赌坊。""借他再多钱，也会被输光吧。""给他倒是输，给我只会赢！""还想冒充孝子，这种人不值可怜！"此时店家也走了过来，劝道："宋太公家财万贯，大人大量，相信不会计较这点小钱。两位少侠少安毋躁，给老夫一个颜面，此事不如就算了吧。"江湖道叹道："也只好这样了。"两人转身要走。怎知那张乙怒从心头起，恶向胆边生，假意俯身收拾，捡起地上碎瓷，向前猛跨几步，突往江湖道后颈割去。

第四十回　情债难还

众茶客和那店家看得呆了，完全来不及反应。姜乐康内力甚高，耳聪目明，听得背后异动，回身就是一掌，正好打在张乙胸

230

口，劲力从掌心涌出，将他往后面推去。张乙一个趔趄摔倒在地，吐出一口鲜血。江湖道此时回过身来，看见这般情景，已知发生何事，指着张乙道："你竟……"张乙自知不敌，无地自容，更不敢得罪宋太公，扔掉手中碎瓷，挣扎着站起来，跌跌撞撞逃出茶坊，当天便出了城，再也没回来。众人看到此景，都有些呆了，刚才还七嘴八舌的茶坊，一时变得鸦雀无声。两兄弟好心反被当仇人，心里浑不是滋味。江湖道取出几文铜钱，放在茶桌上。两人默然出了茶坊。

两人返回宋家庄，已近黄昏，一路无话。又见先前转交十两银子的老仆来找他们，道："两位少侠，太公邀请二位到庄上住，将息半年三月，原有一事相求，但怕少侠近日便要走，特嘱小人前来实告。"两兄弟对视一眼，均想："我们这十来天在庄上白吃白住，又讨了十两银子借人，恐怕那人是不会还了。若太公有要帮忙的事，何不出手相助，还了这笔人情债再走？"江湖道道："管家但说不妨。咱兄弟二人叨扰多日，别无报答，内心正过意不去。若有用得上我们的地方，定当竭力相助。"老仆道："几年前，乡里来了一群讨生活的外乡人，拖家带口来此定居，侵占了太公的田地，却仗着凶狠，不交佃租。太公多次派人收租，都被他们打了回来，连少爷也被打伤。太公咽不下这口气，便组织了几十个庄客，备好家什，粗练拳脚，正想教训那班人，恰遇到两位少侠打虎除害，名动长沙，无人不识。太公便想请二位少侠带队，到客家村一趟，赶跑这班霸占田地的刁民。"

听到此话，姜乐康义愤填膺，道："岂有此理！霸占田地不止，还敢出手伤人？不赶跑这等恶人，咱们的武功不就白学了？"

江湖道寻思："江湖有言道：客家占地主，竟被我们碰上了。"便道："既是如此，便请转告太公，咱们明天到客家村瞧瞧。"老仆喜道："两位少侠爽快仗义，不愧为侠义之人。小人这就去转告太公，好让弟兄们准备好。"姜乐康点头道："有劳管家。办过此事，咱们也该告辞了。"老仆自出客房。

姜乐康从怀中取出崔婆酒，放进行囊中。江湖道奇道："贤弟，为何突然买了酒，是想在旅途上喝吗？"姜乐康脸上一红，道："不不不。咱们很快要去神农架，拜访苏帮主她老人家，两手空空去也不太好。这酒是武陵佳酿，味道不错，我想买壶带过去，请大家尝尝。"江湖道微微一笑，寻思："这一小壶酒，够得谁喝？所谓的'大家'，恐怕就是指秦思君吧！"两人吃过晚饭，练功读书，各自歇息。

次日，老仆来到房前唤醒两人。两兄弟吃过早点，来到门外，但见几十个庄客已各执锄头、钉耙、木棍等农具，三五成群站着闲聊。两人一见这架势，都吓了一跳。宋太公站在门外相送，一见两人出来，便执起手道："两位少侠仗义出手，帮老夫出了这口怨气，老夫不胜感激！"两兄弟骑虎难下，只好道："太公待咱们甚好，实不知如何回报。"宋太公呵呵笑道："说哪里话！两位少侠为民杀虎，是庄上贵客，怎如此客气？"此时，老仆告道："太公，大伙已到齐，随时可启程。"宋太公笑道："有劳各位了！"

那老仆引着两人，来到人堆前，呼喊几声，庄客们聚拢起来。众庄客见两个打虎少年带队，立时精神一振。两人走在前头，众人跟在后头，由老仆引路，走了小半时辰脚程，来到客家村。但见村外小路蜿蜒，稻禾青葱，远处有十来间茅草房，散落在青山绿水之间。

众人一路走来，沿途空无一人，也无牲畜活动，显得了无生气。江湖道有点奇怪。众人来到屋前，江湖道叫门道："请问里面有人吗？"一连喊了几次，却无人应答。此时，有庄客道："还客气什么？直接撞门进去不就得了！"姜乐康忙道："让我来。"又对屋内道："再不开门的话，我们可要进来了。"说罢运起三成内力，往木门推去。只听"咯吱"一声，门被轻易推开了，根本没有上闩。

众人进去一看，只见屋内十分凌乱，被铺、草席被扔在地上。不少箱柜都被打开翻过，并没什么值钱的东西。江湖道打开烧水的壶一看，里面还有剩水。有庄客笑道："肯定是那班人知道我们要来，吓得屁滚尿流，收拾家当逃跑了。"带路的老仆道："如果是这样，那就太好了。"众人一片欢呼，三五结队跑到其他草屋，踢门进去，均是这般境况，看来那班客民已然逃跑。有人拾起草席、被铺等物，要搬回去自用；有人举起手中的家伙，在屋内乱打，砸烂木桌木椅等物。两兄弟呆呆看着，不知该如何是好。

待打砸得差不多，那老仆取出火刀火石，想要点燃放火。江湖道忙问："管家，你要干什么？"老仆道："两位少侠，按太公吩咐，小人要放火烧屋，断了那班客民回来的念头。"姜乐康抿抿嘴唇，没再说话。江湖道则道："你们要把这些房子烧了，是不想此处再住人，荒掉外面的田地吗？"老仆道："小人也是听命行事，没想那么多，相信太公自有打算。"江湖道不好再说什么。但见那老仆点起火把，一下扔进柴草堆里，熊熊烈焰迅速吞没了草屋。好端端的十几间草屋，转眼便被烈火吞没，曾救过火的两兄弟看到此景，心里都不是滋味。那老仆又吩咐了几句，留下三两个庄客盯梢，其余人原路返回宋家庄。

众人回到庄上，已是中午时分。宋太公早已命人备好筵席，迎接众人凯旋。众人各自入座，七嘴八舌，大吃大喝，喜形于色。姜乐康坐在首席，却是心事重重，食不知味。只见宋太公举起酒杯，向两人敬酒道："这次多亏少侠仗义助拳，才赶走了那班刁民，夺回宋家的祖业。老夫敬两位少侠一杯。"举起酒杯，一饮而尽。两人连忙站起，饮酒回敬。江湖道客套道："太公言重了，其实我俩也没做些什么。"

宋太公笑道："话不可这样说。虽说这次是不战而胜，但若非两位少侠答应助拳，吓得那班刁民闻风而逃，恐怕事情也不那么容易。"命人取出另外十两银子，又道："听管家说，两位少侠办过此事，便要离开小庄。这是老夫的一番心意，权当是些许盘缠，供少侠路上使用。"姜乐康心里别扭，想要推辞，江湖道却抢先道："江湖有言道：恭敬不如从命。太公既然诚意拳拳，我两兄弟怎敢推辞？多谢太公！"双手接过银子收好。宋太公哈哈大笑，道："那老夫便祝两位少侠扬名立万，威震武林。日后去到江湖上，遇到道上的朋友，记得为小庄说几句好话，不要为难小庄啊！"江湖道笑道："借你吉言。"

筵席还没结束。姜乐康却对江湖道说他已经饱了，回到房间取出两人的包裹，头也不回地出了宋家庄，到裕泰茶坊等候。江湖道留下跟宋太公辞别，又敬了两杯酒，不久后也出来了。两人在裕泰茶坊会合，出城门后往北而行，重新踏上神农架之行。两人边走边聊。江湖道关心道："小姜，我看你也没吃多少，就说已经饱了，不太像平时的你啊。"姜乐康道："我不想吃了。"江湖道道："是有什么郁结吗？"

姜乐康想起当日在京城看死囚被凌迟时身边看客的麻木，又想到这几天发生的事，不禁思绪万千，失望道："我当初离家出走，拜师学艺，一心只想成为救人危难的大侠，不会想别的事。后来，我们打死了大虫，为乡亲们除了一害，被人一口一个少侠，得到了别人尊重，总算小小地达成了心愿。本来我觉得很高兴，也有点迷恋这感觉，忘了去百花帮的事。没想到却遇上个赌徒，只因我们是别人口中的'少侠'，便来欺骗钱财，甚至还恩将仇报，要来害我们；还有那富户宋太公，同样把我们当傻瓜、当打手，假惺惺地对我们好，其实是别有所求。我在想，如果天底下都是这种人，这大侠还值得去当吗？"

江湖道沉吟道："江湖有言道：救急不救穷，帮困不帮懒。像张乙那种赌徒，固然不值得帮。宋太公的事，也古怪得很。但我相信，天下仍有一些不公义的事，需要我们出手相助；也有一些无依无靠的鳏寡孤独，值得我们去帮。"姜乐康豁然开朗，点头道："对！大哥说得好。"

两人想通这事，步伐轻快，在小路上走了个把时辰，追上了一群赶着牲畜、拖家带口的游民。两人正说着闲话，忽听前面传来一阵婴儿的哭声。两人抬头一看，但见一个背着婴儿的妇人，跟着走在人群后头。那婴儿想要撒尿，哭了起来，两只小脚正胡乱蹬着。没想到背带绑得不牢，婴儿竟挣脱了背带，慢慢从少妇背后滑落，眼看要掉在地上。姜乐康心想不好，眼疾手快，急跨两步，伸出双手接着要掉下的婴儿。婴儿落在姜乐康怀中，骨碌碌地转动大眼睛看他，不再哭了，嘎嘎一笑，尿了出来。一股暖流浸湿了姜乐康双臂，他也开心地笑了。

　　此时，妇人发觉不妥，回身一看，明白发生何事，称谢道："哎哟，谢谢你救了我的孩儿啊！"正想伸手接回婴儿，抬头一看姜乐康，却吓了一大跳，倒退两三步，惊道："怎么是你？"众游民听到异动，也停住了脚步，纷纷聚拢过来。姜乐康寻思："她是谁？我好像没见过她啊！"问道："你认识我吗？"妇人的丈夫走了过来，看到两兄弟，惊道："你们就是在树林里打死大虫的两人！"姜乐康心中窃喜，道："正是我们。"众人登时露出愤恨的目光，那男子更是咬牙切齿，指骂道："你……你们，把我们赶出了村子，现在又要来追杀我们吗？"迎前两步，想要夺回婴儿，却怕姜乐康伤害孩子，一时不敢妄动。

　　江湖道看在眼里，寻思："原来这些人就是客家村的居民，此事大有古怪，必须要说个明白！"朗声道："各位兄台少安毋躁，我两兄弟并无恶意。小姜，快把孩子还给人家。"姜乐康闻言赶紧把手中的婴儿还给妇人。妇人一接过孩子，便露出既尴尬又感谢的神色。婴儿回到母亲怀中，扭头望向姜乐康，出声一笑。

　　江湖道续道："我听宋家庄的管家说，你们霸占了宋太公的田地，不但没交佃租，还打伤了太公的儿子。太公咽不下这口气，便请我们走一趟，为他讨回公道。我们听了他的一面之词，又在庄上白吃白住多时，心里过意不去，只好答应了。结果今早来到村子，却发现你们早就走得精光，管家便命庄客烧掉茅房，不让你们再回去。我们稀里糊涂走了一趟，人都没见着，事都没做过，也是不明就里。想必其中多有误会，还望大伙说个清楚。"

236

第四十一回　以身试毒

众游民越听越怒，七嘴八舌道："胡说八道！我们何时没交佃租，还打伤他儿子了！""每月催租的恶霸，就跟催命鬼似的，早就想赶走我们了！""那老头见我们种肥了几块烂地，想抢回来自用，你们都被他骗了！"姜乐康始知眼前这群人，便是为避自己从客家村逃难的人，忙问："这到底是怎么回事？"

只听那婴儿的父亲道："我们是江右人氏，世居江西袁州。一百年前，彭和尚起兵抗元，先祖为躲避战乱，逃到深山老林中，一住便是三十年。后来我们得知战事已停，想出山定居，却发现移民已定，良田已占，难觅容身之处。我们为求生计，一路西迁，辗转流落至此。数年前，我们来到长沙府，找到了一块地，虽然田地荒芜，胜在无人居住。于是我们便定居下来，男人耕田，女人织布，把杂草地变成水稻田，又把小手作拿到市集卖，还养起了牛和猪，日子越过越好，大家都很高兴。后来，人们便把这里唤作'客家村'。"

"谁料好景不长，长沙府的土豪宋老头知道了这事，便派了数十个庄客来村里，硬说这块无主荒地本是他的，想把我们赶走。我们当然不答应，跟他们起过冲突，吃了不少棍棒。于是我们便告到官府，想讨回公道。但那官老爷收了老头好处，睁一只眼闭一只眼，命我们交佃租给老头。我们为了安稳，只好忍气吞声，开始给他交租。怎知那老头还不满足，隔三岔五便差人来找麻烦，收的租也越来越多，一心就想赶走我们。"

"前几天，我和娘子到市集买东西，听人说城里来了两个打虎英雄，打死了山林里的大虫，便凑过去看热闹，看到你们被那老头请去做客。昨夜，老头庄上的老仆人独自过来，说那老头请了你们助拳，要强行赶走我们，势必要起冲突。他一向同情我们，多次给我们报信，劝我们不要跟他主子作对，何况我们上有老、下有小的，怎打得过你们？我们心想有理，也受够了那老头的气，唯有连夜收拾东西，弃掉草房和庄稼，慌忙逃了出来。没想到路上走得慢，又碰上了你们！"

两兄弟大吃一惊，浑没想到竟听到了另一个故事，卷入了这场土客冲突中。孰真孰假，难说得很。姜乐康惊道："竟有这样的事，我和大哥被骗了！大家跟我回宋家庄，跟老……那人当面说清楚！"抱着婴儿的妇人感激他，开口道："你们不是也要走了吗？即便回去对质，他们要是不认账，你们怎么办？"有游民附和道："你俩不是说过，他们已经把草房都烧掉了，回去又住哪里呢？""对啊！即便讨回彩头，你们走了后，他们又来找我们晦气，不是还得逃吗？"

江湖道寻思："江湖有言道：强龙难压地头蛇。看来这些人早有经历，已经想好要走。要是强行插手，又是一番无休止的争斗。此事虽不因我们而起，却跟我们有关，定要做些补偿。"取出宋太公给的十两银子，歉然道："我兄弟二人误信谎言，害得各位流离失所，实在过意不去。这里有十两银子，小生想送给各位，权当是些许补偿。希望你们能早日找到安身之处，重过新生活。"说罢塞给婴儿的父亲，那男人愣愣地接住，竟说不出话来。姜乐康也觉得这是个好办法，不停地点头。

众游民喜出望外，赞道："他们只是听了谎言，不知道宋老头的狠毒。""听说他们领了打虎的赏钱，转手就散给吃了官家限棒的猎户。""果然是仗义疏财的侠客啊！"那妇人喜道："谢谢，谢谢！你们真是好人。"江湖道道："我们还要赶路，就此别过，后会有期！"两兄弟加紧脚步，越过了这群人，向西北而行，直往神农架去。

两人用秦思君给的银子作盘缠，一路晓行夜宿，乘船过江，走了十来天，终于来到神农架。百花帮清心殿，就在神农顶之上。其时已近中秋，神农架秋高气爽，万山红遍，层林尽染，蔚为大观。距离姜乐康上次到此，正好一年光景。他寻思："去年在这里见到苏奶奶，过了中秋。今年又恰好赶到这里。原来君儿是算准日子，邀我们来过中秋啊！"想到此节，心中一甜。

两人寻路上山，但觉山中叶落无声，人烟稀少，因为这神农架面积广阔，原住山民散居各处，当下也没在意。两人来到峰顶，忽见一阵浓烟飘出，心叫不好："难道又着火了？"对视一眼，加紧脚步，来到百花殿外空地。只见一个包得严严实实的中年女子，往柴火堆里添柴，熊熊烈火越烧越旺，正焚烧着两具死尸。姜乐康大吃一惊，寻思："怎么在烧尸首？难道发生命案了？"叫道："你在干什么？"那女子回身一看，认出他来，道："康儿，你们来了，你们不要过来！"她摘下面纱，露出样子，原是白芷。

姜乐康心中稍定，道："白姑姑，这是怎么回事？"白芷道："说来话长，你们先在山林中将息一天，待我们清理妥当后，明日再过来。"姜乐康道："姑姑，发生什么了？我们能帮上忙吗？"白芷急道："不用不用，你们先离远点，便是最大的帮忙了！"两人看这架势，心知不是耍处，尽管满腹疑惑，还是听从安排，先到山林歇息，采些野果来吃，接些溪水来喝，明日再上山去。

次日朝阳初升，两人便重新上山，想快点知道发生何事。两人来到清心殿外，看见白芷正蒙着面纱，打扫昨日烧过的炭灰。几具尸首也已化成灰烬，用陶罐装好，放在墙角处。姜乐康唤道："姑姑，我们来了。这位是我的结义兄长，人称江湖道，是点墨派门生。"江湖道抱拳作礼："小生江湖道，拜见白师姐"。白芷点点头，站出一丈开外，叹道："日前小师妹从龙虎山回来，说在那见到你们，邀请你们上山做客。大家想着一年没见你，心中都很高兴。没想到这几天却遭逢变故，当真时运不济！"姜乐康寻思："莫非是魔教妖人又来找百花帮麻烦？"忙问："昨日我看见姑姑在烧尸首，究竟发生什么了？"

白芷告道："十天前，有四个穿得严严实实的男人，抬着两顶轿子到殿前，里面有两个病人。为首的轿头说，他们是山下乡村的人，村里有人染上恶疾，四处求医未愈。听闻神农架上住着一班仙姑，心地善良，医术高超，乞求我们能救救他们。没等我们细问病情，那群人便扔下轿子，扬长而去。师父宅心仁厚，吩咐我们把病人从轿中领出，带到客房安置。"

"那两个病人是一对又聋又哑的老夫妇，身体起了不少红疮。我们从没见过这种病，如往常一般照顾病人，小师妹更是自告奋勇，服侍那对病人的起居饮食。没想到他们身上的恶疾，竟是一种烈性传染病，病人会出现痘疮，死者十之二三，古书上众说纷绘，大多称之作'天花'。好几个师妹也着了道，突感发热头痛，正在房内隔离休养。"

"师父心知不妙，赶紧吩咐余下师妹缝制面纱，隔离病人，妥善照顾她们。她老人家也日夜研读医书，望能早日找到治病之法。可惜稍晚一步，两个病人昨日早上还是走了。为了彻底杀灭瘟疫，师父便吩咐我把两具尸首烧了，千万不可土葬，以免恶疾扩散。正赶上你们上山，我们忙得不可开交，也怕你们染病，唯有叫你们先到山中歇息，待派内收拾妥当后，再来招呼你们。"

两兄弟闻言大惊。江湖道道："冒昧打扰贵派，给师姐添麻烦了。五行盟派，同气连枝，值此要紧关头，若有帮得上的地方，小生愿效犬马之劳！"姜乐康道："我也一样！"白芷点头道："咱们先去见师父，看她有什么安排。"领着两人进入殿内。但见偌大的清心殿，放着不少案椅，却只有苏义妁一人正伏案研读，再无人出入走动。苏义妁听到脚步声，抬头一看，道："康儿，你们来了。"两兄弟施礼道："拜见苏帮主。"姜乐康自为江湖道引见。苏义妁叹道："敝派遭受瘟疫侵扰之事，相信你们已经知道了。"姜乐康安慰道："苏奶奶不要伤心。您医术高超，一定能找到解决办法，大家肯定会好起来的。"

苏义妁打开一本医书，道："老身这几天翻阅这本由葛洪所写的《肘后备急方》，发现有这样的记载：'比岁有病时行，乃发疮头面及身，须臾周匝，状如火创，皆载白浆，随决随生，不即治，剧者多死。治得差者，疮瘢紫黑，弥岁方灭，此恶毒之气。'书上说的'虏疮'，症状跟这次的瘟疫很像。此病十分凶险，难用药物治愈。病人需要自己康复，死者十之二三。纵是妙手医师，也只能听天由命。"

众人听见，默然不语。姜乐康猛然觉悟："白姑姑刚才说有几个师姐妹都染病了，君儿不会就是其中之一吧！她一定要好起来啊！"一想到秦思君很可能正和瘟疫斗争，自己却无能为力，更是说不出的难受。

苏义妁又道："尽管无法医治，但据医书记载，得过疠疮后痊愈的人，终生不会再得。古代医师察觉到这点，利用'以毒攻毒'的办法，取用患者身上的痘浆，种进小儿鼻孔中，让小儿出一次症状轻微的痘疮，以此预防恶疾，成效不错。眼下敝派遭受瘟疫侵扰，老身想找人试试这个法子。倘若行之有效，便能推而广之，拯救一方百姓。但此法颇有风险，一旦操作不慎，便会染上恶疾，反有性命之虞。"姜乐康一时听不明白，没有说话。

江湖道道："按苏帮主所说，这瘟疫就像是剧毒，并无解药可治。但倘若中过毒的人能够自愈，终生不会再中毒。苏前辈便想用'以毒攻毒'的法子，把少量毒素注入体内，让人产生抵御，免受瘟疫之害。请问是这样吗？"苏义妁点头道："可以这样理解。但此法属兵行险招，老身并无十足把握，更不愿随便拿人命冒险。"

姜乐康这下明白了，寻思："君儿……几位师姐眼下正遭受恶疾，苏奶奶待我有大恩大德，当年没有她出手救我娘，恐怕也不会有我了。若能帮百花帮找到防治之法，赶退这次瘟疫，我这条命又算得上什么？"又想："要是君儿知道我也中毒了，跟她一起受苦，就没那么孤独，就会好起来吧！"急道："苏奶奶，我学了武功，身体很好，就拿我来试毒吧！"

第四十二回　思君毁容

苏义妁沉思良久，叙旧道："康儿，先不说此事。不经不觉，你已在江湖上闯荡年余。听君儿回来说，你从枯木派出走，结识了江师侄，转投了点墨派，后来还破了太极门的珍珑棋局，得到摘星子老前辈所赠宝物，福缘着实不浅。"姜乐康脸上一红，道："托苏奶奶的福，康儿虽然没能留在枯木派，但这一年来总算学到了不少本事，长了不少见识。"江湖道则道："禀苏帮主，小生原是枯木派客座弟子，因编撰《江湖志》的缘故，受恩师之命暂住该派，从而与小姜结缘。小姜负气出走一事，实因枯木派嫉贤妒能，绝非小姜一人过错。这大半年来，我俩结伴在江湖闯荡，读书练武、行侠仗义，做了一些好事。"

苏义妁叹道："是非曲直，向来难辨。康儿能得到孔掌门和师侄的指点，总算是因祸得福。"姜乐康道："奶奶说的是。"苏义妁寻思："我当初把康儿送往枯木派，只想阻断他和君儿的'孽缘'。怎知兜兜转转一整年，他们还是相遇了。君儿还邀请他上山重聚，个中情意，不言而喻。如今君儿遭受恶疾，命在旦夕，康儿马上说愿试毒救人，只怕一半是对百花帮的感激，一半也是君儿的缘故。倘若上天有眼，也会成全他们，渡过这次难关吧！"忽道："既然康儿福缘深厚，也愿意以身试毒，咱们便大胆一试，找出防治瘟疫的办法吧！"众人见苏义妁打定主意，心知她医术高明，事情定能出现转机，无不化愁为喜。

当日中午，白芷收拾出两间客房，给姜乐康和江湖道住下。两人在白芷的吩咐下，帮忙做些砍柴、挑水的杂活，干完后也不敢乱走串门，乖乖待在房间，生怕给众人添麻烦。夜幕降临，苏义妁拿着油灯、毛巾、棉花、瓷瓶等物，悄悄步进秦思君房间。只见秦思君躺在床上，闭着双眼，双手搭在薄被之上，眉头额角渗出点点汗珠，雪白的肌肤布满红疮，说着迷迷糊糊的梦话："大笨蛋，你回家找晴儿了吗？怎么还不来找我？你答应过我，要带着我去吃荔枝的……"她接触那对病人最多，发病最早，在师父和师姐的悉心照料下，其实已度过最危险的时候，身上的红疮开始化脓结痂，只要再挺半个月，待红疮结痂剥落，慢慢养好身子，便算是痊愈了。

苏义妁取出毛巾，轻轻拭去爱徒额上的汗珠。秦思君仍在梦中，没有醒来。苏义妁连日照料秦思君，早知爱徒对姜乐康的情意，不禁轻叹一声，当中既有三分惋惜，又有七分羡慕。她又取出干净的棉花，卷成薄棉签，蘸上秦思君手上化脓的痘浆，再小心翼翼地放进瓷瓶中，作为种痘用的痘苗。一切办妥后，苏义妁吹灭油灯，步出房间。秦思君翻了个身子，兀自念念有词："大笨蛋，等你来了后，咱们就回开封，去找我爹定亲……"

次日，苏义妁找到姜乐康，把蘸有痘浆的棉花塞进他的鼻孔。白芷、江湖道都在房间内关心地注视着。姜乐康躺在床上，感到鼻子一阵瘙痒，暂无什么异样。半天后，苏义妁为他取出痘苗，便算种完了。过了五七天，姜乐康渐感发热头痛，身上也出了些痘疮，但症状比百花帮的师姐们轻多了。这段时间，他一直在房间静养，清醒时便读读书，没有四处乱动。江湖道则干了他那份活，每日给他送饭送水，隔着门陪他聊天解闷。

又过三五天，姜乐康身上的痘已全消了，精气神已恢复到种痘前的样子。这日中午，他正在房间里踱步练功。苏义妁如常来看望他，惊喜道："康儿，你身体没有大碍吧？"姜乐康道："好很多了。就是这几天一直待在房间，感觉闷得慌。"苏义妁为他号脉，喜道："脉象平稳有力，气血运行通畅，你已经痊愈了。看来种痘预防之法，确实可行！"姜乐康道："就是说我的毒已经没了，再也不会中毒了？"苏义妁点头道："按理是这样的。"姜乐康喜道："恭喜苏奶奶，终于找到了解药！我可以去看看君……几位患病的师姐吗？"苏义妁寻思："康儿已不会被传染了。难得他有这份心思，就让他去吧。"道："你去吧。老身还想钻研一下痘苗的改进之法，就不打扰你们了。"姜乐康感动道："奶奶也要多保重。"陪着她出了房间。

姜乐康来到厨房，看见白芷正在烧水，笑道："白姑姑，我的毒已经解了！"白芷喜道："那就好！师父终于找到赶退瘟疫的办法了！"姜乐康不好意思道："请问你知道思君住在哪个房间吗？我想去看看她。"白芷与秦思君朝夕相对，连日照料卧病在床的她，怎会看不出年轻人的情思？她道："小师妹虽染了瘟疫，这几天已好很多了，只是……"姜乐康道："只是什么？"白芷道："没事没事。我带你去看看她。"

两人来到秦思君房外。白芷没有直接推门进去，敲敲门道："小师妹，我带了一个人来看你，你猜猜是谁？"房内传来一把略带惊恐的娇柔声音："是谁？我不猜！"姜乐康微微一笑，道："是我，姜乐康！"房内传来一阵越来越近的脚步声，姜乐康心中一甜："来了这么久，终于能再见了！"期待着门被打开，却听见横木搭上门闩的声音，秦思君把门拴上，嗔道："我不想见你！"姜乐康大惊，道："为……为什么啊？"寻思："是我来得太晚，她生气了吗？"秦思君道："没有为什么！"姜乐康平白无故吃了闭门羹，也有点生气，道："当初你邀我来做客，说有话要对我说，怎么现在却不见我！"秦思君急道："你快走，快走！我要睡觉了，不想见你！"说到后来，竟略带哭腔。白芷一看不对，忙道："小师妹大病初愈，需要多休息，我和小姜下次再来！"拉着姜乐康回去他房间。

　　姜乐康请白芷坐下，闷闷不乐道："姑姑，你说思君为何不想见我，她是生我的气吗？"白芷叹道："康儿不必自责。你有所不知：这瘟疫即便能自愈，却会在病人全身留下疮疤，变成麻子脸。小师妹日前身体初愈，可以下床行走，拿起镜子一照，吓得花容失色，扑在我的怀里大哭。君儿正值芳华，怎受得住这种打击？我安慰了很久，她才勉强止住不哭。我想她是着恼现在这个样子，才不想见你吧！"姜乐康心中大惊："君儿……是毁容了？"问道："我先前试毒，身上也出过痘，但很快就消退了。君儿怎会这样？"

　　白芷叹道："你的症状很轻。君儿当初高烧了三天三夜，出了很多痘疮，症状严重很多，即便现在好了，也会留下疮疤。"姜乐康忽地一捶桌子，抱头叹道："这该死的天花！"又问："君儿不是精通易容术吗？能否易容一番，把麻子都去掉呢？"白芷摇头道："我想这很难。即便君儿心思再妙，手艺再好，难道她一辈子都戴着那密不透风的猪皮面具，不以真面目示人吗？"姜乐康心疼道："说得也是。偶尔易容来玩是一回事，若要永远戴着面具，那可真是活受罪。"白芷又叹一声，不再说话。

姜乐康站了起来，从行囊中取出一个精致的酒壶，交在白芷手中："姑姑，这壶酒唤作崔婆酒，是我在长沙买的，本想作为手信，邀君儿共酌两杯。既然她现在不愿见我，请你替我转送给她。"白芷接过酒壶，点头道："好的。我想君儿心情平复后，愿意见你了，自会邀你饮酒叙旧。"姜乐康道："劳烦姑姑了。"白芷自出房去。

当夜月明星稀，喜鹊鸣啼，已是晚秋时节。姜乐康脱下衣衫，正要吹灯就寝，忽听得房内传来一阵敲门声。姜乐康寻思："时候不早了，谁来找我呢？"道："等一等，马上来。"连忙穿回衣服，拉开门闩，打开房门。一个拿着酒壶、带着酒气的妙龄少女闯了进来，闹道："来来来，陪本姑娘喝酒！"姜乐康定睛一看，正是秦思君。但见她雪白的肌肤上布满密密麻麻的疮疤，初看几眼颇为瘆人，鹅蛋脸在酒力之下显得粉扑扑的，一双水汪汪的大眼睛依旧灵动，叫人过目不忘。

姜乐康又惊又喜，道："君……君儿，你怎么醉成这样？"秦思君坐下道："陪我喝酒！你买来了酒，不就是要和我喝的吗？"姜乐康轻轻把门关上，也坐了下来，拿起自己送的那壶酒，发现早被喝得一滴不剩，笑道："你把酒都喝光了，我还喝什么呀？快喝点茶醒醒酒吧。"往酒壶里倒些茶水，放到秦思君面前。秦思君扑哧一笑，道："我要用杯子喝！"正要拿起姜乐康平时喝水的杯子，忽然看见桌上放着一道平安符、一个紫色香囊，是姜乐康先前脱衣时摘下的，登时情难自禁，眼泪夺眶而出，道："你还留着这……这些物事啊？"

　　姜乐康见她又笑又哭，自知她的情意，温言道："当然留着。你送的礼物，怎能随便扔掉呢？"俗话说：酒醉三分醒。秦思君借着酒劲，追问道："那你更喜欢我送你的香囊，还是更喜欢这道平安符？"弦外之意，不言自明。姜乐康心中一惊，道："这……我……"想说"都喜欢"，却结结巴巴说不出口。秦思君见他迟疑，道："你快给个说法，只能挑一个！"心中却思绪万千："他还惦记着乡下青梅竹马的晴儿，证明他是个有情有义的人。即便他不挑香囊，那也是月老定下的姻缘，我秦思君无怨无悔！"

　　姜乐康想起当日在衡阳初遇秦思君，一起到雁醉楼吃饭说笑；想起梅傲霜突袭百花帮，毫不犹豫地为她挡了一掌；想起她细心地照顾受伤的自己，代写家书寄回家报平安；想起她在龙虎山大闹珍珑棋会，自己也上去捣乱棋局……榫情卯意，铭刻心骨。如今思君不幸毁容，正是需要陪伴、走出哀伤的时候，又怎能伤她的心，离她而去呢？姜乐康下定决心，做出了他人生中的重要选择，表白道："我更喜欢你！"

　　秦思君听了心花怒放，口中却道："我现在这个样子，你还喜欢吗？你不是在哄我吧？"姜乐康想了想，认真道："怎么会呢？喜欢一个人，更重要的是她的心灵，而不单是外貌。再美的样子，终有一天会变老；美好的心灵，却有更长久的魅力。像梅傲霜那妖妇，活剥别人的面皮，贴在自己脸上，想要永葆青春，心肠却恶毒得很，难道我会喜欢她吗？"秦思君乐不可支，笑想："何时变得这样油嘴滑舌！"张开双手，撒娇道："我不信！你过来抱抱我，我就信了。"

　　姜乐康的心扑腾乱跳，他虽没读过多少书，也知"男女授受不亲"的礼教，迟疑道："咱们还没成亲，我也没见过你爹，这样……不太好吧？"秦思君娇嗔道："有什么不好的？我说可以就可以！"姜乐康心中大喜，站起身走来，一下把秦思君抱起，搂进自己怀中。秦思君轻吻他的脸颊，细语道："大笨蛋！我染了天花，你就不怕我传染你吗？"姜乐康笑道："你要是不在了，我也决计不独活。否则我也不会以身试毒，陪你同受瘟疫之苦。"秦思君已听白芷说过此事，喜极而泣道："傻瓜！以后没我的准许，不要再冒这样的险！"姜乐康宠溺道："都听你的！"是夜两人鱼水相欢，共赴巫山云雨。

第四十三回　生死永隔

　　次日，姜乐康从美梦中醒来，痴痴地看着身旁的秦思君傻笑。昨夜喝过酒的秦思君晚点才醒，一睁眼便看见情郎的笑意，摸了摸他鼻子，也开心地笑了。两人穿好衣衫，收拾好床铺。姜乐康凑到门前一听，走廊寂然无声，道："君儿，现在外面没人，你可以出去了。"

　　秦思君过来执起姜乐康的手，道："咱们又没做亏心事，哪用这般鬼鬼祟祟？"牵着他一起出了房，想要告知众人喜讯。过道上碰见三两个同门师姐，她们一见这般情状，心中早已明白，流露出既羡慕又佩服的神色。秦思君大大方方道："师姐，早安！"报以灿烂的微笑。师姐们道："小师妹、姜师弟，早安！"姜乐康被秦思君牵着手走，也不好意思地笑了。

两人来到清心殿，看见苏义妁、白芷等数人正低头整理几个瓶罐，江湖道也在一旁帮忙。秦思君牵着姜乐康，来到众人跟前，道："师父、师姐、江大哥，早安！"众人转身一看，均是又惊又喜。白芷寻思："君儿愿意去见康儿，此刻还牵着手出来，看来他们都已想清楚，接受了对方。"江湖道虽已听闻天花的后遗症，但还是第一次看到毁了容的秦思君，寻思："江湖有言道：英雄配美女，才子配佳人。话虽如此，但也有诸葛亮愿娶才女黄阿丑，传为千古佳话。尽管思君不幸毁容，但小姜依然选择不离不弃，不愧是我的好贤弟。"

秦思君自知众人的惊诧，大方道："我要告诉大家一件喜事：我和小姜已互表心迹，要结成夫妇。待瘟疫平息后，咱们先去岭南桃花村，接姜伯母出来，再回开封府我家，找我爹爹提亲！"姜乐康微笑点头，默认了秦思君的说法。众人听到喜讯，莫不笑逐颜开，一扫连日来遭受瘟疫侵扰的愁闷，由衷地替他们高兴。苏义妁更是百感交集："当年君儿的父亲秦天，为争夺武林盟主之位，间接逼死了康儿的父亲，本是一桩血海深仇，没想到十六年后，两家的儿女却鬼使神差地走到一起，要结为秦晋之好，化解了这段世仇。逝者已矣，生者如斯，君儿和康儿，都是心存侠义的好孩子，确实挺般配的。君儿天真率性，她爹也大多由着她，应该没大问题。但愿康儿娘亲得知此事，也不会阻挠。"道："秦盟主女儿定亲，武林中很久没有这样的大喜事了。既然你们情投意合，定下终身，为师便祝你们百年好合，永结同心。在往后的日子里，更要相亲相爱，同心同德，多行侠义之事，扬我盟派声威。"

秦思君放开姜乐康的手，跪在苏义妫面前，垂泪道："谢谢师父祝福，徒儿谨记师父教诲！"姜乐康也赶紧跪下，道："奶奶请放心，我一定会好好待君儿的！"苏义妫摸了摸两人的头，笑道："好孩子，只要你们健康快乐，便是当师父的最大心愿。"秦思君感恩道："我自小便没了娘亲，身边也尽是些舞刀弄棒的师叔、师哥，没有奶奶、姨姨陪我谈心。直到四年前，爹爹把我送来神农架学艺，得到师父、师姐们无微不至的照顾，才培育了今天的我。师父待我恩重如山，我也把你当作是亲奶奶。今天是君儿的重要日子，请受徒儿一拜。"行跪拜大礼。姜乐康也拜了下去。

苏义妫也动了情，抹抹眼眶的泪水，扶起两人道："乖了，乖了！为师等着去开封府，喝你们的喜酒！"众人纷纷送上祝福。白芷笑道："小师妹，恭喜你找到了如意郎君。"江湖道调侃道："江湖有言，问世间情为何物，直教生死相许？当真羡煞旁人！"秦思君听见，娇羞地笑了。一对情人谢过众人祝福，心中都乐开了花。

一阵喧闹过后，苏义妫道："孩子们，经过连日来的抗御，这场瘟疫基本退散，为师也找到了防治之法。可惜生死有命，最初发病的那对老夫妇，我们还是没有救活。为师想下山一趟，把这对夫妇的骨灰还给他们家人。同时给乡里的小儿种上痘苗，防止瘟疫再次侵袭。"姜乐康肃然起敬，寻思："苏奶奶仁心仁术，心怀苍生，不愧是为国为民的大侠，广受武林中人敬佩。"秦思君道:"师父,需要我们陪你去吗?"苏义奶道:"不必了。君儿你大病初愈,还需多加休息。我已点了两名弟子陪我同行,三日后的中午便回。芷儿,你留在派内,暂管门派事务。"白芷道:"弟子明白!"苏义奶和两名百花帮弟子拿起装有骨灰的陶罐、装有痘苗瓶和中草药的药箱,还有一些干粮,启程下山去了。

这几日天高云淡,秋风习习,在秦思君的引路下,一对情人畅游神农架。但见神农架山岭起伏、云海茫茫,清凉的溪水从山林间潺潺流过,林中长满奇珍异草,更有金丝猴、小松鼠等动物栖息其中。两人游山玩水,谈天说地,十分快活。

转眼来到第四天。这天两人没有外出,而是留在百花帮,跟大家一起准备筵席,为苏义奶等人接风洗尘,顺道庆祝瘟疫退散。眼看申时已过,她们还没回来,众人越等越焦急,不知发生何事。白芷道:"师父向来很有分寸,这次晚归也没派师妹先回捎个口信,定是出了什么状况。"秦思君道:"就让我跟小姜下山去找师父吧。"白芷见他俩情意绵绵,不忍打扰,也知姜乐康闯荡江湖年余,武艺、见识均有所长进,便答应了。秦思君戴上草帽,前罩黑纱,拿上火石、灯笼、穿云箭等物,与姜乐康下山去了。其余人则在清心殿守候。

两人来到山腰,天色渐黑,秦思君点起灯笼照明。两人又走大半个时辰,来到山下一处村庄,但见不远处的庭院灯火通明,人声喧哗,不少乡民围着看热闹。秦思君寻思:"难道是出了凶案?倘若有人受伤,又恰好被师父看见,她定会出手相救,难怪耽误了回来的时辰。"把这番话一说,姜乐康也点头称是。两人挤进人群,却见三个身穿白衣的女子倒在血泊之中,一股浓烈的血腥味冲天而来，叫人骇目惊心。又有一个搂着女童的妇人执着苏义妁的手，也跪在地上。秦思君定睛一看，差点没晕过去，此三人不是师父和两个师姐，又是何人？

两人难以置信，跪倒在地，一摸两个师姐的身躯，早已变得冰冷。秦思君摘下草帽，哭道："师父、师父，你醒醒，是君儿！"苏义妁尚有一丝气息，竭力睁开半闭的双眼，道："君儿，你们来了……"秦思君哭道："怎么会这样？是谁干的？"苏义妁用仅存的内劲护住心脉，气若游丝道："君儿、康儿，你们要好好活着，不……不要去报仇。"姜乐康道："为什么？他们是谁？"苏义妁道："他们是……是天……"说到此处，热血上涌，毒气攻心，竟然气绝。

秦思君突遭变故，紧紧抱住苏义妁尸身，放声痛哭起来。围观众人见这个满脸麻子的姑娘悲痛欲绝，无不伤心动容。姜乐康也掉了不少泪，捶地道："究竟是谁干的？是谁干的！"此时，那个搂着女童的妇人怯生生道："两位少侠，可是苏大夫的徒儿？"姜乐康如梦初醒，道："对，对！我们是苏奶奶的徒儿。你们可知道发生何事？快告诉我！"秦思君也稍微平复，振作道："各位乡亲父老，我俩是百花帮门人。三天前，我的师父、师姐说要下山办事，说好今天中午便回，却迟迟不见人影。我俩担心她们有事，便下山来寻，怎知却见到这般情景！各位乡亲父老，若有知情的，恳请告诉我们。常言道'江湖事，江湖了'。一切后果，由我百花帮一力承担，绝不拖累大家！"

众乡民见她这般说，都松了一口气。那妇人道："我早感觉此事多有古怪，原来真的是江湖仇杀！"秦思君思念电转："师父平日乐善好施，武林中人人敬她三分，谁会来找她寻仇？莫非是……"惊道："恳请大姐告知！"

妇人道："三天前，你的师父、师姐来到村上，自称是大夫，想要找一对聋哑夫妇的家人。可这方圆十里的几个村庄，都没听说过有这样的人家。苏大夫很疑惑，但也只好作罢。又说山上发生了一场瘟疫，现在已经退散。她想为孩子们接种一个叫'痘苗'的东西，防止瘟疫再袭，护佑大家安康。这回轮到我们大吃一惊，神农架向来山清水秀、人杰地灵，少有外人涉足，从没听过有瘟疫啊！但见苏大夫说得很认真，我心想宁可信其有，不可信其无，便请她到我家。她把一团棉花塞进我闺女的鼻中，叮嘱我六个时辰后取出，便算是大功告成。苏大夫又请我广告乡亲，带着孩子过来，我便照做了。接连几日，苏大夫在我家院子坐堂，给数十户人家的孩子接种了痘苗，又为村上病人免费诊症，赠医施药。大家都很高兴，连称遇见了活神仙。"

"到了今天，村里突然来了四个外乡人，气势汹汹来找苏大夫。当时她正在给孩子们种痘，还有十来个父母带着孩子在等候。只听为首那人道'苏帮主，我的爹娘现在何处'？苏大夫取出一个陶罐，道'很抱歉，老身未能治好令尊令堂。为防瘟疫广泛扩散，只好把他们火化。这是他们的骨灰，请节哀顺变'。我这才知道，原来苏大夫想找那对夫妇的家人，是要交还骨灰。那人却火冒三丈，发难道'中国人讲求入土为安，你非但没治好我爹娘，还自作主张烧了他们，究竟是何等居心'？苏大夫却道'老身是为更多人的性命着想，才决定即刻火化，并无任何恶意。事态紧急，无法知会，望诸君见谅'。大家听见，七嘴八舌。"

"就在此时，又有三五个父母来到院子，说他们的孩子前两天种了痘苗，现在发热出痘，不太舒服，想请苏大夫过去看看。为首那人指骂道'她们是会施妖术的巫婆，害死了我爹娘，现在又来给你们下降头，你们都被那婆娘骗了'！还没为孩儿接种痘苗的父母听到大惊。那两个仙姑怒道'哪来的妖孽？竟敢妖言惑众，坏我师父清誉'！那伙人竟从怀中抽出匕首，道'废话少说！就让我等为民除害'！突然向苏大夫等人杀去，在院子里打了起来。大家都被吓得不轻，赶紧抱着孩子逃离。我和女儿僵在原地，吓得不会动弹……"此时，躲在妇人怀中的女童奶声奶气地叫了句："妈妈！"话音间仍带着惊恐。

那妇人抚慰道："乖宝不怕，有妈妈在！"又道："那伙人恃着有利刃在手，刀刀直奔要害而去。三个仙姑跟他们打了几十回合，不分上下。为首那人见僵持不下，突然持刀向我女儿刺去。我当时吓得大叫，舍身挡在她前面。苏大夫回身保护我们，却因此分了心，就在这一当口，被那伙人用刀刺中心窝，鲜血喷涌而出。她两个徒弟赶紧援护师父，无奈寡不敌众，也被他们一一刺中，倒在地上。那伙人探探她们鼻息，以为她们死了。其中一人道：'这一大一小，要不要也一刀了结？'为首那人道：'乡野妇孺而已。事情已了，及早回禀，无谓多生事端。'我吓得紧紧抱住女儿，不敢抬头去看。过了许久，听院子没了声音，抬头一看，才发现他们已经走了。"

"我站了起来，一摸两个仙姑的躯体，已然变得冰冷。苏大夫竟尚有气息，我从她的药箱中取出金创药，帮她治疗刀伤，拖得片刻生命。苏大夫说她刚才闭气假死，才骗得过那伙人，但那匕首喂了剧毒，也无解药在身，终究是难活了。她刚才一直听着，倘若那伙人滥杀无辜，她便是拼了最后一丝力气，也要去阻止。但她已无必胜把握，要是激怒他们，反倒害了我们。幸好那伙人放了我们一马……她又说，她的徒儿见她久不回去，定然会来寻她。她那时也许已咽气了，便请我转告你们，千万不要去报仇……过了一阵，大家见天色已黑，外面没了动静，便来看看情况。又过一阵，你们就来了。"

第四十四回　白雕传书

一席话说完，直听得众人心惊肉跳，鸦雀无声。秦思君问道："师父有没有跟你说，为何不能报仇？"那妇人摇头道："没有。我也不敢多问。"姜乐康却是义愤填膺，凛然道："岂有此理！苏奶奶饭也不吃，觉也不睡，努力寻找防治瘟疫的办法，竟被那班妖人诬陷为巫婆，还下此毒手，夺走了三条人命……即便是上刀山，下火海，走遍天涯海角，也要查清真相，找到仇人，还清这笔血债！否则我们怎配在侠义道上立足，怎报答苏奶奶的恩情？"秦思君含泪道："对！师父如此疼爱我们，定是怕我们打不过强敌，枉自送了性命。但我们拜师学艺，闯荡江湖，为的就是匡扶正义，不是去当缩头乌龟的！"

众人闻言，唏嘘不已。有人抹泪道："苏大夫给我爹诊症，又给我儿子种痘，没收过一文钱。这样的好大夫，却被恶贼所杀，当真苍天无眼！"有人嗔怒道："人人都有病有老的时候，大夫治病救人，最是伟大。听说江湖上有不杀大夫的忌讳，这伙人连大夫也敢杀，难道是吃了熊心豹胆？"也有人道："但我家的孩子种了痘苗，发热出痘，浑身没劲，不知是怎么回事？"秦思君听见，道："这是正常的。只要出过痘，发过热，身体便能抗毒，终生不会再染上天花。要是症状很严重，可以请我师姐来看看。"疑惑的母亲如释重负，连连道："原来如此！谢谢姑娘，谢谢大夫！你们心地这么好，一定会有好报的！"

秦思君取出穿云箭，一拉引线，小箭直飞云霄，绽放出一朵绚丽的烟花。过不多时，白芷、江湖道等人来到村庄，看到这般境况，无不惊心动魄。秦思君把所见之事说了一遍，没说苏义妁不让报仇的遗言。村中老人捐出三副棺木，让她们装好三具遗体。众乡民从家中取出香菇、板栗、蜂蜜、茶叶等土特产，硬塞给她们，权当是一份心意。百花帮门人大哭一场，连夜把三副棺木抬回山上存放。众人择好吉日，在安葬历代祖师的地方，火化安葬苏义妁等人，又设坛日夜祭祀。这段时日，秦思君接连遭受天花毁容、恩师惨死的变故，不时从噩梦中惊醒，姜乐康一直陪在她身边，与她相互扶持，共渡难关。

又过七天，众人从悲伤中平复过来，集中到清心殿上议事。白芷作为大师姐，率领众人对着苏义妁的牌位祭拜上香。姜乐康、江湖道虽是客人，也在其中。仪式过后，白芷道："逝者已矣，生者如斯。先师走得急，没留下什么遗言，但日子还得过下去。咱们眼下面临两件大事：一是推举新任帮主，主持门派事务，报秦盟主知悉；二是调查事情真相，诛灭害死师父和两位师妹的元凶，以慰她们在天之灵。咱们百花帮虽与世无争，但绝非贪生怕死的弱质女流。如今仇敌就在神农架底下杀人，我们更无坐以待毙之理！"众人齐声称是。白芷道："对于新任帮主，我心中有个合适人选……"

秦思君抢先道："白师姐在派内资历最久，见识最多，这个掌门人之位，不是她当，还能是谁？"众门人纷纷附和。白芷本想推举秦思君当帮主，好调动她爹的人力，找出杀人凶手，为师父报仇雪恨，但见向来聪慧的小师妹抢先打断，以为她有所保留，道："师妹，这……"秦思君自知师姐考虑，忙道："师姐，请放心。先师为人侠义，救死扶伤，向来受武林人士敬重。为她报仇雪恨，是侠义道之人的共同责任。我一定会向爹爹明言，请他发散人手，找到杀害师父的真凶！"白芷喜道："如此便好！君儿你觉得，这桩血案会是何人所为？"

秦思君沉吟道："这事我也想了很久。依我看来，一定是魔教妖人所为！还记得年余之前，妖妇梅傲霜偷袭我派，被我哥刺瞎了双眼。师父好心放了她一马。魔教中人怀恨在心，要为那妖妇报仇，又忌惮盟派势力，不敢直接发难，便设下阴狠毒计：先是找来一对染上天花的老夫妇，刺聋他们耳朵，再灌下哑药，教他们无法说话，然后扔到山上，让我们误染瘟疫，元气大伤。又在山下隐伏，打听到师父下山诊症，趁其落单之际，施毒手杀害她们。"她自幼聪慧，出生在武林世家，母亲更被黑月教所害，深知江湖人心险恶，分析形势时也是头头是道。

众人闻言，又惊又怒。江湖道叹道："江湖有言道：明枪易挡，暗箭难防。魔教与我五行盟派积怨日久，互有厮杀，早已是难解之结。这等阴狠毒计，不是魔教所为，更是何人？"姜乐康道："魔教十六年前杀了君儿娘亲，如今又害死苏奶奶，这笔血海深仇，终究要算的。"

白芷道："君儿见识非凡，不愧是将门虎女。以你的智谋，足以胜任百花帮帮主之位。"秦思君忙道："不不！我年纪尚轻，很多事都不懂，怎能担此大任？还是由师姐来当，大家才能放心啊！"众门人也是这般说。白芷见秦思君如此谦让，既愿为恩师报仇之事出力，也不贪图帮主之位，更感欣慰，便道："既然如此，那便由我接任百花帮帮主之位。今后的日子，希望大家齐心协力，多行侠义，斩妖除魔，光大我派基业，以慰先师在天之灵！"众门人齐道："谨遵帮主之命！"

正说话间，殿外传来一阵猛禽鸣叫的声音。秦思君双眼放出亮光，喜道："是雕儿来了！"来到殿外，但见一双白雕在空中盘旋，一见秦思君出来，雌雕便飞到她的肩上，亲昵地靠向她罩在黑纱下的脸蛋。雄雕则在旁鸣叫，声音洪亮悦耳，仿佛在提醒有重要事。原来，秦思君府中养了一对通人性、能认路的白雕，总是成对出入，与她关系很好。后来，秦思君到神农架拜师学艺，便用上这双白雕，与远在开封的父亲、兄长通信传书。白雕可日飞千里，比八百里紧急传递还快。去年梅傲霜突袭百花帮，正是秦思君用白雕传书，把信息传回烟火派，秦子恒带队及时驰援，方才免去一场魔劫。此时，姜乐康、江湖道、白芷等人也来到殿外，饶有兴致地看着这双白雕。白芷问道："雕儿这趟来，是带着秦盟主的书信吗？"

秦思君摸了摸雌雕，顺着光洁的羽毛摸下去，果然在鸟爪处发现一张紧缚的纸条，打开一看，上书：

君儿亲启：

父亲筹谋多时，业已查明魔教老巢所在，遂命门人秘发英雄帖，邀请中原武林正道，于十一月十五在开封府烟火派聚首，举行誓师大会，挥师荡平魔坛。因神农架路远，加之事情紧急，人手不足，难以及时派帖，唯有家书传达，绝无轻视之意。请君儿转告苏老帮主，率人克日前往烟火派，匡扶正义，共襄盛举。

子恒亲笔

秦思君大吃一惊，一边把纸条递给白芷，一边转告众人信上之事。白芷沉吟道："魔教妖人行踪诡秘，作恶多端，这桩正邪之争，终于到了算总账的时候了。"姜乐康道："来得太好了！魔教害死了苏奶奶，咱们正要出一份力，为她们报仇！"江湖道猛然想起当日在南少林寺，听广善方丈说过的种种误会怨仇，道："盟主说已遍请武林正道之士，未知此次征讨大业，少林、武当这等名门大派态度如何？若能得到他们相助，定能事半功倍。"

白芷凛然道："少林武当的态度尚未可知，但五行盟派，同气连枝，咱们百花帮是一定会去的。这是盟友的责任！"众门人齐道："愿听帮主调遣！"白芷道："既然如此，咱们收拾一下，明天天亮便启程！"秦思君取出纸笔，简单写了回信，缚在雌雕爪上，又从厨房取些山兔肉，喂一双白雕吃过，便放它们飞回。次日，白芷、秦思君率百花帮门人下山，仅留三五个师姐妹看守门派。姜乐康、江湖道自也随行。

众人晓行夜宿，连日奔波，于十一月十二赶到河南开封。但见开封城内屋舍俨然，商贸繁荣，汴河两岸船舶云集，热闹非常，一道虹桥横跨两岸，人头攒动。虽已非国都之位，仍留有《清明上河图》所绘的繁华气度。烟火派起自宋朝，由昔日御厨创立，掌有多家酒楼、青楼、赌坊，是城中的税赋大户，与官府过从甚密，是以人人怕它七分，当地更有"流水的天子，不灭的烟"的说法。经过历代掌门的苦心经营，终于在秦天手中走上顶峰，一跃成为新的武林霸主，风头一时无两，压过少林、丐帮这等名门大派。烟火派庄院名叫三昧园，位于开封城西。秦思君带着众人来到三昧园，但闻园内军器锵锵，马鸣嘶嘶，又见众门人舞枪弄棒，勤练拳脚，隐隐透出一股杀气。

秦天听到门人来报，得知秦思君一行已到，便到大殿迎接。秦子恒已在大殿，正张罗茶水待客。众人一见秦天出来，站起抱拳道："参见秦盟主！"姜乐康一时愣在原地，但见此人丹凤眼，卧蚕眉，身材甚高，不怒自威，不禁心中一凛，百感交集："他便是君儿的父亲，当年逼死我爹的人了！"

第四十五回　烟火誓师

秦天环顾殿内，看见秦思君罩着面纱，心知她平日最多鬼主意，没有放在心上，又见百花帮一众女子中，多了两个青年男子，苏义妁却不在其中，抱拳问道："诸位请坐。众位师侄，许久不见，有失远迎。请问苏帮主她老人家身体可好？"白芷黯然道：

"回禀盟主：恩师日前下山行医，突遭魔教妖人偷袭，已离我们而去。经师门商议，由我接替新任帮主。"秦天眉头一皱，叱道："岂有此理！苏老前辈悬壶济世，救急扶危，深受武林同道爱戴，魔教妖人竟敢下此毒手？可曾认得凶手的相貌行踪？"

秦思君接口道："与师父同行的两位师姐，均遭歹人毒手。待我们发现时，已经太迟了。但百花帮素来与人为善，少结仇家，除了魔教妖人，还有谁会干出这种血案？是以我们一接到哥哥来信，便马上赶来，誓要斩妖除魔，为师父报仇！"秦天凛然道："君儿说得是。近日我接到消息，说点墨派藏书楼突发大火，珍贵典籍损失惨重；金石派续贤庵断剑无数，全派门人不知所踪；如今百花帮苏老前辈又横遭毒手。种种怪事表明，魔教妖人在暗中发难，要与我五行盟派，乃至天下正道之士作对。自古正邪不两立，会盟豪杰，誓师出征，斩妖除魔，正当其时！"百花帮众女子正发愁师仇之事，听到此话，无不叫好。

江湖道抱拳道："参见盟主！小生江湖道，是点墨派门生。这位是我的结义兄弟，名叫姜乐康。我两兄弟原本借居神农架，得知盟主遍请豪杰，讨伐魔教，特随众师姐赶来。"说着用肘撞了撞他。姜乐康如梦初醒，结巴道："参……参见盟主。"秦天朗声笑道："不必拘谨！俗话说：众人拾柴火焰高。斩妖除魔，不怕人多，只怕人少。两位少侠愿为大义出力，正是武林之福。"江湖道自荐道："久慕盟主英名，今日一见，果然不同凡响。敢问盟主，征讨之事，兹事体大，未知盟主腹中，可有破敌良策？小生师从点墨，略懂兵法，或能帮上一忙。"秦天大笑道："少侠有心。老夫筹谋多年，自有必胜把握，唯因军机要事，无法尽数相告，还请诸位见谅。"江湖道见秦天心思缜密，不好多问，内心敬仰却更添几分。

秦天见公事说罢，方道："君儿，回到家中，为何还罩着面纱示人？这样好没礼貌，快把它摘下来。"秦思君听到此话，哇呜一声哭出来，抽抽搭搭道："爹爹、哥哥，我之前误染恶疾，现在虽好了，但也毁容了！"缓缓把面纱拢起，露出满是麻子的俏脸。秦子恒大惊，递来一条手绢，关切道："君儿，怎么会这样？是谁欺负你？"秦思君接过手绢，轻轻拭去脸上眼泪。

白芷道："君儿也是命苦。"便把收治聋哑夫妇、思君误染天花、先师下山种痘、行医反被刺杀等事，一五一十地告知秦氏父子。秦思君听到白芷再提苏义殁过世之事，眼泪止不住地流。秦天沉吟道："这天花之病，我也曾耳闻，古时称之为'虏疮'，相传由战俘传入。此病无药可解，只能自愈。即便病好，身体也会留下疮疤。可是这种恶疾，中原大地久未暴发，只在漠北、安南等地存续，难道……"秦子恒惊道："难道是魔教的人，从化外之地抓来病人，故意让百花帮的师姐妹染病？"众人曾听秦思君做出类似推断，都是叹息不语。

秦天道："魔教妖人素知苏老前辈大名，为毁其医术声誉，使出这种阴险毒计，又有何奇？不幸中的万幸，小女得到苏老前辈悉心照料，方能捡回一条性命。大恩大德，没齿难忘。"抱拳向白芷答谢。秦氏兄妹随同施礼。众人又聊了些武林近事，方才散去。秦思君见众人心思都在征讨魔教上，加之先师过世不久，便把与姜乐康私订终身之事按下不表，打算留待事成庆功之日再提。

秦子恒命人在城中腾出整间客栈，供数十名女宾住下。秦思君自住闺房，姜乐康、江湖道因是秦子恒旧友，便在三昧园内暂住。这几天里，正派群豪拿着英雄帖，陆续来到开封府，秦氏父子一一接待，来者不拒。一时间，全城客栈都住满了天南地北、携枪带棒的武士，不少相熟的人在店内喝酒叙旧，切磋武艺，热闹堪比书生进京赶考。

十一月十五，誓师大会举行。但见三昧园内旌旗飘扬，战鼓喧天，黄沙滚滚，群豪云集。枯木派掌门刘喻皓、点墨派掌门孔彦缙、百花帮帮主白芷，还有山东金刀门、浙江海沙派、江西虎头帮等亦正亦邪之徒，各自带着数十乃至数百门徒，手执兵刃聚在练武场内，少林、武当、丐帮这三大门派，虽也接到英雄帖，却没派一人到来。

巳时已至，秦天腰佩归心宝剑，登上石阶高台。秦氏兄妹、薛强、张超等亲信早侍立两旁。姜乐康、江湖道则在台下。烟火门人擂鼓声歇。但见秦天从军师董聪手中接过檄文，朗声道："各位武林同道，应烟火派之请，会盟于三昧园，参加誓师大会，秦某脸上贴金，不胜荣幸。这十几年来，黑月魔教形迹诡秘，作恶多端，在江湖上犯下累累血案，与各大门派多有嫌隙。秦某身为武林盟主，一直明察暗访，筹谋多时，誓要斩妖除魔，为民除害，还世间一片清平。经探子回报，秦某查知魔教近年移师巴蜀，于彼设下魔坛，占山为王，据险而守，广收教徒，蛊惑人心，大有不臣之意。自古正邪不两立。斩妖除魔，匡扶正义，原是我侠义道立身之本。今日秦某召开誓师大会，云集三千武士，挥师平叛，铲除魔教，正是上应皇命、下顺民心之举，也是诸位施展武艺、报效国家的良机！"一言既毕，鼓声如雷。众武士更是热血沸腾，纷纷叫好。

又见暗光一闪，宝剑出鞘，鼓声顿歇。秦天举起归心剑，话锋一转，道："俗话说：没有规矩，不成方圆。诸位来自各门各派，人心各异，难免令出多头，不利行军。为大事计，出征之时，军中事项须听我将令，如有抗命者，按军法处置！"挥剑向下，剑气纵横，面前石桌崩掉一角。不少武士向来自负，性情倨傲，看到此景，竟鸦雀无声。董聪打开卷轴，念道："不听号令，不服约束，斩；散播谣言，扰乱军心，斩；里同外敌，临阵叛逃，斩；凌虐百姓，奸淫妇女，斩……"

正念之际，忽听台下传来一阵冷笑道："好大的威势！知道的还好，不知道的，还以为是皇帝御驾亲征！"话音不大，却清清楚楚传入每人耳中，正是上乘武学传音入密之术，非内力深厚者无法掌握。不少武士听到如此严苛的律令，早就颇有微词，私语道："对啊！句句都说要斩，吓唬谁呢？""真要严格执行，恐怕还没见着魔教的人，就已被自己人杀了。""慈不带兵，义不掌财，盟主只是为了严明军纪，不会乱杀人的。"秦思君紧张道："哥哥，是谁在说话？"秦子恒低声道："我也不知，静观其变。"外号急风火的张超怒道："哪个乌龟王八蛋，敢对武林盟主不敬？"秦天则道："明人不说暗话。哪位好汉有指教的，不妨上台来说，好教天下英雄认识。"鹰视狼顾，凝神细听，只待那人再施传音入密之术，便能在三千人中，发现其所在。

忽见一道黑影闪过眼前，跃上台中，却是一个清瘦猥琐、两手空空的中年男人。众人一阵惊呼，嚷道："这人从哪冒出来的？""就是从你那边上台，我看得一清二楚！""别胡说！我雷家堡何时藏着这样的人？"秦天打量那人一番，从没见过此人，问道："敢问阁下高姓大名？有何指教？"那人嬉笑道："你是头头，武功必定很高，又拿着宝剑，一下就能把我杀了，我哪敢乱说话？"说着却往前踏了一步。

秦天哈哈一笑，收剑入鞘，道："此刻尚未出征，阁下又无犯法，秦某岂敢在天下英雄前，妄动刀斧，滥杀无辜？"那人笑道："不杀我，这就好，最好！"又往前踏了一步。秦天有点不耐烦，道："听阁下适才所言，似对秦某有所微词，未知有何指教？"那人嬉笑道："你手下刚才说的，全是些这样那样，就得死的法令。我来问你：要是我奋勇杀敌，立下战功，又该如何赏赐？是金银财帛，还是封妻荫子？你有这个能耐吗？还是说，你这盟主当不够，还想当天王老子？"言外之意，却是说秦天滥用私刑，僭越皇权，借天道之名，行作乱之事。此言一出，众人一片耸动。须知犯上作乱，僭越皇权，可是要诛九族的大罪。虽说这班武林人士，大多不服官府，自由闲散惯了，但要是公然跟天子作对，又是另一回事，开不得玩笑。

秦天沉吟道："据秦某所知：黑月教于巴蜀作乱之事，因地方官吏办事不力，瞒报消息，朝廷尚自不知。一旦惊动天子，朝廷必派官兵平叛，却与我等武林人士无关，白白错过立功良机。倘由我武林人士出力，不费朝廷一兵一卒，便除去这等心腹大患，届时朝廷知晓，论功行赏，升官发财，不在话下。不过今天到此的人，个个是江湖上声名在外、重义轻生的英雄好汉，一心只想斩妖除魔，为民除害，又怎会为了才封赏做事？再说斩妖除魔，清理门户，本就是我侠义道分内之事。阁下把我侠义道与犯上作乱的魔教妖人相提并论，岂不是辱没了天下英雄！"此言一出，众人一片赞赏。那虎头帮韩大嘴嚷道："说得好！老子有的是钱，门徒数百，还在乎皇帝那点赏赐吗？""钱财如粪土，仁义值千金，正是我山竹帮立身之本。""一人未杀，寸功未立，就想着封赏，那小子是穷疯了吧？"不少武士也纷纷自诩，唯恐旁人说他贪钱，不够英雄。

正当众人热议之际，那人再往前踏了一步，嘿嘿笑道："看来大伙都是不用吃喝打炮的真英雄、好汉子！"说时迟，那时快，忽见那人衣袖一挥，右臂飞出一支袖箭，脚腕一抖，左靴弹出一柄匕首，猱身而上，两路夹击，径往秦天身上袭去。姜乐康脱口而出道："当心！"秦天却有提防，侧身避过左边先到的飞箭，右下方的匕首却避无可避，眼看就要刺中他的右腿。但他毕竟是武林一等一的高手，临敌经验丰富，后仰伸出右足，往那人靴底踢去，正好转守为攻，让匕首偏移，刺不中自己。那人身法虽快，却应变不及，左靴底被秦天右脚踢中，左足被迫上抬，靴底匕首直上直下地飞了出去。那人惨叫一声，左足已然骨裂，右足独力难支，摔了个仰八叉，坐倒在地。就在此时，秦天抽剑出鞘，剑指上天，"锵"的一下，飞出的匕首已被吸附到归心剑上。那飞箭也没击中人，直插进台下一棵树上。秦天挥剑向下，剑尖抵在那刺客脖上，森然道："你是谁？"

第四十六回　兵分三路

这下变故发生极快，众人看得呆了，此刻方才醒觉，像炸锅一般叫道："干他娘的！那厮是刺客！""不知天高地厚的家伙，竟敢行刺盟主？""还会是谁？必定是魔教派来暗杀的死士！""魔教的人竟如此猖狂，敢在太岁头上动土？"心中对秦天武艺的敬畏，又添了几分。那人嘿嘿笑道："谅你们这班傻子，还没听过爷爷的大名！"张超怒道："狗贼！死到临头，还敢在这嘴硬！"秦天却道："我敬你是条忠心护主的汉子，报上名来，留你一条全尸。"那人"呸"了一声，道："不用你可怜！老子行不改名，坐不改姓，黑风堂叶一欢是也！记住这个名字，万千教徒将为我报仇！"说罢翻动舌头，从舌底翻出一粒药丸，咬碎吞进喉咙，脸色瞬间变紫，竟气绝身亡。

原来这黑月教，借鉴《孙子兵法》的战斗要义，分为"风林火山"四大堂口。四大堂口各擅胜场，各司其职：黑风堂教徒擅长轻功，行动迅速，负责联络各方、通风报信；青木堂教徒善于伪装，不动声色，负责深入敌后、刺探情报；雷火堂教徒皆是铮铮汉子，以武勇见长，是临敌作战的中坚力量；黄土堂教徒以智谋称道，掌管钱粮、后勤诸事，为教派出谋划策。四大堂口的堂主，同时也是四大护教法王，地位仅次于教主，与传教二使不相上下，是教内第一流人物。黑月教教主名叫范雄，更是当世高手。

他膝下有一女儿，名叫范芊云，年纪虽不大，也不习武功，却精通佛法修为，被教内尊称为"圣姑"。

再说这叶一欢，是黑风堂堂主，与青木堂接触甚多。此人生性轻浮浪荡，一直苦恋梅傲霜，却总被她拒之门外，好生无奈。后来烟火派屡次发难，先是刺瞎了梅傲霜双眼，后又杀死黑月右使宋果，欲对圣姑不利，如今更是厉兵秣马，召集天下群豪，妄言荡平圣坛。叶一欢从青木堂探子口中，得知誓师大会一事，如何咽得下这口恶气？于是心生一计，趁着群豪云集之时，偷偷混进三昧园，要在众目睽睽之下，刺杀武林盟主秦天。此举一来要为梅傲霜报仇；二来是想诛灭元凶，化解危机；三来要让自己在天下扬名，显示黑月教的手段。叶一欢深知自己深入虎穴，即便侥幸刺死秦天，也是插翅难飞，是以他没将行刺之事告知部下，只是嘱托他们速赴各地报信，便孤身来到开封。可惜秦天武艺高强，制服了他。叶一欢为保气节，免遭拷打逼问，决然吞毒自杀。

众武士见叶一欢宁死不屈，都有些钦佩，一时沉默不语。须知行走江湖，忠义为先，绝不能出卖同伴、苟且偷生。没想到魔教之中，也有叶一欢这等重义轻生的人物，足见荡平魔教，绝非易事。花妙笔王纶抢先喊道："盟主神威！"烟火派众人当即附和："盟主神威！"不少人反应过来，也附和道："盟主神威！"三呼过后，秦天举剑上扬，呼声骤止。只听他冷笑道："大家也看到了，此人正是魔教妖人，与我侠义道不共戴天。他要来杀我，却被我制服，唯有吞毒自杀。其实他来得正好！我等誓师出征，正缺福物祭旗，何不拿他首级，一祭天地正气！"说罢挥剑下斩，一剑砍下叶一欢的头，黑血喷涌而出，溅在飘扬的旌旗上。

不少好事之徒看到此景，露出嗜血的神色，高呼："好！杀得好！"他们大多自小没了爹娘，委身帮派，鞍前马后，就是在等大开杀戒、扬眉吐气的这天。现场气氛变得狂热起来。秦天提起叶一欢人头，道："斩妖除魔！"众人高呼："斩妖除魔！"秦天道："扬我大义！"众人高呼："扬我大义！"

姜乐康原想喊两句，却猛然想起当日在京师看凌迟酷刑时，也有冷血看客露出如此神色，不禁心头一颤，如鲠在喉。他抬头望去台上，看见秦思君把头埋在秦子恒肩上，显得有些害怕；秦子恒也没跟喊口号，轻轻摸着妹妹的后背。他又望望台下的人，江湖道、白芷等人也没跟着喊，静静地看着这一切；枯木派刘玉轩、刘达，点墨派的董聪、王纶，烟火派的张超、薛强，还有众多武林人士，正喊得起劲。

誓师会终。是夜北风涌起，白雪纷飞，三昧园中却灯火通明，紧锣密鼓。秦天命人召入烟火派秦子恒、薛强、张超，枯木派刘喻皓、刘玉轩，点墨派孔彦缙、董聪，百花帮白芷、秦思君等盟派掌门或心腹之人，到密室内商讨军机大事。只见密室放着一个五尺见方的沙盘，用沙土堆成一座座小山，中间有几条羊肠小道，南面是个大盆地，正是关中、巴蜀一带的地形图。

秦天剑指沙盘，道："据密探回报，魔教总坛近年移师天台山，伪装成佛门正宗，于巴蜀地区广收教徒，扰乱边民，大有吞并西南武林之势。为发展羽翼、拱卫总坛，他们又在汉中、广元两地设立分坛。"孔彦缙沉吟道："汉中、广元，历来是进入蜀地的重要节点，魔教势力占据这两个要地，野心不可谓不大啊。"秦天凛然道："衍圣公所言甚是。古语云：普天之下，莫非王土，率土之滨，莫非王臣。这正是我要誓师出征，肃清武林，为朝廷分忧的缘由。"又指着沙盘道："为彻底铲除魔教，部队须先后击破这三个据点。要抵达汉中，有祁山道、陈仓道、褒斜道、骆谷道、子午道这五条道路。依诸位所见，盟军应走哪条路最合适？"

董聪续道："容董某禀知：祁山道，自秦州出发，翻越祁山，抵达汉中，道路平坦易行，是蜀相诸葛亮北伐曹魏所行之路；陈仓道，自陈仓出发，经大散关抵达汉中，是淮阴侯韩信攻取关中所行之路，曾有'明修栈道，暗度陈仓'的战例；褒斜道，南起褒谷口，北至斜谷口，是官府大驿道，当年唐玄宗入蜀避乱，就是取道褒斜；骆谷道，自长安出发，越骆水，入骆谷，抵达汉中，是长安入蜀最近也最险峻的路，如今荒废不用；子午道，同样从长安出发，穿越子午谷，抵达汉中，相传是为杨贵妃运送荔枝所行之路。"

秦思君原不想参会，忽而听到荔枝，来了精神，奇道："董师哥，杨贵妃吃的荔枝，不是从岭南运来的吗？怎么会取道巴蜀？"董聪笑道："小师妹好见识！杨贵妃吃的荔枝，史家各有记载，有说是从岭南运来，也有说是从她的家乡巴蜀运来，又或两者皆有。"秦思君没吃过，又问："这两个地方的荔枝，哪里的更好吃呢？"董聪笑道："荔枝性喜温热，恐怕还是温暖多雨的南国荔枝，口味更胜一筹，是以苏东坡有'日啖荔枝三百颗，不辞长作岭南人'的诗句。"秦思君未吃先甜，寻思："待荡平魔教以后，一定要跟着小姜，到他家乡尝尝荔枝！"想到此节，更是笑靥如花，可惜她蒙上了面纱，众人看不到她的情思。

秦天打断道："好啦好啦，正事要紧。且问各位英雄，对行军一事，有何高见？”众人一时不语。白芷道：“大家都在思考，就让我来抛砖引玉。我虽为女子，也知'兵马未动，粮草先行'的道理。祁山道虽然路远，但平坦宽阔，适合运送粮草辎重，盟军也可共同进退，共同歼敌。”刘玉轩不以为然，寻思：“妇人之见，待你走到那儿，黄花菜都凉了！”道：“此言差矣！盟主今日誓师出征，声势浩大，威震武林，风声必定传到魔教。倘若走祁山道，虽然稳健，却费时日，待我们到达时，魔教已然做好准备。兵法有云：攻其不备，出其不意。依我所见，应该走最快的骆谷道，打他们个措手不及！”刘喻皓、孔彦缙、董聪等人听罢，都赞许地点点头。

秦思君有点不服，道："你没听见吗？骆谷道是最险峻的路，要是大伙有个三长两短，你来负责吗？怎么不走旁边的褒斜道？"刘玉轩嗤笑道："褒斜道是官道，沿途多有驿站，要是大摇大摆走这条路，魔教焉能不知？再说富贵险中求，不敢于冒险，怎能成就大事？你连这些都想不到，就别学人出主意了！"秦思君道："你……"哼了一声，不再说话。

众人也知秦思君悔婚一事，心道两人八字不合，都有些尴尬。秦天朗声笑道："果然是英雄出少年！刘掌门，你好福气啊！"刘喻皓皮笑肉不笑道："哪里哪里？秦少侠出道年余，已名震武林，我羡慕你还来不及呢！"刘玉轩心道："有什么了不起的！"秦天道："子恒，你有什么看法？"秦子恒如梦初醒，道："我……没什么看法。愿听盟主和各位掌门差遣。"刘玉轩轻蔑一笑，心道："不过是应声虫罢了。"

秦天有些不悦，不形于色，道："刘少侠言之有理，但三千人的盟军，行进终究太慢，也不便于隐藏身份。秦某有个更大胆的计划：兵分三路，两路轻骑，一路辎重，扮作过路商队。两路骑兵各率三百人，抽调各派精锐，分别自陈仓道、骆谷道进军，只带二十日口粮，突袭汉中分坛。余下二千四百人，划归辎重队，走子午道运送粮草，可容后到。待攻下汉中，三军会合，再整理部众，进攻广元，直取总坛。"董聪拍掌道："盟主此计甚妙，兵分三路，千里奔袭，既能分散风险，又能保持机动，给魔教一个下马威！"三派掌门见秦天胸有成竹，也无异议，只道："愿听盟主号令。"

秦天道："好！众人听令：今命烟火派统率一路骑兵，由我统帅，先锋张超，军师董聪，自陈仓道进军；枯木派率二路骑兵，统帅刘喻皓，先锋薛强，军师刘玉轩，自骆谷道进军；百花帮统率辎重队殿后，统帅白芷，自命军师，自子午道进军。三军明日点兵，克日出发。至于孔掌门，请留守开封府，暂掌盟派事务，一旦朝廷过问，也可代为沟通。"众人齐道："是！"

军机会终。众人各自散去歇息。秦子恒来到姜乐康房前，轻敲房门。房门打开，江湖道出来道："哦？是秦少侠，有什么事吗？"秦子恒道："江师兄，夜深打扰。我想找小姜说几句话，不知他此刻安在？"

第四十七回　奔袭汉中

　　江湖道笑道:"秦少侠怕是来晚一步。在你来之前,你妹妹已来过,叫走了小姜,去说悄悄话了。江湖有言道:凤兮凤兮归故乡,遨游四海求其凰。既然他俩情投意合,我看还是不要打扰。有什么要紧事,跟我说也是一样。"秦子恒眉头稍舒,微笑道:"原来如此,那我就放心了。"江湖道邀他进房,道:"我看今早誓师会上,秦少侠眉头紧锁,不发一言,似有重重心事。江湖有言道:一人计短,二人计长。若是信得过小生,不妨说出心中所思,咱们集思广益,总比闷在心里好。"

　　秦子恒坐下,微笑道:"实在瞒不过江师兄慧眼。明天就要出征了。根据盟主安排,烟火、枯木两派将率精锐奔袭魔坛,我也将随行;百花等人负责押送粮草,另走粮道补给,相信君儿、小姜和江师兄会在其中。今晚前来,一是想跟二位道别,二是想托小姜好好照顾君儿,但看见他们感情笃厚,才发现是当哥哥的多虑了。"江湖道赞道:"秦少侠心念家人,让人称羡。但听你所言,似对讨伐魔教之事心存忧虑,不知是否如此?"

　　秦子恒叹道:"讨伐魔教兵凶战危,即便做足万全准备,两边也将死伤无数,我不想看到这样。"江湖道道:"秦少侠心怀苍生,实乃武林之福。倘若人人都像你这样想,江湖何愁不太平?但江湖有言道:冰冻三尺,非一日之寒。魔教与我侠义道积怨日久,互有杀戮，若能毕其功于一役，未尝不是一件好事。"秦子恒静默良久，方道："我艺成出道年余，奉盟主之命四处行侠，除了去年曾与梅傲霜交手，以及今天目睹有人行刺，从没碰过黑月教徒为非作歹，也没听过寻常百姓说他们坏话。我总觉得事有蹊跷，却苦无实证。倘若他们中大多数人已然改过自新，变得安分，我们却以大义之名，大动干戈，赶尽杀绝，那跟真正的魔道，又有何异？"

江湖道心中一惊，寻思："原来他不只不想打，还对他爹心怀不满啊！"但当此大是大非之前，也不敢乱说话，只好道："也许有些事的祸根，早在多年前就被埋下，而我们已无法改变了。"秦子恒想起自己并无记忆的亡母，黯然道："是的。时候不早，先行告辞。今夜之话，权当闲谈，请勿放在心上。"江湖道道："这个一定。"

次日一早，秦天在练武场内点起兵马，依据门派实力或个人声望，从各派抽调精锐，牵出战马，编组骑兵队。秦子恒、刘玉轩、王纶位列其中。又命门人开仓取粮，把粮草、衣被、药物分批装到木头车上。百花帮因是女子，随军不便，全归辎重队，姜乐康、江湖道因无甚名气，也被列入其中。众武士看到烟火派兵精粮足，志在必得，无不又敬又畏，听凭差遣。

午饭过后，众人准备妥当。但见秦天举起归心剑，朗声道："出征！"双腿一夹马肚，率骑兵直奔城外。沿路官府看见这般架势，无人敢去多事，一路畅通无阻。两路轻骑分别抵达陈仓、长安，自从陈仓道、骆谷道进军。辎重队随后出发，也来到长安，自子午道进军。三路人马浩浩荡荡，径往汉中而去。

话分多头。且说秦天带队日夜行军，千里奔袭，于十一月廿四，誓师大会后第九天，便来到汉中。他们唯恐延误战机，昼夜不停赶路，又有良驹助力，竟后发先至，比黑风堂报信的人来得更快。是夜月黑风高，飞沙走石，三百轻骑趁着夜色掩护，直奔定军山下。黑月教正是在此设立分坛，传教收徒。却说那在哨岗看守的哨兵，看见远方尘土飞扬，初时以为狂风作祟，没有放在心上，后来听见马鸣嘶嘶，心道："莫非是黑风堂的人前来报信？"点起火把，定睛一看，竟见山前来了黑压压的大片人马，一双双阴森的眼睛，在火光下露出嗜血的杀气。

　　那哨兵大惊失色，想放号箭示警。为首的秦天已挽弓搭箭，但听"嗖"的一声，一支利箭破风而出，飞往高处，直贯哨兵咽喉。箭镞从他后脖穿了过去，染上淋漓的鲜血，中间那截仍留在颈内。那哨兵闷哼一声，直挺挺向后跌倒，被箭镞钉在地上，当场气绝身死。手中火把也掉落在地，劲风一吹，风助火势，火借风威，慢慢烧着哨岗。急先锋张超目露凶光，举起双刃斧，高喊："杀啊！"一斧劈开山门，纵马直冲上山。群豪跃马冲锋，杀声震天。

　　山寨内的黑月教徒听见异动，从睡梦中惊醒，刚从营房出来，却见一刀砍来，立时身首异处。群豪不问青红皂白，横冲直撞，见人就杀。雷火堂教徒最先醒觉，急呼："有敌人！"也来不及穿衣披甲，就得执起枪棒应战。一时之间，马蹄声、兵刃声、厮杀声、惨叫声不绝于耳，鲜血流得满山都是。群豪冲杀上山，直逼山顶教坛。秦天手执归心剑，一路巡视督战，斩杀漏网之鱼，不放一人脱逃。

　　秦子恒按辔徐行，静静看着这一切，心中却五味杂陈。一个六十来岁的老妇提着草鞋，还没来得及穿上，便慌慌张张逃难，却被石头绊倒，一把摔倒在地，正好倒在秦子恒马下。那妇人吓得半死，头也不敢抬高，连连磕头道："官大爷饶命！我只是个做饭洗衣的老奴，什么也不知道啊！"秦子恒于心不忍，道："你走吧。"老妇喜道："谢官大爷！"爬起来要逃，还没走几步，却见一匹黑马飞至，秦天已然手起刀落，一剑把老妇砍成两截。秦子恒见势不对，急忙调转马头，想出言阻止，却还是晚了。秦天抢先道："你怎么不杀她？"秦子恒急道："盟主，她只是个无知老奴，又无兵刃在手，何不放她一马？"秦天摇了摇头，道："你经验尚浅，下不去手，却焉知她不是通风报信，去搬救兵？要怪便怪她跟错主子！"抬脚猛踢马肚，飞马又去督战。

却说那雷火堂堂主，名叫栾金刚，其人高大魁梧，刚烈如火。他奉黑月教教主范雄之命，住在山顶营房，镇守汉中分坛，分管当地教务。他一察觉事变，便知来者不善，当即嘱咐轻功最好的亲信，悄悄沿小路下山，速把敌情报知广元、成都两地，好教同伴修筑工事，提防突袭。亲信心知此行就是永别，不舍道："栾堂主，那您……"栾金刚凛然道："以身殉道，我所欲也！"亲信黯然道："堂主，保重！"栾金刚道："快走！"亲信抱了抱拳，沿小路下山去了。

栾金刚办妥此事，披上护心甲，手执月牙铲，率十余个精锐赶到教坛护卫，击杀来犯之敌。汉中分坛设于定军山峰顶，四周有九级台阶。坛上是座弥勒佛，端坐于莲花宝座，是为传教忏悔之地。雷火堂教徒深夜遇袭，不少人还没穿好衣甲，就被一刀了结，部众折损大半，剩下的却个个骁勇善战，一口气杀了数十个莽撞匹夫，把死尸踢下台阶。群豪见栾金刚等人勇猛，一时不敢上前。张超率众包围教坛，双方僵持不下。此时，秦天、秦子恒也策马赶到。一名烟火门人告道："禀盟主，此处有个高台，战马跳不上去，只能下马步战。有十余个教徒占据高点，武功好生了得，已杀了数十个冲上去的武士。"秦天沉吟道："此处必定是魔坛，他们宁死也要死在这里。"

话说这栾金刚十七年前，曾奉前任教主之命，在开封乡间小路埋伏，追回失窃的传教圣物明王泥塑，击杀秦天发妻李影红及烟火派门人数名，却被遭逢奇遇、神功初成的秦天打伤，狼狈逃脱，也没讨回圣物。怎知盗去明王泥塑的人，本来就不是烟火派，而是金石派掌门徐允常。此人处心积虑，捏造谣言，挑拨各派仇恨，只为找到由头，实现称霸野心。种种误会怨仇，可谓皆由此起。此后十年，黑月教与烟火派又有三番争斗，互有杀戮死伤，虽然略处下风，但似有神灵相助，总能逃过一劫，另觅据点再起。直到今冬，秦天隐忍七年，准备周全，终于再度出击，倾半个武林之力，誓要彻底歼灭魔教。

栾金刚环顾四周，足有两百多个敌人，各门各派服饰皆有，己方却只剩十余人，纵有三头六臂，久战也是必死，正自思考退敌之策。栾金刚看了一圈，忽然认出秦天，失笑道："原来是秦盟主，我早该料到会有今天！"笑声中却带着几分悲凉。秦天也认出了他，冷冷道："十七年前，就是你杀了我爱妻，后又杀我多个正派中人。今天再遇，新仇旧恨，也该一并算了。"栾金刚喝骂道："没想到你秦天，号称正派领袖，却干这深夜偷袭、以多欺少的勾当，手段竟如此卑鄙！"秦天道："对付你这种邪魔外道，又何须讲什么江湖道义？"

栾金刚哈哈大笑，道："我看你是怕了我手中这把钢铲，才叫来这么多人壮胆吧？敢不敢上来与我单打独斗，决一生死！"秦天心中好笑："尔等弱势如此，有何资本与我讨价还价？不过是激将法罢了！"正要开口说话，张超却有心立这头功，在群豪前扬威，抢先道："盟主，杀鸡焉用牛刀？不如让弟子出战！"群豪心想有好戏看，叫嚷道："好！张先锋上！""像你这秃奴，还轮不到盟主出手！"秦天心中不悦，只道："好，你去吧。"

张超使一招"一步登天"，从马背飞身跃上高台。雷火堂部众退开一片空地。栾金刚道："你来送死，再好不过！"张超道："废话少说，看招！"猛跨几步，举双刃斧击去。栾金刚手执月牙铲迎战。但见你一招"力劈华山"，大斧当头劈落，我一招"狮子抬头"，钢铲硬接格挡，你一招"横扫千军"，大斧横扫身前，我一招"退避三舍"，拖铲撤身闪避。两人斗了五十多个回合，未分胜负。渐渐地，张超体力不济，喘起粗气，出招不再迅猛，露出一个破绽。栾金刚看准时机，使一招"怪蟒翻身"，一下把斧头挑落在地，顺势进逼过去，把钢铲架在张超颈上，喝骂道："不要动，谁敢上前半步，我马上杀了他！"

说时迟那时快，却见秦天急运内劲，掷出归心宝剑，直飞栾金刚后背。常言道：明枪易挡，暗箭难防。栾金刚一边说着话，一边留神眼前张超反扑，浑没注意身后突袭，待听到破风声时，躲避已然太迟。宝剑击碎护甲，贯穿栾金刚身躯。栾金刚怒骂一声："妈的！"使出最后一丝力气，挥刃去砍张超首级。但听"扑通"一声，一个人头率先落地，骨碌碌地转了几圈，两个躯体再慢慢倾倒，轰然倒下。月牙铲也掉落在地，发出尖锐响声。两人就此身死。

原来，这栾金刚以言语相激，要与秦天单挑，是想孤注一掷，殊死相搏，与秦天同归于尽。他当年与秦天交过手，心知他武功高强，唯有豁出性命的打法，才有十之二三胜机。怎知半路杀出个张超，便改变主意，采取守势御敌，观其武功高低，伺机劫作人质，好逼群豪退却，放他部下一条生路。栾金刚心想张超是秦天爱徒、烟火派先锋，也该有点价值，没想到秦天如此狠辣，说杀就杀，趁他未防备时，就飞剑夺他性命。其时栾金刚意识尚存，使出最后一丝力气，挥刃杀了张超，拉他共赴阴曹。

第四十八回　子午奇谋

这下变故疾如雷电，众人看得呆了。秦子恒惊想："父亲为何突施暗箭？难道他会不知，他这下出手，会害死张师兄吗？"秦天却道："还愣着干什么？随我冲杀，斩妖除魔，为张先锋报仇！"从马背飞身跃上高台，跳到栾金刚尸首前，动作迅猛，目光锐利，有如煞星下凡。雷火堂部众亲见堂主暴毙，惊魂未定，群龙无首，哪个敢上前？群豪怒火中烧，高呼："为张先锋报仇！"冲上九级台阶，把那十余个教徒团团围住，顷刻乱刀分尸。秦天抽回带血的归心剑，自语道："影红，我终于为你报仇了，你看得到吗？魔教妖人罪不容诛，就算死一百个、一千个，也比不上你的命！"群豪杀红了眼，还不过瘾，找来一根麻绳，套在弥勒佛像上，用力把它扳倒。佛像轰然倒地，断成几块。有下流者还往佛像、敌尸上撒尿，发出阵阵嬉笑，似乎也无人觉得不妥，敢出言阻止。

天色渐明。秦天命人清点己方死伤、杀敌人数，报知武士死亡二十七人，负伤六十四人，战马损失三十六匹，杀黑月教徒五百余人。秦天又命人放火烧山，毁尸灭迹，再率众到汉江边扎下营帐，放牧战马，休养生息。大火熊熊燃烧，把山寨、教坛、死尸烧成灰烬，就像一切从没发生过一样。

话说汉中百姓看见定军山突然起火，黑月分坛被烧个干净，都道此间来了一伙强人，千万别去得罪找死。消息顷刻传遍大街小巷、过路商帮，后来更越传越夸张，说是来了班天兵天将，降天火惩罚黑月教徒。又说枯木派统率的二路骑兵，因走那骆谷道年久失修、险峻难行，治军行进也不甚严明，于腊月初一，誓师大会后第十六天，才来到汉中，一路上听到不少江湖风声，都在说天兵天将如何了得，杀得黑月教徒片甲不留。统帅刘喻皓不以为意，只当是听笑话，儿子刘玉轩却愤愤不平，心道："风头都被那帮人抢了，我们还有什么脸面？"两路人马会师汉江。秦天心知此战过后，谣传四起，黑月教势必有所提防，加之人马疲乏，无法再用奔袭战术，索性静候辎重补给，待三军会合，再进击广元。

再说四川天台山黑月总坛，一道道紧急军情如雪花般飞至，报告秦天召开誓师大会，率众攻打黑月教；叶一欢行刺未果，以身殉教；汉中分坛失守，栾金刚力战身亡；广元分坛写信求救，请求教主支援等事。范雄越看越惊，愤然把书信揉成一团，扔在地上，道："这秦天真欺人太甚！我躲着不招惹他，他还要赶尽杀绝。传令下去：雷火、黄土两堂，支援前线，其余人等，留守总坛。广元分坛占据地利，要把战场放在那里，力保我教命脉！"亲信道："遵命！"众教徒听令而行，带上武器、粮食等物，连夜出发，奔赴广元。范芊云因忧虑战事，也随行其中。范雄骑上快马，先行一步，要与黄土堂堂主穆重山，共商退敌之策。

　　但听马鸣嘶嘶，铁蹄生风，范雄昼夜驱策，沿金牛道直奔广元。且见蜀地山河壮秀，蜀道险峻峥嵘，林木苍劲挺拔，鸟兽叫声回荡，委实是易守难攻、险要异常的兵家必争之地。唐代诗人李白有首乐府旧题，单写那蜀道难行：

　　噫吁嚱，危乎高哉！蜀道之难，难于上青天！

　　蚕丛及鱼凫，开国何茫然！

　　尔来四万八千岁，不与秦塞通人烟。

　　西当太白有鸟道，可以横绝峨眉巅。

　　地崩山摧壮士死，然后天梯石栈相钩连。

　　上有六龙回日之高标，下有冲波逆折之回川。

　　黄鹤之飞尚不得过，猿猱欲度愁攀援。

　　青泥何盘盘，百步九折萦岩峦。

　　扪参历井仰胁息，以手抚膺坐长叹。

　　问君西游何时还？畏途巉岩不可攀。

　　但见悲鸟号古木，雄飞雌从绕林间。

　　又闻子规啼夜月，愁空山。

　　蜀道之难，难于上青天，使人听此凋朱颜！

　　连峰去天不盈尺，枯松倒挂倚绝壁。

飞湍瀑流争喧豗，砯崖转石万壑雷。

其险也如此，嗟尔远道之人胡为乎来哉！

剑阁峥嵘而崔嵬，一夫当关，万夫莫开。

所守或匪亲，化为狼与豺。

朝避猛虎，夕避长蛇；磨牙吮血，杀人如麻。

锦城虽云乐，不如早还家。

蜀道之难，难于上青天，侧身西望长咨嗟！

十一月廿九，范雄抵达广元，穆重山率部下迎接。两人来到密室议事。范雄道："穆堂主，分坛防务布置如何？"穆重山道："禀教主，属下一接到汉中军情，命人做了几件要事：一是转移阵地，把教坛、教众撤到地势险要的剑门关，以此作为迎敌战场。二是坚壁清野，修筑关楼、拒马等防御工事，清理收集野外粮食作物。三是设置陷阱，于险要小道上，挖下陷马坑，撒上铁蒺藜，教他们吃些苦头。"范雄沉吟道："尽管防御周全，但敌人来势汹汹，连杀我教两位堂主。倘若一味被动防御，没有奇谋制胜，怕是守不住啊！"穆重山道："教主勿忧。属下昔日在五岳盟派安插了一名细作，探听到敌方重要军情，飞鸽传书向我汇报。"凑近范雄耳边，如此这般交代一番。范雄闻言大喜，道："此计甚妙！吾有穆堂主相助，焉怕那恶贼秦天！"

且说白芷统率的辎重队，推着一车车的粮草、衣被，覆盖着刀剑、弓箭等军械，出了开封，过了长安，走在子午道上，径往汉中而去。是日朔风四起，阴云密布，已是腊月天时。姜乐康、秦思君、江湖道三人同行。姜乐康一边推着木头车，一边道："唉！原想着能上前线奋勇杀敌，斩妖除魔。没想到被编入辎重队，干这打杂的活，浑身劲力没地方使，实在郁闷。"秦思君轻掐姜乐康一下，娇嗔道："怎么了？跟我们百花帮一起走，你很不乐意吗？"姜乐康忙道："乐意，乐意！"秦思君转嗔为忧，道："也不知爹爹、哥哥在前线作战如何？"江湖道安慰道："秦盟主、秦少侠智勇双全，定能取得大捷。"

正说话间，一个白衣翩翩，温文儒雅的男子从后赶上，插话道："少侠此言差矣！"三人闻声望去。男子道："兵书有云：三军未动，粮草先行。武功再高的人，也得吃五谷杂粮。所以押运粮草的辎重队，非但不是打杂，反而重要得很！"江湖道抱拳道："阁下所言甚是，未知高姓大名？"男子回礼道："我姓文，单字一个亮，辽东锦州人氏，因略懂医术，被编入辎重队，随行治病救人。"秦思君抱拳道："原来是同袍，真是太好了。"姜乐康一阵尴尬，脸红道："文先生，我刚才只是发发牢骚，没有轻视意思，请别放在心上。"文亮笑道："少侠疾恶如仇，求战心切，在下自然明白。"三人自报姓名家世，好让文亮认识。四人相伴而行，谈些江湖轶事，稍解行军沉闷。

姜乐康又道："你说这魔教，为何要把教坛设在巴蜀，这山路如此险峻，进出多不方便啊！"江湖道道："小姜有所不知，咱们走过这险峻的蜀道，便是一片平原。蜀地沃野千里，易守难攻，加之蜀人贪乱乐祸，未治先乱，历来是草莽豪杰起兵造反的好地盘。魔教选在巴蜀再起，野心不可谓不大啊！"文亮道："此言差矣！我在江湖上行医，走南闯北，到过不少州县，心知每个地方既有好人，也有坏人。若非受人蛊惑，或是官逼民反，又有哪个寻常人家愿意造反，放着好日子不过，要过那刀头舐血的日子呢？江大哥说蜀人贪乱乐祸，一下把整个地方的百姓都打作暴民，岂非太过偏颇？"秦思君寻思："对啊！哪有人会天生反骨，还不是被逼成的？"江湖道歉然道："江湖有言道：听君一席话，胜读十年书。文兄见识非凡，小生茅塞顿开。"文亮笑道："江兄言重了。"三人见文亮谦谦有礼，都对他青眼有加。

时值正午，众人走了半天山路，颇感疲惫。白芷传令群豪，原地架锅做饭，稍事休息。大伙从米袋中取出粮食，生火做饭。正忙活间，忽听山上杀声大作，沙尘滚滚，数十块石头从山顶滚将下来，砸向众人。不少人反应不及，被砸得脑浆迸裂，当场毙命。白芷大惊道："有伏兵，大家快躲！"群豪乱作一团，抛下粮食辎重，紧靠山崖躲避。姜乐康不假思索，一把拉住秦思君，把她挡在身后，道："君儿，没受伤吧？"秦思君有些害怕，道："我……我没事。"

又见山顶处探出十余个脑袋，挽弓搭箭，箭头带火，直飞粮车而去，西北风一吹，风助火势，火借风威，顷刻间烧成一条火龙。群豪无不大惊。姜乐康看得真切，怒道："这群杀人放火的恶魔！"未等众人反应，便使一招"壁虎游墙"，踩着山岩、林木，沿山崖攀缘上顶，只五七下工夫，便已接近顶处。众伏兵只顾放箭，加之山险林密，丝毫不觉竟有人从下方攀缘突袭。群豪抬头仰望，连大气也不敢出，生怕惊动山上敌人。秦思君更是紧张得直冒汗，站在姜乐康正下方，祈愿道："邪不胜正，好人有好报……"姜乐康深吸一口气，又使一招"白鹤展翅"，足底用力一蹬，从悬崖下跃出，稳稳站在峰顶。

这下突袭有如神兵天降，吓得伏兵，一时僵在原地。姜乐康趁这间隙，使一招"劈山碎石"，运足全身劲力，往身前敌人击去。他曾在山洞中得张三丰百年内功真传，武功突飞猛进，即便是最简单的招式，也可发挥百倍威力，一旦击中，足以致命。为首那人挡架不住，胸口中拳，猛吐出血，瘫倒在地。伏兵如梦惊醒，纷纷挽弓放箭，数十支箭从前、左、右三个方位，先后直飞姜乐康而来。姜乐康应变神速，一手抓住最先飞来的箭护身，把箭舞得翻飞，击落随后十余支飞箭，同时且战且走，使出鹤翔步法，避开最后十余支飞箭。那十余支箭没射中人，直飞对山而去。白芷看见箭发如雨，忧惧姜乐康安危，忙下令道："寻道上山，救援小姜！"群豪应令而行，奔上山去。

众伏兵见竟无一箭射中，心中大骇，以为是遇上天将，扔下弓箭就逃。姜乐康怒火中烧，哪肯放过凶徒，掷出手中羽箭，插死一人，再赶上几步，使出燕青拳法，招招致命，又毙数人。余下七八人分头窜逃，眼看就要跑远，姜乐康张望两下，忽见地上碎石无数，情急智生，使出蹴鞠脚法，连环踢向碎石。碎石如暗器般飞出，正中他们后脑勺。逃兵们闷哼一声，倒地而亡。转瞬之间，山顶方圆百步之处，横七竖八地躺着十余具尸体。

此时，姜乐康怒气平息，看着眼前死尸，瘫坐在地，巨大的惊恐笼罩全身："我……居然也杀了这么多人，这……就是大侠要干的事吗？"正恍惚间，忽听山道脚步声起，群豪赶来救援。秦思君走在最前，看见姜乐康坐在地上，也跪倒在地，紧紧抱住姜乐康，激动得说不出话来。群豪见姜乐康如天神下凡，杀死伏兵，救了众人一命，他却毫发无损，无不啧啧称奇。有人道："今天多亏他出手，救了大家啊！"有人道："没想到他年纪轻轻，却身负惊人武功！"有人道："难怪秦家大小姐会看上他。"有人道："他姓甚名谁，师承何派啊？怎么没有印象？"姜乐康却心有不安，毫无高兴的意思。一阵冷风吹过，呛人的浓烟焦味扑面而来。姜乐康想起要事，惊呼："快救火！"

第四十九回　剑阁对峙

　　群豪也闻到焦味，争相奔下山去，白芷、江湖道、文亮当先而行。姜乐康和秦思君互相搀扶，慢慢走在后头。但见山道烟雾弥漫，熏天炽地，火势早烧得大了。热浪逼得众人难以上前，最近的水源亦有数里之遥，怎生救得这火？群豪唯有把离得稍近、尚未烧着的粮车拉到身前，救回些许粮草。这火足足烧了三个时辰，把大批粮草烧得一干二净，再无东西可烧，方才慢慢止歇。姜乐康眼睁睁看着大火，却也无能为力，痛惜道："这么多粮食，得多少农户、种多少庄稼才能长出来啊？那些人一把火就烧光了，真是太可恶了！"文亮也叹道："春种一粒粟，秋收万颗子。四海无闲田，农夫犹饿死。"

　　原来，这番子午道烧粮，正是穆重山设计的奇谋。他从细作处得知重要情报：秦天要兵分三路进军，两路骑兵各走陈仓道、骆谷道，人数虽少却是各派精锐，一路辎重走子午道，人数虽众却多为无名之辈。兵法云：三军未动，粮草先行。黑月教占有蜀道天险，奔袭之策难以施展，秦天想连根拔起，非打持久战不可，粮草补给十分要紧。穆重山深谙兵法之道，焉能不知此节？他是个心细的人，在教主范雄赶到广元前，就抢时机派出十余个得力部下，携弓箭火器连夜赶到子午道埋伏，待盟军一到，便放火烧粮。怎知半路杀出个姜乐康，将这十几人尽数杀死，无一人能回教复命。但他们已然完成使命，烧掉了盟军大批粮草。

大火过后，白芷命人清点死伤人数、辎重余粮，报知武士死亡十二人，负伤三十五人，原本可供三千盟军使用三个月的粮草，烧得只剩十之一二，可谓损失惨重。群豪面面相觑，士气低迷。众人怕还有伏兵偷袭，不敢久留，慌忙行军。秦思君惊魂未定，紧攥住姜乐康的手，生怕他又要出手御敌，遭遇不测，抛下自己而去。两人走在队伍最后，谁也不敢来打扰他们。其时已是寒冬，朔风吹得脸上生疼，秦思君的手却感到阵阵暖意，似有一股充沛的内力，从姜乐康体内不断涌出。

秦思君又惊又喜，奇道："小姜，你的内力何时变得这么强了？今天你突然出手，真是吓死我了！我好害怕，再也见不到你了！"姜乐康也很困惑，道："我也不知道是怎么回事。自从那次在龙虎山棋会见过你以后，我便觉浑身充满力气，武功突飞猛进。在来神农架找你的路上，还打死了一只大虫，被乡亲当成英雄款待，是以耽搁了时日。今天一看到敌人，我想都没想就出手了。"秦思君先是心中一甜，以为他在哄自己高兴，随即想起当天之事，感觉事有蹊跷，娇嗔道："大笨蛋！跟我有什么关系？我记得当天你破了棋局后，太极门的人说有一份礼物给你，然后你被带走了。我本想等你出来，结果等了一整晚也没见你，只好跟哥哥先走。那份礼物是什么？"

姜乐康也想了起来，道："礼物确实是有的。那人把我带去了一个山洞，说里面有几样东西，只能挑一样带走。一旦拿起物事，就会触动机关，降下断龙石，不能再反悔了。我走了进去，看见洞里有一箱黄金、一把刀、一本书……"秦思君听得津津有味，道："你挑了那本书吗？"姜乐康道："我本想挑那本书，送给义哥。可我再往里走时，又碰上了一个老人，说了一番稀里糊涂的话，说要把毕生功力传授给我。"秦思君寻思："原来这就是礼物！"惊喜道："那人是谁？后来怎样了？"姜乐康摸摸头，道："我已忘了他的名字，只记得他说自己活了两百岁。我不知是真是假，就陪他坐了一阵，迷迷糊糊睡了过去。等我醒来时，他已不见了。我一看已是次日，匆匆忙忙冲出洞，去找我义哥，也顾不上拿礼物。出来见到了义哥，没想到他竟说，我已在洞里待了三天三夜，你也早就走了。"

秦思君大喜，道："大笨蛋！你说的那位老人，已把他的毕生功力传授给你了！不然你的武功怎会突飞猛进？"紧紧抱住他，欣慰道："我就知道，像你这样的傻瓜，一定会有好报的！你现在是一个大侠了！"姜乐康不敢相信，念叨道："我已经是大侠了吗？我需要杀很多人吗？"秦思君察觉姜乐康的不安，从他怀里钻出，寻思："小姜第一次出手，就杀了十几个人，心里害怕也是正常的。"劝慰道："所谓大侠，就是要惩恶扬善，保境安民。你现在身负神功，就该做大侠要做的事，遇到坏人不留情面，遇到好人保护他们。我想这也是那位高人传功于你，期望你能做到的事吧！"姜乐康若有所思，道："可是好人坏人，实在难辨，像我这样的脑袋，恐怕挠破了也分不明白。倘若错杀无辜之人，或者坏人想要改过，我又该怎么办呢？"

秦思君沉吟道："你说的也有道理。我听闻武林中曾有种绝学，名叫'鲲鹏奇功'，可把别人内力吸为己用，不必大开杀戒，就能把敌人武功化去，变成手无缚鸡之力的废人。"姜乐康喜道："这武功好！要是我能学会，遇见难辨正邪的人，就能先把他武功化去，不让他再干坏事，再查探事情真相也不迟。"秦思君又道："不过针无两头利，这武功也有个弊病。"姜乐康奇道："是什么弊病？"秦思君道："倘若被吸者的内力，比运功者更高，内力就会反被吸走，反倒是自己变成废人。交战双方不知敌我深浅，即便会用也不愿轻易运用，是以江湖中久未出现。更何况……"姜乐康道："更何况什么？"秦思君道："记载这等奇功的典籍，不知会在何处。我想要到少林寺的藏经阁、点墨派的奎文阁，甚至是紫禁城的文渊阁，才有可能找到了。"姜乐康叹了口气，道："奎文阁先前发生一场大火，烧毁众多典籍，恐怕也找不到了。"又道："不过有你在我身边，再难分辨的事，肯定也有办法的！"秦思君心中一甜，俏皮道："这就叫男女搭配，大侠不累！"两人相互扶持，缓缓前行，步履不快，却很坚定。

众人走出子午道，往汉水大营而去。不少武功低微之辈，原想看个热闹、混口饭吃，才跟去开封誓师，如今眼见粮草损失大半，魔教拼死抵抗，实有性命之虞，是以一出狭路，来到平原，就趁机开溜。原本号称三千人马的盟军，走得只剩一半。经此一役，姜乐康的名声在江湖中悄然传开。

秦天在汉水驻扎十来天，终于等来辎重补给，人马、粮草却折损大半。白芷慌忙拜见秦天，见到刘喻皓、董聪、秦子恒、刘玉轩等人，报知子午道遇袭之事。秦天心中大惊，一个闪电般的念头划过脑海："有内奸！"虽说盟军号称有三千人马，但只有参加过军机密会的十个人，才见过沙盘地图，知道行军安排，其余武人不过是听令而动，不知方略，更遑论远在千里的魔教妖人。若非有内奸通敌背叛，泄露军情，魔教如何能事先埋伏，烧毁粮草？但他毕竟是一代宗师，喜怒不形于色，只道："我等仁义之师，替天行道，势在必胜。粮草之事，请勿再提，我自有办法解决，诸君统领部下，奋勇杀敌便是！"盟军旋即出发，轻骑在前，辎重在中，步兵在后，直奔广元而去。秦天多留心眼，暗中观察究竟谁是内奸。

　　腊月十五，盟军到达广元，先遣斥候报知黑月教已将教坛移师剑阁，据险而守。秦天令旗一挥，率军于剑阁扎下营帐，绵延数里，烟火营居左，枯木营居右，群豪大营居中，百花女营和粮仓居后，与黑月教隔山对峙。是日阴云蔽日，飞沙走石，秦天亲率数百精锐，手提栾金刚人头，来到剑门关前，横剑跃马，高声叫阵道："范教主，你的部下在我手里。出来与我等决一死战，做个了断吧！"扬手把人头扔在地上，骨碌碌地滚了几圈。群豪见状一阵嬉笑。却听关内一片死寂，只闻风吹叶响，恍似空无一人。刘玉轩等不耐烦，叫骂道："缩头乌龟，无胆匪类，有种出来！"纵马靠近关楼。群豪见无异样，争先奋勇上前，一时百人冲锋，似要踏平剑门。

　　说时迟那时快，忽见台阶突然塌陷，战马发出惊叫，掉进陷马坑中。刘玉轩被重重摔了出来，又被坑中的铁蒺藜刺伤，屁股流血不止。不少武士也着了此道，陷进坑中。又听关楼杀声震天，数百弓箭手立直身子，挽弓搭箭。范雄立于正中，发令道：

"放！"顷刻箭如雨下，遮天蔽日。刘玉轩大惊，缩在马肚下躲避，那战马中了数箭，一时未死，四蹄乱踢，教他吃了不少苦头。

秦天心道不妙："刘玉轩是枯木少主，他要是死了，可不好交代。"发令道："后军盾牌护身，救援前军！"姜乐康、江湖道等后军听令而动，上前救人。江湖道举盾护身，姜乐康从坑中拉起刘玉轩。刘玉轩看见竟是姜乐康来救他，露出十分古怪的神色，想说一声"谢谢"，终究没说出口。姜乐康没想放在心上，把他背在身上，赶紧奔回营帐。箭雨并不止歇，射得盟军难进半步。秦天见刘玉轩被救起，也顾不得更多没救的人，即道："鸣金！"烟火门人听到内力传来的声音，在后方敲响铜钲，尖锐的铜声响彻剑阁，盟军慌忙撤退。白芷、秦思君、文亮早在营内备好医药，急救负伤武人。

盟军首战告负，损兵折将，锐气大挫。此后三五天，秦天多次率小股轻骑刺探敌情，趁机偷袭，却见关楼有数十教徒昼夜值守，一觉异动，当即放箭，报知山寨，随时支援，教他难知虚实。秦天无计可施，密会军师问计。董聪献计道："军中有枯木工匠，可召集他们，把粮车改装成投石车，飞石攻击关楼。"秦天闻言大喜，急召枯木门人，连夜改制十来台投石车，架在对山高地，以草木遮蔽隐藏，正对关楼瞭望台。

是日风和日丽，关楼教徒循例换防，忽见群豪拽动投石车，炮石飞空，从天而降。教徒躲避不及，脑浆迸裂，血肉横飞，死伤数十。秦天次战报捷，挽回些许颜面。黑月教连夜修筑工事，为瞭望台加盖顶棚，抵御飞石袭击，投石车再无用武之地。大多数人也对魔教实力心有忌惮，不愿再次强攻，枉送性命。秦天虽为武林盟主，毕竟是各派同道推举，很难强令众人出战，一旦失掉人心，反被群豪吞噬，唯有暂且休战，再思破关良策。

又过三五天，秦天正与军师董聪议事，商讨如何调动群豪，再次发动总攻，毕其功于一役。秦天问道："营中尚有多少粮草？"董聪道："禀盟主，只够吃五天了。"秦天道："现在由谁掌管分粮之事？"董聪道："在下提拔了一个人，名叫文亮，由他掌管分粮之事。"秦天眉头一蹙，道："他是谁？为何用他？"董聪道："他是一个游医，得知盟主要讨伐魔教，特来相助，干回自己本行。我见他为人公正，又非盟派之人，就让他兼管分粮，以此服众。"秦天沉吟道："粮食不足，战意不够，该如何是好？"

忽听营外喧哗声起，烟火门人报道："禀盟主，魔教教主范雄前来叫阵，要与盟主独斗，决一生死。"秦天喜道："天助我也！我正要寻他，他倒送上门来！"手执归心剑，步出中军帐，飞身上马，直奔营前。却见那范雄，身跨雪白良驹，手执九节藤鞭，不带一人随行，舍弃关楼天险，就敢前来叫战。群豪见他如此胆豪，无不又敬又畏。秦氏兄妹、姜乐康、江湖道、文亮等站在众人之中，紧张地注视这一切。

只听范雄道："秦天，你这天理不容的狗贼，自封狗屁盟主，非要步步相逼，杀我教使，辱我教坛，沾满我黑月圣教鲜血。此仇不报，枉为人也！有种就与我单打独斗，决一生死！以多欺少，以势压人，算什么英雄好汉？"秦天朗声大笑，道："自古正邪不两立。秦某筹谋多年，殚精竭虑，只为亲手铲除魔教，还天下一分清平。如今范教主主动上门，秦某岂有拒绝之理？"秦天自负身怀绝技，有心除恶扬威，激发群豪战意，彻底诛灭黑月，达到声望顶峰，再当武林盟主。他杀了栾金刚后，已报杀妻大仇，眼下所想的，只剩这号令群豪的权力和快感。范雄嗤之以鼻，道："废话少说，进招吧！"挥鞭拍马上前。秦天不敢怠慢，执剑也来接战。

第五十回　连环险计

但听一声闷响，两人兵器相交，藤鞭如游蛇出洞，紧紧缠住归心剑。范雄急运内功，要把宝剑夺去。秦天心道："范雄使软鞭作武器，恰好克制我归心剑的吸铁奇效。若非有内奸泄密，通敌报信，他怎知我五行盟派，是用这把剑发令？"发力抽回宝剑。两股劲力相触，一时僵持不下。范雄率先变招，转动收回藤鞭。秦天应招在后，收势太猛，剑柄狠狠打在自己身上，鲜血从喉头涌出，几乎从马背跌落。就在此时，范雄挥鞭斜扫，眼看要击中秦天头颅。秦天猛吞喉血，使出马背技巧，顺势躲在马旁，堪堪避过藤鞭。藤鞭从马背上扫过，发出急劲的破风声。两匹马没了兵器相交的约束，对冲而过，是为一个回合。

秦天以剑击地，翻身上马，纵马回身，又来进招。此番再战，秦天留了心眼，一边避开藤鞭缠绕，一边挥剑直击要害。范雄探知秦天所使兵器，苦心练习鞭技，原想出其不意，一击制敌，没想到秦天应变神速，竟使马技避过，当下泄了三分锐气。须知武林高手相斗，一招之先乃至一念之差，便足以决定胜负生死。两人又战了三五回合，秦天略占上风，忽使致命杀招，挥剑刺中范雄左肋，鲜血喷涌而出。几乎同时，范雄的藤鞭也击中秦天右臂，震得他臂骨断裂。秦天强忍剧痛，抽回归心剑，没能直贯后背。范雄虽中剑伤，离心脏尚差几分，一时三刻未死，猛地一夹马肚，回头往关楼逃去。秦天见范雄要逃，捂住受伤胳膊，急令道："给我追！"群豪听令而动，策马去追。

秦天伤了一条胳膊，策马不甚方便，跟在群骑后头去看。但见先锋薛强一马当先，正要追上范雄，一刀把他砍杀，忽见关楼闪出弓手，箭如雨下，薛强躲避不及，被飞箭射中，命丧当场。也有数个立功心切的烟火门人被射杀。群豪见又有埋伏，不敢再进半步。范雄在箭雨的掩护下，躲进关楼，逃过大难。秦天见范雄逃脱，自己却折损一员大将，愤然把剑插在地上，骂道："妈的！又中计了！"

原来，范雄这番叫阵单挑，又是穆重山想的连环险计。黑月教因与细作联络不便，不知敌人还剩多少粮草，但料想他们定会在粮尽之前，发动猛烈强攻，殊死一搏。一旦关楼被攻破，黑月教以寡敌众，覆灭无疑。与其提心吊胆，坐以待毙，不如主动出击，与首恶秦天单打独斗，或能有一线生机。这招擒贼先擒王，与叶一欢的偷袭刺杀别无二致，只不过地点换成了两军阵前，由武功更高的范雄亲自出马，堂堂正正打一场。秦天碍于盟主身份，断无拒绝之理。若是一战得胜，击杀秦天，吓退这群乌合之众，以最小代价退敌，自然最好；若是处于下风，便及时撤退，引诱敌人来追，穆重山早在关楼布好弓箭手，射杀来犯之敌。秦天见魔教首脑要逃，机会稍纵即逝，果然派人追杀，正犯了"归师勿遏，穷寇莫追"的兵家大忌，折损了心腹薛强。

却说黑月教这边，虽然射杀了敌军先锋薛强，打断了秦天一条胳膊，但教主范雄也身受重伤，正躺在床上静养，一年半载难以痊愈，可谓惨胜如败。范芊云一边小心翼翼地为父亲敷上金疮药，一边用衣袖拭去脸上的眼泪，不让它滴在伤口之上。范雄睁开双眼，看到女儿难过的样子，吃力道："云儿，是爹爹不对，把你卷进这条道上。我先前已嘱咐穆重山，一旦战事不利，就派人送你离开，走得越远越好，往后当个寻常姑娘，别再涉足江湖之事……"范芊云含泪道："爹爹，不必说了，好好休息。"范雄应了一声，又迷迷糊糊睡去。

范芊云为父亲包好伤口，轻轻盖上棉被，步出中军帐。穆重山正在帐外守候，看到她出来，施礼道："圣姑安康。敢问教主情况如何？"范芊云小声道："爹爹敷过药，已经睡着了。"穆重山道："鄙人有军机大事，欲与圣姑商讨。请圣姑稍移玉步，寻个方便说话的地方。"范芊云忙道："谨听穆世叔吩咐。"

两人来到另一处营帐。穆重山屏退左右，方道："常言道：军不可一日无帅。眼下敌军压境，教主又重伤未愈，指挥御敌的责任，便落在鄙人身上。"范芊云忧心忡忡道："叔叔所言甚是。小女才疏学浅，只会诵经念佛，不识兵法之道。此次随行，也只能做些包扎护理的事，实不知还能帮上什么。"穆重山道："圣姑不必自责。我教虽然人少，却据险而守，士气高涨；敌军虽然势大，却由武林各派组成，难免人心不齐，战意不足。双方已交战数次，互有死伤，渐成僵持之局，谁也灭不了谁。有鉴于此，鄙人欲修书议和，劝他们早日退兵。新仇旧恨，尽归尘土，再也别打了。"

范芊云眼中现出亮色，道："我也有此意！看见大家死的死，伤的伤，我心里实在难受。"穆重山忽跪倒在地，叩头拜道："议和之事，牵连重大，恐须圣姑相助。"范芊云惊伏于地，道："叔叔何故如此？真折煞小女也！"穆重山跪着道："黑月圣教，死生存亡，非圣姑不能救也！鄙人听唐左使提过，去年冬至圣姑在山东讲佛，与秦天之子有一面之缘。当时他出手杀了宋右使，却放了你们一马，许是对圣姑有意。鄙人欲修书议和，先飞箭送去，再请圣姑亲赴敌营劝说，以表求和之诚。那秦子恒对圣姑有意，或能利用此节，劝说他爹退兵，保众人平安。然而此行十分凶险，吉凶难卜，圣姑或被掳作人质，要挟我教。若非敌强我弱，教主又身受重伤，教内群龙无首，鄙人绝不敢让圣姑身受屈辱，冒此奇险。未知圣姑意下如何？"

范芊云先是脸上一红，随即面色凝重，道："宋右使不是他杀的，是他手下错手杀的。叔叔言之有理。若以我一人之命，能换来双方止息干戈、爹爹平安痊愈，那是再好不过，我万死不辞！若对方执迷不悟，黩武穷兵，我也绝不苟且偷生，自绝于对方营中，不必让大家救我，坏了大事！"说到后来，竟愈坚决。穆重山泪拜道："圣姑深明大义，真天下武林之福！鄙人替众人叩谢圣姑恩德！"范芊云忙扶起穆重山，决意道："这是我心甘情愿要做的，叔叔不必这样。"说罢取出纸笔，亲笔写下两封书信，一封写给范雄。

父亲大人膝下：

　　当您读到这封信的时候，女儿已出了关楼，到对方营地议和，劝说他们退却。此行吉凶难料，若能止息干戈，不再争斗，自然最好；若是遭遇不测，这也是女儿自己的决定，与人无尤。无论结果如何，女儿心甘情愿，千万不要为我报仇！

女儿不孝，在父亲伤重之时，未能侍奉左右，尽心照料。请父亲好好养伤，早日痊愈。恭请福安，勿念为盼。

云儿亲笔

一封写给武林群豪。

各位武林豪杰：

小女是黑月教教主范雄之女范芊云。我教一直传经诵佛，广积善缘，与寻常宗派无异。不知何故得罪各位英雄，形成今日这等困局。双方已交战数次，互有死伤，再打下去，只怕也是两败俱伤，枉送性命。如此冤冤相报，何时方休？

小女愿代表黑月教，与各位英雄议和。新仇旧恨，尽归尘土，我教绝不追究。孽海茫茫，回头是岸，放下屠刀，立地成佛。新年将至，请各位早日回家，与亲人团聚。顺祝春祺。

范芊云

范芊云把家书装进信封，交给穆重山，道："穆叔叔，请您挑个时机，把家书交给我爹。"穆重山道："是！"再把议和信交给穆重山过目。穆重山道："圣姑心念苍生，大慈大悲，委实让人动容。只是鄙人怕此信被好战之徒截获撕毁，无法让群豪知晓。"范芊云寻思："佛家常说：我不入地狱，谁入地狱？此行是不得不去了！"道："世叔思虑甚详！我把信多抄十份，带在身上。明日去到对营，择机散发出去，一传十，十传百，让群豪都知我的用意。"穆重山拜谢道："圣姑恩德，无以为报！"范芊云抄好备份，把议和信交给穆重山。穆重山道："鄙人先把此信，用箭射向敌军营区，好让他们看见。待明日派人护送圣姑时，不会被人误会杀伤。"范芊云一边抄，一边道："有劳世叔了。"

是夜寒夜阴森，北风如刀。穆重山带着一个机灵善射的手下，悄悄出了关楼，来到盟军大营百步之内。两人来到右侧营前，穆重山取出一封信，道："把信绑在箭上，射箭过去。"那手下猜出此信是求和信，好意提醒道："堂主，据斥候回报，此处是枯木派营地，把信交给他们，恐怕无济于事。烟火派营地是在左侧。"穆重山冷笑一声，心道："夏虫不可语冰，凡夫不足与谋！"口道："我知道，就是在这里！明日一早，你把圣姑护送至此，千万不要送到左侧营地。"手下不敢多问，道："遵命！"挽弓搭箭，射向敌营。但听"嗖"的一声，一支绑着信纸的飞箭越过岗哨和栅栏，插在枯木派营前沙土上。

次日，秦天在中军帐静养，治疗断臂之伤。秦子恒在营区心神不定地走着，满脑子都是昨日范雄阵前所说的话，不知不觉走到了枯木派营地。忽听附近有两个枯木门人闲聊，一人道："你知道吗？今日一早，关楼那边来了个美貌女子，长得弱质纤纤，自称是黑月教教主之女，说想见盟主，希望他能退兵。新仇旧恨，一笔勾销。"从怀中取出一张信纸。秦子恒内力不俗，耳聪目明，一听到这话，远远跟着，屏气静听。另一人接过信纸，惊道："还有这样的事？我怎么没看见！"先一人笑道："你睡得像死猪一般，当然没看见。"后一人道："那她见到盟主了吗？咱们终于要撤了吗？"先一人淫笑道："见没见到我不清楚。倒是刘达那厮接了那女子，神秘兮兮跑到刘公子营内，一路左顾右盼，生怕被人看见，却刚好被守夜的我看到。"后一人嘻笑道："带到那儿干啥？刘玉轩又不是武林盟主，他能做主吗？"先一人笑道："还能是啥！定是刘公子看那女子生得标致，想要淫污一番，再解送给烟火派呗！"后一人笑道："哈哈！你如此了解刘公子，日后被他提拔了，可别忘了小弟啊！"两人小声讲，大声笑，被秦子恒听得一清二楚。

秦子恒大吃一惊，急匆匆往刘玉轩营帐走去。正在营前值守的刘达看见秦子恒过来，忙赔笑道："秦少侠大驾光临，请问所为何事？"秦子恒道："我要找刘玉轩。"刘达道："刘公子此刻不在，烦请容后再来。"秦子恒道："是吗？那我进去看一眼。"欲进营内。刘达忙伸手拦着，急道："且慢！公子曾吩咐，如无他的准许，不能让外人进入营内，请少侠谅解。"秦子恒惊想："这般怕人撞见，还不是欲行苟且之事！"一下推开刘达的手，越过屏风，闯进营内。只见范芊云躺在床上，被点了穴道，口中塞上棉布，露出惊恐之色。那刘玉轩有如色中饿鬼，淫笑着伸出双手，正要去解范芊云身上衣衫。秦子恒一看不妙，大声道："住手！"

第五十一回　孰是孰非

刘玉轩吓了一跳，回头一看，见是秦子恒，心中已有七八分不悦，叫道："刘达！他来干什么？"刘达此时也冲进来，道："公子，在下已跟他说过，他非要闯进来……"秦子恒道："光天化日，朗朗乾坤，你何以采花盗柳，奸淫女子？"范芊云早认出秦子恒，心中稍定，虽不能动弹言语，却目不转睛看着他。

刘玉轩冷笑一声，道："我自有我玩乐，跟你有何关系？"秦子恒正色道："若是你情我愿，自然与我无关。可你点了这姑娘穴道，又把她的嘴塞住，显是污人贞操，怕她呼喊求救。如此逼良为娼，欺辱女子，我岂能坐视不理？"刘玉轩哼了一声，道："你真不知这妖女是谁？"秦子恒道："有话就说，莫要一口一个'妖女'！"刘玉轩嘲讽道："她就是魔教教主范雄之女，今早误入我枯木营地，说想见武林盟主，请求他带兵撤退。秦少侠，你爹身为武林盟主，口口声声说正邪不两立。如今魔教妖女落入吾手，我见她生得标致，不过想讨些便宜，再解送给令尊。你却假仁假义，要救这妖女，我看你是想当英雄想疯了吧！"

秦子恒没有恼怒，只道："不管她是谁，你这样就是不行！既然她想见我爹，那就交给我处置。"三五步走到床前，解开范芊云穴道，拿走口中棉布，扶她站了起来。范芊云脸上一红，没有说话，一双清澈如水的眼睛，仿佛在说："谢谢你。"刘玉轩自知武功不如他，被气得不行，道："你……你！"秦子恒道："姑娘，请。"轻轻拉住范芊云衣袖，撇下刘玉轩和刘达，带她出了枯木营地，穿过群豪大营，带回自己营中。范芊云一边跟着走，一边从衣袖取出数张信纸，悄悄扔在地上。寒风一吹，纸片扬起，四散各处。

却说秦、范二人自在梁山泊一别后，转瞬已有年余。此刻陡然再遇，两人都马上认出对方，心中更有千般疑团，想说个清清楚楚。范芊云微微躬身，施礼道："多谢少侠相救，小女不胜感激。"秦子恒道："不用这样。我有事要问你。"范芊云道："少侠请说。"秦子恒道："你就是黑月教教主之女范雄的女儿吗？"范芊云道："是的。小女名叫范芊云。"秦子恒厉声道："我问你：这一年以来，黑月教为何要灭掉金石派全派上下，纵火烧毁点墨派的藏书楼，故意在神农架散播瘟疫，杀死百花帮苏老帮主，在江湖上犯下累累血案！"范芊云大惊失色，急道："你怎么血口喷人？自宋右使死后，我教上下移师巴蜀，不问世事，安心传教，根本没做过你所说的事！"秦子恒背过身去，踱步叹道："你虽被称作'圣姑'，不过是个涉世未深的小姑娘，怎会明白江湖中人的野心和阴谋？"

范芊云先是脸上一红，随即面色凝重道："以前的我确实不知，以为我爹他们做的，只是些诵经讲佛、行善积德之事。但那次你的手下杀死宋右使，我再三追问教内元老，已知事情大略。我们黑月教，历来同情贫苦大众，关心民间疾苦，带头对抗横征暴敛、欺压百姓的狗官恶霸，因而被朝廷斥为'魔教妖人'，受到你们这群所谓'武林正道'唾弃。如今天下太平，百姓安居乐业，我们再无必要起事。为躲避你们追杀，才来到巴蜀之地，打算过些平静日子，又怎会主动挑衅生事，犯下你所说的累累血案？再说你们有何证据？你们不问是非，血口喷人，罗织罪状扔在我们头上，蛊惑江湖中不明真相的人，还放言要铲平我教、替天行道。我爹和各位堂主，逼于无奈才去应战，终于造下这滔天杀孽……"

秦子恒听她说得真切，暗自心惊，冷汗涔涔而下，浸湿衣衫。他定了定神，回过身来，又道："你口口声声说关心民间疾苦，俨然侠义之士，难道你们当中，就没为非作歹之徒吗？我问你：那个妖妇梅傲霜，为何要在湖南开黑店，卖人肉剥人皮，谋害过路商帮良民，干出这等天理难容之事！"

范芊云杏眼圆睁，惊道："梅堂主竟……竟做出这种事？我实在不知道。"又道："佛家有云：万物皆有灵，众生皆平等。只要一个人有心修行，放下屠刀，我们黑月教都会不计前嫌，包容接纳。久而久之，难免有些心术不正之徒，背负人命官司，为躲官府追捕，混入教派之中，寻求庇护避祸。小女听闻，梅堂主早年是百花帮门人，不知何故与她师父决裂，辗转成为我教之人。恕我直言，倘若梅傲霜真做过这般恶事，家父作为教主，固然有教化无方之过，但你们培育她的'名门正派'，难道就一点责任都没有吗？难道你们当中，就没出过一个武林败类，没错杀一个无辜之人？"

这番诘问有如晴天霹雳，直击秦子恒心中不愿细想的痛处。他忽然想起苏义妁提过的种种往事，想起山东百姓对唐三姐的爱戴，想起秦天不分青红皂白就杀了一个老妇，惊想："对啊！难道我们就一点错都没有吗？若这几桩悬案，都不是黑月教干的，那又会是谁干的呢？"公事已然问过，余下就是私仇。秦子恒长叹一声，悲戚道："我最后问你：为何当年你们要派人劫杀我娘，害得我和胞妹自幼便没了娘亲？"

范芊云心中一凛，她曾追问教内长辈，心知这桩血案确有其事，往后种种怨仇，皆由此而起。她并不清楚真相，只知昔日恶因已无法挽回，竟"扑通"一声跪倒在地，求情道："误杀令堂之事，确实是我们干的。往后种种怨仇，皆由此而起。如果你和令尊决意要报仇，就请取了我性命，一命抵一命。请别再大动干戈，让众多无辜之人牵涉其中，枉自送命了！"说罢闭上双眼，眼角流出两行清泪。

秦子恒如梦初醒，惊想："错了！一切都错了！人死不能复生，即便杀了范芊云，我娘也不会活过来。这么多年来，黑月教一直躲着我爹，就是不想打这一仗，结下更深重的仇恨。现在已死了这么多人，什么仇、什么怨，也早该报完了！"轻轻伸出双手，搭在范芊云双臂，把她扶起来，道："快起来吧！又不是你的错，我不会杀你的。"范芊云转惊为喜，一朵红云飞上俏脸。

就在此时，一群人闯进营内，手臂负伤的秦天走在最前，秦思君、刘玉轩、董聪、王纶及数个烟火、枯木两派门人跟在后头。众人看见秦子恒与范芊云搂搂抱抱的样子，无不暗自吃惊。刘玉轩阴阳怪气道："难怪秦少侠要护着这个妖女，原来是别有所图啊！"董聪寻思："日前辎重队遭魔教偷袭，大批粮草被烧，盟主一直怀疑有内奸，暗中通敌报信，难道……"秦天森然道："子恒！她是谁？在这干什么！"秦子恒见众人来势汹汹，把范芊云护在自己身侧，左手轻轻握住她的手臂，道："她是黑月教教主范雄之女，前来我方议和，请求盟主退兵。"

秦天寻思:"不再叫魔教,倒唤黑月教了!"冷冷道:"那秦少侠意下如何?"秦子恒道:"我方粮草不足,士气低迷,盟主手臂也受了伤。反观黑月教人数虽少,却据险而守,众志成城,恐难击破。我以为,应尽早退兵,以和为贵,往昔仇怨,一笔勾销。"秦天听罢,面色铁青。他近来日思夜想的事,就是到底是谁私通魔教,泄露军情。他不愿相信,自己寄予厚望、精心培养的接班人,在此番征伐中非但缩手缩脚,寸功未立,竟然还背叛自己,着了魔教的美人计。但眼前所见景象,却不由得他不信!

秦天道:"子恒,把那妖女交给我,我自有发落。你想娶妻生子,为父替你做媒。各门各派的掌门千金、貌美女徒,任你挑选,切不可听信那妖女所言,误了除魔大业!"秦子恒忍无可忍,怒道:"够了!你天天说什么斩妖除魔、正邪不两立,说得连自己都信了吗?黑月教究竟做过什么恶事,值得你大动干戈,滥杀无辜!娘亲已经死了十七年,你已杀过这么多人,什么深仇大恨,也早该报完了!难得黑月教说愿意放下仇怨,和平共处,你怎么还是执迷不悟,欺人太甚?我看你根本就不是想匡扶正义,为民除害,而是想着如何连任武林盟主,让人替你卖命吧!"

此番控诉言之凿凿,大出众人所料。众人千万没想到,向来谨言慎行、待人有礼的秦子恒,竟说出这样一番话,一时愣在原地。范芊云心道:"他是个明辨是非的君子,跟他爹不一样。"秦思君惊想:"哥哥,原来……"秦天气得七窍生烟,道:"你……你在胡说什么!"刘玉轩则幸灾乐祸,寻思:"没想到烟火派竟窝里斗,弄了出儿子打老子。我何不火上浇油,看老子如何应对。要是他徇私护短,失信群豪,这武林盟主之位,还不轮到我们来当！要是他秉公执行，也好看个热闹！"当即道："董军师，当日在开封誓师出征，盟主说过若有人不听号令，私通外敌，扰乱军心，该当何罪？"

秦思君听出刘玉轩用意，狠狠瞪了他一眼。董聪为难道："这……这……"王纶假惺惺道："秦少侠不过是一时糊涂，被那妖女蛊惑。何不给他个改过自新的机会，让他杀了那妖女，以示正邪不两立。"秦天料到枯木派会弄这一出，自己身为武林盟主，势必要有所表示，但他更不愿相信，自己精心养育成才的儿子，竟如此不谙世事，公然与他作对，害他颜面扫地。秦天强忍怒气，道："来人！把那妖女带到女营，严加看管，我自有处置；削去秦子恒职务，严加看管，不许他出本营半步！"

几个烟火门人听令而动，想把范芊云带走。秦子恒铁了心要跟他爹作对到底，拔剑出鞘道："谁想把芊云带走，先过我这一关！反正按照律例，我不是该死吗？正好来取我性命，我也不想看到诸般杀孽！"众门人听到这话，哪个敢再向前，卷进这场家斗，无端做这冤家？范芊云又惊又喜，寻思："佛祖保佑！他为了我，为了众多无辜性命，不惜以命相挟，跟他爹作对……"秦思君见势不对，忙劝道："爹，您筹谋多时，讨伐魔教，不就是想为娘亲报仇吗？如今仗也打了，您也受伤了，魔教委实命不该绝。我想不如……就这样算了吧！"

秦天见一双儿女都在反对自己，一时有些恍惚，已分不清有多少事是为亡妻报仇而做，又有多少事是为争权夺利而做。可他毕竟是个见过风浪的枭雄，当即定了定神，忽顿悟道："不是命不该绝，而是穷途末路！若非无路可走，魔教怎愿派教主之女前来求和？我们要是退兵，正好着了他们的道，放他们一条生路。待他们东山再起，再犯血案，到时想去征讨，那就难了！"董聪忙附和道："盟主言之有理。"秦天道："是非成败，在此一举。退兵之事，休要提起！"众烟火门人道："是！"

秦子恒斥道："穷兵黩武，冥顽不灵！你还要多少人送死，才肯罢手？"董聪忙打圆场道："盟主息怒！我想少主不过是一时糊涂，才对盟主有所误解。"秦天看了看秦子恒，恨铁不成钢道："好好看紧他俩。破城之后，再行处置！"哼了一声，拂袖而去。门人应道："遵命！"刘玉轩、王纶等人见风波平息，也退出营帐，自回本营赌博作乐。秦思君呆呆望向父亲远去背影，又望望秦子恒和范芊云，想起近日种种悬案和血斗，想起哥哥适才掷地有声的诘问，一时不知孰是孰非，怅然退出营外。

第五十二回　众叛亲离

秦天出了营帐，独自走在路上。往来武人望见他走过，神情都有些古怪，远远地躲开了。秦天不以为意，自回中军帐内。却说掌管粮草的文亮，今早来找了秦天几次，想汇报粮草不足之事，都不见人影。这回秦天终于在了，正想进营议事，却被值守的烟火派门人拦住。文亮急道："我有要事要找盟主，你何故拦我？"那门人把他拉到僻静处，提醒道："兄弟有所不知，我见盟主去了秦少主营帐，面色铁青回来，必是遇上烦心家事。你现在进去说粮草不足之事，不正撞到刀尖上吗？我是好意提醒，劝你明日再来。"文亮道："那怎可以？盟主家事是私事，粮草不足是公事，盟主怎能因私废公，置上千战友口腹于不顾呢？"值守门人心想有理，放了他进去。

其时秦天怒气攻心，断臂伤口隐隐作痛，正想闭目歇息，忽听门人报知有人求见，自有三分不悦。文亮进去施礼道："参见盟主。"秦天打量文亮一番，冷冷道："你是谁？"文亮道："在下名叫文亮，辽东锦州人氏，原是江湖上一位游医，因仰慕盟主威名，特来参军助战，征讨魔教。因受军师提拔，掌管粮草之事。"秦天道："原来就是你。有何事要说？"文亮道："禀盟主：因魔教偷袭劫粮，军中粮草紧缺，只够吃四日了。若无新粮补给，恐难以为继！"秦天近日最烦便是此事，一直不让身边亲信多提，既怕魔教探知内情，影响军心士气，更怕讨伐魔教功亏一篑，自身威望大损。他眉头一蹙，道："我知道。"

文亮又道："在下曾听军师提过，粮草不足之事，盟主自有办法解决。未知新粮何时送达？在下好去迎接。"秦天脸色微变，忽想："哪里还有新粮？莫非他是魔教派来的奸细，想来刺探军情！"已有五分不悦，警惕道："你问这个作甚？我自有分寸，不用你多事！"文亮见秦天置若罔闻，直谏道："盟主！常言道：三军未动，粮草先行。恳请盟主重视此事！"秦天寻思："粮草补给不足，正好逼群豪背水一战，从魔教手中抢粮，即可解决。当下可摘野果、捕野味，稍解燃眉之急。"沉吟道："此处山林环绕，必有野生果树，可派人去采摘，再撑三五时日。待关楼攻破，自有新粮到手。"

文亮摇头道："在下曾去看过，魔教早在我们来之前，便施行坚壁清野之策，把野生果树、作物全部采摘，没有留给我们。"秦天又道："没有野果，野味总有吧！群豪都是身负武功之人，到山林中抓几只穿山甲、花面狸，又有何难！"文亮大惊道："盟主千万不可！野味身上有多种毒素，一旦误食，极易沾染瘟疫，在军中传播开来。到时纵使再多良医，也无济于事啊！"秦天更有七分不悦，道："这不行，那也不行，那你想怎样？"文亮答道："依在下之见，若无新粮补给，不如尽早退兵！剑门关位处深山，距离最近的大城广元，尚有两日脚程，何况伤员众多，行动不便，更需留足时日，从容撤退。魔教虽作恶多端，然则命不该绝。相信经此一役，自会收敛不少。"

秦天怒火中烧，心道："退兵退兵，又是退兵！外人反我也就罢了，怎么连我亲生儿子，也要勾结魔教，吃里爬外！"怒道："妖言惑众，乱我军心，给我滚！"左手忽而运劲，隔空一掌打在他身上，将怒气都撒在这不识好歹的痴人身上。这招使得极快，文亮又无甚武功，如何能避得过，当即闷叫一声，双腿发软，跪倒在地，惊道："你……为何……"秦天喝道："来人，把他带走！没我命令，不要让人进来！"值守门人听到传令，慌忙进营，扶着文亮出去。秦天怒气稍消，服下秦思君叮嘱服用的药酒，闭上双眼，昏昏睡去养伤。

与此同时，已有武人捡到范芊云撒落的纸条，三五成群聚在一起，窃窃私语道："魔教教主女儿居然写信议和，不知是谁把纸条扔在地上？""我看这魔教也不算十恶不赦，其实它跟我铁砂帮，并无甚过节……""你们还不知道吗？魔教教主女儿亲自来了，被盟主关在秦少侠营内，枯木派那边都传通天了！""为何是关在秦少侠营内？难道他俩有何不可告人之事？""嘘！小点声，叫烟火派的人听见，可不是耍处！"众人看到烟火门人扶着身受内伤的文亮走过，立马藏起信纸，不再说话，一时静得反常。有机灵的人看见面色发黑的文亮，半是关心半是掩饰道："文先生，你面色不太好，发生何事了？"文亮气若游丝，没有说话。那门人也没说话，扶着文亮到大营去。众人目送他俩走远，猜疑又多几分。

值守门人送文亮回到大营，姜乐康、江湖道看到面色发黑的文亮，心知大事不妙，忙扶他到床上歇息，询问门人发生何事。那门人叹了口气，道："你们自己问文先生吧。"自行离去。江湖道把文亮固定好在床上，使其呼吸通畅，又烧了一壶温水。姜乐康急忙到女营外，托人去叫秦思君，一起治疗文亮。秦思君来到大营，稍一把脉，但觉文亮身体发烫，便知他正中了家传武学火炎掌，心中暗自吃惊，从药箱中拿出专治火毒内伤的冰晶雪莲果，喂他用水口服。文亮吃下药丸，过了一阵，面色转为红润，呼吸变回有力。秦思君关切道："文先生，请问发生何事？是谁打伤了你？"

文亮叹了口气，道："是你爹……"两兄弟与文亮同住大营，早知他刚才要去找秦天。秦思君也猜出了八九分。尽管三人早有预料，但听文亮亲口说出，还是不敢相信。文亮续道："适才我去见盟主，跟他说粮草不足之事，提议若无新粮补充，应及时撤退，以保众人安全。没想到盟主却怒火中烧，忽然运起一掌，打伤了我……"说到痛苦处，突然咳嗽起来。秦思君忙为他拍背，文亮咳了几声，吐出一口淤血，精神好了几分。秦思君用手帕擦去脏物。四人一时默然。

江湖道见各人面色凝重，自己夹在中间，左右为难，忙打圆场道："我看盟主因战事受挫，心情不悦，才发火打伤文先生。文兄心怀武林，仁心仁术，却实在不走运……"姜乐康越听越不对头，悲愤道："大哥，你这么说话，我可不赞同。文先生一心为公，好意提醒，又有何错？盟主怎可是非不分，胡乱伤人，这般做事，跟邪魔外道又有何异！君儿，你认为呢？"江湖道忽然想起当日出征之前，秦子恒曾找自己说过的话，不禁心中一凛。秦思君想起适才听到的种种控诉，眼泪夺眶而出，啜泣道："小姜，你说得对，我哥说得对，我爹实在不该打伤文先生……他为何要这样做？"文亮叹道："也许你爹觉得，把谏言的人打伤，不许他说话，就能解决问题吧！"姜乐康奇道："什么你哥？秦少侠说过什么？"秦思君道："说来话长。当务之急，还是先照料好文先生，想办法解决粮草之事。"文亮见自己忧心的公事，得到盟主之女重视，心中稍感宽慰，长舒了一口气。

正说话间，忽听营外喧哗声起，有人叫道："粮仓那边出事了，快跑！"文亮惊道："难道是魔教的人又来劫粮？粮草本就不多，这该如何是好？"姜乐康道："文先生不必多虑，安心休息，我们过去看看何事。"文亮道："有劳几位了。"三人出了大营，往粮仓走去，但见仓内熙熙攘攘，众多武人拿着小袋口粮，往来时的路散逃。三人走近细看，却见秦子恒已点了数个烟火门人的穴道，砍倒了粮仓后拦路的栅栏，一个妙龄少女正在粮仓内，把干粮装进小袋，分给众人。

秦子恒看见三人走来，放声道："大家拿了干粮，自行离去！谁敢通风报信的，便是与我秦子恒为敌！"众武人纷纷道："对！秦少侠都这般说了，还打个屁啊！"原来，众武人本就对秦天心存猜忌，与黑月教也无甚过节，誓师出征不过是想趁火打劫、痛打落水狗，没想到黑月教却如此顽强，与盟军战成僵局，如此一来，更不愿为秦天驱策，早生逃跑之意。如今听过看过范芊云写的求和信，再加上秦子恒带头造反哗变，更是一呼百应。不少人拿了干粮，背起自派的伤员，先后离去。也有仗着轻功了得的散人，自忖能在一天之内走出蜀道，连干粮也不拿，直接就跑了。枯木、点墨两派也有不少人混在人群中走了。

三人看得目瞪口呆。姜乐康小声道："君儿，咱们该怎么办？"秦思君忽道："事已至此，咱们也跑吧！我去叫百花帮的师姐妹，你俩去接文先生，到时在此会合，一起回开封。记住，不要惊动我爹！"姜乐康不假思索，道："好！都听你的！"三人分头行事，秦思君跑回女营，叫百花帮师姐妹撤退。众门人一看是她，简单收拾一下，没有多想就跟着走了。两兄弟回到大营，背起文亮就走。文亮问道："发生何事了？"江湖道简单答道："秦少侠带头开仓分粮，让大家自行离去！"文亮闻言大喜。

众人来到粮仓，从范芊云手中接过干粮。白芷奇道："这位姑娘是谁？她不是我们的人啊！"秦思君道："帮主，此事说来话长，容我随后告知。"秦思君望向她哥，微微点了点头，秦子恒也点头致意。众人紧随群豪之后，踏上蜀道归途。原本尚有上千人众的盟军营地，片刻走得只剩烟火、枯木两派的数十人，再也无法全剿黑月教。秦子恒看看昏迷未醒的同门师兄，又看了看范芊云，寻思："此地不可久留，须带芊云离开，免遭我爹追杀！"执起范芊云的手，道："咱们也走吧！"范芊云道："要去哪里？"秦子恒道："秘密行事，查明真相，找出犯下种种血案的幕后真凶！"范芊云喜道："好！这样一来，就能还我们黑月教清白了！"秦子恒施展轻功，携范芊云跃进山林，避开离去众人耳目，消失在崇山峻岭中。

不知过了多久，秦天从药力中醒来。他出帐外一看，却听四周鸦雀无声，与往常殊为不同。秦天心知不妙，忙到大营察看，一路人影全无，更感莫名恐惧。他又来到粮仓，但见仓门大开，粮草抢掠一空，又有三五个烟火门人，被人点了穴道，东倒西歪地躺在地上。秦天又惊又怒，忙解开一人穴道，急问："是魔教来偷袭吗？粮草哪去了？各门各派的人又哪去了！"那门人看见秦天盛怒的样子，怕他责罚自己，支支吾吾道："盟主，不是……我……"秦天心中一凉，已猜到五七分，道："你看到了什么，如实说来就是，我不怪你！"

那人方道："两个时辰前，少主带着一个陌生女子，硬闯粮仓，说是战事不利，要开仓放粮，让群豪来领口粮，自行撤退。这等军机大事，我们没有盟主手令，哪敢轻举妄动，正想问个清楚，怎知少主突然出手，点了我们穴道，打开仓门放粮。群豪听到异动，纷纷过来取粮，沿粮仓后方的山道走了！"秦天道："都有谁走了？又有谁没走？"那人道："各门各派的人，几乎全走了。只有枯木派的刘公子、点墨派的董军师，没看见要走。"秦天又问："思君和百花帮的女子，也走了吗？"那门人点了点头，不敢作声。

秦天哑然失笑，心道："日防夜防，家贼难防！时不我与，功败垂成！"他出征之前万没想到，自己苦心孤诣多年的大计，竟在最要紧的关头，败在自己一双儿女手上。群豪此番叛逃，大大削弱了他在江湖上的威望，歼灭魔教、连任盟主的夙愿，更是一并落空。那门人见秦天大笑，不知是喜是忧，试探问道："盟主，接下来该怎么办？是继续攻打魔教，还是从长计议？"秦天站起身来，道："人都跑了，还打个屁！你去把他们的穴道解开，再让没走的人自行撤退，最后放一把火烧光营帐，不要留给魔教！"那人见秦天起身要走，道："盟主，你不和我们走吗？"秦天道："此次出征怪事连连，势必有人从中作梗，坏我大事！我要查个清楚，暂不回开封城。门派事务，由大弟子暂管！"那人轻舒一口气，道："遵命！"秦天哼了一声，拂袖而去。

第五十三回　千里寻君

是夜朔风大作，盟军营帐忽而火光冲天，风助火势，火借风威，顷刻吞灭了大片营帐。又有十来个人，趁着夜色掩护，沿山道撤去。在剑门关楼上望哨的黑月教徒，看见对营此番巨变，赶紧报知教主和堂主。范雄、穆重山来到关楼眺望，眼见对营大火焚天，都知是范芊云成功说服敌军撤退，救了黑月教灭门之灾，但她自己也落入敌手，生死未卜。想到此节，元气大伤的范雄悲喜交集，一时站立不稳，差点跌倒在地。穆重山连忙扶住，道："教主，保重身体！"范雄道："这次若非云儿孤身犯险，前去议和，恐怕你我是命不久矣！"众教徒跪下垂泪道："圣姑恩德，至死不忘！"穆重山道："敌军已退，教主有何打算？"

范雄道："云儿好不容易，才消去武林各派对我教的误解，换来一时的和平。若她尚在人世，定会回来找我们；若她不幸离开，为她报仇，势必掀起另一场血斗，与她本意相触。唯有先回总坛，休养生息，再派人暗中打探，静待回讯。"众人喜道："遵命！"次日黑月教众稍作收拾，撤回天台山总坛，自此低调行事，与百姓秋毫无犯，再无传教收徒之举。

话分多头。且说秦思君一行踏上归程，在路上迎来了新的一年，众人却全无喜庆之色。又走了三五日，众人来到分别之处，依依惜别。白芷率百花帮回神农架，秦思君则带着姜乐康、江湖道、文亮等人回开封府。秦思君打点妥当，让三人在三昧园安顿下来。文亮静养了五七日，身体基本痊愈，挥泪辞别众人，重新浪迹江湖。众人苦留不住，只好由他去了。秦天、秦子恒一直未归。

冬去春来，万象更新，距离姜乐康离开桃花村，已经过去了一年九个月。这日阳光明媚，春风拂面，姜乐康正想到院子练功，忽听房门外一个老妇呼道："姑爷，府上来了客人，说是要找你。小姐正在前厅招呼，请你快点过去。"姜乐康脸上一红，道："嬷嬷，说了多少遍，不要叫我姑爷。"寻思："我和大哥漂泊异乡，又无良朋故友，有谁会来找我呢？真是奇了！"那老妇答道："男大当婚，女大当嫁，有啥好害臊的！府上谁人不知，你和小姐是两情相悦呢？"姜乐康推门出来，道："好啦好啦，我这就去。"

姜乐康来到前厅，看到两个女子正端坐厅中。头戴面纱的秦思君正为客人沏茶，看见他出来，笑道："小姜，快看是谁来了？"

姜乐康定睛一看，几乎不敢相信，面前的客人，竟是他远在家乡的母亲杨珍，和青梅竹马的好友陶晴！姜乐康冲到母亲身前，"扑通"一声跪下，哭道："娘亲，孩儿不孝！这些天来，我让您忧心了！"杨珍把儿子扶起，紧紧抱着他，也是喜极而泣，说不出话来。陶晴、秦思君看到这母子重逢的动情一幕，眼眶也不禁湿润了。

母子两人情绪稍微平复，姜乐康在杨珍身旁坐下。四人一时无话。秦思君见气氛拘谨，道："三位久别重逢，定有很多话想说。杨伯母、陶姑娘，不如先到客房安顿休息，待到用膳时间，再把饭菜送到房中。"杨珍点头道："有劳姑娘了。"秦思君呼道："嬷嬷——"老妇闻声出来。秦思君道："带两位客人到客房休息。"老妇道："是，小姐！"杨珍、陶晴拿起包裹，跟着去了。秦思君使了个眼色，轻声道："小姜，快去帮伯母拿行李。"姜乐康笑道："对对，还是你心细！"姜乐康从后赶上，抢着把包裹背在身上。杨珍、陶晴跟着老妇，在两间客房安顿下来。女房位于三昧园的最里处，以防派中门人来往惊扰。

姜乐康来到杨珍客房，把包裹放下。杨珍道："康儿，娘有点累，想休息一下。你先去看看晴儿吧！"姜乐康道："好的。"姜乐康又来到陶晴客房，敲门进去。但见她局促不安地坐在床上，臀部只坐了床的一小部分，四处打量着房间中的一切，一听到有人进来，马上站了起来，一张俏脸涨得通红。姜乐康笑道："干吗在自己房间站着？快快坐下。"陶晴羞涩道："我……我从没住过这么漂亮的房间，有点不习惯。"姜乐康点头道："原来如此。我也是一样，刚来这里的时候，也不太适应。"陶晴微张嘴唇，欲言又止。此时，走廊外传来一阵极轻的脚步声，秦思君来到房前，轻轻戳破窗户纸，偷看里面的情况。

　　姜乐康重遇儿时好友，心生亲近之意，道："晴儿，你和娘亲为何来找我？又是怎样找到我的？"一边说着话，一边情不自禁把手搭在陶晴肩膀上。但他很快察觉不妥，又把手放了下来。陶晴却呜呜哭了起来，双手紧紧搂住姜乐康，道："因为我太想你了！一年多以前，我们收到你的家书。你说外面的世界并不太平，魔教坏人在为非作歹，又说想在江湖闯荡三年之久，斩妖除魔，才回来桃花村。我听到后担心死了，苦苦等你下一封信，却再也没有动静。想给你写回信，又不知道你在哪里。日子过得飞快，我已到及笄之龄，家里人都劝我不要等，嫁给邻村的小虎。但我却忘不了你，一直想来找你。天可怜见，终于让我再见到你！"秦思君听了百感交集，又惊喜又愧疚，寻思："原来陶姑娘也跟我一样，不想嫁自己不喜欢的人，可我却……"

　　姜乐康见陶晴委屈的样子，先是不知所措，但听她说了下去，也压抑不住心中感情，双手放在陶晴背上，抚慰道："这一路上人生路不熟，你和娘亲一定受了不少苦吧！都是我不好，这么久也没写信回家，让你和娘亲担心。"陶晴止住泪水，道："本来我们也不知你在哪，只好在江湖上乱闯，差点被人骗光盘缠。幸好遇到了一个热心老乡，在他的帮忙和打听下，我们才知道有很多武林人士前来开封，便来这里找你。"姜乐康喜道："他叫什么名字？有机会我一定要当面感谢他！"陶晴道："我也不知他叫什么名字，只知他姓袁，是石碣镇水南村人。袁大哥说，他此番出来行商，已经离家好久，想尽快回家看他的孩子。他在送我们上了官道后，就往南回去了。"姜乐康称羡道："像袁大哥这样的好人，能当他的孩子，真是一种福分。"秦思君心中一酸，寻思："小姜从小就没有父亲，所以会这么说。"

陶晴从姜乐康怀中挣脱，道："后来我们又打听到，原来你在江湖上已然闯出名堂，不仅是打虎英雄，还救过不少人。现在又住上了这么漂亮的房子……看到你变得这么好，我再也……也觉得很高兴。"说着说着，竟又掉出眼泪。她赶紧转过身来，不让姜乐康看见。姜乐康温言道："我还是以前的我，一点都没变过。"陶晴拭干眼泪，回头笑道："对！你还是你，木头！"姜乐康笑道："好久没人这样叫我了。"陶晴忽道："今日见到了你，我的心愿已成。明日我就回桃花村，祝你事业有成，继续当大侠！"姜乐康惊道："刚来怎么就说要走？我还有很多话想跟你说呢！"陶晴道："我有点累了，不如明天再说吧！"姜乐康道："怎么……"陶晴却不愿他再说，推着他出房，关上房门。秦思君赶紧回避。

姜乐康内心也很挣扎，即便他再愚钝，也察觉到陶晴言不由衷，却不知她为何如此。他最不想面对的抉择，终究还是来了。姜乐康独自来到院子，打了一套拳法，出了一身热汗，却还是心乱如麻，不知如何是好。他又去洗了个澡，来到母亲杨珍房前，想向她倾诉万般心事。

姜乐康敲门进去，道："娘亲，孩儿来给您请安。"杨珍道："康儿，你跟晴儿说过什么了？"姜乐康脸上一红，道："我……没说什么啊。"杨珍道："半个时辰前，晴儿跑来我的房间，抱着我大哭一场。我问她发生何事，她却一个字都不说。"姜乐康歉疚道："是……因为我吗？"杨珍叹了口气，道："知子莫若母。娘亲怎会不知你的心思？"姜乐康惊道："娘，你都知道了吗？"杨珍道："我来这里找你，一说我是你娘亲，众人都对我敬重有加，今早在大厅里，我看到你和那位戴面纱的姑娘言笑晏晏，便知你喜欢上她了。"

姜乐康垂下头道："对的，娘亲。她也喜欢孩儿。"杨珍忽道："我来问你，你老实答我：这位姑娘姓甚名谁？此处又是何处？"姜乐康咬咬嘴唇，如实道："她名叫秦思君。此处是烟火派庄院。君儿的父亲，就是当今武林盟主秦天。"杨珍长叹一声，道："果真如此。康儿，难道你忘了，当年害得金石派四分五裂，逼得你父亲自尽的人，就是这个秦天吗？你怎么能爱上他的女儿呢？"

第五十四回　成人之美

姜乐康不敢欺瞒，坦诚道："娘亲，此事说来话长。当日孩儿离开桃花村，想到百花帮找苏义妁奶奶。然而我初涉江湖，经验尚浅，差点为魔教歹人所害。幸亏我在衡阳遇上悔婚逃跑的君儿，她是苏奶奶的弟子，听说我想去神农架，一路暗中保护我，救了孩儿一命。当我到了百花帮，又遇上女魔头攻打帮派，出手伤害君儿。我来不及多想，替她挡了一掌，自己也受了伤。"

"君儿很内疚，悉心照料卧床养伤的我。直到那时，我才知道她原来就是武林盟主秦天的女儿。我却很惊恐，根本不知该如何面对她。此时，苏奶奶过来开导我。她说当年的事已过去很久，君儿根本不知那些恩怨。她希望我能明白大义，放下仇怨，成为真正的大侠。不久，苏奶奶送我到枯木派学艺。虽然苏奶奶没说，但我心里清楚，她是担心我们多生枝节。"

"于是，我便来到京城学艺，竟遇上那个欺负君儿、使她逃婚的纨绔子弟。我看不惯他的浪荡作风，出手教训了他，但也失去继续学艺的机会，被赶出了师门。但我却无半点后悔。这时我才发现，原来我是那么喜欢她、想念她！"

"后来，我在一次弈棋大会上重遇君儿，她邀请我和义兄到百花帮做客。我们在路上因事耽搁，晚到了十来天。没想到此时百花帮竟遭遇瘟疫侵袭，爱美的君儿因病毁容，从此要蒙面纱示人。君儿心情很差，先是不愿见我，后又借酒消愁，借着醉意找我说话。在她最需要人陪之际，孩儿怎忍心离她而去？就这样，我与君儿尽诉衷情，私订终身。"

杨珍闻言感慨万千。她没有想到，世事无常，造化弄人，上天竟安排两个有世仇的年轻人相识相爱，化干戈为玉帛。她更没想到，那个天真纯朴的孩子，已然经历风风雨雨，长大成了一个遇事自主、敢爱敢恨的少侠，像极当年为爱私奔的自己。她是个明白事理的母亲，深知冤冤相报何时了，自己若执迷往事，多加阻挠，反倒让儿子记恨自己，亲手毁了一桩好姻缘，不禁叹道："康儿，你已经长大了，有自己想法。当娘亲的，不会阻挠你和君儿。"姜乐康长舒一口气，道："谢谢娘亲！"然而，她也是个心思细腻的女子，同样心疼亲眼看着长大、陪她千里寻亲的陶晴，话锋一转道："但你爱上了君儿，晴儿又该怎么办？她自小与你青梅竹马，这次更不远千里找你，难道你不知她对你的情意？"

姜乐康为难道："娘亲，这就是我想找你的缘故。其实我内心也很喜欢晴儿，不想看到她现在这样。你说我该怎么办？"杨珍道："康儿，这是你自己的事，娘亲也帮不了你。"姜乐康忽道："我曾听人家说，大丈夫三妻四妾，事属寻常。我也不贪心，同时娶君儿和晴儿当妻子，这样她们都不会伤心。娘亲，你说这办法好吗？"

杨珍先是一惊，没料到儿子竟有此念想，随即心中一软，毕竟这办法能享齐人之福，对她儿子并无坏处。但她思念电转，将心比心，认真道："康儿，你这办法虽出于好意，但也有不妥。一是不知两个姑娘是否愿意；二是即便她们愿意，但谁当正室，谁当妾侍？君儿出身世家大户，必然要当正室。晴儿出身穷苦人家，倘若寄人篱下，少不免受闲言是非，活得不自在。一旦她们发生争执，你能保证自己不偏不倚，不让她们中的任一人受委屈吗？"

姜乐康紧咬嘴唇，默然不语。杨珍又道："我希望我的孩儿，不仅是个英雄豪杰，更是个正人君子，一心一意只对一个姑娘好，不要当那种寡情薄义、始乱终弃的男子。"姜乐康思索良久，方道："娘亲，我明白了！"杨珍微笑道："那你想好要怎样做了吗？"姜乐康道："我想好了，我还是更喜欢君儿！明天我就去跟晴儿说清楚，希望她能谅解。"杨珍露出欣慰之色，道："晴儿不是蛮横的人，只要你说出真心话，她一定会明白的。"姜乐康道："嗯！"母子俩又促膝长谈，姜乐康将结拜义兄江湖道、苏义妁被奸人所害、跟随盟军讨伐魔教等事相告。

与此同时，秦思君提着食盒，敲响陶晴房门。大哭一场的陶晴打开门闩，见是秦思君来了，惊得说不出话来。秦思君微笑道：

"陶姑娘，你和小姜娘亲远道而来，一定饿坏了。快尝尝我亲手做的糕点！"陶晴道："不用了，我不饿。"秦思君笑道："客随主便，陪我尝尝也好嘛！"陶晴没有办法，只好让她进来。

秦思君从盒中拿出翠玉豆糕、蜜饯金枣、水晶桂花糕、豆腐皮包子等几样糕点，一一摆在桌上，又递给陶晴一双碗筷。陶晴从没见过如此精致的糕点，一时看得呆了。秦思君见陶晴不敢动箸，自己先夹个桂花糕，放进面纱里吃，再给陶晴夹了一个，笑道："别客气，快尝尝！"陶晴拿起箸，尝了一口桂花糕，口感香甜软糯，一阵清香直沁心脾，微甜的味道缠绕舌尖，叫人回味良久。陶晴吃着这般美味的糕点，想起自己只是个没见过世面的农家姑娘，更感心中自卑，眼泪夺眶而出，抽抽搭搭哭了起来。

秦思君歉然道："陶姑娘，对不起！"陶晴心中一凛，啜泣道："你……你为何这样说？"秦思君恳求道："是我抢走了小姜，让你如此伤心。都是我不好，我没想过会搞成这样。但我和小姜是真心相爱，希望你能成全我们！"陶晴止住泪水，忽道："你一直蒙着面纱，我根本看不清你样子，更不知你说话是真是假。我想看一看，小姜喜欢上的姑娘，究竟长什么模样？这样即便你要我走，我也走得心服口服！"秦思君敞开心扉，一把扯下面纱，露出自己真容。但见一张雪白的脸上，布满密密麻麻的疤痕，乍看实在瘆人。陶晴大吃一惊，道："怎……怎会这样？"

秦思君轻叹一声，道："说来话长……"把自己与姜乐康相识相爱的经过，一五一十告知陶晴。又道："这两年来，我和小姜一起经历了很多。他在我毁容之时，也没有嫌弃我，反而跟我表白。我就知道，他是真正喜欢我，愿意和我同甘苦、共患难！"陶晴见秦思君如此坦诚，也解开了心中郁结，道："其实我早就想好，小姜现在是大侠，我却只是农家女子，我再也配不上他，也帮不了他什么。如果他能在你身边，与你一起闯荡江湖，这样会对他更好，他也会更快乐。即便你不来找我，明天我也会回桃花村，不再打扰你们。"

秦思君握着陶晴的手，感激道："陶姑娘，谢谢你！"又道："其实你也不必太自卑，像你这么美丽的姑娘，一定会有好姻缘的。"陶晴脸上一红，道："我的爹娘给我说了一门亲事，那人对我很好，在家等我回去。只是我太想念小姜，才偷偷跟着杨伯母跑出来，看看小姜过得如何。我离家那么久，爹娘一定很担心。明天我就启程回村子，开开心心嫁人！"

秦思君喜道："那就好！你是小姜的好朋友，也就是我的好朋友。要是日后你丈夫欺负你，可以写信告诉我，我们替你讨回公道！"陶晴扑哧一笑，道："谢谢你。"秦思君道："其实我很向往岭南风土，一直想尝尝荔枝。有机会一定会到桃花村，看看小姜从小长大的地方。到时你可要接待我们，一尽地主之谊！"陶晴笑道："好啊！我摘好荔枝，等你过来！"是夜两人秉烛长谈，共被同寝，情同姐妹。

次日一早，姜乐康来到陶晴房前，轻敲房门，打算坦诚相告，希望她能谅解。只见房门打开，陶晴、秦思君两人有说有笑地迎出来。姜乐康大吃一惊，道："晴儿、君儿……你们没事吧？"陶晴笑道："还能有什么事？"姜乐康歉然道："我听娘亲说，昨天我走以后，你大哭了一场。我很担心你，想来看看你。"陶晴大方道："昨天君儿过来找我，已把你们之间的事说给我听。看到你们历尽波折，终于走到一起，我也觉得很高兴。你不必担心我，我已经没事了。"

姜乐康看见秦思君摘下面纱的样子，已然明白大半，又是感激又是窃喜："这么简单就解决了？"但仍放心不下，道："真的没事了？不会再哭了？"秦思君娇嗔道："哎呀！女孩子爱哭是很平常的事。谁说晴儿是因为你才哭？你以为你是谁！"陶晴笑道："就是！"姜乐康摸了摸头，不好意思地笑了。

秦思君让姜乐康去请杨珍，自己则拉着陶晴，到厨房准备早点。四人来到大厅用膳。杨珍见三个后生谈笑自若，心知他们已然解开郁结，也是说不出的欣慰。饭后，陶晴收拾妥当，与众人辞别。众人苦留不住，只好由她性子，把她送到官道上。秦思君给了她一大笔盘缠，又派一个老妇与她同行，好相互照应。陶晴挥了挥手，感激道："杨伯母、君儿、木头，我走啦！"姜乐康挥手道："路上小心，有空来信！"秦思君含泪道："一定要幸福！我们会来看你的！"陶晴微笑道："好！我在岭南等你来！"一阵春风吹过，青翠的杨柳随风舞动，飘飞的柳絮落在身上，就像少女的秀发拂过脸庞，又像温柔的母亲亲吻孩子，说不出的美丽。

第五十五回　香消玉殒

却说刘玉轩一行离开剑门关，重返风波庄。此番刘玉轩随队出征，先是错选线路，误了行军，被烟火派抢了风头，后又跌落黑月教设下的陷阱，在群豪面前出糗，想要轻薄黑月教范芊云，又被秦子恒从中破坏，可谓时运不济。刘玉轩心中不爽，无处发作，一回到京城，便流连妓院赌坊，只顾寻欢作乐。刘喻皓、刘夫人向来宠溺宝贝儿子，自是睁一只眼闭一只眼。枯木派上下慑于掌门人权位，更无人敢说半句不是。

这天春意盎然，莺歌燕舞，刘玉轩独自来到京城有名的妓院黛燕楼。老鸨一见刘玉轩来了，笑脸相迎道："刘公子，好久没来！之前都到哪儿风流去啦？"刘玉轩心中不悦，道："风流没赶上，受罪倒有份！"老鸨见说错话，赶紧斟上一杯花酒，道："刘公子，喝杯酒消消气，忘记不如意的事。今日想找哪位姑娘快活啊？"刘玉轩接过酒杯喝下，道："我来找天香姑娘。"老鸨面露难色，道："天香姑娘此刻不在，不如挑其他姑娘……"

刘玉轩眉头一皱，打断道："她去哪儿了？是在侍奉别人吗？让她先来陪我！"老鸨道："这……"刘玉轩怒道："怎么支支吾吾的？是怕我给不起缠头，还是打不过那人！"老鸨道："不是，不是……"刘玉轩道："那还不快去？"老鸨为难道："刘公子，实不相瞒：两个月前，一群官差突然来到敝楼，点名要找天香，说要带入宫中。皇宫点名要人，老身怎敢不放？只好任由他们带走。"

刘玉轩心道："在剑门关有人跟我抢女人，怎么回到京城，还是有人跟我抢女人！"老鸨见刘玉轩不说话，讨好道："公子何须介怀？咱们黛燕楼有这么多姑娘，小小、师师、菊仙……总有一个能讨公子喜欢！"刘玉轩酒劲上头，一把掀翻小桌，酒杯碎落一地，怒道："放屁！老子爱找哪个女人，轮得着你说三道四！"

妓院内众人吓了一跳，纷纷把目光投来。老鸨惊道："老身不敢。"刘玉轩意兴全无，站起身来，大模大样径直离去。

刘玉轩来到大街，走进了一间赌坊，一头钻进赌桌上去。这天他时运平平，先是赢了不少银子，后又慢慢输回去，到头一算，还亏了些许银子。刘玉轩自讨没趣，悻悻然退出赌坊。他抬头一看，天色已黑，正要移步归家，忽见一个陌生小孩走近，塞给他一块手帕，道："哥哥，有人托我把这物事交给你。"刘玉轩接过问道："谁托你给我的？"却见那个小孩已然跑远。刘玉轩哼了一声，打开一看，但见手帕上用胭脂写着："感君思念，不胜欣喜。与君相约，不见不散。"背面则写着"亥时、明月楼、天字第一号房"这几个字，凑近一闻，一阵浓烈的脂粉气扑面而来。刘玉轩心念一动，寻思："是天香！"

刘玉轩来到明月楼，往天字第一号房走去。但见房内灯火幽暗，浓香袭人，一个身材丰腴的女人，坐在床帘之内。桌上又摆着不少美酒佳肴。刘玉轩在灯下依稀看见，正是老相好天香的容颜。刘玉轩色心骤起，正欲上床寻欢，忽听天香沙哑道："公子，天香感染风寒，身体抱恙，恐不便行事。"嗓音与往日相异。刘玉轩有点失望，道："也是。你现在是皇宫的人，身娇肉贵，不能乱来了。"

天香道："公子何必如此？若天香是寡情薄幸之徒，又怎会冒险出走，主动相约？公子风尘仆仆，想必也累了。不如吃点酒菜，共叙旧情。"刘玉轩心中一软，缓缓坐下，吃了几口饭菜，道："世事无常。没想到我只离开数月，回来时你已进了宫，不能轻易相见了。"天香道："公子一往情深，天香怎会不知？敢问公子离开数月，所为何事？”刘玉轩道："江湖之事，不提也罢。"

天香从床帘步出，把酒满上，劝酒道："常言道：一醉解千愁。公子适才所言，心中似有郁结。何不告知天香，好为公子分忧。"刘玉轩接过喝下，道："你不嫌闷便好。"天香道："怎会呢？"刘玉轩道："几个月前，武林盟主秦天召集江湖豪杰，出征讨伐黑月教。此次出征是在江湖扬名的好机会，作为五行盟派一员，我自当随行。没料到魔教负隅顽抗，讨伐无功而返；想要扬名立万，又被屡屡抢先，实在让人郁闷！"却把自己欲轻薄范芊云而不得之节略去。

天香又递酒道："江湖上刀光剑影，尔虞我诈，公子能平安归来，便是天大的福气，何必责怪自己？"刘玉轩一杯喝尽，稍有激动，道："你说的事情，我如何不知？我就是太清楚了，才爱流连青楼赌坊。出身武林世家，自小就要练武学艺，将来继承父业，做个道貌岸然的掌门，连要娶的老婆，也得是武林中人，才算门当户对。人人都道我是公子爷，对我别有用心，有嫉妒我的，有教训我的，有想看我出丑的，也有巴结讨好我的，你以为我不知他们在想什么？但我偏要这样！我就要风流快活，让那班伪君子无可奈何！哈哈哈！"

天香若有所思，一时无语。刘玉轩见她不说话，叹道："这些话语，也只能对你说了。我知道你双亲惨死，逼不得已沦落青楼，生活很不如意。这次回到京城，我本想为你赎身，娶作外室，没想到你已被征召入宫，当真天意弄人。"天香忽道："这么说来，你很喜欢天香，为何不明媒正娶，一心一意对她好？"刘玉轩微微一怔，道："你只是个青楼女子，即便我再喜欢你，也不可能娶你作正室。更何况男人三妻四妾，事属寻常，你曾身在青楼，现在又进了宫，如何不知这些？"天香冷笑一声，道："我就知道，像你这种纨绔子弟，没一个好东西！"刘玉轩心中大惊，指着她道："你……你不是天香！她不会这样笑，你究竟是谁？"话音未落，气血上涌，喉头一甜，竟吐出一口黑血。

那女人把手放在脸上，猛地一撕，揭开一张面皮，扔在桌上，露出自己真容，正是梅傲霜。刘玉轩亲见眼前这个妙龄女子，忽然变成一个中年女子，吓得魂飞魄散，猛吐出一口血，惊道："你……在酒里……下了毒？"梅傲霜朗声大笑，道："谅你也不知发生何事，别教你死得不明不白，我就是专杀富家子弟和风尘妓女的梅傲霜，你该不会不知吧！"

刘玉轩毕竟是江湖中人，自然听过梅傲霜所作所为，但他千万没想到，早被秦子恒刺瞎的梅傲霜，竟流窜到京城，设局毒害自己。他看了看天香的面皮，又看了看梅傲霜熟悉的眼眸，登时明白大半，又惊骇又愤怒，更觉五内翻腾，心如刀绞，自知中了极凶猛的毒药，已然命不久矣。他把手伸进衣服，痛苦地摸着胸腔，口中念念有词。梅傲霜听不清楚，把耳朵凑过去听，但觉刘玉轩气若游丝，道："天香，是我害了你。你的命好苦，不但被朝廷抄家，还被这恶婆娘杀了。天香，你别怕，我们很快就再见了……"

梅傲霜有些恍惚，想起自己过往，寻思："死到临头说的话，可以当真吗？莫非……是我杀错人了？"忽感身上剧痛，一把冰冷的匕首，狠狠插进自己腰间。刘玉轩用尽最后一丝力气，朗声道："恶婆娘！就算你把我杀了，你也不能活命，我要替天香报仇！"登时剧毒攻心，吐出大口黑血，往后仰倒，气绝身亡。梅傲霜被刺瞎以后，功力和元气大伤，没有防住这招，一下瘫倒在地。梅傲霜猛然拔出匕首，鲜血喷涌而出，凄然道："我错了，我错了……"一刀插进自己心脏。

第五十六回　武林大会

次日，客栈小二来打扫房间，一连叫了几声，却无人应答。小二哥心生疑惑，推门进去，但见两具死尸横卧地上，血流满地，又有一张人皮贴在桌上，惊得大呼小叫。店内众人慌忙来看，都被吓得不浅。有人跑去报知官府，呼仵作前来验尸。也有相熟的人，认出了刘玉轩，赶紧跑到风波庄，告知掌门刘喻皓。刘喻皓不敢相信，带了几个得力弟子，慌忙跑到明月楼，亲见儿子面色紫黑，惨死当场。经仵作验尸，刘玉轩死于剧毒鹤顶红，梅傲霜死于锐器刺杀。询众人证词，未发现其他人闯入的行迹，初步推断是两人互杀。刘喻皓一看现场，想起那些江湖传闻，已知那女尸就是梅傲霜。他抱着爱子尸体，失声痛哭道："儿啊！你死得好惨！我一定要让魔教血债血偿！"

常言道：世上没有不透风的墙。枯木少主刘玉轩和女魔头梅傲霜互杀的血案，火速传遍江湖。枯木派为刘玉轩风光大葬，全派上下臂缠黑纱，不苟言笑。刘喻皓更把梅傲霜的头颅割下，作为黑月教挑衅侵犯的铁证。时逢十年一次的武林大会之际，各派需要推选新的武林盟主，总管武林纷争。刘喻皓本无争夺盟主的念头，但梅傲霜竟敢毒杀爱子，现任盟主秦天却不知所终，报仇心切的他把心一横，索性代行盟主之责，托丐帮弟子广发英雄帖，邀请天下群豪于五月初五，共聚枯木派风波庄，商讨推选盟主、应对魔教之要事。

近两年来，江湖上接连发生多起悬案，虽无直接证据证明是谁所为，但矛头直指与五行盟派多有宿怨的黑月教。在武林盟主秦天的带领下，双方更在剑门关正面交手，互有死伤。群豪本以为事情告一段落，没想到又发生了这次血案，江湖风波再起。如今凶手命丧当场，各派都道是魔教要打击报复，一时人心惶惶，唯恐下次血案便轮到自己，是以一接到英雄帖，便率门人赶往京城，共商对策。

尚在开封的秦思君也接到了英雄帖，尽管其父、其兄都不在，但与众师兄弟商议后，还是决定进京赴会。姜乐康、江湖道自当随行。秦思君怕杨珍独留三昧园不安全，请她一同前往，好相互照应。众人风尘仆仆，于约定日子赶到风波庄，但见偌大的庄院里，参与讨伐黑月教的门派全来了，江湖豪杰、绿林好汉聚首一堂，纷纷攘攘，连一向不问俗事的少林、武当两派，也派了元首前来参会。

只见刘喻皓臂缠黑纱，手提木盒，从内堂步出。众人一见他出来，都不再说话。刘喻皓把木盒放在案几，朗声道："各位武林同道，应刘某邀请，参加这次武林大会，刘某不胜荣幸。本来这次大会，不该由刘某主持。但近日江湖上发生的事，相信大家也清楚了。为报剑门关兵败之仇，魔教再度作恶，派女魔头梅傲霜毒杀吾儿！"说到后来，声音发颤。众人闻言，唏嘘不已。少林寺方丈广智双手合十，道："阿弥陀佛。"武当派掌门人玄真子则道："刘掌门，节哀顺变。"刘喻皓长叹一声，又道："尽管吾儿身中剧毒，回天乏术，但他临死之前，亲手杀了梅傲霜，与她同归于尽，为武林铲除了大害！"话音刚落，刘喻皓打开木盒，提出梅傲霜的头颅，道："这就是女魔头梅傲霜的人头！"但见梅傲霜死不瞑目，一对眼珠骨碌碌，直直盯着在场众人。

尽管群豪都是见惯风浪之人，但看到此景，还是发出了轻呼。众人窃窃私语，反应各异。有人道："真不容易啊，临死前还能手刃仇人。"有人道："枯木派这么多门人，你说梅傲霜为何要挑他下手？"有人笑道："你真是明知故问，还不是因为刘公子浪荡成性？"有人笑道："你就该感谢刘公子，为你除了大害！"百花帮帮主白芷低下了头，不忍去看昔日师姐的模样。

姜乐康却察觉不妥，小声道："君儿，当日在清心殿内，你哥不是刺瞎了梅傲霜双眼吗？怎么此刻她的眼珠却完好无损？"秦思君细思恐极，惊道："先前我也在想：瞎了的梅傲霜，是如何毒杀刘宇轩的？原来是她已经复明了。我听闻天下间有一种手术，能使失明之人复明。"姜乐康道："还有这种奇事？"秦思君道："只是这种手术相当复杂，须把另一个活人的眼珠挖出来，安在自己身上，若无医术高超的外科大夫相助，绝不可能完成。"姜乐康回想起自己误闯那个卖人肉的黑店，幸得爱侣搭救方能捡回性命，顿感毛骨悚然，义愤道："天底下竟有如此奸恶之人，将别人的眼珠占为己有，真是死一百次都不够！"秦思君轻叹一声，道："医术就像刀剑，无善恶之分，用得好是药，用不好是毒，就看用的人是怎样想了。"

议论声止。刘喻皓朗声道:"除却此次血案,近两年来,江湖还发生多起悬案:点墨派藏书楼被焚、金石派整派神秘消失、百花帮苏帮主突然过世,连烟火派掌门、武林盟主秦天,也不知所终。试问江湖之上,除了魔教妖人,还有谁会干出这等恶事?魔教作恶多端,人人得而诛之。值此武林大会,刘某愿担任武林盟主,与魔教决一死战,还望各位英雄支持!"

此言一出,众人议论纷纷。有人道:"刚打过一次,死了不少人,又要再打吗?"有人道:"不主动出击,难道坐以待毙,等魔教的人来暗杀报复?"有人道:"不是有人说过,黑月教不会来报仇吗?怎么又反悔了?"有人道:"难得少林、武当两派的掌门都来了,不如问问他们意下如何?"广智道:"阿弥陀佛。刘掌门所说的几宗悬案,老衲也有所耳闻。当中疑团重重,恐怕多有误会。依老衲之见,不如派人仔细调查,再做定夺。更何况现任盟主秦天不在此间,贸然罢黜其位,出征讨伐,只怕名不正、言不顺。"

刘喻皓强压怒火,心道:"老秃驴,又想玩拖字诀,还敢拿秦天来压我?"道:"方丈不知内情,无可非议。让刘某来告诉大家真相:当日盟军出征讨伐,正是秦子恒与魔教妖女私通,出卖重要军情,引来伏兵烧粮,使盟军补给大损。后又假传撤退之令,动摇盟军军心,放了魔教一条生路。这些都是机密之事,即便各位当日参与战事,也未必知晓一切。若非秦天带队不力,管教无方,魔教早已一网成擒,怎会发生前日这桩血案?教出了这种好儿子,试问秦天有何面目,参加此次武林大会!"

群豪又是大惊。有人道:"难道当日派粮的少女,便是魔教教主之女吗？"有人道："我当时就有点奇怪，没想到事情竟是如此。"有人道："难怪这次烟火派来的人不多，秦氏父子都没在。"群豪纷纷把惊怒的目光投向烟火派这边，看见当日击退伏兵的姜乐康站在那里，更是百思不得其解。姜乐康回想起当日运粮遇袭之事，惊道："君儿，那人说的话是真的吗？"秦思君不敢细想，只道："我……我不知道。"

正当众人议论之际，忽见人群中走出两个丐帮弟子，迅速抹去脸上煤灰，露出本来面目，竟是秦子恒和范芊云。群豪认出二人，一片哗然。秦思君微微一笑，心道："原来哥哥早就来了。他以前看我玩易容术，胡乱学了些手段：伪装成和尚，要剃光头穿袈裟，伪装成道士，要盘发髻穿道袍，都不太好弄。唯有伪装成乞丐，穿得破破烂烂就行，还不易引人怀疑。哥哥此刻现身，定是查清了真相，想在天下英豪面前，还自己一个清白。"刘喻皓心中不悦，冷冷道："秦少侠，怎么和情人扮成这般模样，是有何见不得光之事？"

秦子恒牵起范芊云的手，朗声道："各位武林同道，在下秦子恒，这位姑娘名叫范芊云，是黑月教教主女儿。当日正是她写信议和，规劝大家退兵，才免去一场不明不白的误会和仇杀。"群豪议论纷纷，有庆幸捡回一条命的，有看热闹不嫌事大的。一人道："秦少侠，且勿论五行盟派那几桩悬案，是否为黑月教所为，就眼前所见，梅傲霜近日毒杀刘玉轩，却是千真万确之事。范芊云信中曾言：一切新仇旧恨，一笔勾销，不再追究。我们武林正道，并非好战之辈。但如今黑月教危机一解，就派人暗中报复，她当日说的话，究竟算不算数？"众人附和道："对啊！说一套做一套，算什么东西？""她说的话，能作数吗？"

范芊云被这场面吓住，一时不知如何应答。秦子恒朗声道："诸位请听在下一言。这两个月来，我和芊云东奔西走，想查清所有真相。就我所见，芊云她爹一直待在天台山总坛，没有来过京城，也无传教收徒之举。我又查探过，自去年夏天，梅傲霜已和总坛断了联络，没人知道她去了哪里，总坛也从没让她去杀刘玉轩。江湖传闻，梅傲霜曾开设黑店，专杀放浪之徒。所以，刘玉轩这桩血案，更像是梅傲霜个人所为，与黑月教无关！"秦思君寻思："哥哥为人正直，不会妄言。梅傲霜本被哥哥刺瞎，如今双眼却是好的，中间定有不少变故，未必都是黑月教所为。"

听到此话，刘喻皓气不打一处来，道："一派胡言！就凭你三言两语，便想把罪证洗得一干二净？梅傲霜自甘堕落，拜入魔教，江湖人人皆知。即便魔教没指使她杀吾儿，她是魔教妖人的身份，却改变不了！"范芊云忽嗔道："什么魔教长，魔教短的！梅傲霜出自你五行盟派，在江湖犯下恶事，你们不好好管教，反把她逐出师门，与她撇清关系。我们黑月教潜心向佛，好心收留梅傲霜，希望能感化她。怎么都成了我们的错？你们这群武林正道，是非不分，血口喷人，我看你们才是魔教！"百花帮帮主白芷想起往事，长叹一声，默然不语。

群豪又惊又怒，议论道："这丫头不要命了吗？竟敢这样说话！""她敢孤身至此，又说得如此真切，难道真是误会一场？""哼，若要人不知，除非己莫为！你们金刀门作恶多端，灭了铁剑门全派，却栽赃给黑月教，别以为能骗整个武林。""混账！没证没据的事，别乱说！""但那几桩悬案，又该如何解释？他们五行盟派，不可能自己伤害自己，再栽赃给黑月教，就为了出师有名吧？"

刘喻皓怒火中烧，道："岂有此理！让我先杀了这个妖女，拿她的血祭旗！"突然施展轻功，要击杀范芊云。少林、武当两派掌门一看情况不妙，急道："刘掌门不可！"说时迟那时快，刘喻皓已来到秦、范两人身前，绕过秦子恒，一掌击向范芊云。秦子恒伸出右手，挡住这招掌法，左手轻轻一推，把范芊云推向人群。范芊云不由自主地急走几步，正好要倒在烟火派众人身前。秦思君连忙伸手去接，不让她跌倒，道："范姑娘，你没事吧？"范芊云脸上一红，道："我没事。"

刘喻皓道："你处处护着这妖女，还不是与她私通，引人烧粮，出卖我五行盟派？"秦子恒道："事情没查清之前，请别伤害任何人。"刘喻皓道："废话少说，看招！"秦子恒道："得罪了！"两人在大厅中过起招来。但见刘喻皓采取攻势，咄咄逼人，秦子恒连连闪避，偶作还击，不打要害，旨在步法上卡住身位，不让刘喻皓靠近范芊云半步。

如此打了三四十个回合，刘喻皓丝毫不占上风，有行家逐渐看出端倪，私语秦子恒有意退让，刘喻皓不是他对手。刘喻皓面皮挂不住，吃准秦子恒不敢伤他，想出一招苦肉计，不停挥出拳掌，又往范芊云那边逼去。秦子恒不得不出手还击，逼他回身退却。刘喻皓却不闪不避，只等秦子恒击中自己。秦子恒没想到刘喻皓不闪不避，慌忙变向，把掌劲击往地上。刘喻皓把握时机，使出十成功力，一掌击在秦子恒探来的手臂。但听"啪"的一声脆响，秦子恒右臂骨裂，捂着伤臂，痛苦地倒在地上。

第五十七回　螳螂捕蝉

刘喻皓自知是使阴招得胜，出于掌门身份，没有出手杀绝，只道："来人！把这对狗男女捆住，再作审判查问！"枯木派门人听令而动。秦思君紧攥住范芊云的手，关切道："哥哥！"群豪见是枯木派地盘，又有众多疑团未解，都没有异议。忽听大宅上方传来一个冷冷的声音："够了！"话音刚落，一道黑影从"枯木逢春"的牌匾后面跳落，稳稳落在大厅中间，正是武林盟主秦天。群豪见他突然出现，心中都是一凛，更不知他究竟何时躲于上方，冷眼注视这一切。刘喻皓大吃一惊，心道："原来他早就来了。"烟火门人见秦天现身，抱拳道："参见盟主！"

秦天朗声道："刘掌门痛失爱子，让人惋惜。他要讨伐魔教，为武林除害，秦某也不反对。但是有一个地方，刘掌门说错了，让秦某不得不现身纠正。"群豪奇道："是什么地方？"刘喻皓寻思："秦天此时现身，存心要捣乱，怕我抢了他的盟主之位。"秦天道："当日透露军机情报、引来魔教设伏烧粮的人，不是我的儿子，而是刘掌门儿子！"众人一片哗然。刘喻皓气得七窍生烟，怒道："秦天，你别血口喷人！我的孩儿已经过世了，当下死无对证，任你说什么都行！"众人心道有理，纷纷屏气凝神，静待秦天回话。

秦天扫视全场，不怒自威，道："当日秦某誓师出征，曾有九

336

人参加军机密会，商讨行军方略。这九人分别是枯木派的刘喻皓、刘玉轩，点墨派的孔彦缙、董聪，百花帮的白芷、秦思君，以及敝派的薛强、张超、秦子恒。这一点，孔掌门、白帮主可以做证。"群豪把目光投去二人。孔彦缙、白芷愕然道："没错。"秦天续道："当日参会的九人，除了孔掌门留守开封后方，代管盟派事务以外，其余人等分为三路出征。其中薛强、张超早被魔教杀害，以身殉道，不可能私通外敌；百花帮统率那路，负责押运粮草辎重，也不可能引火自焚；董聪、秦子恒一直跟随秦某麾下，就在我眼皮底下，未见有任何异动。唯有枯木派统率那路，由刘公子主动提议，走偏僻的骆谷道，在汉水会师时又迟迟未到，可谓留足了时间，给魔教的人报信！"

群豪听罢，议论纷纷。有人坚决道："我看那刘玉轩风流浪荡，不是好汉，定是着了黑月教的迷魂计，被人设局套话。"有人质疑道："怎么不怀疑是孔彦缙？他明明也参会了。"有人讥笑道："孔掌门是衍圣公，受朝廷册封，与黑月教势不两立，怎会背叛咱们？"有人同情道："自古兵不厌诈，我看黑月教也是迫不得已。倘若有人放话说要杀你全家，难道你会坐以待毙，什么都不干吗？"秦天听罢，轻舒一口长气。他本无确凿证据，断定谁是通敌报信的内奸，也记恨秦子恒当日与他作对，但看见亲生儿子处境不利，落人口实，还是决定现身相救，把他掌握的线索和困扰的疑团尽数相告，顺带把通敌之罪推回给已经死了的刘玉轩，故意激怒刘喻皓，引起群豪议论，转移烟火派所受非议。

刘喻皓自问一身清白，焉能忍受秦天横加指控、混淆视听。他怒不可遏，道："干你娘的！"猛然一挥袍袖，甩出数十支蚀骨针，直飞秦天而去。秦天听破风声响，已有提防，右手只轻轻一挥，那数十支铁针就像撞上一堵无形的墙，七零八落地掉在地上。秦天道："刘掌门，天下之事，抬不过一个'理'字。你放暗器突袭，算是哪门道理？"刘喻皓冷汗直流，清醒过来，心想自己势在必中的暗器，竟被秦天举手投足之间轻松化解，自忖无法战胜强敌，不禁锐气大挫，没有回话。现场一时鸦雀无声。

就在此时，人群中忽然传出一阵诡异的冷笑，声调不高却极引人注意。众人把目光投向声源处。那人仍旧冷笑不止，却是点墨派的王纶。有人问道："你为何笑？"王纶止住笑声，道："我笑有些痴人，堂堂武林盟主，自以为掌控一切，但直到今时今日，连发生了什么、真正的对手是谁，都不知道。"所有人心中都是一惊，寻思："难道他是内奸？"

王纶把手指放在嘴中，突然呼哨一声，但见门外忽然涌入数十个身穿飞鱼服、腰佩绣春刀的锦衣卫，口中齐道："厂卫办事，闲人勿扰，先斩后奏，皇权特许！"众人心中又是一凛，寻思："咱们武林中人，与朝廷向来河水不犯井水，锦衣卫到此何干？"又见这数十名锦衣卫列成两行，道："恭迎缇帅大驾！"一个身穿蟒袍、面白无须的中年男人大步走进。王纶对男人施礼道："恭迎缇帅大驾！"那男人似笑非笑，道："辛苦你了。"一直站在烟火派门人之中的杨珍看见他进来，轻轻"啊"了一声，没有人在意。

只见男人阴笑道："好一场狗咬狗、自相残杀的大戏！"秦天狐疑道："阁下是谁？有何贵干？"那人没有理会，自顾自笑道："其实想想也非奇事。遥想十七年前，秦、刘两位掌门精诚合作，用铜钱镖破了金石派的归心宝剑，逼得掌门徐允常挥剑自尽。如今却轮到你俩火并，正是天理循环，报应不爽！"群豪大多不明就里，不知他在说些什么。秦天、刘喻皓二人却是大惊，不住打量眼前之人，却无论如何也想不出在哪见过。

神秘人轻蔑道："怎么了？还想不起来我是谁吗？枉你还是武林盟主！"仿佛看穿了秦天心中惊疑。秦天一生英明，怎堪忍受这般玩弄，没好气道："阁下有话就说，何必卖弄关子！"那人阴阳怪气道："既然秦盟主开口相求，且让我告知原委：这两年来，江湖上发生的种种悬案，全是我和部下暗中干的，然后嫁祸给黑月教，就为了挑起你们的仇恨，迫使你们这群武人自相残杀，用最小的代价，为朝廷除去心腹大患！这个王纶，就是我安插在五行盟派的细作，为我刺探情报，出谋划策，真实身份是一名锦衣卫。若不是我出面点破，你们这群痴人，直到今天还蒙在鼓里。哈哈，哈哈！"

此言一出，群豪震惊不已，浑没想到本派征讨魔教的义举，全是一场精心策划的布局，自己竟是当中的一颗棋子。刘喻皓寻思："难道梅傲霜也是他手下的人？"江湖道寻思："果真是朝廷的人，放火烧了奎文阁里的《江湖志》！"范芊云垂泪道："我们黑月教心系苍生，究竟做错了什么，要被人这般诬陷？"秦子恒强忍断臂之痛，紧握范芊云的手，叹道："只恨世道险恶，人心不古！"秦思君低声道："难怪师父不许我们报仇，怕我们出事，原来杀她的是锦衣卫！"姜乐康悲愤道："苏奶奶为人仁义，竟然遭此横祸，此仇不共戴天！"秦思君道："不要着急，静观其变！"姜乐康点头称是。

秦天思念电转，道："阁下自认是多宗血案的元凶，又率众大闹武林大会，与天下武林作对，就不怕没命走出这个门口吗？"有性急的武人按捺不住，拔刃出鞘，想把这不速之客碎尸万段。王纶怒喝道："干什么！敢杀朝廷命官，不怕遭受灭门之祸吗？"群豪敢怒而不敢言。那人拂拂衣袖，笑道："不愧是武林盟主，只不过三言两语，就能让人替你卖命。"秦天强压怒火，道："你究竟想干什么？"神秘人笑道："秦盟主何必恼怒？我今日到此，不过想用江湖的规矩，请诸位英雄赐教几招，决一胜负！"秦天道："赢又如何，输又如何？"那人道："赢者生，输者死，生死自负，绝不追究！"

群豪原本忌惮杀了此人，会被朝廷报复，遭遇灭门之祸，但听他愿以江湖规矩，决一胜负，不会追究，可谓正中下怀。崆峒派大弟子陈威生性任侠，素来不服官家，率先从人群中跳出，挑衅道："死太监！让爷爷来领教你的招式！"神秘人背对陈威，皮笑肉不笑道："进招吧！"陈威见他如此轻狂，心中大怒，手执奇门兵刃，从后方劈来。那人头也不回，运起一掌，向后打去，一股阴寒之气从掌中透出，隔空击中陈威。陈威口吐鲜血，面色惨白，直飞三丈开外。崆峒派众人冲出门外，一探他的鼻息，已然气绝。

神秘人阴沉着脸道："还有谁想赐教？"群豪见他如此了得，哪个敢强逞英雄，纷纷把目光投向秦天。秦天寻思："此人处处冲我而来，分明是向我挑战。若我再不出手，恐怕要被天下人耻笑。"口中道："就让我来领教阁下的高招！"那人阴笑道："很好！我等这一天，已经很久了！"秦天心中一怔："他究竟是谁？"忽见那人施展轻功，一掌打来。秦思君惊呼："爹，小心！"秦天回过神来，侧身一闪，堪堪避过这招。

　　两人在大厅激斗起来，但见招式凌厉，拳脚生风，内劲所到之处，地板、桌椅竟生出裂痕。秦天使烟火派绝学烈火掌，大开大合，刚猛无俦，神秘人使一套寒冰掌法，至阴至寒，险招迭出。群豪目不转睛盯着，都看得呆了。如此打了五六十个回合，神秘人出招身法变慢，逐渐处于下风，秦天却内力充沛，一招快过一招。群豪看出端倪，喝彩道："盟主好样的！""杀了这个王八蛋，给枉死的人报仇！"忽见秦天以掌作刀，使一招"刀山火海"，神秘人仓促避过，中门大开，露出好大破绽。秦天看准机会，又发一掌击去，本可一招制胜，但他思念电转，寻思："此人是朝廷命官，若贸然把他打死，得罪了当今天子，对我武林大为不利，不如先把他擒住再说。"当即化掌为指，点去那人的膻中穴。怎料神秘人身法突然加快，未等秦天这招打来，抢先使一招"钻火得冰"，右手从上而下劈落，正好打在秦天探来的手臂上。须知高手过招，最忌心神不定，秦天临阵变招，正犯了这一大忌。偏偏对手就像看穿他的心思一般，趁着秦天变招的间隙，以攻代守，后发先至，一招破了他的点穴手。秦天闷哼一声，寒气冻彻入骨。那人乘势而上，左掌打在秦天腹部。秦天往后急退五步，吐出大口黑血，再无还手之力。胜负已分。

　　群豪见武林盟主秦天败于敌手，无不大惊失色。秦思君和数名烟火门人急忙上前，扶住脚步不稳的秦天，关切道："爹！""盟主！"秦天举起没受伤的左手，示意他们退开，道："不必扶我。成王败寇，愿赌服输。阁下要杀要剐，悉听尊便。只是秦某临死之前，尚有一个请求：请阁下不要伤害我的家人和弟子。"秦子恒听到此话，眼眶湿润起来，寻思："我爹若非执迷于权位和报仇，也算是个一人做事一人当的丈夫。"神秘人得意道："没想到堂堂武林盟主，也有求人的一天。但我偏要赶尽杀绝，那又如何？"秦天气急攻心，道："你……"又吐出一口黑血。秦思君心痛道："爹！"秦天断续道："你究竟是谁……"

神秘人张狂大笑，正要说话。就在此时，人群中突然跳出一个少年，挡在秦氏父女身前，慷慨道："我要杀了你！"正是姜乐康。他一直在场下旁观。当他听到此人亲自承认犯下多宗血案时，已是咬牙切齿，想上前挑战；当他见到此人咄咄逼人，欲对秦思君不利时，更是真气激荡，义愤填膺，完全没有多想，直接跳将出来，要与此人决战。群豪又是一惊，议论道："这小子是谁？""他就是当日在子午谷打退伏兵的人啊！""原来是他！""他才这般年轻，能打得过这人吗？"神秘人见突然跳出一个大言不惭的傻小子，也是一怔，缓缓道："好！又来一个送死的！"

两人摆开架势，正要交手。杨珍忽从人群中跑出，拦腰抱住姜乐康，道："孩子！你不能杀他！"神秘人忽见杨珍出现，一时不敢相信自己眼睛，呆呆站在原地。姜乐康道："娘，就是他杀了苏奶奶，让我杀了他，为苏奶奶报仇！"杨珍道："你不能杀他！"姜乐康道："为何不能！"杨珍道："因为他就是你的亲生父亲—姜志！"

第五十八回　禁宫秘事

　　姜乐康如闻晴天霹雳，惊道："娘，你不是说，我的生父已经在崖底自尽了吗？他怎会是我爹！"杨珍抱着姜乐康，面朝姜志道："这么多年来，我一直不想相信，你就这样离开了我。没想到今天，终于让我再见到你！"姜志也认出了杨珍，更绝对没想到，自己竟多出一个儿子。这十七年来，他所经历的种种往事，迅速浮现眼前……

　　十七年前，金石派掌门徐允常，为了称霸武林，先是盗抢黑月教的宝物明王泥塑，再假传消息，嫁祸给烟火派，导致秦天发妻被杀。后又举行亮剑大会，高举讨伐魔教的大旗，一心要当武林盟主。怎知烟火派眼线遍及江湖，识穿徐允常的阴谋。为了报仇，秦天重金策反一个金石门人，骗他托运一箱搜购得来的金石兵器，再自行劫下，诬陷金石派勾结魔教，更在天下英雄面前，破了徐允常的归心剑法。徐允常霸业梦碎，自绝身亡。自此，金石派一蹶不振。姜志目睹恩师徐允常自尽一幕，悲痛不已，更因其偶然赠予杨珍家人的宝剑，离奇出现在军械箱中，被同门师兄弟怀疑，含冤莫白，壮志难酬。

　　接连遭受打击，姜志性情大变，立誓要称霸武林，让秦天血债血偿。他的情人杨珍，反成了他最大的包袱。为了制造自杀的假象，让杨珍彻底死心，让敌人放松警惕，姜志独自下了湛卢山，杀了一个与自己体型差不多的无辜山民，把他的头颅割下，给他换上自己的衣服，并用人血写下一封遗书，躲在高处看着百花帮帮主苏义妁将其救下，方才离开。此后，姜志改名换姓，化名"马顺"，在江湖上漂泊。但他不知道的是，其时杨珍已经怀有他的骨肉，后又移居岭南桃花村，抚养姜乐康长大。

烟火派在武林中声势浩大，一呼百应，单凭姜志个人的力量，根本无法与其抗衡。要想扳倒秦天，必须借助外力，驱策他人为己卖命。相传先帝曾倾举国之力，主持编撰一部类书，名为《永乐大典》，经史子集、天文地理、阴阳医术、武林绝学等事无所不包，藏于紫禁城文渊阁中，闲杂人等无法得见。姜志心生一计，来到京城，揭榜应诏，成为一名锦衣卫，从最底层的校尉做起。这样一来，姜志既能借职务之便，打探情报，又能隐藏自己，避开烟火派的耳目，还能接触常人无法得见的武学典籍，可谓一举多得。

姜志武功不俗，办事狠辣，深得上司赏识，很快就得到进出深宫、担当侍卫的机会。他趁着换班交接之时，偷偷留在宫内，趁机潜入文渊阁，盗抄武学典籍，再及时归还原书。某夜，他如常来到文渊阁，却听到一阵凄凉的啜泣声。姜志心中一惊，循声源处走去，发现了一个美貌的年轻宫女，名叫杜鹃。原来，杜鹃是战俘之后，因有几分姿色，被大臣送进皇宫。她过不惯沉闷压抑的宫廷生活，悄悄从内廷跑出，误进了文渊阁。她找不到回去的路，又怕被人抓去受罚，便躲在一角哭泣。其时姜志也不过二十五六岁，他同情杜鹃的际遇，护送她返回住处。一来二往之下，两人欲火焚身，颠鸾倒凤，行苟合之事。

不久，杜鹃怀上了姜志的骨肉，腹部渐渐隆起，终于被人发现了。给皇帝戴绿帽，那是胆大包天的死罪。杜鹃被逼服食红花和麝香，使腹中胎儿流产，又被打进冷宫囚禁，等候皇帝发落。敬事房太监多番逼问杜鹃，要她说出胎儿父亲是谁，她都守口如瓶。太监没有办法，在宫中秘密彻查此事。姜志听到风声，惊骇不已。他怕杜鹃供出自己，偷偷来到冷宫。杜鹃见姜志来了，以为他要救她走，欣喜不已。没想到姜志取出一条麻绳，活活把杜鹃勒死，再伪造成上吊自杀的迹象。宫中众人都以为杜鹃是畏罪自杀。追查胎儿父亲之事，也不了了之。

就在那段时间，姜志盗抄了百花帮绝学《清心真经》。这是一门奇功，一旦练成，便可青春不老，百毒不侵。但有一个前提，就是修炼者必须清心寡欲，不可犯下色戒，否则就会邪毒攻心，烈火焚身。姜志寻思，欲成就大事者，势必忍辱负重，六亲不认。为了修炼奇功，也为免因情误事，招致杀祸，姜志把心一横，挥刀自宫。此后数年，姜志处事愈发阴狠，武功也日渐精进，从校尉升任为百户、千户，直至缇帅，可统率锦衣卫，为其办案杀人。他又巴结上皇帝身边的红人宦官王振，一时间权倾朝野，连进朝议事的大臣见到他，都畏他三分。

与此同时，秦天也被推举为武林盟主，他决心要剿灭黑月教，为发妻报仇。为了对抗秦天，姜志安排王纶等多个细作，到五行盟派当门人，刺探各派消息。自己则化身神秘人，暗中泄密给黑月教教主范雄，借黑月教之手，削弱烟火派势力。这些年来，秦天数次设伏偷袭黑月教，都是功亏一篑，正是有人泄密之故。后来，秦天蛰伏了很长一段时间，一是修炼武功，二是备足粮草，打算号召天下群豪，彻底剿灭黑月教，连任武林盟主。武林迎来了暴风雨前的寂静。

然而，姜志见秦天许久没有动静，以为他就此放弃，于是在江湖上犯下多宗血案：他先是假传圣旨，率众到金石派招安，收缴大批刀剑军械，把昔日冷落自己的师兄弟通通杀光，余下门人收编麾下；然后派部下到点墨派，放火烧掉奎文阁的《江湖志》，把当年发生之事的记载全部烧掉；再从塞外弄来两个身染天花的病人，送到百花帮清心殿外，故意散播瘟疫恶疾，但因苏义妁觅到防治之法，竟又放纵部下污蔑杀害了她。这几宗血案，全是冲着五行盟派而去，武林中人不知内情，都以为是黑月教所为，一时群情激奋，正着了姜志的阴谋。

此时，秦天果然有所动作，在开封举行誓师大会，统率武林群豪，讨伐黑月魔教。王纶潜伏在枯木派当中，与刘玉轩过从甚密，在他口中得知行军作战的方略，再传讯告知姜志。姜志权衡强弱之别，又把行军方略泄露给范雄，促使他有所提防，负隅顽抗，以此削弱整个武林，让秦天威名扫地，在群豪面前出丑。但让姜志、秦天、范雄三个枭雄没想到的是，黑月教圣姑范芊云甘愿献身求和，化解了一场足以祸及整个武林的大杀戮。

眼见武林重归平静，秦天更不知所终，姜志找到失明后淡出江湖的梅傲霜，生挖了名妓天香的眼珠，命御医帮梅傲霜治好眼睛，又以《清心真经》为筹码，要挟她刺杀刘玉轩，打算掀起又一场腥风血雨。梅傲霜生平最恨浪荡子弟，满口答应下来，正好成了姜志手中的杀人之刀。此事果然震惊江湖，人人都以为黑月教撕毁和约，报复杀人。刘喻皓痛失爱子，誓要剿灭魔教，重开武林大会。秦天也终于再度现身。一切就像姜志预想那般行进……

第五十九回　作茧自缚

姜志做梦也没想到，自己原来还有一个儿子，但昔日肌肤相亲的情人杨珍，此刻就在眼前，又哪里做得了假？他放声大笑，道："天助我也，天助我也！"秦思君咬牙切齿，道："你笑什么！"姜志没有搭理，道："吾儿，你过来。"姜乐康警惕道："干什么？"姜志笑道："你们是我的家眷，自然是站在我这边。让为父杀了这帮狗贼，让全天下的人，都知道我们的厉害！"

此言一出，众人皆惊。有人道："这人如此了得，再加上他儿子相助，恐怕烟火派今日在劫难逃。"有人道："真的任由他作威作福，祸害武林吗？"有人道："他们是锦衣卫，难道你想跟朝廷作对？"王纶狐假虎威，恫吓道："不想死的就乖乖看戏，否则休怪我等无情！"江湖道惊想："没想到一切事端，都是小姜的亲生父亲弄出来。如今他要灭掉烟火派，义弟会站在哪边呢？"

秦思君更是思绪万千："原来我们和姜家，竟是一对世仇！杨伯母肯定早就给他说过这一切。既然如此，小姜为何还要与我在一起？难道就是为了等今天，与他爹里应外合，彻底伤害我们？"转念又想："他根本不知他爹尚在人间。小姜为人质朴，待我情真意切，哪里会想到这么多？他一直没跟我提这些旧事，只是不想伤害我们历经艰辛才走到一起的感情！"最后又想："小姜啊小姜，一边是仇人，一边是亲人，你究竟会帮哪一边？倘若命中注定我今日要死，但能和心爱的人死在一起，我秦思君也不枉此生！"

姜乐康呼了一口气，道："你在江湖上犯下这么多血案，又挑拨黑白两道互斗，就是为了向烟火派报仇吗？"姜志笑道："报仇之说，未免把我看得太轻。大丈夫生于世，当佩三尺之剑，以升天子之阶。我之所以这样做，既为报仇，更为荡平贼寇，称霸武林，立不世之功！"姜乐康道："既然你尚在人世，为何这么多年来，都不来找我和我娘，害得我和娘亲一直相依为命？"姜志叹了一声，道："我原本不知我有个儿子。要是我早点知道，我肯定会来找你，传授你武功技艺，当我的左臂右膀。但现在知道，还不算太迟。"

姜乐康嗔道："但你又知不知道，正是百花帮的苏帮主救了娘亲一命，我才有机会出生。苏奶奶为人仁义，待我和娘亲恩重如山，可你却残忍杀害了她！"姜志听出怒意，阴冷道："吾儿，你还年轻，不知世间险恶。枭雄曹操曾曰：'宁我负天下人，毋天下人负我。'名将吴起为求权位，不惜杀害来自敌国的妻子。你既是我的血脉，理应胸怀大志，图谋大事。杀两三个无辜的人，又算得了什么？"

杨珍越听越失望，又怕父子骨肉相残，搀扶着姜乐康手臂，心灰意冷道："康儿，不要说了，我们走吧！他已不是当初我认识的那个人，他要打要杀，要名要利，也跟我娘俩没关系。"姜乐康紧紧握着杨珍的手，朗声道："娘亲，不用怕！我从小到大，都是你养大的，跟他毫无干系。小时候，我不爱念书，总是闯祸，但我从没忘记你的教诲：要做一个心怀正义、怜惜弱小的好人。如今我已长大成人，能够保护我所爱的人。就让我来保护你和思君！我不姓姜，我姓杨！"

众人听了，心中一动。有人道："果真英雄出少年。这位少侠说得在理，要是他处于下风，我有意出手助他。"有人道："让朝廷的狗知道，咱们绿林豪杰，也不是好惹的！"江湖道朗声道："说得好！匡扶正义，保护弱小，才是咱们练武之人的本心！"秦天却感同身受，心道："没想到我秦天一生英名，却沦落到要沾人金光，让别人保护的境地……这么多年的争斗算计，结下无数仇家，搞得众叛亲离，究竟又为了什么？"秦思君则面露喜色，心道："大笨蛋！当着这么多人提我的闺名，也不怕害臊！"

姜志心中一怔，他原本以为，刚刚相认的儿子，会站在自己这边，从此荣华富贵，唾手可得。但出乎意料的是，亲生儿子竟决意背叛，与他作对。姜志阴沉着脸，道："顺我者昌，逆我者亡！你是不想活了吗？"玄真子摇了摇头，低声道："常言道：虎毒不食子。姜居士为了称霸，六亲不认，实在癫狂。"广智合十道："阿弥陀佛！"杨乐康凛然道："只要我还活着，就不许你再乱杀一人！"姜志恼羞成怒，道："好大的口气，看你有何本事！"话音刚落，施展轻功，猱身上前，直取命门。杨乐康轻轻一推，把杨珍推离身边，施展鹤翔步法，侧身堪堪避过，与他纠缠起来。

只见父子两人在大厅拳打脚踢，生死相搏。杨乐康年纪尚轻，所学招式不多，临敌经验也不够，但他有绝妙步法相助，又得了张三丰的真传，即便用最普通的招式，也有开碑裂石之势，竟能与姜志抗衡，战得不相上下。如此战了七八十个回合，姜志打完整套寒冰掌法，也没占到丝毫便宜，杨乐康却是气定神闲，从容应对。群豪见这少年如此了得，不禁欢声雷动："这少侠的身法如此精妙，当真厉害！""那人已打完整套掌法，没有新的招式，看来是拿这少侠没办法了。"

　　姜志听到闲话，心生一计，故意卖个破绽，引杨乐康来打。杨乐康不知是计，使一招点穴手，直取姜志要穴。秦思君急道："当心有诈！"这"诈"字尚未出口，姜志已抢先变招，使一招"大雪封山"，紧紧锁住杨乐康探来的肩膀，然后使出久未出现的武林绝学"鲲鹏奇功"，去吸杨乐康内力。这是姜志在文渊阁偷看武功典籍学来的绝招，一直隐藏起来，不到紧急关头，绝不轻易运用。适才他与秦天交手，就是见对方年纪稍长，恐他内功高于自己，不敢运用这招。当下与这毛头小子交手，谅他武功再高明，也不可能有累积多年的内力，是以放胆一搏，以冀出奇制胜。但姜志万没想到，杨乐康得了张三丰体内两百年的功力，内功远胜于他，一旦运用此招，打开经脉，被吸内力的反倒是他！

　　但见姜志右手一搭上杨乐康右肩，内力便滔滔不绝从体内流出。姜志大惊失色，想要移开右手，却像被一块磁石牢牢吸住，说什么也移不开来。众人见他俩僵在原地，一个头冒热气，一个面色发白，都不知是发生何事。秦思君忧心道："乐康，你没事吧？"杨乐康道："我没事，就是感觉有股暖流不断涌进身体。"秦思君思念电转，霎时明白一切："是'鲲鹏奇功'！他想化去你的内力，却被你吸走了！快抓住他的手，别让他跑了！"杨乐康恍然大悟，道："你说得对！"此时，姜志正用尽全力运功，正要挣脱那股内力的吸附，却被杨乐康伸来的左手牢牢抓住，当下暗暗叫苦，眼睁睁看着自己苦练多年的武功，被杨乐康慢慢化去。

众锦衣卫见情势不对，想要拔刀相助，去分开二人。江湖道察言观色，怒喝道："干什么！江湖规矩，单打独斗，你们若想以多欺少，也不看看是谁人更多！"群豪登时会意，纷纷怒目而视。众锦衣卫不敢妄动，又把刀收回刀鞘。王纶跺了跺脚，无可奈何。此时，群豪已看出端倪，议论道："这少侠在使一种奇功，化去那人的内力。"玄真子沉吟道："得道多助，失道寡助。杨少侠心怀侠义，年纪虽不大，却多有奇遇，练就一身绝世武功。"广智道："看来咱们这副老骨头，今日是不必动手了。"

又过不久，只见姜志的脸庞更加苍白，就像一具瘦瘦的干尸一般，缓缓瘫软下去。杨乐康见状把手松开，姜志立马瘫倒在地，虚弱得说不出话来。秦思君喜道："此人已被化去武功，如同一个废人，再也不能祸害江湖了！"群豪闻言，感慨不已，均知对好强的习武之人来说，这种报应比死更痛苦。众锦衣卫眼见昔日神出鬼没、人人敬畏的缇帅，竟一败涂地，无不面面相觑，不知如何收场。玄真子道："诸位公人，咱们武林中人，向来与朝廷秋毫无犯，今后也不愿多生事端。请你们把此人带走，以后别再插手江湖之事。"王纶怕他反悔，忙道："既然武当派掌门金口已开，咱们谨遵意旨，就此别过。山高水长，后会有期！"江湖道心中厌恶，道："还不快滚！"王纶道："是，是！"忙命部下架起姜志，黯然退出风波庄。

众人见祸害武林的元凶被除，皆向杨乐康投来称羡的目光。秦思君不顾众人注视，掀开面上黑纱，跑到大厅正中，紧紧抱住杨乐康，喜极而泣道："谢谢你，我的杨大侠！"杨乐康也紧抱住秦思君，笑得像个孩子一般。

第六十回　少年侠心

武林大会结束了，没有推举出新的武林盟主。群豪各自散去，回去自己门派。刘喻皓眼见元凶被除，又亲见高手过招，自忖不是对手，打消了讨伐黑月教的念头。秦思君拉着秦天，把自己与杨乐康的姻缘，悄悄告诉给父亲。秦天点了点头，黯然道："你和恒儿已经长大了，想过怎样的生活，就用心去过吧。为父做了很多错事，不敢奢求你们原谅。"随即先行一步，返回开封府，捧着亡妻的牌位和骨殖，到大相国寺削发出家，从此青灯礼佛，静思己过，不再过问江湖之事。

秦思君、杨乐康、秦子恒、范芊云、杨珍、江湖道等人结伴同行，一起回到三昧园。秦思君、杨乐康两人挑选良辰吉日，在女方家中举办婚礼。成亲当天，三昧园张灯结彩，喜气洋洋。秦思君穿戴凤冠霞帔，杨乐康身穿状元袍，两人在亲朋好友的见证下，一拜天地，二拜高堂，夫妻对拜。杨乐康掀起秦思君的盖头，与她合卺交杯，永结两姓之好。秦思君把酒喝下，娇嗔道："以后你就是我的人啦，可不许欺负我，要一心一意对我好！"杨乐康笑道："遵命！"园内大摆筵席，众人把酒言欢，不醉无归。

常言道：天下无不散之筵席。众人在三昧园欢庆了五七日，心中都在思考未来的去处。江湖道离家日久，又不愿多作打扰，提出要回老家淄博一趟，看望年迈的双亲。众人强留不住，一路送他到驿道上。江湖道道："各位朋友，临别在即，不知大家未来有何打算？不妨分享一下，好让小生挂念。"秦子恒牵着范芊云的手，道："说来惭愧，这么多年，我都是在家父的安排下生活。突然让我自己做主，我反而不知该干些什么。未来几年，我希望能和芊云一起，游历江湖，了解世情，找到自己真正想做的事。"范芊云道："你想当侠客也好，当平民也好，我都愿意陪你。"

江湖道点了点头，道："贤弟、弟妹，你们又有什么打算呢？"秦思君笑道："我和康儿商量过，想先护送娘亲回桃花村定居，看看他从小到大成长的地方，给乡亲们派些喜糖，顺便尝尝鲜甜的荔枝！"江湖道有些惋惜，道："以后就在岭南乡间隐居，不再踏足江湖吗？"

杨乐康摇了摇头，一板一眼道："不是的，我们还会回来。自我离开桃花村那天起，我就渴望成为一个大侠，也在苦苦思考什么才是侠义。我曾经遇见一个老者，他在石头上刻了八个字：为国为民，侠之大者。我以为这就是真正的大侠。我听君儿说，近来北方瓦剌诸部不时侵扰我国，百姓深受其害，边境并不太平。我愿利用自身所长，到边境保家卫国，抵御外敌。待到战事平息，政治清明，就到大理寺去当捕快，侦查案件，除暴安良。虽然我脑袋不太灵光，但在君儿的帮助下，我相信我俩定能伸张正义，为民效命，成为真正的大侠！"

江湖道闻言大喜，道："说得好！以贤弟、弟妹的能力，无论是投身行伍，还是入职衙门，都能发挥所长，造福一方百姓。"转念又道："不过到了部队或官府，就得服从那里的规矩，不像江湖人士那般自由，要是碰到个黑心的上司……"秦思君接口道："那就揭竿而起，闹它个天翻地覆！让那些当官的人知道，老百姓需要的是什么！"杨乐康憨笑道："对，闹它个天翻地覆！"

秦子恒又道："江师兄，你呢？你又有什么打算？"江湖道沉吟道："其实我一直有个梦想：写一本通俗小说。我自小爱读《水浒传》，尤其喜欢'武十回'。我想以此为蓝本，创作一本新的小说，去描绘人间万象，书名我已想好了，就叫《金瓶梅》！"杨乐康喜道："大哥这么喜欢读书写字，去写书实在太适合你了，这事我可干不了！"秦思君祝福道："江师兄才华横溢，定能写出流传千古的好作品。写完记得通知我们，我们认真拜读！"江湖道脸上一红，笑道："借你吉言！"众人又同行了一段路。江湖道道："江湖有言道：送君千里，终须一别。各位已送了我很远，不如就此别过。青山依旧，绿水长流，咱们江湖再见！"众人送上拥抱，依依惜别。

天色渐渐黑了，江湖道独自前行，来到一处驿馆，投栈寄宿。他吃过晚饭，上床歇息，刚合上双眼，便恍恍惚惚睡去。迷糊之间，他来到一处幻境，但见绿树清溪，琼楼玉宇，真乃人间仙境。江湖道心中欣喜，往前走去，忽见前面有一座书楼，两边一副对联，上书：

千古文风光史笔，万年气运盛才猷。

江湖道正驻足细读，又见楼中走出一个仙人，面容和善，长须飘飘，与凡人大不相同。江湖道施礼道："小生名号江湖道。请问先生尊名？这里是何处？"那仙人道："吾乃文昌帝君，是掌管文运功名的神仙。此处是文昌楼，存放着全天下所有的珍贵典籍。"江湖道忙跪拜道："原来是文昌帝君，小生参拜仙人。未知小生是因何故，来到此处仙境？"文昌帝君道："日有所思，夜有所梦。你一心想著书，本君感念其诚，特让你来此书楼，翻阅典籍，寻找灵感。"江湖道大喜道："感谢帝君！"抬头一看，仙人已飘然而去。

江湖道走进文昌楼，只见有数十个书架，放着过万本典籍。江湖道漫步其中，忽见架上有一本精美的画册，封面上书"江湖人物录"，孤零零地立着。江湖道大感好奇，取在手中，逐页翻开。

但见首页画着一个少年，正在乡间蹴鞠作乐。判词曰：

> 质朴小子豪情梦，江湖浪急志却恒。
>
> 少年侠心思报国，神州大地任驰骋。

后面又画着一个少女，正对着铜镜梳妆易容。判词曰：

> 名门闺秀多贤能，形象百变性情真。
>
> 独当一面敢追爱，天涯相伴共此生。

后面又画着一个少女，正笑着逗怀中的婴孩玩儿。判词曰：

> 青梅竹马结亲朋，千里寻君情意深。
>
> 成人之美胸襟广，会得月老赐良辰。

后面又画着一个少年，正在窗前遥望，若有所思。判词曰：

> 成才重压哪堪负，克己慎行心孤苦。
>
> 善恶面前须抉择，遵循本心侠做主。

后面又画着一个少女，正捧着一本佛经向人讲解。判词曰：

> 莲出污泥心洁白，兰居杂草气幽香。
>
> 只要多行仁义事，是正是邪又何妨？

后面又画着一个男人，正痴看着一个牌位。判词曰：

> 仇恨蔽目终成魔，是非不分铸大错。
>
> 众叛亲离幡然悟，皈依佛门静思过。

后面又画着一个男人，正举着匕首，目露凶光。判词曰：

> 为攀高位绝情义，禁宫蛰伏谋凶逆。
>
> 善恶到头终有报，多行不义必自毙。

后面又画着一个妇人，正在庭院内采摘荔枝。判词曰：

> 文君夜奔自难忘，痴心错予薄情郎。
>
> 咽苦吐甘育麟儿，女本柔弱为母刚。

后面又画着一个妇人，黯淡的双眼流出两行泪水。判词曰：

> 幼逢不幸埋祸根，雨打红梅落孤坟。
>
> 郎心似铁君似蝎，枉为阴间添冤魂。

后面又画着一个少年，正在青楼寻欢作乐。判词曰：

> 纨绔子弟性骄纵，声色犬马倍荒淫。
>
> 青楼寻欢遭不测，祸福原是命注定。

最后也画着一个少年，正在灯下奋笔疾书。判词曰：

> 少学孔孟有仁心，志比司马写春秋。
>
> 万里采风阅世态，著书立说显风流。

以上十一人，是为《江湖人物录》画册所载。

（全书完）